아시아학술연구총서 4

근대 일본의 '조선 붐'

아시아학술연구총서 4

근대 일본의 '조선 붐'

박진수 엮음

역락

　이 책은 가천대학교(구 경원대학교) 아시아문화연구소에서 한국연구재
단의 지원을 받아 2010년 5월부터 2011년 4월까지 수행된 '근대 일본
의 '조선 붐'과 문화담론의 재구성'(NRF-2010-32A-A00132)이라는 제목의
공동연구를 통해 만들어진 결과물이다. 책의 출판이 한국연구재단의
지원에 대한 의무사항은 아니지만 1년간의 연구기간이 지난 이후에도
약 2년에 걸쳐 9인의 연구자들은 각각 해당 테마에 관한 심층 연구를
계속하여 오늘 이와 같은 성과를 이루게 되었다.

　지금까지 20세기 전반의 근대 일본이 식민지 조선에 대해 가졌던 문
화적 관심의 양상에 대한 본격적인 연구는 한국에서도 일본에서도 그
리 많지 않았다. 그 이유는 제국과 식민지라는 이분법적 구도 속에서
지배와 피지배 혹은 수탈과 착취를 키워드로 하는 연구의 프레임을 크
게 벗어나지 못했기 때문인 것으로 보인다. 따라서 이 시기 문화 이동
의 양상에 관한 연구는 식민지 조선에서의 서구문물의 일본식 수용과
관련한 문화 전파 또는 각 분야에서의 일본 근대 문화의 영향 등에 관
한 일방향적 흐름을 전제로 한 연구가 주를 이루어왔다.

　18세기말 영국의 인도 연구 열풍과 19세기 후반 프랑스의 자포니슴
(Japonisme)에 버금가는 정도로, 혹은 그 이상으로 20세기 전반 일본에서
조선에 대한 관심이 하나의 '붐'을 이루고 있었다는 것은 많이 알려져
있지는 않지만 분명한 사실이다. 특히 대한제국을 병합한 직후인 1910

년대에는 일본에서 조선어 학습열이 급격히 증가했고, 1920년대에는 조선의 어학, 지리, 역사, 민속학에 대한 연구열과 함께 민예, 미술 등 전통문화 및 문화유산에 관한 관심도가 높아지기도 했다. 1930년대에 이르러서는 문학, 연극, 영화, 음악, 무용 등 여러 장르에 걸쳐 식민지 조선의 동시대 예술 장르에 대한 일반의 관심이 크게 증가했던 바, 여기서는 이러한 현상을 "근대 일본의 '조선 붐'"으로 명명한다.

이 책의 연구는 근대 일본의 '조선 붐'에 대한 실증적 분석을 토대로 조선과 일본 간의 상호침투적 문화현상을 규명하고, 이를 통해 식민지 문화담론을 재구성하는 것을 목적으로 한다. 근대 일본에 있어서의 '조선 붐'이란 일본에서 조선에 대한 관심이 비약적으로 증대한 결과 문학, 예술, 대중문화에 이르기까지 다방면에서 일어난 문화 공간의 변이를 의미한다. 이를 기반으로 일본에서는 새로운 문화 운동과 장르들이 창출되었고 기존 문화 담론의 지형에 변화를 가져왔다.

일반적으로 제국주의 국가의 지식인 혹은 일반인들이, 식민지나 자신들보다 문명이 뒤떨어져 있다고 생각하는 지역의 문화에 대해 관심을 갖게 되는 경우는 다음과 같은 몇 가지 양상으로 나누어 생각해 볼 수 있다. 우선 해당 지역에 대한 제국 정부의 지배 상의 필요에 따른 조사 차원의 관심, 식민지에 파견된 관리나 사업상 거주하게 된 사람들의 실생활적 관심, 그리고 지식인층의 지적 호기심이나 학문적 관심 또는 이국취향에 의한 관심 등이다. 이러한 것들은 모두 제국과 식민지 혹은 중심과 주변, 문명과 야만 등과 같은 이분법적 위계에 따른 세계 질서의 힘의 불균형 구도 속에서 발생한 인간의 지배적 욕망과 깊게 관련되어 있을 것이다.

그런가 하면 거꾸로 식민지 '주민'의 제국에 대한 동경, 주변인의 중심에 대한 갈망, '야만'에서 '문명'으로의 지향 역시 이와 동일한 구도에서 발생하는 욕망이다. 제국과 문명의 중심 세계로 나아가고자 하는 피식민 혹은 주변 지역 사람들의 욕망 역시도 단일하고 균질적이지 않다. 이들은 제국의 질서에 편입하여 상승하고자 하는 욕망과 한편으로는 자신의 집단적 정체성을 확립하여 당당하게 살아가고자 하는 욕망도 동시에 혹은 교차적으로 갖고 있다. 이 두 가지는 때로는 조화를 이루기도 하고 또 때로는 충돌하기도 하는 것이다.

그러나 이러한 것은 어디까지나 앞서 말한 문명의 이분법적 위계 구도 속에서의 이야기이다. 문화의 전개 과정은 실제로는 이렇게 단순하지 않고 좀 더 복잡하고 입체적인 양상으로 존재한다. 문화는 집단 간의 접촉에 의해 전파되는 것이지만 언제나 창의적으로 수용되고 변용되어 새로운 방향을 모색한다. 그 과정은 일방향적인 흐름에 그치지 않고 크건 작건 쌍방향적 소통의 장을 열어 놓는다. 정치적 힘의 우위는 종종 문화적 우월함으로 다가오지만 실제 그 소통의 장에서는 반드시 절대적이지 않다는 것이다. 그렇다고 하여 정치적 지배와 피지배의 관계를 무화하거나 문화 영역을 특권화하자는 것은 아니다. 구체적이고 세밀하게 관찰하면 문화적 우월성 혹은 우위로 표현될 수 있는 요소는 늘 유동적이고 가변적이라는 것이다.

사실 조선과 일본 사이에 가로 놓인 현해탄(玄海灘)은 당시 문화담론이 생성되고 소비되는 통섭의 공간이었으며, 나아가 혼종적인 문화 주체들이 상호 영향 하에 만들어가는 상생의 공간이기도 했다. 그리고 식민과 피식민, 지배와 피지배, 제국과 반제국이라는 이항대립적인 관계 구조에 구속되면서도 이에 의해서 규정되지 않는 다양한 주체와 타자들이 교류하던 네트워크 공간이었던 것이다.

이 책에서는 바로 이러한 현해탄의 상징적인 의미를 구체적인 문화 텍스트를 통해서 고찰하고, 근대 일본과 조선의 문화가 상호침투하는 혼종적인 문화 공간으로서 새롭게 자리매김하고자 한다. 또한 근대 일본에서 '조선 붐'과 관련된 새로운 자료들을 발굴하여 실증적인 문화사 연구에 기여하고자 하며, 이를 통해 통섭 인문학, 트랜스 인문학의 새로운 방법론을 제시하고자 하는 것이다. 그러한 점에서 이 책은 식민지 시기에 일본에서의 '조선 붐'이라는 문화현상에 주목하여, 제국 내의 구조적 틀을 벗어나 월경(越境)하는 문화주체들을 통해 새롭게 창출되는 문화이동의 다양한 모습을 밝히고자 한다. 지리적, 정치적, 문화적 경계를 가로질러 새로운 담론의 장을 구축하며 상호 침투적인 문화를 발신한 다양한 개인, 집단의 실천 행위가 존재했기 때문이다. 문화적 주체들은 적극적으로 문화적 타자를 재구성하고 변형시킨다.

한일 간 문화교류에 대한 장기적 관점의 학술적 접근을 통해 현재에 대한 정확한 조명과 미래에 대한 전망을 제시할 필요가 있다. 양국의 문화교류는 역사적으로 꾸준히 전개되어 왔고 최근 들어 급속도로 증대되는 양상을 보이고 있다. 그러나 오늘날 문화교류의 양적 증대가 한국과 일본의 불행한 역사를 넘어 소통과 평화공존에 얼마만큼 직접적으로 기여할 수 있을지는 의문이다. '한류(韓流)'를 비롯한 한일 간의 문화교류가 양국의 관계개선에 긍정적인 역할을 하고 있는 것은 분명하지만, 이를 지나치게 단안(單眼)적으로 파악해 복잡한 문화교류의 실제적 의의를 경제적 가치로 환원하거나 자국중심주의적 논리를 재생산하는 것으로 그치고 말 수도 있다. 여기에는 정부의 문화정책도 필요하겠지만, 인문학적 차원에서 양국 문화에 대한 담론 공간을 펼치고 이에 대해 지속적으로 논의해가는 과정이 필요할 것이다. 그러한 의미에서 이 책에서는 '한류'의 근대적 원형이라고도 할 수 있는 일본에서의 '조선 붐'이 어떠한 자장 속에서 형성되어 영향관계를 주고받았으며 어떠한 논의가 구성되고 또한 해체되어 갔는지를 검토함으로써 앞으로의 한일 문화교류에 시사점을 주고자 한다.

우리 연구의 대표적인 선행연구로는 서구인들의 동양관에 대해 비판적인 관점을 제기한 에드워드 사이드(سعيد إدوارد, Edward W. Said, 1935~2003)의 오리엔탈리즘 비판에 영향을 받아 정립된 '포스트콜로니얼' 문화 비평을 들 수 있다. 그러나 탈식민지 문화 환경의 형성을 추구하는 이들 논의에 있어서 식민지 조선에 관한 문화담론은 오히려 제국의 문화 아이덴티티를 중심에 두고 조선을 이에 대한 부정적인 타자로 사고하는 그야말로 오리엔탈리즘적 편향성을 벗어나지 못하는 경우도 있다. 서구→일본→조선이라고 하는 일방적인 문화이식의 구도 속에서 서구 발신의 근대문화가 일본을 거쳐 조선에 이입되었다는 문화 전파의 패턴을 전복(顚覆)하는 데에까지는 이르지 못하기 때문이다.

정형화된 근대 문화 담론 하에서는 '조선'이 제국 일본의 식민지 지배 논리에 의해 재단되고 고정화되는 모습으로 표상되는 논조를 벗어나기 어렵다. 본 연구는 이러한 구도에 문제의식을 가지고 기획되었으며, 제국 일본에서의 '조선 붐'이라는 문제를 제기하여 종래의 문화수용 구도에 인식의 전환을 가져오고자 한다. 이 책은 다음과 같은 내용으로 구성되었다.

제1부에서는 문화 행위자이면서 동시에 대상 텍스트라고 할 수 있는 '조선'이 문화 수용자인 제국 일본과 관계를 형성해가는 가운데, 어떻게 문화 주체로서의 자기 인식을 변혁시켜 가는지를 살펴볼 것이다. 당시 일본에서 관심을 모았던 조선의 시(詩)나 문학에서 보이는 주체적 변

용은 이를 드러내는 예시이다. 또한 실용적인 목적에서 관심을 불러일으켰던 조선어 회화서의 언어 표현이 일본인 학습자라는 변수를 통해 어떻게 변용되어 갔는지를 살펴보는 작업은, 근대 일본에서 일었던 '조선 붐'의 본질적인 의미를 규명하는 데 있어서 유효한 관점을 제시할 것으로 본다.

이러한 문화 텍스트의 변용은 제2부와 같이 문화주체의 실제적인 이동과 이로 인한 문화 생성의 구체적인 전개양상을 통해서도 파악해볼 수 있을 것이다. 1930, 40년대 일본에서의 '최승희(崔承嬉, 1911~1967)'라는 문화 코드나, 조선을 왕래하면서 '조선미(朝鮮美)'를 끊임없이 형상화하려고 했던 야나기 무네요시(柳宗悅, 1889~1961)의 방법, 그리고 대중의 여행을 통해 형성되는 조선 표상 등은 '현해탄'을 매개로 문화주체가 실제적으로 이동하면서 재해석되고 새로운 의미를 생성시켜가는 과정을 보여주고 있다.

위와 같은 과정을 통해 문화 주체와 대상 텍스트 사이에 형성되고 있는 능동적이고 생산적인 '조선 붐'의 양상을 살펴볼 수 있는데, 이러한 '조선 붐'에 대한 이해에 다각적이고 종합적인 시야를 확보하기 위해 제3부에서는 텍스트의 다양화를 시도한다. '현해탄'을 매개로 조선과 일본을 횡단하며 전개된 영화나 연극, 그리고 음악의 전개양상은 '조선 붐'이 다양한 층위로 재해석되고 새롭게 창조되고 있었다는 사실을 보여주고 있다. 이와 같은 다양한 미디어 공간 속에서 전개된 '조선'은 전술한 언어적 측면이나 미학적인 관점에서의 문화현상과는 또다른 층위에서 '조선 붐'의 본질에 접근해갈 것이다.

이 연구를 수행하면서 연구책임자였던 본인은 크게 기여한 바가 없었고 원고에 대해 늦장을 부림으로써 오히려 책의 출간을 지연시킨 장본인이었다. 그러나 본 연구의 전담 간사로서 '조선 붐'이라는 용어의 제안에서부터 시작하여 단행본 출간의 추진과 회계 관리까지 꼼꼼하게 맡아주신 양지영 선생님, 그리고 또 한 분의 전담 간사로서 줄곧 각종 학술대회의 기획과 진행을 맡아주신 김계자 선생님의 노고를 치하하고자 한다. 뿐만 아니라 처음에 연구의 시작 단계에서 이러한 연구의 필요성을 역설하고 사업을 구상하여 인선을 주도해 주신 서동주 선생님의 안목과 사업을 수행하는 기간 동안 아시아문화연구소의 간사로서 필요할 때마다 팔을 걷어붙이고 함께 일한 권희주 선생님의 열정에 경의를 표한다. 그 외에도 공동연구자로서 늘 본 연구에 관심과 조언을 아끼지 않으신 성윤아 선생님, 신하경 선생님, 양동국 선생님, 최성실 선생님께 깊은 감사의 말씀을 전한다. 특히 가장 먼 거리를 오가시면서 연구의 큰 방향을 잡아주시고 후학들의 야심찬 연구를 물심양면으로 지원해주신 양동국 선생님께 다시 한번 머리 숙여 감사의 말씀을 드린다. 또 이 책이 나오기까지 단행본의 출간을 선뜻 맡아주신 도서출판 역락의 이대현 사장님과 책에 필요한 모든 것을 처음부터 끝까지 세밀하게 검토해주신 편집부 박선주 님께도 심심한 감사의 뜻을 전한다. 모쪼록 이러한 연구가 근대 일본과 조선의 정치적 종속관계에 기반을 둔 식민 주체 구성주의의 한계를 넘어, 횡단하는 문화 텍스트의 열린 가능성에 주목하는 또 하나의 '붐'을 만들 수 있었으면 한다.

2013년 6월
가천대학교 아시아문화연구소장 박 진 수

제1부

조선어 텍스트와 문화이동

근대 일본에서의 조선어 회화 학습 열기

─조선어 회화서 붐의 실체─

성 윤 아

Ⅰ. 개화기 조선어 회화서

최근 한국 드라마, **K-POP**이 일본에서 인기를 얻으며 한류 열풍이 불며 한국어, 한국 문화에 관심을 갖고 배우고자 하는 일본인이 증가추세에 있다. 이러한 한국어에 대한 관심은 시간을 거슬러 올라간 대한제국 시대인 130년 전, 일본에서 '조선어 회화 붐'이 일었다는 사실을 아는 이는 매우 드물다.

일제 강점기에 많은 조선인들이 원하든 원치 않든 일본어를 배웠다. 이는 '동화 교육'의 일환으로써 그 중심에는 '조선어 박탈'과 '일본어 습득의 강요'가 있었다. 이로 인해 조선인을 대상으로 한 언어 정책을 언급 할 때에 '일본어의 강요', '조선어 말살'이 부각되어 다루어져 왔으며, 그에 묻혀 일본어를 강요한 일본인들이 조선어를 배웠다는 사실은 의외로 알려져 있지 않다. 현대 우리가 공부하는 비즈니스 영어, 중국어, 일어와 같이 청일전쟁, 러일전쟁 등 중요한 역사적 사건이 있을

때마다 우리말을 배우려는 일본인들의 수요에 맞추어 '조선어 회화서'
의 출판이 급증했다.

[그림 1] 조선어 회화서

1935년 조선총독부가 행한 조선국세조사보고[1]에 의하면 1930년 당
시 조선에 사는 일본인 527,016명 중 '가나와 언문을 읽고 쓸 수 있는
사람(仮名及諺文ヲ讀ミ且書キ得ル者)'은 32,714명로 6.2%에 달하였다고 한
다. 이 수치는 당시 조선 총독부가 조선 통치를 위해 일본인 관리를 대
상으로 시행했던 조선어 장려 정착에 의한 성과이기도 하다.

문화를 이해하고 수용하기 위해 학습하는 타 외국어와는 달리 조선
어 회화서는 주로 역사적, 정치적 상황에 따라 그 출판 목적이나 내용
등이 변화해 왔기 때문에 조선어 회화 붐 뒤에 숨겨진 실체를 밝히기
위해서는 사회적 배경의 고찰은 필수적이다. 그러므로 이 글에서는 개
화기 일본인들을 대상으로 편찬된 조선어 회화서와 조선어 교육의 양
상을 시대적 배경과 함께 알아보고 조선어 회화서에 실린 서론, 내용,

1) 朝鮮総督府, 『昭和五年 朝鮮国勢調査報告 全鮮編 第一巻』, 1935, 72-119쪽 ; 朝鮮総督
府, 『昭和五年 朝鮮国勢調査報告 全鮮編 第二巻』, 1935, 273-332쪽.

형식 등의 특징을 파악해 당시 일본의 조선, 조선어에 대한 인식과 가치관을 고찰함으로써 조선어 회화 붐의 실체를 파악하는 데 목적을 두고자 한다.

II. 근대 일본의 조선어 교육기관

1727년부터 1892년까지 일본과 한국의 통사 양성을 해 왔던 사가현 쓰시마번(佐賀縣對馬藩)에 소속되어 있던 '한어사(韓語司)'는 1892년에 '폐번치현(廢藩置縣)'이 단행되자 이듬해인 1893년에 이즈하라(嚴原)에 '한어학소(韓語學所)'가 새롭게 설치된다. 이는 세습이었던 쓰시마번의 통사가 근대적인 외교로 전환하는 것을 뜻하며 일본을 대표하는 외무성으로 권한이 이행됨을 의미하는 것이다.[2]

그로부터 1년 후, 일본 국내에서는 정한론이 대두되고 한반도와 중국 대륙으로의 진출의 기회를 호시탐탐 노리고 있었다. 메이지정부는 그를 위한 준비작업으로 전문적인 통역관을 양성코자 부산으로 '한어학소'를 옮겨 '초량관 한어학소(草梁館韓語學所, 1873~80년)'라 칭하고 본격적인 조선어 통역사 양성을 시작한다.[3] 초량관 한어학소 졸업생들은

---

2) 한어학소를 설치한 일본정부는 가능한 쓰시마출신자를 배제하고 전국 각지에서 통사를 모집하려 했다. 쓰시마 외 타지역 출신자들도 있긴 했지만 정부의 의중대로는 되지 않아 쓰시마 출신자가 가장 많았다. 한어학소는 그 규율이 엄격하고 학생들의 등급이 정해져 있었으며 오전 중에는 어학(문법)과 강독, 오후에는 작문과 회화 등의 정해진 커리큘럼대로 교육을 받았다.

3) 大曲美太郎(1935)의 청취조사에 의하면, 10명 정도의 학생을 대상으로 해 암독과 강독, 작문, 새로운 학습 사항 등으로 수업이 이루어졌다고 한다. (草梁館語学所規則 即等級人名書学課 復読 自午前九時至第十時 編文 自午前十時至第十一時 会話 自午前十一

이후 일본 정부의 통역관이나 서기관으로 왕성하게 활동하게 된다.[4] 1875년 강화조약 후 한반도에 진출하는 직접적 계기가 된 한일수호조약(1876) 체결 시에는 교관인 우라세 히로시(浦瀬裕)와 그 학생 나카무라 쇼지로(中村庄次郎)가 통역사를 수행하는 등[5] 초량의 한어학소는 한국과 일본 외교의 중심적인 역할을 했다. 1880년에 동경외국어학교에 조선어학과가 설립되지만 부산과 같은 조선 현지 일본인 거류지에서의 조선어 교육이 활발히 이루어졌기 때문에 1886년에 동경외국어학교의 조선어학과는 폐지되기에 이른다.[6]

그러던 것이 일본 국내에서는 청일전쟁(1894~1895)을 계기로 1894년 12월에 고등상업학교의 제2외국어에 조선어가 들어가게 되고, 97년에는 외국어학교 조선어학과가 설립되며, 그 후 2년 후인 99년에 독립된 도쿄외국어학교의 한어학과가 설치된다.

그 외에도 조선어 교육은 한청어학교(韓淸語學校, 1895, 도쿄 쿄바시), 동양어학교(東洋語學校, 1895, 도쿄 시바구), 외국어학교(外國語學校, 1895, 도쿄 간다구), 게이오기쥬쿠조선어학교(慶応義塾朝鮮語學校, 1895), 청한어학연구소(淸韓語學硏究所, 1895, 교토), 교토부교토상업학교(京都府京都商業學校, 1886), 시립아카마세키상업학교(私立赤間關商業學校, 1883) 등의 교육기관에서 행

時第十二時 但自午前十二時後三十分之間休息 新習自十二時三十分至第三時)
4) 부산광역시시립시민도서관에 소장되어 있는 구부산 거류민단 관계자료의 『조선사무서(朝鮮事務書)』(제20권, 1873. 4), 「한어학소 소견 예정 사안(韓語学所所見込ミ思案)」에 「語学ノ者是迄ト違ヒ行末ハ韓国何方ヘ遊歴シ深ク其境ニ入ルモ計リ難ク候ヘハ何卒唯今ノ内ヨリ生徒ノ内拾名撰ミ当館ヘ引取書籍上習読ノ余暇不断韓人ヘ親接実馴為致五三日自然ニ近似スルニ非レハマサカノ実用ニ立カタク」라는 기술이 있다.
5) 大曲美太郎, 앞의 논문, 1935.
6) 東京外国語大学(編), 『東京外国語大学沿革略史』, 1997. 1880년 3월 일본외무성한어학소는 문부성소관이 되나 한일합방 후 조선어과는 폐지된다.

했던 것으로 알려져 있으며, 구마모토현등에서 1896년에 6명, 1899년
에 10명, 1902년 5명, 1904년에 5명 등 모두 31명의 유학생을 당시 경
성으로 파견 해 조선어 학습을 시켰다.[7] 이 시기의 조선어 교육을 실
시했던 교육기관에서는 비교적 짧은 시기에 한정적으로 운영되었다는
점, 조선어 뿐 아니라 청어(중국어) 교육도 함께 이루어졌다는 것을 그
특징으로 들 수 있다.

청일전쟁이 일본의 승리로 끝난 후 작은 조선어 붐은 일시적으로 쇠
퇴했으나 러일전쟁(1904~1905)이 발발하자 다시금 조선어에 대한 관심
이 급격히 높아진다. 그 관심은 조선어 회화서의 발행 및 교육기관의
급증과도 직결되어 이 시기에는 청한어학교(淸韓語學校, 神田猿樂町, 1904),
여자청한어학강습소(女子淸韓語學講習所, 淑德女學校부설1905),[8] 동인의학교
(同仁医學校, 1902),[9] 시립히로시마 청한어학교(市立廣島淸韓語學校, 1908~
1909), 사립히로시마외국어학교(私立廣島外國語學校, 1910~1917),[10] 시마네
현립 상업학교(島根縣立商業學校, 1903~1912), 시마네현립 수산학교(島根縣立
水産學校, 1907), 나가사키고등학교(長崎高等學校, 1905~1916), 나가사키 고
등상업학교(長崎高等商業學校, 1905~1917), 동양협회전문학교(東洋協會專門學
校, 1907~1920), 구마모토현립 상업학교(熊本縣立商業學校, 1903) 등이 설립
된다. 일본 국내 뿐 아니라 일본인 체재가 많은 부산에서도 부산상업학

---

7) 山田寬人, 「日淸・日露戰爭と朝鮮語ブーム」, 『植民地言語教育の虚実』, 皓星社, 2007, 66쪽.

8) 1908년에 '시세의 변화로 한어교수의 필요성이 없어졌으므로'(時勢ノ変遷ハ韓語教
   授ノ必要ナキニ付)이란 이유로 조선어만 폐지된다.

9) 의학과 약학 등의 지식을 중국과 조선에 전하고자 하는 취지에서 설립되었다. 와
   세다 대학 내의 가교사에서 수업이 진행되다 후에는 신주쿠의 우시코메쵸로 이전
   한다.

10) 조선어 교재로 시마이 히로시(島井浩)의 『실용한어학』(実用韓語学, 1902)가 사용되
    었다고 한다.

교(1906)에서 조선어를 가르치게 된다. 이 시기 조선어를 교육하는 기관은 청일전쟁 시기에 생겼던 교육기관보다 오래 지속되는 곳이 많았다고 한다.11)

그러나 이들 일본의 조선어 교육 기관은 한일 합병 후 '내선일체사상' 하에 조선인들에게 국어로 일본어를 교육시키자는 론이 부각12)되면서 외국어로서 조선어를 학습할 필요성이 감소하면서 덴리대학(天理外國語大學) 이외에는 쇠퇴의 길을 걷게 된다.13)

Ⅲ. 근대 일본에 일어난 조선어 붐의 실체

1. 조선어 회화서의 발행 추이

앞서 살펴 본 바와 같이 일본은 에도(江戶)시대부터 조선과의 교역을 위해 지방을 중심으로 비교적 구체적인 조선어 교육의 틀을 형성했으나 메이지(明治) 시대에 들어서 그 교육은 더욱 체계적·중앙집권적으로 변화하게 된다. 그러나 19세기 후반 일본인들의 조선어 교육 체제가 본격적인 변화를 겪던 시기에도 그들이 학습한 조선어 회화서에는 커

---

11) 山田寬人, 「日淸·日露戰爭と朝鮮語ブーム」, 『植民地言語教育の虛実』, 皓星社, 2007, 70쪽. 그러나 한국병합(1910)이 이루어지면 일본에 설립된 대부분의 교육기간에서 실시되던 조선어 교육은 폐지된다.
12) 한일 합병 초기에는 선린상업학교, 경성기독교 청년회, 소학교와 보통학교의 야학, 일어잡지사 등에서 일본어 교육이 이루어진다.
13) 이후 조선에서 일본의 통치가 본격화되자 경찰관, 우편국원, 철도 직원, 토지 대장관리국원 등을 대상으로 해 조선어교육을 승진 시험에 넣는 등 행정기관 자체 교육이 강화되는 현상으로 나타난다.

다란 변화는 찾아 볼 수 없다. 또한 체제는 물론 내용면이나 어법 면에서 당시 사용하던 조선어를 충분히 반영치 못하는 것이라 할 수 있다. 그러던 것이 조선어 회화의 새로운 수요 형성이 이루어지며 조선어 회화서 발행이 본격적으로 이루어지고 이후 역동적인 시대 변화에 따라 회화서도 다양한 변화를 보이기 시작한다. 그 변화를 수량적으로 파악하기 위해 발행 건수의 추이를 발행 연도별로 다음 [표 1]에 정리했다.

[표 1] 조선어 회화서 발행연도와 발행건수14)

발행년	1880	81	82	83	84	85	86	87	88	89	90	91	92	93	94	95	96
발행 권수	0 (1)	1 (2)	2 (2)	3 (2)	0 (0)	0 (0)	0 (0)	0 (0)	0 (0)	0 (0)	0 (0)	0 (0)	0 (1)	2 (1)	17 (17)	2 (2)	0 (2)

발행년	97	98	99	1900	01	02	03	04	05	06	07	08	09	10	11	12	13
발행 권수	0 (0)	0 (0)	0 (0)	1 (0)	1 (1)	1 (1)	1 (1)	16 (13)	8 (8)	7 (6)	2 (2)	2 (0)	3 (6)	6 (5)	3 (1)	3 (2)	5 (4)

발행년	14	15	16	17	18	19	20	21	22	23	24	25	26	27	28	29	30
발행 권수	0 (0)	3 (3)	0 (0)	2 (3)	2 (4)	0 (1)	0 (2)	1 (1)	0 (1)	3 (4)	3 (2)	3 (5)	2 (3)	0 (0)	2 (3)	1 (4)	1 (2)

발행년	31	32	33	34	35	36	37	38	39	40	41	42	43	44	45
발행 권수	1 (2)	1 (2)	0 (1)	1 (1)	2 (2)	3 (2)	1 (3)	0 (1)	0 (0)	0 (0)	2 (2)	0 (2)	1 (2)	0 (0)	0 (0)

위의 [표 1]에서 나타나듯이 1800년 이후 0건에서 4건 많은 해에는 5, 6건을 발행하고 있는 조선어 회화서가 청일전쟁과 러일전쟁이 일어

14) 괄호 안의 숫자는 회화서를 포함한 조선어학습서 발행연도와 권수를 조사한 결과로 山田寬人, 『植民地朝鮮における朝鮮語奬勵政策』, 不二出版, 2004, 22쪽에서 발췌한 것이다.

났던 1894과 1904년에 각각 17건, 16건이 발행되고 있는 것을 볼 수
있다.이로 보아 당시 조선에 대한 일본의 관심이 상당이 높았다는 것을
알 수 있다. 사쿠라이(櫻井義之, 1964)의 조사에 의하면 메이지 초년부터
한일 합병까지 출판된 문헌자료는 600여 권에 이르며, 분야별로는 경
제, 산업 부문이 가장 많고 조선의 사전, 정치, 역사, 지리, 어학의 순으
로 출판되었다고 한다. 그리고 이 시기는 청일전쟁과 러일전쟁이 있었
던 시기이며 앞서 소개한 조선어 교육기관 설립연도와 함께 생각한다
면 조선어 회화서 붐에는 정치적, 시대적 배경과 밀접한 연관이 있음을
추측할 수 있다. 또한, 야마모토(山本正誠, 『朝鮮語硏究』, 1935)의 「선진국의
언어를 사용하는 것은 자랑스러워하면서 중국어나 러시아어, 서반아어,
조선어 등을 경시해 남들 앞에서 말하는 것조차 꺼려하는 자가 있고,
조선은 망국이고 조선어는 망국어니 언어의 사용을 국법으로 금지시켜
야한다고 하는 지식계급자, 소위 구미심취자도 있다」라고 서술[15]에서
보듯 당시 일본인들의 조선어에 대한 마이너적인 인식에도 불구하고
이렇듯 조선어에 대한 관심이 높아지는 데는 어떠한 목적들이 존재했
음이 분명하므로 조선어 붐이 일었을 당시의 주류를 이루는 몇 가지
목적을 부각시켜 그 특징을 정리해보았다.

---

15)   (先進国の言葉を使用することを得意がり支那語とか露西亜語朝鮮語等を軽視し人前
で話すことすら躊躇する者があります甚しき者になると朝鮮は亡国である故に朝
鮮語は亡国語である斯る言葉の使用は国宝を以て絶対に禁止すべきであるなどと申
す知識階級者で所謂欧心酔者もあります」. (盛文堂)
1909년 야쿠시지(薬師寺知嚨)가 펴낸 조선어 학습서인 『한어연구법(韓語硏究法)』
의 서문에는 「일본인에게 이것(조선어)을 멸시하는 폐해가 있어 단순히 일본어
보급을 함으로써 모든 것이 충분하지라고 장담하는 자는 없을 것이다(之れを蔑視
するの弊ありて、単に邦語の普及を以て事足れりと壮言する者非ず)」라는 기술이 있다.

2. 교역과 상업을 위한 조선어 회화서

18세기에 편찬된 알려진 조선어 회화서는 조선어 역관을 교육하기 위해 펴낸 『교린수지(交隣須知)』(1727), 『인어대방(隣語大方)』(18세기 추정)정도였다. 그러던 것이 19세기에 들어 일본과 조선의 교역이 빈번해지자 조선어에 대한 관심이 높아져 18세기에 사용되었던 조선어 회화서가 일본 정부의 요청에 의해 수정출판 되거나 새롭게 출판되기에 이른다.

그러나 성(2008) 등의 조사에 의하면 1800년부터 청일전쟁이 발발하기까지 발행된 조선어 회화서는 [표 1]에 제시된 바와 같이 8건에 지나지 않으며, 주로 교역과 상업에 이용할 목적으로 회화서를 편찬했다.[16] 또한, 에도시대 때부터 전해 내려오는『교린수지(交隣須知)』의 형식[17]에서 크게 벗어나지 않고 어법 또한 에도시대의 것을 그대로 답습한 것으로 당시의 언어가 반영되었는지도 의문점으로 지적되고 있다.[18] 내용도 그에 맞춰 조선인을 만났을 때의 인사법이나 풍습, 음식,

---

16) 成玧妸, 「[硏究ノート]日本語資料としての朝鮮語会話書」, 『日本語の研究』第4巻2号, 2008. 『일한통화(日韓通話)』(1893) 서언에는 「1876년 수호조약 및 통상 체결 후에는 소통의 친밀함이 더해져 무역통상은 해마다 왕성해지고 있지만 상호 언어교제에 있어서는 친밀함이 덜하고 상업시에 이익을 잃을 수가 있다. 그러므로 우리들은 교제와 상업을 위해 조선어를 배우는 것을 서둘러야만 할 것이다.」(明治九年修好条約及ヒ通商章程ノ締結アリタル後ハ、旧来ノ交通一層ノ親密ヲ加ヘ、貿易通商ハ一年ヨリ旺盛ナリト雖、彼我言語ノ相通セサルニ於テハ交際或ハ親密ヲ欠キ、商業時ニ利ヲ失フコトナキヲ保ス可カラズ。果シテ我ラハ交際ニ商業ニ其語ヲ学フノ急務ニアラザルハナシ)

17) 천문, 시절, 방위, 지리, 강호, 매매, 질병, 미각, 언어 등으로 부문을 나누고 각 부문에 해당되는 표제어를 윗 단에 제시해 그 아래에는 표제어를 사용한 한국어용례와 그 대역인 일본어를 실어 두었다.

18) 『交隣須知』(1881)에서 浦瀬裕가 기록한 서언에 「메이지9년조약체결로 인해 성립된 양국민의 무역의 길을 열고자 할 때 외무성의 명령으로 이 책을 증보 교정 해 세상에 공표한다(明治九年新条約始メテ成リ両国人民寛優貿易ノ道開ケシ以来各自交

동물, 자연 환경 등 일상생활과 밀접한 표현법과 교역시 필요한 기본표
현이 주를 이루었다. 다음은 1801년부터 1893년 사이에 발행된 조선어
회화서의 서문과 서언이다.

> 「1876년 신조약을 맺음으로써 양국민간 넓은 무역의 길이 열렸다.
> 이후 각 교통의 편의 등을 생각하여 외무성의 지시로 이 책을 증보
> 교정하여 세상에 내놓는다」
>
> 『교린수지』[19]

> 「일본 상인이 조선 부산포에 약 2천명 정도 거주하고 있는데도 불
> 구하고 조선어에 능통한 자는 대단히 적고 대다수의 사람이 통역을
> 위해 일본어를 아는 조선인을 고용하고 있기에 원활하게 소통되지
> 않으며 혼란을야기하고 있다. 그 원인은 상업에 종사하는 자가 바빠
> 학습할 시간이 없고 예부터 전해온 책은 대단히 번잡해 초학자에게
> 는 불편하고 호세코는 선린통어를 만들었다」
>
> 『일한선린통어』[20]

通ノ便ヲ得タリ時ニ予象胥ノ官ニ承乏シ命ヲ外務省ニ奉シ此書ニ因テ増補校正ヲ加
ヘ世ニ公行セン」라고 하고 있어 편찬목적이 양국 교역에 도움이 되고자 했음을
시사하고 있다. 그러나 그 한국어 및 일본어는 당시의 구어를 반영하고 있지 않
다.(成玧妸, 「『交隣須知』にみられる語法の変化」, 『国語と国文学』第83巻12号, 2006)

19) 『交隣須知』, 雨森芳洲編・浦瀬裕 교정증보, 外務省, 1881 「明治九年新条約始メテ成
   リ両国人民間優貿易ノ道開ケシ　以来各自交通ノ便ヲ得タリ時ニ予象胥ノ官ニ承乏シ
   命ヲ外務省ニ奉シ此書ニ因テ増補校正ヲ加ヘ世ニ公行セン」

20) 『日韓善隣通語』(1881) 宝迫繁勝, 我邦商人居留朝鮮国釜山浦者凡二千余人而通其邦語者
   甚尠大低皆雇朝鮮人畧(略)解日本語者為通弁矣以是情意常欲通暢動輒生紛拏而不覚其自陥
   欺罔者亦多矣蓋其幣因商家営業之繁不暇(暇)就学与旧伝伝之語学書浩瀚錯雑不便于初学而
   然也宝迫繁勝曾有感于此頃著善隣通語二冊来徴序於余閒之上自語格文法下至商家日用言語
   簡述明載使人寓目了然易於記憶洵為語学之楷梯而交際之舟筏也苟従事朝鮮貿易者能就此学
   之則談咲応酬無不易何復憂其紛拏与欺罔之有然則繁勝有此著不啻有益于語学也余焉得不
   楽而序之乎明治十三年十一月三十日書於釜山浦領事館東窓下　訥堂近藤真鋤」

「(지금까지의 회화서는) 문장이 지나치게 고상하거나 단아해 혹은 지나치게 간단해 양국의 무역 발전을 돕는 데는 부족하다. (중략) 이 책을 벗 삼아 배우는 자가 최단으로 어학을 숙지하도록 해 조선에서 업무를 하는데 타인에 비해 대단히 얻는 것이 클 것이다.」

『일한영삼국대화』21)

「1876년 조약 및 통상 체결한 후에는 서로의 왕래가 더해져 무역 통상은 해마다 왕성해지나 언어를 통한 교제에서는 친밀함이 덜해 상업시에 이익을 읽는 수가 있다. 따라서 우리는 교제와 상업을 위해 그 언어(조선어)를 배우기를 가장 먼저 해야할 것이다.」

『일한통화』22)

이들 회화서의 편저자는 부산 초량의 어학소 교관이나 학생이 대부분이어서 부산초량어학소의 역할이 조선어 회화 교육에 지대한 영향을 끼친 것을 알 수 있다. 분량도 『교린수지』 444페이지, 『정정인어대방』 188페이지, 『일한선린통어』 116페이지, 『삭정판교린수지』 314페이지로 많은 편이며, 『일한선린통어』, 『일한영삼국대화』, 『일한통화』 등은

[그림 2] 『일한통화』

---

21) 赤峰瀬一郎, 『日韓英三国対話』, 岡島宝文館, 1893. 「高尚文雅ニ過ギ或ハ簡易質素ニ過ギテ共ニ隣国ノ好ト貿易ノ隆盛トヲ補助スルニ足ラズ(中略)此書ヲ友トシテ学ブ人ガ最速ニ語学ニ熟練スベクシテ実地之業務ニ就タラン日ニ己ガ学力ト他ノトヲ比較テ思キヤ斯モ大イナル神益ヲ得シトハ」

22) 「明治九年修好条約及通商章程ノ締結アリタル後ハ、旧来ノ交通一層ノ親密ヲ加へ、貿易通商ハ年一年ヨリ旺盛ナリト雖、彼我言語ノ相通セサルニ於テハ交際或ハ親密ヲ欠キ、商業時ニ利ヲ失フコトナキヲ保ス可カラズ。果シテ我ラハ交際ニ商業ニ其語ヲ学フノ急務ニアラザルハナシ」

문자부터 발음, 어휘도 게재되어 있는 등 체계적인 구성을 가지고 있는 것이 특징이다. 그러나 이때까지 조선어 회화서를 학습하는 일본인을 외교, 무역, 통상에 종사하는 자로 그 숫자도 제한적이었을 것으로 보인다.

3. 일본의 대륙진출(청일전쟁, 러일전쟁)과 조선어 회화서

청일전쟁이 일어난 1895년에는 그 출판권수가 17건으로 갑자기 증가를 한다는 사실은 이미 앞에서 서술했다. 전쟁이 시작된 7월부터 이듬해인 1896년 3월에 걸쳐 출판된 조선어 회화서는 16건이다. 청일전쟁(1894~1895)은 일본인의 조선어에 대한 관심의 획기적인 계기를 마련해 준 것으로 보인다. 실제로 7월에는 상무학교와 근위보병 제1여단이 펴낸 『실용조선어 정편(實用朝鮮語正編)』, 『조선속어조학(朝鮮俗語早學)』이, 청나라에 선전포고를 한 8월에는 『신선조선회화(新撰朝鮮會話)』, 『종군필휴 조선독안내(從軍必携朝鮮獨案內)』, 『속성독학 조선일본회화(速成獨學朝鮮日本會話篇)』, 『일한회화(日韓會話)』가, 일본군의 중국 대륙 진출이 이루어진 9월에는 『독학 속성 일한청회화(獨學速成日韓清會話)』, 『일청한삼국회화(日清韓三國會話)』, 『일청한삼국대조회화편(日清韓三國對照會話篇)』, 『일청한대회편람(日清韓對話便覽)』, 『여행필용 일한청대화자재(旅行必用 日韓清對話自在)』와 같이 조선어는 물론 간단한 청

[그림 3] 『일청한삼국회화』

어 회화, 그리고 일본어를 실은 3개 국어 회화서가 다수 발행된다.

이들 회화서의 서문이나 범례 등에는 당시의 정세와 그 출판 목적을 다음과 같이 명확히 밝히고 있으므로 살펴보도록 한다.

> 「이 책을 펴낸 목적은 조선어를 알지 못하는 군인에게 도움이 되고자 하는데 있다. 따라서 용어는 대단히 평이간략한 것을 주로하고 가능한 군대에서 필요한 언어를 골라 수록했다」
>
> 『일한회화』23)

> 「선전포고를 하고 청일간 서로 포탄이 비오듯이 쏟아지고 있다. 이 때 일본제국신민인 자는 청국과 조선 언어를 익혀 이에 대처할 준비를 해야 한다」
>
> 『속성독학일한청회화』24)

> 「우리군 연전연승으로 이미 압록강을 넘어 구련성을 어려움 없이 함락하고 봉황성 또한 우리가 점령했다. 그리고 또 전진하여 봉천을 함락하고 북경을 향해 돌진하니 그 성이 함락되는 것도 시간문제이다. 필시 청나라의 4백개 주는 우리가 왕래할 땅이 되리라. 일청한 삼국의 언어가 급히 필요하니 기뻐하며 이 책을 편다」
>
> 『일청한삼국통어』25)

---

23) 『日韓会話』(1894)참모본부, 도쿄.「本書纂述ノ目的ハ朝鮮語未知ノ軍人ヲ利スルニ在リ。故ニ用語ハ務メテ平易簡略ヲ主トシ、成ルベク軍隊必要ノ言語ヲ撰録セリ」

24) 『速成独学日韓清会話』(1894), 吉野佐之助, 오오사카.「宣戦ノ大詔此ニ煥発シ、日清ノ間砲煙弾雨相接セリ。此時ニ方リ苟モ日本帝国臣民タル者ハ清韓ノ言語ニ通暁シ、以テ予メ時ニ処スルノ準備ナカル可ラス」(緒言)

25) 『日清韓三国通語』(1894) 天淵, 도쿄.「我軍連戦連勝すでに鴨緑江を越え、九連城難なく陥り，鳳凰城亦将に我占領に帰せり。猶進んでは奉天を陥き，直ちに彼乃王都北京を衝き，その城頭に旭章旗の翻を見ること一瞬間にあらんのみ。然る時は清の四百余州は我が往来すべき地となるや必せり。日清韓三国の通語の必需日一日より

또한, 「이 책은 앞으로 조선어가 점점 더 필요해 수준이 되지 않는데도 급히 출판하였으므로 완전치 못하다. 조선어를 모르는 사람을 도와 국가에 도움이 되기를 염원하며 편찬하였으므로 날을 달리하여 불완전한 곳을 보충하여 잘못 된 것을 정정하며 또한 그 부분을 발견하는 자는 그를 용서하라」(『일한회화』) 「이 책은 공부가 부족함에도 불구하고 급거 편찬하였으므로 완전치 못하다. 그러나 조선어를 알지 못하는 자를 도와 국가에 보은코자하는 마음으로 책을 펴냈으므로 부족한 곳과 잘못된 곳은 훗날 보완하고 정정해 사과를 하겠다.」(『조선어독안내』)26)라고 밝히고 있듯이 출판 준비를 할 시간적 여유 없이 청일전쟁에 임해 급거 발행하였음을 추측할 수 있다.

이 시기 군인을 위한 조선어 회화서의 특징으로는 ①휴대하기 편리한 포켓판의 소형 사이즈이며,27) ②페이지수가 매우 적다.28) ③한글은

急なり。余喜んで此書を作る」(序)

26) 『朝鮮語独案内』(1894) 池田勘四郎, 가가와. 「本書ハ将来益々朝鮮語ノ必要アルニ迫ラレ浅学ヲモ省ミス急遽編纂セシヲ以テ固ヨリ完全ナラズ聊カ朝鮮語未知者ヲ裨補シ以テ国家ニ報ゼンコトヲ願フノ微衷ナルノミ他日尚ホ其不完全ヲ補ヒ其誤謬ノ如キモ又当サニ訂正ヲ加ヘテ謝セントス看者姑ク之ヲ諒セヨ」(凡例)

27) 『従軍必携　朝鮮独案内』(凡例)에「此書固より従軍人士の懐中用便ぶ供せんとす故を以て記事略図ともに成るべく簡易を主として唯た其大要を示明するのみ韓語の如きに至りては殊に然りとす」라고 휴대하기 편하도록 만들었다는 것을 밝히고 있다. 『朝鮮国海上用語集』(12p, 14cm), 『実用朝鮮語正編』(56p, 13cm), 『朝鮮俗語早学全』(42p, 14cm), 『兵要朝鮮語』(67p, 12cm), 『新撰朝鮮会話』(162p, 15cm), 『従軍必携朝鮮独案内』(21p, 13cm), 『速成独学　朝鮮日本会話篇』(62p, 16cm), 『日韓会話』(256p, 13cm), 『独習速成日韓清会話』(50p, 13cm), 『日清韓三国会話』(139p, 49p, 17cm), 『日清韓三国対照会話篇』(99p, 16cm), 『日清韓対話便覧』(35p, 13cm), 『旅行必用日韓清対話自在』(127p, 13cm), 『朝鮮通語独案内』(8p, 18cm), 『朝鮮語学独案内』(204p, 16cm) 成玩娥 (2009) 참조. 이들 회화서가 페이지가 작고 크기가 작은 것에 대해 『종군필휴조선어독안내』의 범례에는 「이 책은 종군인들의 품속에 휴대하게 편하게 하기 위해 기사약도 모두 간이한 것 뿐(此書固より従軍人士の懐中用便ぶ供せんとす故を以て記事略図ともに成るべく簡易を主として唯た其大要を示明するのみ韓語の如き

표기되어 있지 않고 가타가나 표기만 되어 있으며,²⁹⁾ ④최소한의 기본 어휘와 일본 군인이 조선 현지에서 조선인을 대상으로 필요로 할 것으로 예상되는 짧고 간단한 문장이 제시되어 있으며 ⑤군인이 물자를 조달하기 위한 혹은 적군의 동정을 살피기 위한 말과 당시의 정세, 군인의 사기를 고취시키는 내용, 군인의 마음가짐을 나타내는 예문이 다수 실려 있고, ⑥ 명령·금지·허가·확인의 표현³⁰⁾이 많은 것을 특징으로 꼽을 수 있다.³¹⁾

○隠れて來たれ(ナミモールーカイカーマニーオナラ)

<숨어서 조용히 오라>

『실용조선어 정편』, 30쪽

に至りては殊に然りとす)」이라며 휴대에 편리하게 하고자 간단하게 제작했다고 서술하고 있다. 成玩娥, 「日淸戰爭への活用のための朝鮮語会話書—その特徵と日本語の樣相—」, 『日本語學論集』, 第4集, 2009.

28) 전체 페이지가 100페이지를 넘는 것은 16건 중『신선조선회화』, 『일한회화』, 『일청한삼국회화』, 『여행필용일한청대화자재』, 『조선어학독안내』, 『일청한삼국통어』이 6건 뿐이다.

29) 한글이 제시되어 있지 않은 이유로서는 군인들은 의사소통만 가능하면 되었기 때문에 문자교육은 시킬 필요가 없었으며 문자 교육을 시킬 시간적 여유가 없었던 것으로 보인다. 그리고 또 한 가지 이유로는『日淸韓三國会話』서언「朝鮮字ヲ用ヒテ一々仮名ヲ附シタキモ、我国ニ於テハ朝鮮文字ノ活字不充分ニシテ、速急ノ際ニ遇ハザルヲ以テ。朝鮮文字ニ代フルニかな(ㄲㄲ)ヲ以テセリ」라는 기술로 보아 당시 인쇄 사정으로는 한글을 만들어 내기 힘들었다는 것을 알 수 있다.

30) 『실용조선어 정편』의 범례에「本書編纂ノ意ハ吾儕軍人ノ軍務執行ヲ補助スルニアリ 本書中ノ訳語ハ命令詞多キニ居ル上流者ニ向テ之ヲ使用スル時ハ失礼ニ渉ラザル樣注意ヲ要ス」명령표현이 많아 윗사람에게 사용하기에는 실례되므로 주의가 필요하다고 하고 있다.

31) 군사잡지「군사계(軍事界)」(1902)에「군대어로써의 구어 및 문장어에 대해(兵語としての口語及文章語に就て)」에서 군대에서 쓰는 말은 '간단명료(簡單明瞭)', '용장활발(勇壯活発)', '교육하기 쉬운 말(敎育上の方法が容易)'이어야 한다고 하며 그 이유는 명령이 정확하게 전달되어야 하기 때문이라고 밝히고 있다.

○ 我に渡せ(ナイコイ、チューオラ)

_{われ} _{わた}

<내게 넘겨라>

『병요조선어』, 19쪽

○ 一歩も動くな(ハンコウルムトウムヂーキーチマラ)

_{いっぽ} _{うご}

<한발자국도 움직이지마>

『실용조선어정편』, 4쪽

○ 騎兵ハ。澤山。居リシカ(クイビヨーグン。マーニー。イツソ)

<기병은 많이 있었는가>

『일청한삼국회화』, 99쪽

○ 降參ヲユルス(ハングボクハーヲ)

<항복을 허락한다>

『일청한삼국대조회화편』, 61쪽

○ たわけを、言うな (ホンマル、マルラ)

<허튼말을 말라>

『종군필휴조선독안내』, 14쪽

○ 火藥ヲ。持テ。コヨ(ハーヤク。カーチヨ。ヲナーラ)

<화약을 가지고 와라>

『일청한삼국회화』, 76쪽

○ 其砲台に大砲があるか(ク、ポーダイエー、タイワングー
カー、インナ)

<그 포대에 대포가 있는가>

『여행일용일한청대화자재』, 61쪽

○ 支那が非常にまけたさうです(チェングキー、タイダニー、
　チェッタプヂーヨ)
　<지나가 비참히 졌다합니다>

『종군필휴조선독안내』, 21쪽

○ 日本ハ。島國デ。土地ハ。狹クテモ。人ノ精神ガ。違ヒマス(イ
　ルボーヌン。ソーミーラー。チバーギー。チョーバート。
　サーラム、チョグシーニー。タルナーヨ)
　<일본은 섬나라로 토지는 좁지만 사람의 정신이 우수합니다>

『일청한삼국회화』, 81쪽[32)]

　이들 청일전쟁에 참전하는 일본군을 위해 만들어진 조선어 회화서
(혹은 조선어와 청어 회화서)의 또 한 가지 특징은 문자인 한글에 대한
해설은 물론 한글 표기가 배제되어 있는 회화서가 많다는 점이다. 문자
를 암기해 한글을 사용하기 보다는 전쟁지에서 최소한의 필요한 한글
어휘나 표현을 가타가나로 표기해 암기해 사용하거나 현지에서 휴대해
필요한 표현을 찾아 읽을 수 있도록 한 것으로 보인다.
　청일 전쟁이 끝난 1896년 이후에는 조선어 회화서의 발행이 현저히
감소해 매년 0~1건만 발행되다가 러일전쟁(1904~1905)을 계기로 1904

---

32) 그러나, 모든 회화서가 전쟁에 관련된 내용 혹은 간단한 문장만을 담고 있는 것
　은 아니며 다음과 같이 조선의 인물, 한국식 한자숙어에 대해 소개하는 문장이
　제시되어 있는 회화서도 있다.
　○白骨。難忘デゴザル(ペクコル。ナンマグ、イロセータ)<백골난망합니다>, 『속
　성독학조선일본회화편』, 62쪽.)
　○問：額字は誰が書きましたか(ソンパン、クルシカー、ヌイ、クルシーヨ)<액
　자는 누가 썼습니까?>
　答：大院君の字です(タイウヲングーヌイ、クルシーヨ)<대원군의 글자입니다>,
　『여행일용일한청대화자재』, 28쪽.)

년에 16건, 1905년에 8건으로 회화서의 발행이 또다시 열기를 띠게 된다. 이 시기에는 러시아, 만주 진출을 염두에 둔 『일로청한회화자재법(日露淸韓會話自在法)』, 『대역일로청한회화 군인상이필휴(對譯日露淸韓會話軍人商人必携)』, 『수진실용만한토어안내(袖珍實用滿韓土語案內)』, 『일로청한회화 속성배우기(日露淸韓會話早まなび)』, 『일로청한회화자재(日露淸韓會話自在)』, 『일한청영로 5개국단어회화편(日韓淸英露五國單語會話篇)』와 같이 4개 국어 혹은 5개 국어의 회화서가 다수 등장한다. 이처럼 여러개의 외국어로 회화서를 펴내는 이유에 대해 『대역일로청한회화 군인상인필휴』는 그 서문에 「3개국 이상의 것은 없다. 그러나 이번 시국은 이름은 일본과 러시아의 충돌이라고는 하지만 그 전장은 청나라와 조선이기 때문에 이 시국에 가장 필요한 것은 일, 로, 청, 한의 4개국의 회화와 그 지도인 것은 두 말 할 필요도 없다」[33]라고 서술하고 있다. 이를 통해 일본이 동아시아에서 패권을 차지하기 위한 준비를 해왔다는 사실을 알 수 있다.

이 시기 회화서의 언어적 특징으로는 『실용수만한토어안내』에서 「이 책은 주로 만주와 한국 양국 땅에서 일어나는 군사 행동에 도움을 주기 위해 특히 군사적 착안으로 편찬했으며 따라서 그 목적에 부합하도록 수집 연결해 그 미사여구는 모두 생략했다」[34]라고 하듯이 군사 행동에 중점을 둔 간략한 회화의 채록을 그 특징이라 할 수 있다.

---

33) 米村勝蔵, 『対訳日露清韓会話軍人商人必携』, 啓文社, 1904. 「三ヶ国以上のものは、絶て無いのである。然るに今回の時局は、名は日露の衝突といふが、其戦争の地は、寧ろ清韓に於て開かれるのである、して見ると、この時局について、最も必要なのは、日露清韓四国の会話と、其地図とであることは、今更いふまでもない」
34) 平山治久, 『袖珍実用満韓土語案内』, 1904. 「本書ハ主トシテ満韓両地ニ於ケル軍隊行動ノ使ニ資センガ為メ特ニ軍事的着眼ヲ以テ編纂セリ、故ニ其目的ニ合スルモノト誤ムルノミヲ蒐集連結シ彼ノ麗語敬辞ノ如キハ一切之ヲ省ケリ」(凡例)

○ 何處に魯國兵は居るか　チョクピヨーギオーテーイツソ

　　<어디에 러시아병사는 있는가>

　　　　　　　　　　　『대역일로청한회화 군인상인필휴』 척후

○ 皆持つて來い　モトカチヨオナラ

　　<모두 가지고 오너라>

　　　　　　　　　　　『일로한청회화 속성배우기』, 170쪽

○ 相当ノ賃錢ヲ与フルゾ　サングタングハンサークルチュルラ
　　サウタウ　チンセン　アタ

　　<상당한 돈을 주마>

　　　　　　　　　　　『일로청한회화자재』, 66쪽

　이 시기의 조선어 회화서에는 한글 문자에 대한 해설, 발음의 요령, 각 부문별 어휘, 회화 등이 체계적이며 상세하게 실려 있는 것들이 많지만 전쟁에 활용을 목적으로 하는 것은 청일전쟁 당시 발행된 조선어 회화서와 마찬가지로 한글표기를 배제하고 한글 음을 일본어로 표기하고 있는 것이 다수 있다. 이들 중 『일로청한회화자재법(日露淸韓會話自在法)』[35] 그 예언에 「조선언문을 넣고 싶었지만 활자를 목판에 넣지 못하고 또 (출판일)이 늦어질까 생략하게 되었다」라고 하고 있어 회화서 출판에 시간적·기술적 제약이 따랐음을 알 수 있다.

　한반도에서는 일본의 영향이 절대적인 것이 되고, 이후에 대한제국은 여러 가지 권리를 일본에 박탈당하게 되어 급기야는 일본의 보호국이 된다. 이로 인해 일본인들의 조선에 대한 관심은 [표 1]에서 알 수

---

35) 武智英, 어학연구회 (편) 『日露淸韓会話自在法』, 日本館, 1904. 「朝鮮諺文を挟む筈なりしも活字不揃の為め一蹟し之を木版に起さんか(??)時日遷延の恐れあり故を以て之を省くこととせり」

있듯이 1910년 한일병합조약체결까지 1906년 7건, 1907년 2건, 1908년 2건, 1909년 3건, 1910년 6건으로 청일전쟁 후 조선어 붐이 일시에 식었을 당시 그 출판수가 급감했던 것과는 또 다른 양상을 보이고 있다.

4. 일본의 식민지 정치와 조선어 붐

1904년에는 러일전쟁이 발발 이후, 일본 정부는 시베리아 철도 공사에 필요한 인원 동원을 위해 한일 협정서를 체결, 같은 해 8월에는 제1차 한일 협약을 맺고 한국의 재정, 외교에 관여를 했다. 그 이후 점차 한국 지배를 강화해 1905년 제2차 협약에서는 한국의 외교권을 박탈하고 보호국화 했으며 1907년 제3차 한일 협약 후에는 내정권을 장악, 대한 제국의 군대를 해산시키고 1910년 8월 22일에 한일병합조약에 이른다. 이로 인해 대한제국 정부와 한국 통감부는 폐지되고 대신해 한반도를 통치하는 조선총독부가 설치된다. 초선총독부는 1910년부터 토지조사사업을 위한 측량을 행하고 토지의 소유권을 확정해 보고가 이루어지지 않은 토지와 국유지로 인정된 토지는 동양척식주식회사(東洋拓殖株式會社)로 접수하거나 일본인 이민 정책을 펼쳐 그들에게 불하한다. 군사적 견지에서 일본인 농업 이민을 권장하는 사업을 행했던 것이나 이로 조선의 영세농민은 소작농화 하여 농촌을 떠나는 사례가 대량으로 생겨났으며 조선의 상인과 지주는 밀려드는 일본인들에 떠밀려 몰락하거나 총독부와 좋은 관계를 유지한 지주 세력 일부가 신흥 자본가로 대두하게 되었다. 또한 일본은 조선에서 산업 투자, 교육, 철도 등 다양한 투자를 활발하게 했으며 한반도의 경제 활성화 및 인적 자원 육성에 힘을 기울였다.

일본의 새로운 투자처이자 특권을 누릴 수 있는 새로운 장소36)로 조선이 일본인들의 주목을 끌면서 조선(대륙)으로 진출하는 일본인이 증가하자 그들에게 필요한 조선어회화서, 확고하고도 효율적인 통치에 필요한 조선어 회화서가 다양하게 출판된다. 다음 [표 2]는 조선에서 활동하는 일본인의 인구 변화를 나타낸 것이다.

[표 2] 재조선 일본인 인구37)

연차	남자	여자	총계	조선총인구에 대한 비율
1876(明治9)	52	2	54	-----
1884(明治17)	3, 574	782	4, 356	-----
1894(明治27)	5, 629	3, 725	9, 354	-----
1904(明治37)	19, 330	11, 763	31, 093	-----
1906(明治39)	48, 028	35, 287	83, 315	-----
1910(明治43)	92, 751	78, 792	171, 543	1.29
1911(明治44)	114, 758	95, 930	210, 989	1.50
1912(大正1)	131, 518	112, 211	243, 729	1.64
1917(大正6)	177, 646	154, 810	332, 456	1.96
1925(大正14)	221, 163	203, 577	411, 595	2.28

---

36) 일본의 식민지 정치가 본격적으로 시작되기 이전에는 일본 중소 상인들이 상업과 무역을 위해 조선에 온 경우가 많았으나 일본의 식민지 정치가 시작되자 재벌 자본가, 군인, 공무원(役人), 금융인, 교육자, 대학 출신의 특권 대기업의 사원과 같은 엘리트들이 대거 조선으로 건너오게 된다.

37) 『朝鮮総督府統計年報』, 各年版.
이 중 일본인의 직업별 구성을 살펴보면(1911년 기준), 상업 및 교통업 종사자가 67,625명, 공무 및 자주업이 41,269명, 광업 및 공업 종사자가 26,811명, 농업 및 어업이 20,623명, 기타가 454,361명으로 나타난다. 그러던 것이 이주 정책으로 인해 1922년에는 농업과 어업종사자가 49,348명으로 증가한다. 농업 종사자 중에는 대소지주와 그 사용인이 상당수 포함되어 있다. 조선총독부가 편찬한 『朝鮮の内地人』(1923)에 의하면 조1910년 조선의 '일본화'를 위해 만주 이민과 같이 계획적으로 보내진 동양척식의 모집 이민자가 당시 조선 농업 종사자 중 반 수 가까이를 차지했다는 것이다.

1926(昭和1)	230, 228	212, 098	442, 326	2.32
1931(昭和6)	266, 320	248, 346	514, 666	2.54
1941(昭和16)	332, 218	317, 886	650, 104	2.85

재조일본인의 직업 분포의 변천(1911~42)을 살펴보면 공무 및 자유업이 대단히 많고 각 시기를 통해 20~40%에 이르는 것으로 나타나 있다.[38] 또한, 일본은 조선에서 산업 투자, 교육, 철도 등 다양한 투자를 활발하게 했으며 한반도의 경제 활성화 및 인적 자원 육성에 힘을 기울였다. 즉, 일본의 새로운 투자처이자 특권을 누릴 수 있는 새로운 장소[39]로 조선어 회화서가 이민을 가는 일본인을 위한 회화서,[40] 철도 업무 관련 종사자를 위한 회화서,[41] 일본인 경찰을 위한 회화서,[42] 토

---

38) 梶村秀樹, 『梶村秀樹著作集第一巻 朝鮮史と日本人』, 明石書店, 1992, 227쪽.

39) 일본의 식민지 정치가 본격적으로 시작되기 이전에는 일본 중소 상인들이 상업과 무역을 위해 조선에 온 경우가 많았으나 일본의 식민지 정치가 시작되자 재벌 자본가, 군인, 공무원(役人), 금융인, 교육자, 대학 출신의 특권 대기업의 사원과 같은 엘리트들이 대거 조선으로 건너오게 된다.

40) 이들 이민자를 위해 만들어진 회화서에는 조선의 이주를 위한 안내와 조선의 지리적 위치, 인구, 풍속, 교통, 통화와 같은 생활 정보, 통관 수속 절차, 조선의 금융 및 금리, 조선에서의 유망한 사업, 토지의 점유 방법, 조선에서 일본으로 수입하는 품목에 이르기까지 일본인들이 조선에서 정착하는데 유용한 정보들이 담겨져 있는 가이드북의 형식으로 이루어져 있다. 『한어독습통신지(韓語独習通信誌)』(大韓起業調査局通信部(編), 1904. 도쿄)에 당시 조선의 입주 조건과 이주의 당위성에 대해 「한반도는 우리일본의 안전 보장의 요지에 해당되며 국권의 소장과 밀접한 관계가 있을뿐 아니라 동양의 안위와 직결된 교두보이다. 나는 한반도는 일본의 지속적으로 팽창하고 있는 완화지도 이주하기에 최적의 땅이라 아니하지 않을 수 없다. 한국은 일본과 가장 가깝고 교통도 편리하며 말과 글도 유사해 통하기 쉽고 생활도 유사하다. 한국의 기후는 온화하고 일본 관동지역과 비슷하며 산하는 아름답고 땅은 비옥하며 인구는 적어 육지와 바다의 산물이 풍부하다(序)라며 일본인의 조선으로의 이주를 적극 권장하고 있다.

41) 『한어회화(韓語会話)』(村上三男(編), 1904. 도쿄)는 그 서문에 「이 책은 원래 한국에서 철도에 종사하는 일본인의 실제 사용을 목적으로 편찬 한 것」이라고 밝히

지조사를 위한 조선어 회화서,43) 교육에 종사하는 이들을 위한 조선어 회화서 등이 바로 그것이다.

[표 2]에서 보듯이 1910년 이후에는 조선에 거주하는 일본인 인구가 증가하지만 [표 1]에서와 같이 그에 맞추어 조선어 회화서의 출판 건수가 증가하거나 하지는 않는다. 그 이유는 '일본어'가 보통학교의 교과목이 된 데에서 찾을 수 있다. 1906년에 체계적인 일본어 교육이 시작되며 급기야는 한일 합방을 한 1910년 이후에는 과목명이 '국어'가 되며 보다 철저하게 일본어교육(국어교육)이 시작되면서 조선어 회화서는 그 출간이 줄고 조선어에 대한 관심도 점차 줄어들게 된다.44)

고 있으며 내용에는 철도, 교통, 통신에 관한 회화가 게재되어 있다. ○荷物ハ、先ヅ、乗票ヲ買テカラ、オ預ケナサイ(43쪽)

42) 『일한통화첩경(日韓通話捷径)』(田村謙吾, 1903. 도쿄) 서문에, 「한국재류 일본인이 나날이 증가하며 한국인과 일본인 관계의 경찰 사무도 다양해져 당국자가 한어에 능통해야 할 필요성이 증가해 한어가 직무상 필요로 해졌다. 그러나 한어를 배울만한 좋은 회화서가 아직 나오지 않아 유감으로 생각하던 차에 저자가 다년간 경찰서에 봉직한 경험을 살려 공무를 하는 짬짬이 일반 경찰 사무에 관한 용어를 수집하여 보통어(구어)를 섞어 책을 펴내니 경찰에 이바지하는 바가 있을 것이다(韓国在留本邦人ノ年々増加スルニ伴ヒ日韓人関係ノ警察事務モ亦多端トナリ随テ当局者ガ韓語ニ通スルノ必要益々大ナルニ至レリ然ルニ其ノ職務上須要ノ韓語ヲ学ベキ会話書未ダ世ニ出デズ其職ニ居ル者常ニ以テ遺憾ト為ス著者多年当館附属警察署ニ奉職シ亦茲ニ見ル所アリ乃チ公務ノ余暇一般警察事務ニ関スル用語ヲ蒐集シ尚ホ普通語ヲ交ヘテ之ヲ公ニシ以テ当路者ニ資スル所アラントス)」라고 있듯 조선에 체류하는 일본인의 안전 확보 및 조선의 치안을 위한 경찰 사무에 조선어 회화가 필요했다는 것을 알 수 있다.

43) 『국원수지일선회화(局員須知日鮮会話)』(조선총독부 임시토지조사국(편), 조선총독부, 1912.)에는 조선총독부 임시 토지 조사국원이 업무에 필요한 회화나 마음가짐, 물품 청구 소속, 금융청구 및 영수 절차 등이 그 내용에 포함되어 있다.
○公務ノ為メ。止ヲ得ズ。遅参ニナッタ時ハ。監督者ノ。証明ヲ添ヘテ。出セバ。遅参ニナリマセン。(116쪽)
○総裁迄ノ。御決裁ガ済ミマシタラ。庶務課ノ文書掛へ。御廻シナサイ。(72쪽)

그러던 것이 1919년부터 조선총독부는 '무단정치'에서 '문화정치'로 통치 방침을 전환했으며 그 일환으로 1921년에는 조선총독부 및 소속 관서직원 조선어 장려 규정이 정해 일본인 관리, 경찰, 교원에 대해 조선어 습득을 장려하며 시험(조선어장려시험)을 치르게 해 그 결과를 승진과 수당에 반영하기도 했다. 조선어 장려시험은 1918~1920년 판『조선총독부 시정연보』에 의하면 「조선에서 내지인관리로 하여금 조선어를 알게 하기 위해 각종 정책 실행에 편리를 도모하고 조선인과의 융화를 위해 필요하며 경찰 단속, 산업 장려 등에서 인민의 오해를 불러일으키는 일이 많은 바 총독부 및 소속관서 근무하는 내지인 직원, 특히 인민과 접촉하는 지방청 직원에 대해 조선어 학습을 장려하고 대정9년(1920) 이후 한층 장려하여 내지인 관리로 하여금 조선어에 숙달한 자에 대해 장려수당을 지급하는 계획을 세워 대정10년(1921)부터 이를 실시하여 조선 사정에 밝아 각종 정책 실행에 있어 편리하도록 한다」[45]

---

44) 조선어 회화서는 원래 일본인들을 위한 것이 주류를 이루었으나『한어교과서(韓語教科書)』(金島苔水・広野韓山合著, 1905, 오사카・도쿄)서언에는 「한인이 일본어를 배우려고 하는 데에도 지침이 될 수 있다(韓人ニシテ日語ヲ学バントスル者ニモ亦均シク捷径タルヲ得ベシ),라고 있으며,『한어오십일간독수(韓語五十日間独修)』(島井浩著 白澁喆閣, 1910, 오사카・도쿄)「일본어를 모르는 한인과 한어를 모르는 일본인이 대화할 수 있고 어떠한 용건도 처리되게 하는 좋은 책(日語を知らざる韓人と韓語を知らざる日人とが直に対話し得이く如何なる用件も所理し得らるべき良書なり),,『일한한일언어집(日韓韓日言語集)』(趙義淵・井田勤衛合著, 1910, 도쿄)「일본인으로 하여금 한어를 알게하고, 한국인으로 하여금 일어를 알게하는 것은 현대적 필요에 의해 절실한 것(日本人にして韓語を知り、韓人にして日語を解するは、現代的必要の極めて切実なる者ある),이라고 각각 밝히고 있듯이 일본과 조선의 양국민을 위한 조선어회화서이자 일본어회화서로 사용될 수 있도록 의도하고 있다. 즉, 일본의 동화정책이 반영되어 조선어회화서는 급감하고 일본어회화서의 발행이 늘어나기 시작하는 양상을 보인다. (『독습일어정칙(独習日語正則)』(1907),『일어회화(日語会話)』(1908),『일어대해(日語大海)』(1911),『정선일어통편(精選日語通編)』(1911),『日本語学音・語篇』(1912)

라고 조선어 장려 정책에 대해 설명하고 있다. 조선어 장려 시험이 시작된 1921년 이후 '조선인의에 대한 국어(일본어)의 보급'이라는 항목과 더불어 '내지인 직원에 대한 조선어의 장려'라는 항목이 실리게 되는 점으로 보아 일본인에 대한 조선어 장려가 '내지 융화를 내세운 정보 수집의 효율화를 위한 것', '철저하고 효과적인 통치정책의 일환'으로서 중요한 역할을 한다는 것을 짐작하게 해 준다.46)

『월간조선어』에는 1925년에 이후 조선어 장려시험 응시자수와 직업별 합격자수가 기록되어 있는데, 그 수험자수가 1925년 8월에 1242명 (3종), 1926년 2월에는 75명(3종), 1926년 8월 1209명(3종), 1927년 6월 1219명(3종)으로 1926년 2월을 제외하고는 약 1200명이 응시하고 있어 재조선 일본인들에게 있어 조선어 붐이 불었다고 할 수 있다. 그러나 이 조선어 붐은 공무원, 교원, 경찰 등의 제한된 직업을 가진 일본인들 사이에서 그것도 일본이 아닌 조선에서 조선총독부의 장려 하에 직무상 혹은 승진이나 수당을 학습의 동기로 삼고 있으며, 그 배경에는 앞에서도 서술했듯이 이는 '내선일체', '효율적인 정책 운용'을 위한 조선총독부의 정책이 존재하고 있었던 것이다.

---

45) 「朝鮮ニ於ケル内地人官吏ニシテ朝鮮語ヲ解スルハ啻ニ各種ノ施設ヲ実行スルニ利便多キノミナラス内鮮人ノ融和ヲ図るカ為ニ亦必要ナルハ言ヲ候タサル所ニシテ警察取締、産業奨励ニ於テ動モスレハ人民ノ誤解ヲ招クノ虞アリシカ如キハ其ノ局ニ当ル者ハ朝鮮語ヲ解セサルニ由因スルコト多キヲ以テ本府ハ従来総督府及所属官署在勤ノ内地人職員殊ニ常ニ以降一層之カ奨励ニ努ムル為内地官吏ニシテ朝鮮語ニ熟達シタル者ニ対シテハ奨励手当てヲ給与スルノ計画ヲ立テ大正十年度ヨリ之ヲ実施シ以テ朝鮮ノ事情ニ透徹シ各種施設ノ実行上ニ利便ナラシムルコトヲ期セリ」(『朝鮮語総督府施政年報』, 1918-20, 1922, 140-141쪽)

46) 조선어 장려 정책으로 『월간잡지조선어(月刊雑誌朝鮮語)1925~1929』, 『조선문조선어강의록(朝鮮文朝鮮語講義録)』이라고 하는 조선어 학습 관련 잡지들이 발행된다.

Ⅳ. 조선어 회화서의 진실

조선어 회화서의 제목에 쓰인 말을 살펴보면 초기에는 「한(韓)」, 「선린(善隣)」, 「교제(交隣)」였으나 이후 청일전쟁을 계기로 출판된 것에는 「조선(朝鮮)」, 「병용(兵用)」, 「종군(從軍)」이라는 단어가 많이 들어가게 되고, 러일 전쟁을 전후해서는 「실용(實用)」, 「속성(速成)」, 「실지응용(實地応用)」이 들어간 회화서들이 많다. 또한, 한일병합이 이루어진 1910년 이후에는 「조선어(朝鮮語)」, 「일선(日鮮)」이, 조선어장려시험 실시해인 1921년 이후에는 「조선어장려시험(朝鮮語獎勵試驗)」, 「신(新.新訂)」이 들어가는 등 조선과 조선어학습에 대한 의식 변화와 당시 발행되었던 조선어회화서 및 당시 일었던 조선어 붐의 배경이 여실히 드러나 있다.

이상 살펴 본 바와 같이 시대적, 정치적 변화에 따라 일본인을 위한 조선어 회화서의 발행건수는 현저한 차이를 보이며 1800년대 들어서서 많은 조선어 회화서는 무역, 상업, 외교 등 실리를 위한 것이었으나 일본에서 일었던 조선어 붐은 대륙진출을 목적으로 청일전쟁과 러일전쟁 시 군인들이 활용할 수 있도록 하는 것이 주목적이었다. 조선에서 일었던 조선어 붐 또한 그 주체가 관주도에 의한 조선 총독부 관리, 경찰관, 교원 등에 극히 한정적이었으며 승진과 수당, 합리적인 통치를 위한 것이었다. 다시 말해 조선어 회화 붐의 실체는 오늘날의 한류 붐과는 달리 조선 문화를 배우고 조선인을 알고 이해하기 위한 것이 아닌 통치정책의 철저, 치안 유지를 위한 유용한 수단이 최우선하고 있었다고 보지 않을 수 없다.

그러나 그 조선어 회화 붐의 목적을 '통치정책의 철저, 치안 유지를 위한 유용한 수단으로 이용했다'라고 일축하기엔 문제점 또한 따른다.

왜냐하면 조선어 회화서의 본문 내용 등에 나타나는 실태에는 '조선어의 학습 목적이 조선 문화를 배우고, 조선인을 알고, 조선인과 상호 이해를 추구하기 위한' 사실도 포함하고 있기 때문이다.47)

---

47) 인사에서부터 물건사기, 사람과의 교제, 아랫사람 부리기, 병원, 이발소, 목욕탕 등에서의 회화, 습관, 문화, 조선의 풍속 등 생활 전반, 문화, 교제에 관련된 회화 용례를 풍부하게 싣고 있는 회화서도 많다.

⊞ 참고문헌

김성준, 『일제강점기 조선어 교육과 조선어 말살정책 연구』, 경인문화사 , 2010.

한용진, 『근대 이후 일본의 교육』, 도서출판 문, 2010.

허재영, 『일제강점기 교과서 정책과 조선어과 교과서』, 도서출판경진, 2009.

石川遼子, 「東京外國語學校の再興と朝鮮語敎育―日淸戰爭と日露戰爭のあいだ」, 『人間文化研究科年報』, 第12号, 1996.

稻葉継雄, 『旧韓末「日語學校」の研究』, 九州大學出版會, 1997.

_____, 『朝鮮植民地敎育政策史の再檢討』, 九州大學出版會, 2010.

大曲美太郎, 「釜山港日本居留地に於ける朝鮮語敎育附朝鮮語學習書の概評」, 『靑丘學叢』, 第24号, 1935.

_____, 「釜山における日本の朝鮮語學所と『交隣須知』の刊行」, 『ドルメン』, 第4卷3号, 1935.

小倉進平, 「釜山に於ける日本の語學所」, 『歷史地理』, 第63号, 第2号, 1934.

梶井陟, 「朝鮮語學習書の変遷」, 『季刊三千里』, 第16号, 1978.

_____, 『朝鮮語を考える』, 龍溪書舍, 1980.

梶村秀樹, 『梶村秀樹著作集第一卷 朝鮮史と日本人』, 明石書店, 1992.

久保田優子, 『植民地朝鮮の日本語敎育―日本語による「同化」敎育の成立過程―』, 九州大學出版會, 2005.

櫻井隆, 「植民地敎育史研究における言語の問題」, 『植民地國家の國語と地理』, 皓星社, 2005.

櫻井義之, 「日本人の朝鮮語學研究(一)～(二)」, 『韓』, 第3卷 第7号～第8号.

成玧妸, 「『交隣須知』にみられる語法の変化」, 『國語と國文學』, 第83卷 12号, 2006.

_____, 「近代日本語資料としての『日韓通話』」, 『日本語學論集』, 第3号, 2008.

_____, 「近代日本語資料としての『日韓韓日新會話』」, 『日本語學論集』, 第4号, 2008.

_____, 「[研究ノート]日本語資料としての朝鮮語會話書」, 『日本語の研究』, 第4卷 2号, 2008.

_____, 「明治期における『獨習新案日韓對話』」, 『近代語研究』, 第14集, 武藏野書院, 2008.

_____, 「日淸戰爭への活用のための朝鮮語會話書―その特徵と日本語の樣相―」, 『日本語學論集』, 第4集, 2009.

_____, 「明治後期における朝鮮語會話書の特徵とその日本語」, 『日本學研究』, 第29輯,

2010.

舘野晳, 『36人の日本人 韓國・朝鮮へのまなざし』, 明石書店, 2005.

朝鮮總督府, 『昭和五年 朝鮮國勢調査報告 全鮮編 第一卷 結果編』, 1935.

＿＿＿＿＿, 『昭和五年 朝鮮國勢調査報告 全鮮編 第二卷 結果編』, 1935.

古川ちかし・林珠雪・川口隆行, 『台湾・韓國・沖縄で日本語は何をしたのか―言語支
　　　　配のもたらすもの』, 三元社, 2007.

藤波義貫, 「二三十年前を顧みて(四)」, 『月刊雜誌朝鮮語』, 第4号, 1926.

本間千景, 『韓國「併合」前後の教育政策と日本』, 思文閣出版, 2010.

松原孝俊・趙眞璟, 「嚴原語學所と釜山語學所の沿革をめぐって」, 『言語文化論究』, 第8
　　　　号, 1997.

安田敏朗, 『帝國日本の言語編制』, 世織書房, 1997.

＿＿＿＿＿, 『脱「日本語」への視座』, 三元社, 2003.

山田寬人, 『植民地朝鮮における朝鮮語奬勵政策』, 不二出版, 2004.

＿＿＿＿＿, 「日清・日露戰爭と朝鮮語ブーム」, 『植民地言語教育の虛實』, 皓星社, 2007.

山本七平, 「日本陸軍のことば」, 『言語生活』, 第262号, 1973.

제국 일본 속의 '조선 시 붐'

-유학생 시인과 김소운의 『조선시집』을 중심으로-

양 동 국

I. '조선 시 붐'에의 접근

제국 일본의 식민지 지배와 피지배 속에 형성된 조선에 대한 관심은 다양한 방면에서 이루어지고 그것은 하나의 붐을 형성했다. 시문학에 있어서도 예외는 아니었는데 일본 제국 내에서의 '조선 시 붐'이란 조선인 유학생이 일본 시단에서 일본어 창작시로 이름을 떨치거나 후의 한국 근대시가 번역을 통해 일본의 독자에게 읽히는 것 등을 포함한다. 즉 일본의 시문학 영역에서 포착되는 조선 시인 및 한국 시문학에 대한 관심을 통틀어 일컫는 포괄적인 의미이다.

한국 근대시의 성립은 전통 시가의 흐름과 한편으로는 서구의 근대시로부터 다양한 영향을 받으며 전개되었다는 것에는 이론이 없다. 그리고 서구 근대시의 수용에 있어 그 매개지는 일본 근대시단이었다. 한국의 근대 문단에서 명성을 떨친 상당수의 문인이나 시인이 일본 유학생이었다는 사실에서도 이를 가늠할 수 있지만 이중, 적지 않은 이가 이중 언어의 작가였다는 사실도 주목해야 한다. 일본 제국 내의 '조선 시 붐'에서 그들 유학생과 나아가 일본 시단에 등단한 시인에도 주목 해야 하는 이유가 바로 여기에 있다.

극히 일부를 제외하고 피식민지 언어에 그다지 관심을 가져주지 않 았던 시대에, 더구나 한국 근대시가 1920년대 초반까지 구어체 자유시 형식을 모색하며 서서히 모습을 드러내고 있었던 점을 상기한다면 한 국의 근현대 문학은 사실 애초부터 일본인의 관심에서 벗어나 있었던 것처럼 보인다. 그럼에도 불구하고 은은하면서도 강렬한 '조선 시 붐' 이 일어난 것은 유학생 시인들의 뛰어난 문업과 한편으로는 제국의 형 성과 체제라는 시대 상황 속의 정치 문화적 고려도 맞물려 있었을 것 으로 사료된다.

이 글에서는 일본 시단 속에서 활약했던 몇몇의 문인을 들어 '조선 시 붐'의 형성에 대해 통시적으로 그 인과성을 살펴보며 더불어 그 정 점이라고 할 수 있는 김소운(1907~1981)의 『조선시집(朝鮮詩集)』을 들어 그 이면에 담긴 정치·문화적 관련성을 들춰보는 데에 있다.

II. '조선 시 붐'의 전조

일본 근대시의 형성에 있어서도 서구 근대사조의 이입과 영향은 거 의 절대적이었다. 서구시와의 동질성을 획득하는 것이 바로 일본 근대 시의 궁극적인 목표였다고 할 수 있는데 흥미로운 것은 이미 이때부터 한국 유학생들의 활약이 두드러졌다는 점이다. 일본 근대 시단에서 발 을 담그거나 나름의 족적을 남긴 한국의 젊은 시인 혹은 유학생 문인은 적지 않지만 그 중에서도 주목해야 할 시인으로 주요한, 정지용, 그리고 백철 등을 들 수 있을 것이다. 이들은 한국 근대 시문학의 성립에 크게 기여했지만 더불어 그들의 일어시 또한 결과적으로 후의 일본 내의 '조선 시 붐'이라는 서막의 역할을 짊어진다.

주요한은 1912년 도일해 명치학원 중등부와 및 제일고등학교에서 수학했다. 당시 조선인 최초로 제일고등학교에 입학한 평양 태생의 이 천재적 소년은 중등부 재학 중에 『문예잡지(文藝雜誌)』, 『수재문단(秀才文壇)』, 『문장세계(文章世界)』 등에 시, 하이쿠, 수필 등을 투고하는 한편, 가와지 류코(川路柳虹)가 설립한 서광시사의 동인 계간지 『伴奏』(계간·전 5권)와 연이어 간행되었던 시전문 월간지 『現代詩歌』의 동인이 되어 본격적으로 시를 발표했다. 대정(大正)기 일본시단의 주요 시인의 한 사람으로 당시 명성을 떨치고 있었던 가와지 류코로부터 신인 시인 등으로 세 번이나 추천, 소개되고 있으며 미래파의 제창자 히라토 렌키치(平戸廉吉), 아나키즘의 시인 하기와라 교지로(萩原恭次郎)와도 친밀한 교유 관계를 유지하는 등 일본의 시인들과 깊은 교류를 나누었다. 주요한은 1919년 3·1 운동 때 귀국 후 곧 바로 상해로 망명하는데, 현재까지 알려진 주요한의 일본어 문예 작품은 창작시 37편 하이쿠 3편 에세이 1편 등 46편(단카, 경구 등 포함)에 이르며 이외에도 많은 단평을 일본어로 남기고 있다.[1] 이러한 요한의 활약은 다음에 제시하는 추천문 및 시평에서 그 일면을 엿볼 수 있다.

---

1) 자세한 것은 졸고, 「<불놀이> 이전의 주요한」(『계간 한국 문학평론』 여름호, 범우사, 1997), 「동경과 상해 시절의 주요한의 알려지지 않은 행적―서광시사와 호강대학 시절을 중심으로」(『문학 사상』, 문학사상사, 2000. 4)참조.

요한군은 찬가와 같은 경건한 작품과 화가의 스케치 같은 회화적
인 작품 등 두 종류가 있다. 그 교묘한 스타일은 어딘가 하면 후자에
있었다. 그것은 사상파의 시라고 칭해도 좋은 것이었다. 나는 후자와
같은 경향의 작품 속에 전자의 경건한 마음가짐이 들어 있는 듯한
작품을 앞으로 바라고 싶다. 그러나 그 종횡으로 뻗어 나가는 태도
는 어쨌든 추천 장려할 수 있다.2)

주군의 이러한 유형의 작품은 무척 재미있다. 재미있는 점에서 말
하면 가장 특이한 것을 同君은 갖고 있다. 타인이 보지 않는 세계를
보고 있다. 화가가 물체를 응시하는 태도로서 주위의 죽은 듯한 존
재에도 의의 있는 이미지를 보고 있다. 자연에 대한 「좋은 시각」이
있다. 이미지스트의 작품에 있는 듯한 시다. 어쨌든 이 경지를 더더
욱 개척하길 바란다.3)

이 두 개의 추천 시평은 요한이 1918년 무렵에 심취했던 이미지즘
시에 대한 가와지 류코의 평가이다. 주요한은 당시 새로운 문학사조로
대두하기 시작한 이미지즘에 일본의 어느 시인보다도 적극적으로 수용

---

2) 「대정(大正) 7년에 있어서 제군의 발자취」, 『現代詩歌』 제2권 제1호, 1919. 1, 86쪽.
耀翰君は讚歌のやうな敬虔な作と畫家のスケッチのやうな繪畫的な作と二つあつ
た。その巧みな調子はどつちらかといふと後者にあつた。それは寫象派の詩とも
稱してよいものであつた。私は後者の傾向の作の中に前者の敬虔な心持が入つてゐ
つたやうな作を今後に望みたい。併しその縱橫な詩作の態度はともかく推獎出來
る。

3) 「전호의 시가」, 『現代詩歌』 제6호, 1918. 7, 56쪽. 「전호의 시가」는 원래 동인들의
시를 서로가 평하는 시 평란이다. 『現代詩歌』 제6호의 「전호의 시가」는 주재자 川
路柳虹가 전호에 발표한 동인 6명의 시를 들어 구체적으로 평하고 있다. 「朱君のこ
の種の作は大へん面白い。「面白い」といふ點で云へば一番異つたものを同君はもつ
てゐる。人の見ない世界を見てゐる。畫家が物體を凝視する態度で周圍の死んだや
うな存在にも意義あるイメージを見てゐる。自然に對する 「よい見方」がある。イ
マジストの作にでもありさうな詩だ。とに角この境地をどん開拓してほしい。」

해 「식탁」,4) 「잠자는 여인」 등 회화성이 강한 시를 발표하고 있었다.
한편 요한은 1910년 대 초반 프랑스 시단을 이끌었던 폴 포르의 자유
산문시에 깊은 관심을 가지며 그의 시작에 투영하고 있었다. 『現代詩歌』
제9호(1918. 10)의 추천시 「微光」에 대한 류코의 추천문은 바로 요한이
시도하고 있었던 산문시에 대한 추천 시평이다.

> 주요한군에 이르러서는 우리의 이웃나라 조선국의 가장 새로운
> 영제네레이션을 대표하는 한 사람이라고 해도 좋을 것입니다. 모국
> 어 이상으로 유창한 이들 시구의 휘날림(馳驅)만을 생각해도 정말 흥
> 미 있는 것들 입니다. 뿐만 아니라 그 열의와 예민함과 풍요로운 정
> 조도 진정 얻기 어려운 것이라 생각합니다.5)

---

4) 요한의 이미지즘에 대한 대표적인 시로 「식탁」을 들 수 있다. 『現代詩歌』 제11호,
1918. 12, 11쪽. 꽃 한 송이 꽂혀 있지 않은 살풍경한 테이블, /쓸쓸히 보드라운 검
은 곡선만이/순백의 테이블 크로스에 떠 있다. /그러나 금속성 소리 내는 자석 접
시 위에는/희미하게 스쳐가는 손끝으로라도 깨질 듯한/사람의 운명 같은 진황색의
크림을 담지요. /그리하여 열어 놓은 창가의 밝음에/푸른 잎 새 바람 떠도는 경관
속에 내어 놓자. /아니 거기에다/조개의 엷은, 딱딱한, 하얀, 여린 그림자가 테두리
에 감도는 나무 숟가락을 곁들여야 한다/그리고 나는 가벼이 잠자리를 벗어나/이
아름다운, 검은 곡선과, 접시와, 크림과, /그리고 또 이토록 하얀 나무 숟가락과/잘
어울리는 한 소녀를 찾아 나서지요. /아아 그때, 연인이여 그대의 사랑이/이 이상
한 화면을 완성시킬 때까지/나를 남겨 두겠지―나의 공상을, /만지면 소리 내는,
이러한 미묘한 선인체로// 「花一つ挿してない殺風景なテエブル、/ひつそりとしな
やかな黒い曲線だけが/雪白のテエブルクロスに浮んで居る。/しかし金屬性の音す
る磁器皿の上には/幽かに觸れ往く指先からでも崩れさうな/人の運命のやうに眞黃
色なクリームを盛りませう。/さうして、開け放した窓の明るみへ/靑葉の風の匂ふ
景色の中へ出して置かう。/いや、またそれに/貝殼の薄さ、堅さ、白さ、淡い影が
とる木の匙を/添えねばなるまい。//それから私は身輕に寢床をはなれ/この美し
い、黒い曲線と、皿と、クリームと、/して又、こんなに白い木の匙とに/よく似合
ふ一人の乙女を捜しに出掛けませう。/あゝその時、こひゞとよ、おんみの戀が/
この不思議な畫面を完成さすまで/私を殘して置くであらう―私の空想を、/觸れば
鳴る、かゝる微妙な線のまゝに。」

가와지 류코는 요한을 이웃나라의 새로운 젊은 세대로 평가하면서 일본어로 펼치는 문학세계에 대해 경의를 표하고 있는데 주목하고 싶은 것은 정치적 색채가 어려 있는 권위적 배려도 어렴풋이 엿보이지만 그보다도 오히려 문학적 열의를 높게 사고 있음을 부정할 수 없다. 이의 배경에는 「새로운 시가의 연구와 창작」을 목표로 했던 『現代詩歌』의 이념이 존재했으며, 주재자로서 가와지 류코만이 아니라 일본 미래파의 선구자 히라도 렌키치(平戸廉吉), 그리고 아나키즘으로 명성을 떨친 하기와라 교지로6) 등의 평가에서도 정치적 배려보다는 시문학성에 중점을 두고 있음을 엿볼 수 있다.

> 「잠자는 여인」의 주군에 이르면 갑자기 그리운 화방의 작업을 생각하게 한다. 본업의 화가가 시를 쓰면, 반드시 어딘가 그 테크닉이 머리를 내밀어 눈에 거슬리지만, 주군에게는 그것이 없다. 표현보다도 먼저 관점을 포착하고 있기 때문이라고 생각된다. 잠자는 여자에는 모델의 아름다운 선이 나타나 있다.7)
>
> 주군은 이 산문적인 세계에서, 어딘가 향기가 퍼지는 바이올렛을

---

5) 「推薦一松本、山崎、朱、三君の詩について」, 『現代詩歌』 제9호, 1918. 10, 4쪽. 「朱耀翰君に至つてはわが隣邦朝鮮國の最も新しいヤングジェネレーションを代表する詩人の一人だと云つてもいいと思ひます。母國語以上に流達なこれらの詩句の馳驅だけを考へても確かに興味ある事です。のみならずその熱意と敏感と豊醇な情操も誠に得がたいものと思ひます。」

6) 萩原恭次郎는 주요한의 시 「暗黒」에 대해 「차가운 겨울의 토굴에서 병든 개처럼 울부짖고 있다.(冷たい冬の土穴より病犬のやうに吠えてゐられる。)」(『現代詩歌』 제11호, 1918. 12)의 「前号の詩評」)라며 높게 평가하고 있다.

7) 「전호의 시가」, 『現代詩歌』 제7호, 1918. 8, 60쪽. 「「まどろむ女」の朱君へ來ると、慌に懐しいアテリエの仕事を思はせる。本職の畫家が詩を作ると、きつと何處かにそのテクニツクが首を出して、目ざはりであるが、朱君にはそれがない。表現よりも先に見方だけを摑んでゐるからだと思ふ。「まどろむ女」に　はモデルの美しい線が出てゐる。」

연상케 한다. 바이올렛은 쉽게 시들지 않는다. 언제나 싱싱함을 유지
한다. 언제나 푸른 하늘 아래 향기 좋은 웃음을 가득 짓고 있다. 「미광
(微光)」은 기분을 고조시키는 시이다. (하략)8)

「주군의 시」

이 두 개의 평은 요한이 그린 이미지즘과 산문시에 대해 히라도 렌
키치가 동인으로서 시적 요소와 시형에 대해 높게 평가한 것으로 그들
의 시문학의 지향점을 엿볼 수 있다. 다만 당시 일본 최고의 시인들에
게 평을 받았다고 해도 이는 일본 근대시의 범주 내에서의 평가였다.
물론 요한은 그 후 한국 근대시단으로 돌아와 자유시의 다양한 세계를
선보인 시인으로 활약하게 되지만 이때까지는 오히려 일본 제국 내의
식민지 시인에 머물러 있었다.

한편 한국 근대시에 커다란 획을 그은 정지용의 일본 문단 데뷔 또
한 일본 제국 속의 '조선 시 붐'의 전조로서 주목할 만하다. 정지용은
일본 근대시를 한 단계 끌어올린 언어 조탁의 마술사 기타하라 하쿠슈
(北原白秋)가 새로운 시문학의 도약과 신진양성이라는 목표 하에 간행한
『근대 풍경』의 제1권 2호(1926. 12)에 그의 대표시 「카페 프란스」를 일
본어로 투고한 이래 총 23편의 시를 발표한다. 이 이전에도 『街』(1925
년에 3월 및 7월)에 2편 그리고 『도시샤문학(同志社文學)』 제3호(1928. 10)에
2편 등 총 27편의 일본어 창작시를 발표했는데 이처럼 일본 시단에 발
을 디딘 것은 스스로의 시재를 평가 받고 싶다는 개인적 창작 욕구와

---

8) 「推薦の詩について(平戸生)」, 『現代詩歌』 제10호, 1918. 11, 61쪽. 「朱君」은 此散文的
な世界で、何處かの一遇に匂つてゐる。バイオレツトを想像する。バイオレツト
は仲々しほれたものではない。いつも生々としてゐる。いつもよい空の下で香
りよい笑ひをつづけてゐる。「微光」は氣持のよい詩だ。」

더불어 10여 년 전에 활약했던 주요한의 그림자도 적지 않게 작용했을 것이다. 그렇지만 무엇보다도 그를 일본 시단의 세계로 이끈 것은 인쇄 문화에 대한 동경으로 이는 창작에 있어 상업적인 요소와 출세욕 같은 비 문학적 요소가 적지 않게 작용하고 있음을 보여주는 예로 다음의 정지용의 편지에서도 확인할 수 있다.

> 편집부의 O선생에게
> 　모험이나 할 작정으로 내 보았습니다만, 그것이 하쿠슈 선생의 눈에 들었던 것 같습니다. 자신이 쓴 것이 정연하게 조판된 활자의 향기는 사랑과 살결과 같은 것이었습니다. 정말 기뻤습니다. 하쿠슈 선생에게 편지를 드리지 않으면 안 되지만, (하략)9)

　인용문에서 일본어로 번역해 투고한 「카페 프란스」가 하쿠슈에 의해 선고되었다는 통보를 받은 정지용의 기쁨에 찬 모습이 눈에 선하다. 그런데 「활자의 향기는 사랑과 살결 같은 것」이라는 것은 그의 창작이 지금까지 세상에 빛을 발하는 것이 쉽지 않았다는 것을 암시하며 정지용의 기쁨과는 반대로 당시 한국 내의 출판 상황의 열악함과 시인의 대우 문제까지도 연상되어 오히려 애상감마저 자아낸다. 23편의 시를 하쿠슈가 주재한 당시 최고의 시 잡지에 실었다고는 하지만 역으로 생각하면 그것은 조선인 시인에 대한 관심으로 한편으로는 피식민지 시인의 일본 제국 내의 수용이라는 측면도 엿보인다. 여기에는 예술지상

---

9) 『정지용 전집 2 산문』, 민음사, 1988, 463쪽. 「編集部のOさんに、冒險のつもりで出して見ましたが、それが、白秋さんのお眼にとまつたやうでした。自分の書いたものが綺れいに組まれた活字の香りは戀と皮膚のやうなものでした。じつに嬉しうございました。白秋さんにお手紙を上げなければならないのですけれども、(一以下略一)」

주의에 바탕을 둔 시각 혹은 그 반대로 정치, 문화적 배려에 의한 위계적 질서의 투영이라는 측면에서도 생각해 볼 여지가 충분하지만 중요한 것은 이들의 시문학 활동이 본격적인 '조선 시 붐'까지는 이어지지 않았다는 점이다. 이의 가장 큰 이유는 앞서 서술한 요한과 마찬가지로 일본어로 된 창작시였기 때문에 그들의 시는 일본 근대시의 영역에 들어가 버려 '조선 시'와는 상당한 거리감이 있었다.10) 하지만 당시 한국 근대시가 걸음마 단계였을 때 선진 시단이라고 할 수 있는 일본 중앙 시단에서 일본의 시인들과 당당히 어깨를 겨루며 한국 시인의 이름들을 새겼다는 점에서 '조선 시 붐'의 전조로서 기억되어야 할 것이다.11) 특히 출판을 통한 시인 데뷔라는 예술적 욕구는 후의 김소운의 『조선시집(朝鮮詩集)』의 출판만이 아니라 적지 않은 소설 지망생에게도 자극을 안겨 제국 일본 내의 문학에 있어 '조선 붐'으로 연결되는 시금석이 되었다.

　진정한 의미에서 '조선 시 붐'은 한국 근대시의 일본 소개라는 전제 위에, 번역이라는 행위를 통해서 이루어졌다. 때문에 '조선 시 붐'

---

10) 이중 언어 문제에 대해 자주 언급하고 있는 김윤식도 1910년대부터 20년대의 유학 문인에 의한 일본어 창작물은 1942년 이후, 한국 문인들의 <국적 없는 이중 언어 글쓰기>와는 전적으로 다르다고 언급했다. 즉 주요한, 정지용, 백철 등에 의한 일본어 시는 오히려 일본문학 범주에 들어갈 수 있다고 지적했다. (「1940년대 이중어 글쓰기의 문제-한국과 대만의 경우」, 고려대 일본연구센터 제21회 일연포럼, 2011년 7월 26일 강연 후 대담) 하지만 1920년대의 유학 문인에 의한 일본어 창작물도 작가가 한국인이라는 점에서 이중 언어 문제와 결부지어 좀 더 심층적인 논의가 진행되어 할 것이다.

11) 주요한, 정지용과 김소운과의 연관성은 일본의 중앙문단에서 출판이라는 문학행위와 깊은 관련을 지닌다. 즉 출판을 통한 문학화라는 측면에서 주요한 및 정지용은 후대의 조선 유학생 혹은 시인들에게 적지 않은 자극을 안겼다. 김소운 또한 주요한과 정지용의 시를 번역하면서 동시에 그들처럼 일본 문단 데뷔의 성공을 꿈꾼 번역가였다.

은 1940년의 역 시집의 선풍을 일으킨 김소운을 기다리지 않으면 안
되었다.

Ⅲ.『조선시집』과 '조선 시 붐'

『조선시집』의 김소운(1907~1981)은 제국 일본의 시문학계에 주변인
으로서의 삶을 문화 주도의 힘으로 탈바꿈시키며 '조선 붐'의 영역을
넓힌 대표적인 문인이다. 김소운은 1920년 일본으로 건너가 개성중학
교 야간부를 중퇴하고 일본의 시인 및 문학자들과 교유하면서 조선의
농민가요를 번역해 일본의 문예지에 연재하며 호평을 받는다. 그 후 근
대 일본의 대표적 시성이었던 기타하라 하쿠슈의 후원을 받아『조선민
요집(朝鮮民謠集)』,『조선동요선(朝鮮童謠選)』,『조선시집』등을 연달아 발
표해 조선 시문학에 대한 무관심과 무지에서 벗어나지 못했던 일본인
에게 적지 않은 자극을 안기었다.

『조선시집』은 그 초판본이라고 할 수 있는『젖빛 구름(乳色の雲)』이
출판된 이래 몇 개인가의 개정판과 보정판이 더해져 현재에 이르고 있
다. 1943년, 기존의 번역 시에 적지 않은 근대시인의 작품을 더해『조
선시집』전기·중기로 흥풍관(興豊館)에서 출판되었고, 일본 패전 이후
인 1953년 창원사(創元社)에서 출판된 후, 곧바로 1954년 현재의 형태로
이와나미(岩波) 문고판으로 출판되었다. 또한 재일교포와 한국어 및 일
본어 학습자를 위해『김소운 대역시집』상·중·하(아성출판사, 1978)도
출판되었다. 이렇게 일본의 패전 전부터 현재에 이르기까지 다양한 판
본과 중쇄본이 출판되었다는 점에서 그 수요와 인기를 가늠할 수 있으

며, 때문에 『조선시집』이 '조선 시 붐'의 정점이자 결정체임을 의심할
이유는 없어 보인다.

　피식민지의 사라져가는 언어의 아름다움과 청명한 시상을 식민 종주
국에 펼쳤다고 평가 받는 김소운이었지만 그의 역시집을 둘러싼 심층
적인 연구는 오래 동안 번역 사업 속에 내재하는 문학성과 번역 속의
월권 문제에 기울어 있었던 점은 부정할 수 없다.

　하가 토오루(芳賀徹, 동경대 명예교수)는 김소운의 『조선시집』을 언급하
지 않고서는 일본 근대 문학사의 완결은 요원하다고 지적한 바 있다.
우리와 마찬가지로 시의 나라인 일본에서 더구나 서구 근대시와의 동
질감을 얻기 위해 19세기 후반부터 다양한 이즘의 이입과 수용, 그리
고 이에 바탕을 둔 현란한 시적 레토릭 위에 형성된 수많은 시집과 『가
이쵸옹(海潮音)』, 『산고슈(珊瑚集)』, 『월하의 일군(月下の一群)』 등의 주옥같
은 명 번역 시집을 출판한 일본에서 『조선시집』에 대한 남다른 관심과
높은 평가는 어디에서 유래하는 것일까.

　『조선시집』에 대한 일본 문인들의 짝 사랑은 시집 출판부터 현재에
이르기까지 다양하지만 그 출발은 초판본이라고 할 수 있는 『젖빛 구
름』에서 찾을 수 있다. 『젖빛 구름』의 간행을 축하하는 서문이라고 할
수 있는 사토 하루오(佐藤春生)의 「조선 시인들을 내지의 시단으로 받아
들이는 말(朝鮮の詩人等を內地の詩壇に迎へんとするの辭)」과 시마자키 도송(島
崎藤村)의 「서문(序の言葉)」이 바로 그것이다. 당대를 대표하는 두 문호에
의한 서문과 더불어 당대 최고의 구어체 자유시인이자 조각가였던 다
카무라 고타로(高村光太郎)는 권두에 스케치 풍의 그림을 기고하고 있다.
그 후 『조선시집』은 미요시 다츠지(三好達治), 미요시 주로(三好十郎), 다카
하시 신키치(高橋新吉), 가와카미 데츠타로(河上徹太郎), 야노 호진(矢野峰人),

사카모토 에츠로(坂本越郎) 등이 유수의 문예지에 서평을 기고할 정도로 높은 평가와 함께 근현대 문인으로부터 적지 않은 사랑을 받았다. 물론 『젖빛 구름』의 출판 이전에 김소운이 번역한 『조선민요집』, 『조선동요 선』도 기타하라 하쿠슈, 시라토리 쇼고(白鳥省吾), 츠치다 교손(土田杏村), 오리구치 노부오(降口信夫), 야나기다 구니오(柳田國男) 등 당대를 대표하는 시인, 학자, 예술가들의 아낌없는 후원을 받은 바 있다.12)

  김소운의 번역 문업에 대한 많은 일본 문인들의 평가는 예술 지상주의에 바탕을 둔 측면도 있을 것이며 혹은 식민지 문화에 대한 정치적 고려에 의한 실질적인 위계질서의 계층화라는 요소도 내면 깊숙이 감추고 있을 지도 모른다. 아니면 전술한 두 가지 요소가 미묘히 혼재되어 있을 수도 있다. 그러나 가장 큰 문제는 이에 대한 학술적 연구가 극히 한두 명의 연구자를 제외하고 거의 논의되지 않고 있다는 점이다.13) 여하튼 김소운이 남긴 번역 업은 그 내면에 침전된 중층적인 문제점을 도외시 한 채, 일본 문인들의 주목과 평가 속에 근대 조선 붐의 큰 획을 획정지은 것이라고 해도 지나치지 않다.

---

12) 『조선시집』의 평가에 관해서는 임용택 『金素雲『朝鮮詩集』の世界-祖國喪失者の詩心』(中公新書, 2000)의 종장 「『朝鮮詩集』の評価」에 상세히 기술되어 있다.
13) 이에 대한 문제 논문으로 윤상인의 「번역과 제국의 기억-김소운의 『조선시집』에 대한 전후 일본의 평가에 대해」(『일본비평』, 2010 상반기, 서울대학교 일본연구소, 2010. 2), 「번역의 지정학적 실천-20세기 전반 동아시아의 경우」(『일본학』 제30집, 동국대학교 일본학 연구소, 2010. 5) 등이 있다. 본 논문도 윤상인의 두 논문에 담긴 시각에서 시사 받은 바가 크다.

IV. '조선 시 붐'의 이면

김소운의 번역 업에 대한 지속적인 관심과 지원에는 일본 근현대 인문학계의 저명인사들이 총망라되어 있음을 엿볼 수 있는데 이것은 당시의 조선 시문학에 대한 관심이 한국 근대시 등의 일본어 역에 대한 문학성 탐구만으로 그칠 문제가 아니라는 점을 역설적으로 내보인다. 바꿔 말해 김소운의 번역 행위에 대한 성원과 후원 그리고 그 인기는 뛰어난 역시의 문학성 이외에 의식적이건 무의식적이건 간에 시대적 소산과 관념으로서의 결정체가 내면 깊숙이 개재되어 있다는 점을 간과해서는 안 될 것이다.

김소운의 번역자로서의 마음가짐과 의식의 문제 그리고 또 한편에서 문화적 층위 질서의 구축을 위한 배려라는 시대 상황과 결부지어 추구해 볼 때, 최근 윤상인의 지적은 시사해 주는 바가 크다.

> 『조선시집』을 둘러싼 언설에서 가장 두드러지는 것은 쏠림과 그에 따른 결여이다. 그 중 몇 가지를 들어 보면 이러하다. 첫째, 『조선시집』에 대한 논의가 원천언어인 한국어에 대한 검토 없이 도달언어인 일본어만을 토대로 이루어진 점, 둘째, 이 시집에 대한 문학적 · 문화적 평가가 거의 일본 주도로 행해져 왔다는 점, 셋째, 번역에 대한 평가에서 빠질 수 없는 "왜, 무엇을, 어떻게 번역했는가"에 대한 심도 있는 논의가 대체로 결여된 점등이다.[14]

이 세 가지 사항 중, 첫 번째 문제점은 모든 독자가 원천 언어(source

---

14) 윤상인 「번역과 제국과 기억─김소운의 『조선시집』에 대한 전후 일본의 평가에 대해」, 『일본비평』 2010 상반기, 서울대학교 일본연구소, 2010.2, 57쪽.

language)를 알고 이와 비교하며 읽는 것은 거의 불가능한 일이기에 독자 수용의 입장에서의 '조선 시 붐'과 관련해서는 그다지 문제될 일이 없어 보인다. 물론 거의 모두가 원천 언어와의 세밀한 대조 없이 명역집이라고 평가 받고 있는 현실에 견주어 볼 때 윤상인의 문제제기는 매우 타당한 지적이겠지만 한편으로는 번역자의 마음가짐과 태도 혹은 번역은 또 하나의 창작이라는 번역관의 문제에 따라 적지 않게 논란의 소지는 있어 보인다. 두 번째로 제기한 문제도 일본 내에서의 번역 업에 대한 평가이기에 거리를 두고 싶다. 다만 단방향적인 찬사에서 벗어나 보다 다면적인 측면에서 논의가 이루어져야 한다는 점은 지적하지 않을 수 없다.15) 세 번째 지적에 대해서는 임용택 등 몇몇의 연구자에 의해 이루어져 왔지만 번역의 이면에 감추어진 다양한 담론까지는 이르지 못했다. 이와 관련하여 근년 윤상인의 날카로운 문제 제기는 탈식민지 문학연구의 새로운 기폭제가 되고 있는데 그는 『조선시집』을 둘러싼 번역과 평가에 대해 다음과 같이 일갈한다.

> 『조선시집』과 이에 관한 언설에서 드러나는 기형적 양상은 일차적으로는 식민지 지배/피지배의 역사와 그 결과로서의 문화적 권력 관계에 기원을 두고 있으며, 아울러 식민지 지배에 대한 전후 지식인의 역사 수정주의적 인식과 대응에서 비롯되었다고 보아야 할 것이다.16)

---

15) 『조선시집』에 대한 일본 내의 평가는 패전 전후를 통틀어 호평일색이었다. 이에 대해 처음으로 문제제기한 이가 임종국이었다. 「결론적으로 일치 말엽의 조선 작품의 일역 또는 일본 작품의 조선어역은 바로 내선의 문화교류 및 국어보급 문제에 직결되는 것이었고, 따라서 이것은 친일 작품은 아니지만, 그 방조적 역할만은 부인할 수 없는 것이었다.」임종국 『친일문학론』, 평화출판사, 1966, 218쪽.

16) 윤상인, 앞의 논문, 58쪽.

김소운과 『조선시집』에 대해 패전 전과 패전 후를 가리지 않고 수많은 지식인이 호 평가를 내리며 더불어 신화적으로 떠받들고 있는 그 이면에 감추어진 문제에 대해 날카롭게 정곡을 찌르고 있다. 그런데 번역 행위와 시집의 출판, 나아가 '조선 시 붐'의 문제는 깊은 관련이 있으면서도 적지 않은 괴리 또한 존재한다. 바꿔 말해 한국 근대시의 번역집이 출판되기까지의 문제는 시대 상황과 관련된 문화적 권력 관계에 포함될 수 있을지언정 일반인에게까지 파동을 안기는 '조선 시 붐'에 이르는 것과는 어느 정도 구분이 필요하다. 물론 다수의 지식인들이 『조선시집』을 호평한 것이 일반인에게도 적지 않은 영향을 안기었다는 점은 부정하기 어렵다. 여하간 이 문제에 신중을 기하기 위하여 당시 『조선시집』이 출판되기까지의 번역 문업과 관련된 일본 내의 문화적 상황이라는 외부적 환경과 번역가로서의 김소운의 의식 및 선시의 의도라는 역자의 내면을 구분해 서술해 보고자 한다.

1. 일본 근대 번역의 외부적 환경

가토 슈이치는 일본의 근대 사회는 <기적적인 번역> 위에 성립했다고 지적한 바 있다. 번역 행위와 그 여파를 생각해 볼 때 이는 개인의 행위로서만 취급할 것은 아니다. 왜 무엇을 어떻게 번역했는가(何故・何を・如何に譯したか―)[17]라는 번역 행위는 그 사회와 나아가 문화적 방향성과도 밀접한 관련을 지닌다. 여기에서 중요한 것이 바로 번역에 있어 외부 사회적 환경인데 20세기 초 일본 근대의 번역과 관련하여 또한

---

17) 가토 슈이치・마루야마 마사오, 『15. 翻譯の思想』[日本近代思想大系], 岩波書店, 1991, 342쪽, 해설.

김소운의 역업과 결부지어 가면서 <번역의 자국화> <문화적 콤플렉스의 극복> <제국 속의 문화 체제의 형성> <예술지상주의 물결>이라는 측면에서 들여다보기로 하자.

1) 〈번역의 자국화〉

번역 속에 잠재되어 있는 사회 문화적 방향성은 근대 문명 이입기에만 존재하는 것은 아니었다. 일본의 많은 문인들이 서구의 문학 작품을 번역하며 결과적으로 그들 스스로의 언어 표기 및 서술 문장 구조를 모색해 간 것은 1910년대 중 후반의 구어체 자유시 확립에 이르기까지 이어졌다. 일본의 3대 번역 시집으로 일컬어지는 우에다 빙의 『가이쵸옹』 나가이 가후(永井荷風)의 『산고슈』 호리구치 다이가쿠(堀口大學)의 『월하의 일군』 등이 일본 근대시에 안긴 영향이 그 좋은 예일 것이다. 이 중에서도 우에다 빙의 『가이쵸옹』과 나가이 가후의 『산고슈』는 서구사조의 이입이라는 측면에서 어느 역시집보다도 높게 평가 받고 있지만 이 보다도 시에 있어서의 에크리튀르, 즉 일본 근대시의 자유로운 서술 구조의 확립에 지대한 영향을 끼쳤다. 더구나 그것이 원시의 적확한 해석을 넘어 반 창작에 가까운 번역의 형태를 띠고 있다는 점이다. 물론 여기에서는 번역에 있어 동양적 전통이라는 측면도 고려해야 한다. 번역이라는 개념이 명료하지는 않았지만 한문과 한시를 번역할 때 가능한 한 아름답게 번역해야 한다는 사고가 강하게 뿌리내리고 있었다는 점도 한몫했을 것이다.[18] 그러나 보다 깊게 탈식민주의 이론에 입각해

---

18) 가와모토 고지, 「시적 문체의 전통과 근대」, 경원대 아시아문화연구소 해외석학 초청 특별 강연, 2010년 8월 16일.

생각해 보면 여기에는 거대한 문화적 권력이 상충하고 있다. 번역과 관련지어 다음 글은 시사해 주는 바가 남다르다.

> 번역은 단순히 기술적 과정으로서의 등가성을 획득하기 위한 것이 아니라 '속박하느냐, 속박되느냐', '족쇄를 채우느냐, 혹은 족쇄에 매이느냐', '포로로 삼느냐, 아니면 포로로 잡히느냐'라는 문제로서 갈등이나 항쟁이다.[19)]

위 인용문을 『海潮音』에 대입해 생각해 본다면 역자 우에다 빙은 서구의 다양한 시를 상대로 일본어 시 즉 일본 근대시의 서술 체제를 확립해 서구시의 족쇄에서 벗어났다는 것이다. 덧붙이자면 원시보다 더 아름다운 역시라는 찬사를 받으며 일본 근대 문단의 번역 업에서 번역은 제 2의 창작이라는 하나의 등식의 닻을 내리는 계기를 마련하였다. 그리고 이에 대한 찬사는 100년이 훨씬 지난 지금까지도 이어지고 있다. 여하튼 이를 <번역의 자국화>라고 정의할 수 있는데 원천 언어에 얽매이지는 않는 번역, 아니 자의적으로 일본 정서에 맞춘 빼어난 일본어로서의 번역 행위라는 이 모델은 후의 김소운에게 적지 않은 영향을 끼친다.

2) <문화적 콤플렉스의 극복>

<문화적 콤플렉스의 극복>은 이미 언급한 <번역의 자국화>와 깊은 관련을 지닌다. 우에다 빙의 『海潮音』을 예로 든다면 그 속에 쓰인

---

19) 더글러스 로빈슨, 정혜욱 옮김, 『번역과 제국─포스트 식민주의 이론 해설』, 동문선, 2002, 91쪽.

치환 언어는 격조 높은 고전풍의 아어이거나 문어이다. 즉 고전과의 연결을 시도하고 나아가 7.5 혹은 5.7조의 전통적 리듬을 고수하며 근대 이후 서구 문화에 열등감을 가지고 있던 일본 문학을 그들과 대등한 위치로 바꾸고 있다. 더불어 서구의 문학어를 격조 높은 일본어로의 치환만을 의미하지 않고 마음 속 깊이 잠재하던 서구 근대문학에 대한 문화적 콤플렉스조차 극복하는 매개체가 되고 있음을 『海潮音』의 문어체와 전통의 아어체에서 확인할 수 있다. 이러한 번역 행위를 통한 <문화적 콤플렉스의 극복>은 김소운의 역업과 관련해서는 오히려 상위의 문화 언어로서 군림하는 양상으로 변하고 마는데 이에 대해서 윤상인은 다음과 같이 지적하고 있다.

> 『가이초온』을 통해 많은 일본인들이 일본어의 아름다움을 새롭게 인식했듯이, 김소운의 『조선시집』 역시 일본인들에게 '아름다운 일본어'라는 자국어 관념을 강화했다.[20]

근대와 맞물려 내버려질 뻔 했던 일본의 전통어와 토속어가 우에다 빙 등의 번역으로 인해 우아함을 재인식하게 되었고, 그 문어체와 아어체를 김소운이 그대로 받아들이고 투영시켜 결과적으로는 제국의 언어가 우월하다는 것을 각인시키는 매개가 되었다는 윤상인의 지적은 『조선시집』을 탈식민지 언설 속에 구체적으로 자리매김한 날카로운 시각이다.

근대 일본의 명 번역들에 의해 서구에 대한 문화적 콤플렉스를 떨쳐버리고 나아가 피식민지 문화와 언어에 대해 계층화를 선도하는데, 『조

---

20) 윤상인, 앞의 논문, 77쪽.

선시집』은 이에 동조해 식민 종주국의 언어를 최고의 언어로 위치시키는 데 일조해 버린 일면 동화주의의 매체로 작용했다고 해도 지나치지 않을 듯싶다.

3) 〈제국 속의 문화 체제의 형성〉

번역의 외적 환경에서 주목해야 할 것이 바로 <제국 속의 문화 체제>일 것이다. 여기에서는 오너멘탈리즘(ornamentalism)이라는 시각이 유효할 것으로 보이는데 아르누보(art Nouveau)의 장식주의에서 문화 이식의 한 양상으로 전용된 이 용어는 예를 들면 식민주의는 우월과 차별의 구조라는 일반적 사고에서 벗어나 궁극적이자 실질적인 식민 지배는 식민종주국 문화와 피식민지와의 동질성 획득에 있다고 역설한다. 때문에 이를 위해 문화, 행정 전반에 걸쳐 식민 종주국의 선진 문명이라는 장식으로 치장한다는 점에 주안점이 놓여 있다. 즉 시티 홀(총독부 및 행정 관청)을 세우고 교육 및 행정 체계를 양식화하고 나아가 문화 체계와 역사 인식까지 갖추어가는 것이야 말로 동질성을 위한 장식에 다름 아닐 것이다. 이를 제국 일본에서의 '조선 시문학 붐'의 정점인 김소운의 번역 업과 연결해 볼 때 뛰어난 명역 이전에 일본 내에서의 주변 문화에 대한 동질성을 부여하기 위한 장식주의에서 출발하고 있다는 시선도 극히 유효하다. 그러나 동질성의 부여 속에는 위층화가 내재되지 않을 수 없었다. 제국 내의 문화 체제 형성에서 장식주의와 함께 자연스럽게 등장하는 것이 바로 위계화라고 할 수 있는데 그 근저에 언어 문제가 존재한다.

언어는 제국에 의해 계층화된다. 즉 제국의 권력의 언어는 최고의
언어이며, 피지배자, 유린된 자, 피식민지인의 언어는 최하위의 언어
이다. 제국이 물러간 후, 다양한 원주민 집단들이 패권을 쥐기 위해
투쟁하며, 제각기 자신들의 언어가 이제는 최고의 자리를 점해야 한
다고 주장함에 따라 언어의 위계 질서가 흔들리긴 했지만 파괴되지
는 않았다.[21]

권력에 가까이 가기 위해 혹은 수혜를 받기 위해 제국의 언어를 가
까이 하지 않을 수 없다. 더불어 제국 측에서 본다면 지배의 수월성을
위해서 자국의 언어를 도구화 하면서 동시에 권력화 한다. 이를 당시의
문학적 상황에 비춰 본다면 보다 명증하게 일본어가 권력의 언어로 군
림하고 있음을 알 수 있다. 실제로 당시 조선의 시문학만이 아닌 일본
내의 주변 문학에 대해서도 정치 문화적 배려에 의한 중심 문화로의
편입과 함께 자연스럽게 위계질서의 강요라는 헤게모니가 작용하고 있
었다. 치리 유키에(知里幸惠)의 『아이누 신요집(アイヌ神謠集)』(1923)으로
대표되는 홋카이도 및 동북 지방의 원주민 문학의 번역과 야마노 구치
바쿠(山之口貘)의 『야마노 구치바쿠 시집(山之口貘詩集)』(1940)에 담겨 있는
오키나와의 시심이 각각 현지 출신의 원주민에 의해 일본의 중앙문단
에 소개되고 있는 것은 문화 권력의 수혜를 안기는 장식주의 혹은 동
화주의에 따른 것이며 더불어 일본 제국 내의 주변 문화의 소개라는
계층화가 뚜렷이 모습을 드러내고 있는 좋은 예이다. 이점을 상기한다
면 『조선시집』의 출판과 또 하나의 한국 근대시 번역시집인 김종한의
『雪白集』(博文書館, 1943)의 출판도 <일본 제국 내의 문화 체제의 형성>

---

21) 더글러스 로빈슨, 앞의 책, 160쪽.

과 깊은 관련을 맺고 있다는 점을 부정할 수 없을 듯하다.

4) 〈예술지상주의 물결〉

한편 일본 근대 문단의 한 축을 이룬 〈예술지상주의 물결〉 또한 잊어서는 안 될 것이다. 예술을 위한 예술, 혹은 문학을 위한 문학이라는 탐미적 예술지향은 모리 오가이(森鷗外), 우에다 빙 등에 의해 소개된 이후, 일본 근대 문학의 거대한 본류 중 하나로 나가이 가후, 기타하라 하쿠슈, 다니자키 준이치(谷崎潤一郎) 등이 실천적으로 주도하며 근대를 풍미했다. 이와 관련지어 주요한과 정지용 그리고 백철 나아가 그 외의 피식민지 주변 시인들의 등단이 적지 않았다는 것은 정치 문화적 배려 이외에도 〈예술지상주의 물결〉에 힘입어 그들 개개인의 시재가 탐미적 측면에서 정당히 평가 받았다는 점도 고려해야 한다.

김소운의 『조선시집』에 대한 많은 이의 호평은 너무나 뛰어난 김소운의 번역업의 재능과 원시인 한국 근대시의 시심에 탄복한 것에 따른 것이라는 점도 부정할 수 없다.

2. 번역가의 내면적 의식

번역에 임하는 번역가의 내면적 요소, 바꿔 말하면 역자로서의 마음가짐과 시 의식은 반드시 외부적 환경에 순응할 필요는 없다. 오히려 이에 반기를 들며 나름의 가치를 펼치는 경우도 적지 않다. 최소한 외부적 환경과 맞서며 원 시상에 가까이 다가가 원의를 그려내는 것이 번역자로서의 책무일 것이다. 더구나 피식민지 상태의 정치 문화적 현

실에 비춰 본다면 원시의 사상성을 내밀하게나마 담아내는 것이 억압
받는 시인과 민중에 대한 최소한의 예의였을 것이다. 그런데 김소운의
경우는 피식민지의 지식인으로 식민 지배 논리에 순응하는, 아니 거의
굴복하는 경우를 적지 않게 볼 수 있다.

　　시의 번역은 어떻게 해야 할 것인가―, 아주 중요한 것이기 때문
에 그에 대해 먼저 적어 둔다. 바로 얼마 전에 어느 사람의 서재에서
오랜만에 나는 가후의 『산고슈』를 손에 들었다. (중략) 거기에는 나
가이 가후라는 역자는 없었고, 보들레르와 베를레느 자신이 바로 그
대로 얼굴을 내밀고 있다. 훌륭하다고 생각했다. 그것이 진정한 번역
이며, 역자의 냄새가 코를 찌르는 것은 진정한 의미에서의 번역이
아니다. 내가 많은 것을 배우면서도 어딘가 우에다 빙이 성에 차지
않다고 생각한 것은 바로 그 점이다. 빙은 너무 진하다. 번역된 시집
을 「우에다 빈 시초(詩草)」라고 불러도 잘 어울릴 정도로 전혀 이상
하지 않다. 스스로를 대선배와 견주는 것 같아서 왠지 마음이 꺼림
직 하지만, 이 『젖빛 구름』 또한 사실대로 말하자면 내 자신의 시집
같은 것이다. 그것을 가장 미안하게 생각하고 있다.[22]

---

22) 김소운, 『乳色の雲(젖빛 구름)』의 후기 「Rへ―あとがきに代えて」, 291쪽. 원문은
다음과 같다. 詩の翻譯はどうあるべきか―、大事なことだからそれを先に書い
て置く。つい先達或る人の書齋で、久しぶりに僕は荷風の 「珊瑚集」を手に取り上
げた。(―中略―)そこには荷風といふ譯者が居ないで、ボードレールやヴェル
レーヌ自身がちゃんと顔を出してゐる。見事なものだと思つた。それが本当の譯
で、譯者のプンプン臭ふのは眞の意味での譯ではない。僕が多くのものを訓へら
れながらどこか上田敏を飽き慊らず思ふのはその点だ。敏は臭ひ過ぎる。譯した
詩集を 「上田敏詩抄」と呼んでも板についてゐて可笑しくない。何だか自分をそん
な大先輩になぞらへるやうで氣が咎めるが、この「乳色の雲」にしたところで有体
に言へば僕自身の詩集のやうなものだ。それを一番相濟まなく思つてゐる。

　　인용문은『조선시집』의 초판본이라고 할 수 있는『젖빛 구름』의 후기이다. 김소운은 자신의 번역 작법이 우에다 빙을 쫓아가고 있음을 자랑스럽게 밝히고 있는데 이는 그가 번역의 일본어화에 누구보다도 동감을 느끼고 있음을 알 수 있다. 그러나 여기에서의 자국화는 일본인이 아닌 역자에게 있어 너무나도 타국화 되어 가고 있음을 지적하지 않을 수 없으며 이미 인용한 더글라스의 지적에 대입해 본다면 일본의 시 정신에 속박되고 스스로 족쇄를 채웠으며 포로가 되었다는 점을 자백하고 있는 것이다. 더불어 피 식민지라는 당시의 시대 상황을 고려한다면 이러한 번역은『조선시집』에 수록된 시인들에 대한 배신과 폭력이라고 해도 결코 지나치지 않다. 그 구체적인 예를『젖빛 구름』에 실린 적지 않은 시에서 확인할 수 있다.

　　들국화
　　나는 들에 핀 국화를 사랑합니다./빛과 향기 어느 것이 못하지 않으나/넓은 들에 가엾게 피고 지는 꽃일래//나는 그 꽃을 무한히 사랑합니다./나는 이 땅의 詩人을 사랑합니다./외로우나 마음대로 피고 지는 꽃처럼/빛과 향기 조곰도 거짓 없길래/나는 그들이 읊은 詩를 사랑합니다.

　　愛ほしや野に咲く菊の/色や香やいづれ劣らね/野にひとり咲いては枯るる/花ゆえにいよよ香はし。//野の花のこころさながら/この國に生へる詩人（うたびと）/ひとり咲き　ひとり朽ちつつ/僞らぬうたぞうれしさ。野菊―異河潤
　　(김소운역의 직역-애처롭구나 들에 피는 국화의/색채나 향기도 어느 것 떨어지지 않네/들에 홀로 피어서는 마르는/꽃이기에 더더욱

향기롭도다.//들의 꽃의 마음 같기에/이 나라에 태어난 시인/홀로 피
고 홀로 썩으면서/거짓 없는 노래 그 기쁨./)[23]

『조선시집』의 서문은 일본의 문호이자 대시인 시마자키 도송이 썼는
데 그보다 앞서 배치되어 있는 시가 바로 인용한 이하윤의 「들국화」이
다. 『조선시집』의 서문과 목차 앞에 「들국화」를 배치한 것은 바로 이
시가 「서시」의 역할을 하고 있음을 김소운 스스로 선언하고 있다고 볼
수 있다. 그런데 이 역시에서 김소운은 당시 일본 시단의 외부적 번역
환경에 굴종하고 있는 역자의 내면을 여실히 보여준다. 전행을 일본의
전통 리듬인 5·7조에 맞추면서 첫 행부터 원시의 의미에서 너무나도
벗어나 있다. 더욱이 원시에도 없는 새로운 행을 집어넣으며 자의적인
번역으로 일관하고 있다. 원시에 보이는 내밀하면서도 강렬한 시적 의
식을 드러내고 있는 시적 자아 「나」를 생략해 버리는 역자의 월권이
시의 구조를 완전히 뒤바꿔 버렸다. 구체적으로 들추어 보면 <들국
화>라는 시어와 이미지에 담겨 있는 시적 자아의 선망을 직접적으로
내세우고 있는 「나는 이 땅의 詩人을 사랑합니다.」「나는 그들이 읊은
詩를 사랑합니다.」라는 두 행은 번역시에서는 완전히 자취를 감춰버려
원의를 훼손시켜 버렸다.

이러한 예는 『조선시집』의 곳곳에 적지 않게 눈에 띈다. 김소운이

---

23) 金素雲, 『朝鮮詩集』, 岩波書店, 1954, 「序の言葉」, 앞 쪽. 이 시에 대해 김시종 역은
다음과 같다. 私は野に咲いている菊の花を愛します。/色と香りいずれも劣りは
しませぬが/廣い野にいじらしく咲いては散る花ですので//私はその花を限りなく
愛します。/私はこの地の詩人を愛します。/侘びしくとも思いのままに咲いて散
る花のように/色も香りも偽りひとつありませんので/私はその人たちが詠む詩を
こよなく愛します。『再譯 朝鮮詩集』, 岩波書店, 2007.

권두시로 내세우고 있는 것은 한용운의 「알 수 없어요」이다. 그런데 이 제명이 『조선시집』에서는 「桐の葉」, 즉 「동백 입」으로 번역되어 있다. 시 제명이란 그 시의 사상성과 시의를 함축적이며 상징적으로 담고 있음은 굳이 언급할 필요도 없다. 그런데 권두시의 제명이 지닌 상징성을 무시하고 기타하라 하쿠슈의 가집 「동백꽃(桐の花)」을 연상케 하는 어휘로 바꾼 것은 뭐라고 설명해야 할까?[24] 물론 역자 김소운을 높이 평가하고 일본 근대시단으로 끌어들인 하쿠슈에 대한 감사의 마음을 역시 제명에 담을 수도 있겠지만 사라져가는 조선어와 그 시문학에 깃든 절절한 고뇌와 시대의 깊은 아픔이 인간적인 예의나 정으로 간단히 치환될 수는 있는 문제는 아닐 것이다. 이미 「들국화」에서도 확인할 수 있듯이 더욱 놀라운 것은 이 번역자의 월권 속에는 시대의 아픔과 역사관을 깊이 감추고 있다는 사실이다.

　"おお鸚鵡さんグッド・イヴ"ニング！""グッド・イヴ"ニング！"/ーー親方御氣けん如何です？ーー爵金香嬢さんは/今晩も更紗のかあてんの下で/お休みですね。//私は子爵の息子でも何でもない。/手があんまり白すぎて哀しい。//私は國も家もない。/大理石のていぶるにすられる頬が悲しい。//おお異國種の仔犬よ/つまさきをなめてお吳れよ。/つまさきをなめてお吳れよ。//[25] 「かつふえふらんす」

---

24) 이에 대해 요모타 이누히코(四方田犬彦)는 한용운의 「알 수 없어요」를 「桐の葉」로 역한 것은 하쿠슈의 「桐の花」를 염두에 둔 번역이라고 유추하고 있다. 「譯と逆に。金時鐘による金素雲『朝鮮詩集』再譯をめぐって」, 『言語文化』22号, 明治學院大學言語文化研究所, 2005. 3, 133쪽.

25) 『정지용 전집 1 시』, 민음사, 1988, 177쪽. 원시는 다음과 같다. 『오오 패롤 서방! 꿋 이브닝!』//『꿋 이브닝!』(이 친구 어떠하시오?) 鬱金香 아가씨는 이밤에도 /更紗커-틴 밑에서 조시는 구료!//나는 子爵의 아들도 아모것도 아니란다./남달리 손이 히여서 슬프구나!//나는 나라도 집도 없단다/大理石 테이블에 닷는 내뺨이 슬

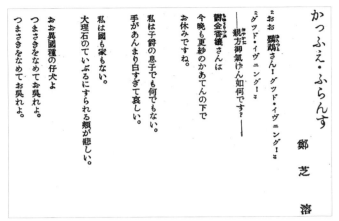

かつふえ・ふらんす

鄭芝溶

おお
鸚鵡さん! グツド・イヴニング!
「グツド・イヴニング!」
——親方御氣げん如何です?——
爵金香嬢さんは
今晩も更紗のかあてんの下で
お休みですね。
私は子爵の息子でも何でもない。
手があんまり白すぎて哀しい。
私は國も家もない。
大理石のていぶるにすられる頬が悲しい。
おお異國種の仔犬よ
つまさきをなめてお吳れよ。
つまさきをなめてお吳れよ。

[그림 1] 정지용이 일본어로 투고한 「카페 프란스」(『근대 풍경』 제1권 2호 1926. 12)

인용시는 정지용이 기타하라 하쿠슈가 주재하고 있던 『근대 풍경』
제2호(1926. 12)에 발표한 「카페 프란스(かつふえふらんす)」 전문이다. 「카
페 프란스」의 원시는 『學潮』 창간호(1926. 6)에 총 10연으로 발표되었
다. 그런데 정지용은 이를 일본어로 번역해 모두(冒頭) 부분 5연을 제외
하고 뒷부분 5연만을 투고하였다. 왜 뒷부분 5연만을 일본어로 발표하
였는지, 또한 원시와의 상이성에 대해서는 논지의 편의상 생략하지만
김소운이 『조선시집』에 번역한 「카페 프란스」의 후반부와는 거의 대동
소이하다. 행의 위치가 다소 바뀌거나 한자어 혹은 외래어의 가타카나

프구나!//오오, 異國種강아지야/내발을 빨어다오./내발을 빨어다오.//『학조』1호,
1926.6. 김소운의 역은 다음과 같다. 鸚鵡の旦那 グツ・イヴ”ニングー/グツ・イ
ヴ”ニングー 御機嫌いかが、/爵金香お嬢さんは今宵もまた/更紗のカーテンの下
で仮睡ですね。//わたしは子爵の息子でも何でもない。/とりわけ手が白くて悲し
い。//私は家も郷もない。/大理石のテーブルに触れる頬が悲しい。/おお異國種の
仔犬よ/わたしのつまさきを舐めてお吳れよ。/わたしのつまさきを舐めてお吳れ
よ。金素雲, 『朝鮮詩集』, 岩波書店, 1954, 112-114쪽.

표기 이외에는 상이한 부분이 거의 없지만 어느 한 부분만큼은 커다란 차이를 보이고 있다는 점은 놓칠 수 없다. 바로 원시의 「나는 나라도 집도 없단다」가 정지용 스스로 번역한 일본어 역시에는 「私は國も家もない。(나는 나라도 집도 없다)」로 바르게 되어 있는 것에 비해, 비록 루비를 달아 중층적인 의미를 덧붙이고 있지만 김소운 역은 「私は家も鄕もない。(나는 집도 고향도 없다)」로 되어 있으며 순서 또한 「집」이 앞서있음을 알 수 있다. 이 한 시행에서 보이는 역사 인식은 뭐라고 설명해야 할까. 식민지 시인의 아련한 아픔이 김소운의 역시에는 너무나도 반감되어 오히려 낭만적 인상마저 안기고 있다고 할 수 있다.

　김소운도 일본의 시성 기타하라 하쿠슈가 주재한 『근대풍경』에 일본어로 발표된 정지용 역의 「카페 프란스」를 너무나도 잘 알고 있었을 것으로 사료된다. 그것은 이미 앞에서 언급한 바와 같이 거의 유사한 번역이라는 점에서 추론할 수 있듯이 정지용 역을 참고하며 번역에 임했을 것이라는 사실이다. 다만 <국가>를 <고향>으로 바꾼 것은 번역자의 역사관과 시대 인식이 얼마나 자의적이고 비굴한 것인가를 여실히 드러내고 있다. 여기에서도 그가 제국 일본의 식민지 지배와 피지배 속의 권력관계와 정치 문화적 위계질서에 스스로 동화하고 굴복하는 내면 의식을 다시금 확인할 수 있다. 그럼에도 그 후의 일본에서의 평가는 사라져가는 조선어와 그 민족적 시심을 일본어로 수놓았다고 평가되었고 스스로도 자부심을 가졌다고 하는 것은 아무래도 어불성설이라고 하지 않을 수 없다.

V. 현대의 『조선시집』 붐

  1970년대 이후 김소운은 현해탄의 경계를 뛰어넘는 대표적 문화인
으로 각광 받으며 하가 도오루, 고보리 게이치로(小堀圭一郎) 등, 동경대
비교문학비교문화연구과 교수 등과 돈독한 교유관계를 유지했다. 『조
선시집』 또한 여전히 일본 근 현대시의 최고의 명 번역시집으로 평가
받으며 시인의 길을 꿈꾸는 일본의 많은 문학청년에게 커다란 빛을 안
기었다. 김소운은 일본의 대표적인 출판사인 이와나미(岩波) 출판사에
서 간행하는 그의 역서에 대한 인세를 동경대학교의 동대비교문학회에
기부했는데 이를 바탕으로 동아시아 비교문학 연구에 기여한 업적을
기리는 「김소운 상」이 제정되었고 현재까지 일본인 연구자와 한국·중
국의 적지 않은 유학생들에게 수여되고 있다. 주변에서 중심으로 향하
고 더불어 또 다시 주변으로 향하는 그의 경계인으로서의 삶이 「김소
운 상」에 응축되었다고 하는 평가를 받고 있다. 이러한 긍정적인 평가
와 함께 현재에도 『조선시집』은 이와나미 문고에서 재판되고 십여 쇄
를 거듭할 정도로 '조선 시 붐'을 이끌고 있는데 그 이유는 또 무엇일
까. 이것은 패전 전의 '조선 시 붐'의 내면적 한 요소가 여전히 기능하
고 있음을 말해 준다. 문화적 동종성을 은근히 내세우며 그를 위해 원
향 의식에 중점을 두고 한편으로는 한국 시문학에 담겨 있는 전 인류
적 보편성과 일반성을 우아하고 격조 높은 고전적 일본어로 치장한 것
이 여전히 일본인의 정서를 사로잡고 있다. 그것은 역자가 선정한 시에
일종의 노스탤지어(nostalgia)와 에그조티시즘(exoticism)의 교차가 빚어내
는 하모니와 이를 전통적인 문어체로 번역한 김소운의 또 다른 타협과
굴종이 빚어낸 역설적 반향에 다름 아닐 것이다. 그리고 이미 지적한

바와 같이 앤솔로지 역시집의 선시(選詩)도 적지 않은 영향을 미쳤다.

1970년대 이후의 『조선시집』에 대한 깊은 관심은 무엇보다도 국제적 연구자 및 일본적 지성들에 의해 주도되었다. 그리고 이미 언급한 김소운 선시의 위력이 발휘된다. 그 대표적인 예로 이장희의 「봄철의 바다」를 들 수 있는데 이 번역은 현대에 있어 『조선시집』 붐의 너울이 된다.

> 저긔 고요히 머춘/긔선의 굴둑에서/가늘은 연긔가 흐른다.// 열븐 구름과 낫겨운 해비츤/자장가처럼 정다웁고나.// 실바람 물살지우는 바다위로 나직하게 VO-우는/긔적의 소리가 들닌다.// 바다를 향하여 긔우러진 풀두던에서/어느듯 나는/휘파람 불기에도 피곤하엿다.//
>
> 『신민』 26호, 1927. 6.[26]

『조선시집』을 엮을 당시 이장희 시는 20편도 채 수합되지 않았었지만 김소운은 이 중 7편을 선별해 수록한다. 이들 시는 예술과 철학의 대중화에 앞장서며 후에 동경대학 예술학부장과 국제 형이상학회 회장 등을 지낸 일본 인문학계의 최고의 미학 연구가이자 철학자인 이마미치 도모노부(今道友信)에 의해 높이 평가된다.

> 바다를 그립게 하는 큰 나무를 바라보고 있으면 「봄의 바다」라는 이장희의 이 시가 떠오른다. 당시 나도 시인이었다. 소수의 그룹으로 전쟁 중 레지스탕스의 시는 육필로 쓰인 채 돌려 읽고 있었다. 나중에 그들이 기억해 준 시중 하나로 「시나가와의 바다」라는 것이 있는데 광인이 되어 귀환한 병사를 읊은 노래이다. 나는 이 시에서 「V

---

26) 김재홍 편저, 『이장희 시전집 평전』, 문학세계사, 1993, 39쪽.

O—」라는 기적 소리를 차용하고 있다. 나는 이장희를 좋아했다.[27]

사실 이장희의 원시를 보면 김소운의 시를 선정하는 과정에서의 한 특징을 엿보게 한다. 이장희의 시에는 감탄사가 거의 보이지 않는다. 시적 압축미, 감정의 절제가 눈에 띄며 시행이 긴 장시도 거의 없다. 한편으로는 1920년대 한국 근대시의 특징의 하나라는 현실 사회를 응시하는 비판 의식이 결여되어 있다는 평가도 존재한다. 하지만 당시 한국의 어느 시인도 갖추지 못했던 청명하고 감각적이며 회화적인 이미지를 이장희는 갖추고 있었다. 여기에 김소운은 주목했었을 것이다. 바로 역사 인식이나 현재의 시대 상황에서 벗어나 있는 시상과 함께 시적 완성도에 있어 수준 높은 시를 선정하는 기준으로 삼았다. 물론 강렬한 현실 인식과 역사관이 담겨 있다고 해도 그는 역자의 수준 높은 일본어로 교묘히 치환하며 일본화 하는 번역 방법을 택했던 것은 이미 확인한 바와 같다.

윤상인은 『조선시집』을 높이 평가한 이마미치 도모노부에 대해 서구 오리엔탈리스트와 유사한 시각의 소유자라고 정의하며 그 이유로 「-어디까지나 일본어와 일본문학의 규범에 기대어 "한국의 시는 아름답다"

---

27) 今道友信, 『空氣の手紙』 「わが半生の愛讀書 金素雲氏の譯業に寄せて」 海を偲ばせる 大樹を見てゐると 「春の海」 と題された李章熙のこの詩が思ひ出された。 当時、私 も詩人であつた。 少數のグループで戰時中のレジスタンスの詩は肉筆のまま回讀 されてゐた。 後になつてもそれらの人たちが忘れないでゐてくれる詩のひとつ に 「品川の海」 といふのがあるが、 狂者となつた兵士の歸還を歌つたものである。 私はその詩に、 「VO—と」 といふ汽笛の音を借用してゐる。 私は李章熙が好きで あつた。 「春の海」 の詩は次の如し。 あそこ/碇おろしたの煙突から/煙が立ち のぼる。 //薄雲を洩れる光は/なつかしい子守唄のやう、 /そよ風に連立つ海の上を /VO—と/低い汽笛が聞える。 //海を見下す芝生の上で/いつか　とろりと/口笛吹く さへ　もの倦い。 // 金素雲 『朝鮮詩集』、 「春の海」

라고 말하는 무신경한 자문화 중심주의이다」[28]라는 점을 들고 있다. 김소운의 번역에 내재되어 있는 문제점에 대해 전혀 추급하지 않은 채 호평으로 일관하는 것에 대한 해체주의자로서의 날카로운 비판이지만 그러나 번역을 통해 접한 한국 근대시에 영향을 받아 자신의 시에 차용을 하고 30년대의 한국 서정시를 <금세기의 기적>이라고 격찬한 이 국제적 지식인을 굳이 「무신경한 자문화 중심주의」자로까지 몰고 싶지는 않다. 왜냐 하면 그가 남긴 강연집에는 한용운, 이장희, 정지용 등을 들며 「우리 이웃에 이렇게 아름다운 시가 있는 줄을 대다수 일본인들은 모르고 있다. 당대는 어렵다 해도 다음세대에서라도 이를 배워서 일본 문화를 살찌게 하는 기틀이 되게 해야 한다.」[29]고 주장하고 있기 때문이다. 일본 문화 운운 하는 점에서 이 또한 자문화 중심주의의 편린을 엿볼 수 있겠지만 여기에서 배운다는 것은 일본화 된 한국 근대시가 아닌 한국어와 함께 하는 시심이라는 것을 유념해야 할 것이다. 여하튼 이마미치 도모노부의 저술과 강연 속에 절찬된 김소운의 『조선시집』은 다시 한 번 세간의 주목을 받으며 전후의 '조선 시 붐'을 재생한다. 그러나 여기에는 <번역의 외부적 환경>과 <번역자의 내면 의식>은 실체를 감추고 오로지 김소운의 번역자로서의 시재에 둘러싸인 채,

---

28) 윤상인, 앞의 논문, 69쪽.
29) 이마미치 도모노부는 「아사히 컬쳐 센터강좌」 중 「일본인의 서정」이란 강연을 하였는데 후에 이를 카세트로 출판하였다. 전체 20권 중 12권째가 조선시집을 다루고 있다. 이에 대해서는 한국에서도 크게 보도된 바 있다. 「동아일보」, 1977. 9.10. 이마미치는 앞에서 예로 든 「わが半生の愛讀書 金素雲氏の譯業に寄せて」라는 평론에서 「나는 정지용에 이어 한용운, 이장희, 유치환, 이육사, 백석 등의 시인들을 높게 평가하고 싶다.(私は鄭芝容に次いで韓龍雲、李章熙、柳致環、李陸史、白石なぞの詩人たちを高く評価したい。)」라며 한국 시인들에 대해 존경을 표하고 있다.

한국 근대시가 존재했다. 즉 예술지상주의의 물결이 정치적 의도와 문화적 층위의 배열을 가리며 이번에는 국제 문화 교류의 기치와 상호 교통해가고 있었던 것이다.

VI. 제국 일본 속의 '조선 시 붐'

'조선 시 붐'은 한국에서의 근대시가 형성된 것을 전제로 해야 하는 것이지만 그 전조로서 일본 근대시단에서 활약했던 몇몇의 시인이 있었다. 주요한, 정지용 등이 발표한 일본어 시는 비록 일본 근대시의 영역에 머물러 있었지만 그들에 의해 한국의 근대시는 비약적으로 성장했다. 또 한편으로는 그들이 일본 시단에 시인의 이름을 새긴 것은 후의 시와 소설로 일본 문학계를 지향했던 젊은 문학도들에게 적지 않은 자극을 안기었기에 일본 제국 속의 '조선 문학 붐'의 전조라고 해도 좋을 것이다. 물론 그 배경에는 예술적 욕구에 의한 활자화라는 개인적인 문학 행위와 더불어 정치·문화적 배려라는 측면도 고려해야 할 것이다. 이를 극명하게 보여준 것이 바로 김소운의 『조선시집』이었다.

진정한 '조선 시 붐'은 한국 근대시의 형성 이후의 그 시심이 일본 내에서 각광 받은 것이라고 할 수 있는데 이는 일본어 번역에 의한 것이었다. 여기에서 유념해야 할 것은 일본 내에서의 한국 근대시 번역이 일본인에 의한 것이 아니라 피식민지인 한국인에 의해 이루어진 사실이다. 따라서 번역을 둘러싼 문화 권력적 상황에 대한 언급이 필요하며 더불어 번역가로서의 의식 등을 위시한 내면적 측면을 천착해야만 조선 시 붐이라는 현상에 접근할 수 있다는 점이다.

　'조선 시 붐'을 실제적으로 주도한 것은 김소운의 『조선시집』이었다. 이 역시집이 일본의 많은 문학자의 호평과 다양한 판본의 출판 그리고 이와나미 문고판까지 나오게 된 것은 일본화된 번역과 그로 인한 아름다운 일본어의 자각을 일본인에게 다시금 확고히 일깨워 준 측면이 적지 않다. 더불어 전통 율격에 바탕을 둔 문어투의 번역체는 일본 근대 시단을 향한 배종을 뜻하며 문화적 위계질서에 순응한 측면도 없지 않다. 달리 말해 '조선 시 붐'에서 무엇보다도 유념해야 할 것은 정치 문화적 고려에 의한 제국 내 문화 체제의 형성이라는 보이지 않는 제국주의 지배 논리가 작용하고 있었다는 점이다. 그런데 『조선시집』을 엮은 김소운의 역자로서의 내부적 의식은 외부적인 환경에 맞서기보다는 종속적이고 나아가 스스로 굴종적인 번역 태도를 취하고 말았다. 월권과 비굴한 타협이 넘쳐 남에도 『조선시집』이 '조선 시 붐'을 선도한 것은 피식민지 문화에 대한 위층 질서를 가릴 정도로 번역자 김소운의 너무나 일본화 되고 빼어난 어학적 재능과 시선(詩選)이 예술지상주의라는 물결과 상호 공명했기 때문이다.

🗐 참고문헌

김소운, 『김소운 대역시집 상·중·하』, 아성출판사, 1978.

김윤식, 『일제말기 한국작가의 일본어 글쓰기론』, 서울대 출판부, 2003.

김재홍 편저, 『이장희 시전집 평전』, 문학세계사, 1993.

더글러스 로빈슨, 정혜욱 옮김, 『번역과 제국-포스트 식민주의 이론 해설』, 동문선, 2002.

양동국, 「<불놀이> 이전의 주요한」, 『계간 한국 문학평론』 1997여름호, 범우사, 1997.

_____, 「동경과 상해 시절의 주요한의 알려지지 않은 행적-서광시사와 호강대학 시절을 중심으로」, 『문학사상』, 2000. 4, 문학사상사, 2000.

윤상인, 「번역과 제국과 기억-김소운의 『조선시집』에 대한 전후 일본의 평가에 대해」, 『일본비평』, 2010 상반기, 서울대학교 일본연구소, 2010.

_____, 「번역의 지정학적 실천-20세기 전반 동아시아의 경우」, 『일본학』제30집, 동국대학교 일본학연구소, 2010.

임종국, 『친일문학론』, 평화출판사, 1966.

정지용, 『정지용 전집1.2』, 민음사, 1988.

今道友信, 『斷章·空氣の手紙』, TBSブリタニカ, 1983.

林容澤, 『金素雲『朝鮮詩集』の世界-祖國喪失者の詩心』, 中公新書, 2000.

加藤周一·丸山眞男, 『15. 翻譯の思想』, [日本近代思想大系], 岩波書店, 1991.

金素雲, 『朝鮮詩集』, 岩波書店, 1954,

芳賀徹, 「金素雲先生」, 『比較文學硏究』 第41号, 東京大學比較文學會, 1982.

四方田犬彦, 「譯と逆に。金時鐘による金素雲『朝鮮詩集』再譯をめぐって」, 『言語文化』 22号, 明治學院大學言語文化硏究所, 2005.

『現代詩歌』, 제1권 제6호(1918. 7)-제2권 제1호(1919. 1), 曙光詩社.

근대 일본의 조선문학 붐과 식민지의 문학자

김 계 자

Ⅰ. 제국과 식민지의 경계 '일본어문학'

민족국가의 정체성이 담보되지 않는 일제강점기에 식민지 조선의 문학자가 글을 쓴다는 것은 여러 면에서 제약이 따랐을 것이다. 특히 1930년대 이후에 증가하는 조선 문학자의 일본어 글쓰기는, 식민 종주국의 언어인 '일본어=고쿠고'로 사상(事象)을 표현해가는 것이니만큼 결코 일본어라는 관성으로부터 자유로울 수 없는 식민지 조선 문학의 내면을 담아내고 있다. 그러나 제국이라는 경계 안에서 식민권력의 논리를 내면화하여 작품화했다고 비판받는 텍스트라 하더라도, 각각의 내면화 방식과 그 표현에 있어 서로 다른 양태로 현현됨은 분명하다. 이들을 지배와 수탈, 저항과 협력이라는 이항대립의 도식으로 제국과 식민지를 바라보는 종래의 시각이 지양되어야 함은 최근의 연구경향에서 공통으로 제기되고 있는 인식이다.

한 예를 들면, 제국 일본의 판도 안에서 형성된 식민지 조선의 근대성을 언급할 때, "의식적이든 무의식적이든 벗어날 수 없는 의식"을 가리켜 김윤식은 '현해탄 콤플렉스'라고 칭하고 있다.[1] '현해탄 콤플렉스'는 한국 지식인의 서구 편향과 일본을 통한 근대의 유입이 임화의 '이식문화론'으로 나타나게 되었다는 전제하에 임화의 이식사관의 한계를 지적한 것인데,[2] 식민지 근대성의 부박한 면모에 대한 비판은 피할 수 없겠지만 이들 문학의 차이나 미결정성은 결코 폐기될 수 없는 것이다.

이에 제국과 식민지에 경계를 짓기보다는 상호관련성을 가진 네트워크의 형성과정으로 파악하고, 일본과의 관련 속에서 근대적 '지(知)'를 모색해간 식민지 문학자의 활동을 살펴보려고 한다. 식민지의 문학자들이 행해간 일본어 글쓰기는 '일본어'라는 언어를 매개로 형성된 일본과 조선의 공동의 자장 안에서 이루어졌다. 그러나 이들이 행한 '일본어문학'은 결코 일본문학과는 다른 차이로서의 문학공간이었다. 그리고 이들 식민지 조선의 문학자가 제국의 문단으로 적극 진출해가던 1930년대는 공히 피식민 상태에 있었던 대만인의 일본어문학도 붐을 맞이하게 된다. 식민지 조선과 대만의 문학자가 어떠한 표현을 가지고 제국의 문단으로 치고 나가 일본 문단의 화두가 되었는지 살펴보고자 한다.

이들 문학자 가운데 특히 조선의 김사량과 대만의 룽잉쭝이 행한 '일본어문학'은 '경계'에 대한 사유를 통해 제국과 식민지라는 틀을 넘어서는 가능성을 이끌어내고 있다고 할 수 있다. 역사적으로 격화일로를 걷고 있던 일제 파시즘 속에서 이들이 어떻게 시대를 포착해내고

---

1) 김윤식, 『한·일 근대문학의 관련양상 신론』, 서울대학교출판부, 2001. 7, 329쪽.
2) 이명원, 「김윤식 비평에 나타난 '현해탄 콤플렉스' 비판」, 『전농어문연구』, 1999. 2, 247-274쪽.

표현을 획득해 갔는지에 대해 생각해보겠다.

II. 근대 일본의 조선문학 '붐'

한국인이 일본어로 쓴 문학작품은 구한말 유학생 등에 의해 시작되었다. 이광수가 일본에 유학 가서 명치학원의 교지『백금학보(白金學報)』(19호, 1909. 12)에 실은『사랑인가(愛か)』[3]가 한국인에 의한 최초의 일본어소설로 알려져 있다. 이광수에 앞서 이인직이『도신문(都新聞)』(1902. 1. 28~29)에 발표한『과부의 꿈(寡婦の夢)』이 있기는 하지만, 작자명에 '한인 이이직고 여수보(韓人 李人植稿 麗水補)'로 표기되어 있는 정황으로 봐서 일본인이 상당 부분 수정한 것으로 판단되기 때문에, 한국인에 의한 최초의 일본어소설은『사랑인가』로 보는 것이 타당하다고 사료된다.[4] 한국 근대소설의 효시로 보는 이인직의『혈의누』(1906)와『무정』(1917) 이후 한국 근대 문학사를 개척한 소설가로 평가받는 이광수의 이후의 활동을 생각하면, 이들이 초기에 일본어로 소설습작을 했다는 사실은 일국 문학의 경계 안에서 근대문학의 기원을 소환시키고자 하는 욕망을 상대화시키고 있다.

일본 문단에 일본어로 작품을 발표하여 주목을 끌기 시작한 것은 1920년대 이후로, 정연규가 바로 그 대표적인 주자라고 할 수 있다. 정

---

3) 잡지에 게재 당시 '韓國留學生 李寶鏡'이라는 이름으로 실렸다.
4) 이인직은 일본어 소설『과부의 꿈』을 발표하기 이전에『도신문』에「입사설(入社說)」(1901. 11. 29)이라는 소견(所見)과 수필「몽중방어(夢中放語)」(1901. 12. 18)를 발표했다.

연규는 국문소설 『혼(魂)』(1921)이 발행금지처분을 받으면서 1922년에 조선총독부로부터 추방처분을 받아 일본에 건너가게 된다. 일본에서 그는 『방황하는 하늘가(さすらいの空)』(宣傳社, 1923. 2), 『생의 번민(生の悶へ)』(宣傳社, 1923. 6)을 발표해 일본 프롤레타리아문학 작가들에게 주목을 받게 되고, 이어 한양까지 침입한 외적과의 결전을 앞둔 의병장의 고뇌를 그린 『혈전의 전야(血戰の前夜)』를 발표하게 된다. 이 소설은 복자(伏字)처리가 많이 된 상태로 프롤레타리아 문예지인 『예술전선 신흥문예29인집(芸術戰線 新興文藝二十九人集)』(自然社, 1923. 6)에 수록되었으며,[5] 일본문단에 식민지 조선인의 문학을 알린 일본어 작품으로 평가받고 있다. 이후 『광자의 생(光子の生)』(『解放』 1923. 8), 『오사와자작의 유서(大澤子爵の遺書)』(『新人』 1923. 9), 『그(彼)』(『週刊朝日』 1925.11.15)를 끝으로, 정연규는 문학가로서보다는 평론가, 사상가로서의 길을 걷게 된다.[6]

　1930년대로 접어들면서 일본은 중국과의 전쟁을 시작으로 본격적인 전시체제에 돌입했다. 러시아혁명의 성공과 '다이쇼(大正) 데모크라시'의 영향으로 1920년대 후반에 활발히 일었던 일본의 프롤레타리아문학운동은, 고바야시 다키지(小林多喜二)의 고문사와 이어지는 프로 문학자들의 전향(轉向) 선언으로 거의 괴멸상태에 이른다. 이러한 상황과 맞

---

5) 김계자·이민희 공역, 『일본 프로문학지의 식민지 조선인 자료 선집』, 도서출판 문, 2012. 3. 207-215쪽.

6) 김태옥, 「정연규의 삶과 문학-1920년대 중반부터 1930년대 중반까지」, 『일본어문학』, 2008. 3. 김태옥은 위의 논문에서 1920년대 중반까지 정치적 망명자의 길을 걸으면서 민족주의적인 작품을 썼던 정연규가 1930년대를 기점으로 적극적인 친일협력의 길을 걷게 되는 과정을 고찰하고 있다. 정연규가 나카니시 이노스케(中西伊之助)나 마에다코 히로이치로(前田河廣一郎) 등 일본 프롤레타리아 작가들과 친교를 맺으면서 『혈전의 전야』를 발표하게 되는 경위에 대해서는 이한창, 「재일동포 문인들과 일본문인들과의 연대적 문학활동-일본문단 진출과 문단 활동을 중심으로」(『일본어문학』, 2005. 3)에 상술되어 있다.

물리면서 일본 문단에서는 상업저널리즘의 급격한 신장과 기성세대 문인들의 활발한 문학 활동, 각종 문화단체가 조직되는 등 이른바 '문예부흥'의 시기가 도래한다. 혁명의 문학이 패퇴하고 일본 군국주의 파시즘이 대두되는 사상적 공백에 의해 만들어진 '부흥'이었다고 할 수 있을 것이다.

　이러한 일본문단의 상황 속에서 가위 '붐'이라 일컬어질 정도로 조선인에 의한 일본어 작품이 일본문단의 주목을 받게 된다. 1939년에 김사량의 『빛 속으로(光の中に)』(『文藝首都』)가 아쿠타가와상(芥川賞) 후보에 오르면서 조선인에 의한 문학이 화제가 된 것이다. 김사량보다 앞서 일본문단에서 적극적으로 문학 활동을 벌이고 있던 사람은 장혁주였다. 장혁주는 1930년 이후 본격적인 작가생활을 시작해 90편이 넘는 작품을 발표한 작가로, 그 내용에 있어서도 다양함을 보여주고 있다. 이 시기의 장혁주는 유진오, 무라야마 도모요시(村山知義), 아키타 우자크(秋田雨雀)와의 공편으로 『조선문학선집』을 펴내고, 창작으로는 40년에 장편 3편과 단편 4편을 발표하였으며, 41년에는 장편 5편과 단편 3편을 발표하는 등 대활약을 하고 있었다. 또한 김사량을 비롯한 조선의 문학자들을 일본 문단에 적극적으로 소개하여 일본 내에 조선 문학의 인지도를 높이는 데 공헌했다.

　이와 같이 장혁주, 김사량을 위시한 조선 문학자들의 문학 활동이 화제가 되면서 당시 일본의 주요 매체는 여러 차례 조선특집을 편성하게 된다. 『문학안내(文學案內)』의 「조선현대작가특집」(1937. 2), 『오사카마이니치신문(大阪每日新聞)』의 「조선여류작가특집」(1936. 4~6), 『문예2』의 「조선문학특집」(1940. 7) 등이 바로 그러한 예이다. 그리고 이러한 현상은 문학에 한정되지 않고 조선의 문화를 다양한 장르로 꾸민 조선 특

집 『모던일본(モダン日本)』「조선판」(1939. 11, 1940. 8)을 통해 '조선 붐'은 더욱 확대되어 간다.7)

[그림 1] 『모던일본(モダン日本)』

일본 내에서 조선 문학에 대한 소개는 잡지나 신문뿐만 아니라 앤솔로지를 통해서도 행해졌다. 신건 편역 『조선소설대표작집』(敎材社, 1940), 장혁주 대표 편저 『조선문학선집』(전3권, 赤塚書房, 1940) 등이 바로 그 예이다. 이러한 시류를 반영이라도 하듯 조선에서도 『조선국민문학집』(東都書籍, 1943), 『반도작가단편집』(조선도서출판주식회사, 1944), 『신반도문학선집』(전2권, 人文社, 1944) 등이 간행되었다.

이와 같이 조선인에 의한 문학작품이 일본 내에서 주목을 받고 있는

---

7) 『모던일본(モダン日本)』은 대중오락잡지로 대표 겸 편집자가 조선 출신의 마해송 (馬海松, 1905~1966)이었다.

상황에 대해 소설가 아베 도모지(阿部知二)는 "새로움"을 느낀다고 하면
서, 이러한 "새로움"은 "조선의 작가들이 가지고 있는 예술에 대한 대
단한 열정"때문이라고 평하고 있다(『요미우리신문(讀賣新聞)』 1940. 7. 10).
조선인 작가에 의한 일본어 작품에서 아베 도모지가 동시대적으로 간
취한 "새로움"은, 1930년대 이후의 조선인의 문학작품에는 이전의 일
본인이 쓴 이른바 '조선물(朝鮮もの)'에서는 느낄 수 없었던 "생생함"이
있음을 언급한 것이라는 후대의 평어와 문맥을 같이 하고 있다.[8]

요컨대 일본인에 의해 상상되고 표현되어온 '조선'과 조선인이 직접
표현해내고 있는 '조선'은 다르다는 것이다. 장혁주나 김사량 둘 다 일
본어로 일본문단에 글을 쓰기 시작하면서 '조선'을 적극 알리고 싶다는
일본어 글쓰기의 적극적인 동기를 밝힌 바 있는데,[9] 이들이 일본문단
에서 행한 일본어문학은 '외지' 문학으로서의 엑조틱한 '조선'을 찾아
내려는 제국의 욕망과 다른 '조선'을 현출시키려 했다는 점에서 우선
그 의의를 찾아볼 수 있을 것이다.

임화(林和)도 또한 일본문단에서 조선 문학이 화제가 되고 있는 상황
을 동시대적으로 접했는데, 그러나 아베 도모지와는 다른 관점에서 조
선문학 '붐'을 비평하고 있다. 임화는 다음과 같이 언급하고 있다.

> 朝鮮文學이 最近 갑작이, 東京文壇에 注目을 끄을고잇다. 申建이란
> 분의 飜譯으로된 「朝鮮小說代表選集」 張赫宙氏等의 飜譯하는 「朝鮮文
> 學選集」(全三卷一卷既刊)이 上梓됨을 契機로 待期하엿엇다는 듯이 五
> 月號 東京發行 各文藝雜誌에는 朝鮮文學의 紹介 乃至 評論이 一時에

---

8) 나카네 다카유키(中根隆行), 「1930년대에 있어서 일본문학계의 동요와 식민지문학
   의 장르적 생성」, 『일본문화연구』, 2001. 4, 317쪽.
9) 張赫宙, 「我が抱負」, 『文藝』, 1934. 4. 金史良, 「朝鮮文學風月錄」, 『文藝首都』, 1939. 6.

揭載되어엇다. (중략) 亦시 東京文壇의 새로운 環境이다. 勿論 그것은 時局이다.10)

임화는 특히 1930년대 중반 이후 일본에서 조선 문학에 대한 관심이 급증한 현상을 포착하고, "東京文壇의 새로운 環境"이라고 평하고 있다. 그렇지만 이러한 현상이 "時局"과 연동하고 있음을 간과하지 않고 있는 점은 시사적이다. 1930년대의 조선문학 '붐'은 당시의 정치사회적 상황과 맞물려 있다는 지적인 것이다.

박춘일(朴春日)은 1937년부터 1945년까지를 근대 일본에서의 최대의 '조선 붐'으로 보고 있다. 일본이 중일전쟁 이후 본격적인 전시체제로 접어들면서 '내지'의 문학상황도 여의치 않은 상태인데, 왜 '조선 문학 붐'이 일었고 그것이 '조선 붐'의 주축이 될 수 있었는가 하는 점에 대해 다음과 같이 설명하고 있다.

> 중일전쟁 발발로부터 태평양전쟁에 돌입하기까지 일본의 출판계에서 일었던 이상하리만큼의 '조선 붐'은 그 규모와 내용에 있어 '한일병합' 전후의 그것을 훨씬 상회했다./ 따라서 이 시기의 '조선 붐'은 '정한론(征韓論)'을 시작으로 발생한 이런 종류 출판 붐의 최대급이라고 할 수 있는데, 종래와 크게 다른 점은 다음의 두 가지이다./ 그 하나는 군국 일본의 반동 지배층이 '팔굉일우(八紘一宇)', '대동아공영권(大同亞共榮圈)' 실현의 중요 방책으로 '내선일체화', '황국신민화'라는 슬로건 하에 조선의 인적, 물적 자원을 총동원하기 위해 직접 보도, 출판기관을 장악하고 '조선 붐'을 만들어낸 것이고, 두 번째는 이와 같은 선전, 선동 공작에 일본의 저명한 작가나 학자, 문

---

10) 林和, 「東京文壇과 朝鮮文學」, 『人文評論』, 1940. 6, 39-40쪽.

화인, 언론인, 예능인, 스포츠맨을 총동원했을 뿐만 아니라, 조선의
매국노나 글을 팔아 사는 자들을 선두로 하여 대대적으로 활용한 것
이다.11)

즉 이 시기에 일본에서 '조선 붐'이 일게 된 것은 일본 군국주의가
전쟁에 조선을 총동원하기 위한 프로파간다로서 "만들어"지고 "활용"
된 것이라는 설명이다. 박춘일은 덧붙여 '내선일체화', '황국신민화' 등
의 슬로건은 그 자체에 일본의 목적이 있는 것이 아니라, 이를 이룩함
으로써 조선의 '병참기지화'를 실현하여 '성전(聖戰)' 수행에 조선인을
총동원하는 데에 진의가 있었다고 말하고 있다.12)

일본은 1930년대 이후 서구적 근대를 비판하고 '동아협동체론'을 내
세우면서 일본 '대동아공영권'이라는 틀 속에 조선을 위치시키고 있었
다. 따라서 조선 문학은 제국의 지방문학으로서 자리매김되고, 제국에
편제된 로컬리티를 구현해가도록 종용받고 있었던 것이다. 제국 일본
에서 일었던 '조선 붐' 현상은 박춘일의 지적대로 "관제(官製)"의 측면
이 있음을 인정하지 않을 수 없다.

그렇다고 한다면 조선인에 의한 일본어 문학작품 '붐'은 제국의 국
가 권력 속에서 편제된 허상(虛像)에 불과한 것일까? 식민지 조선에서는
총독부 기관지 『매일신보』나 『경성일보』에 대한 검열이 강화되고
1940년을 기해 『조선일보』, 『동아일보』가 폐간된다. 1941년에는 당초
의 기획과는 다르게 대부분 일본어로 내용이 편성된 잡지 『국민문학』
(11월 창간)이 발행되는 상황 하에서, 일본어로 작품 활동을 해갈 수밖에

---

11) 朴春日, 『增補 近代日本文學における朝鮮像』, 未來社, 1985. 8, 363쪽.
12) 朴春日, 위의 책, 369쪽.

없는 상황에 몰린 식민지 조선의 문학자들에게 가능한 선택지는 그리 많지 않았을 것이다.

그러나 '조선 붐'과 같이 국가권력에 의해 시발된 것이라 하더라도 그 표현양태는 다양한 층위로 표출된다. 우선 조선인의 문학을 매개하고 있던 출판 미디어가 국가권력에 의해 장악되었다고는 하나 모두 획일적인 편집방침을 내세우고 있었던 것은 아니다. 또 일단 언표화되고 나면 그 내용은 당초의 의도와는 관계없이 변형되고 전유(專有)되는 현상이 문학 텍스트가 가지는 매력일 것이다. 당시 '조선 붐'의 한가운데에서 조선인의 문학을 의식적으로 게재한 잡지 『문예수도』와 이를 통해 '조선 붐'의 주역이 된 김사량에 대해 살펴보도록 하겠다.

Ⅲ. 일본문단에서 연계되는 식민지의 문학

1. 조선 문학자와 일본의 잡지 미디어

식민지 조선의 문학자로서 일본 문단에 조선 문학을 널리 알려 '조선 붐'의 기틀을 만든 사람은 장혁주(張赫宙, 1905~1997)이다. 전술했듯이 장혁주가 등장하기 이전에는 프롤레타리아문학 계열의 잡지를 통해 조선인의 작품이 게재되는 경우가 주를 이루었다. 그런데 1930년대 이후가 되면 소위 '일본어세대'가 등장하면서 일본어로 쓴 작품을 가지고 일본의 대표적인 잡지 미디어에 발표함으로써 제국의 중앙문단에 진출하는 문학자가 늘어나게 된다. 그 돌파구를 장혁주가 연 것이다.

장혁주는 1932년 4월에 『아귀도(餓鬼道)』를 『개조(改造)』에 투고해 입선, 조선 출신자에 의한 본격적인 일본어작품으로 주목받게 된다. 잡지 『개조』는 1919년 4월에 창간하여 태평양전쟁 말기에 잠시 휴간한 후 1955년 2월에 종간된 종합잡지로, 당시 상업자본의 중심에 있었던 개조사(改造社)의 출판전략 하에 조선을 비롯한 식민지 문학자들의 글을 의식적으로 기획하고 있었다.13) 개조사와 잡지 『개조』의 출판전략의 여파로 일본의 출판미디어는 더욱 다양화되고 그 규모 또한 확대되었다고 할 수 있다. 이러한 개조사의 상업화 전략이 중심이 되어 대중독자사회를 파생시켰고, 이에 국가권력이 편승하면서 조선 문학의 일본 문단 진출도 활기를 띤 것이다.

　그런데 『개조』와는 다른 성격으로 조선인의 일본어문학을 적극 소개해간 잡지가 있었다. 동인지 『문예수도』가 바로 그러하다. 『문예수도』는 1933년 1월에 창간하여 1944년 12월에 종간(전후 1946년에 복간하여 1970년까지 간행)된 월간지로, 문예동인지의 성격을 띠고 있다. 신진작가를 규합해서 신흥문학의 거점으로 자리 잡고자 한 잡지 『문학쿼터리(文學クオタリイ)』(1932년 2월 창간)를 발전적으로 계승한 잡지라고 할 수 있다. 소설가 야스타카 도쿠조(保高德藏, 1889~1971)가 일관되게 잡지의 편집을 맡았는데, 그가 젊은 시절에 한 조선 체험이 조선 문학을 적극 소개하려고 한 이 잡지의 편집방향에 많은 영향을 끼친 것으로 보인다.14)

---

13) 高榮蘭, 「出版帝國の「戰爭」——一九三〇年前後の改造社と山本實彦『滿・鮮』から一」(『文學』, 2010. 3~4.) 참조. 잡지 『改造』는 1920년대의 쇼와(昭和)문학 출발기에 출판미디어와 문학자들과의 관련성, 정부의 언론 통제 상황 등을 살펴볼 수 있는 자료로서의 가치가 큰 잡지라 할 수 있다.

14) 잡지 『문예수도』에 관련된 상세한 내용은 졸고, 「1930년대 조선 문학자의 일본어 글쓰기와 잡지 『문예수도』」(『일본문화연구』 2011. 4)를 참조해주기 바란다. 이글에서는 전개상 필요하다고 판단되는 부분을 발췌, 인용하였다.

야스타카 도쿠조는 장혁주의 『아귀도』를 읽고 젊은 시절 자신이 조선에서 느꼈던 점을 공감하며, 장혁주를 "조선민족적인 풍모"라고 적고 있다.15) 장혁주는 『문학퀴터리』에 이어 『문예수도』에도 계속해서 일본어로 글을 발표해간다. 김사량(金史良, 1914~1950?)은 자신보다 먼저 일본문단에 데뷔해 활동하고 있던 장혁주의 소개로 야스타카 도쿠조를 알게 되고, 장혁주에 이어 잡지 『문예수도』에 글을 싣게 되면서 일본문단에 알려진다.

야스타카는 장혁주와 김사량을 통해 조선 민중의 민족적 고뇌를 알게 되었다고 진술하고 있다.16) 아버지를 따라 건너간 조선에서 체험했던 것들을 조선의 문학자와 친교를 맺고 문학 활동을 전개해가면서 추체험(追體驗)할 수 있었던 것이다. 이후 아오키 히로시(青木洪), 이석훈(李石薰), 김광순(金光淳, 후의 김달수)의 작품이 『문예수도』에 실리게 되면서, 『문예수도』는 식민지 조선의 문학자에게 일본문단과의 중요한 연결고리가 되었다.

1939년 10월호의 『문예수도』에 김사량의 『빛 속으로』가 실렸을 때 야스타카는 같은 호의 「편집후기」에서 "한국작가가 아니면 느낄 수 없는 뛰어난 점을 이 작품 속에서 잘 표현하고 있다"고 평하였다.17) 그러나 이 작품은 아쿠타가와상 후보에 올랐다가 결국 선외(選外)에 그치고 마는데, 이 경위는 식민지 조선의 문학이 일본문단 속에서 제도화되는 과정의 시비(是非)를 잘 보여주고 있다. 심사를 맡은 가와바타 야스나리

---

15) 保高德藏, 『作家と文壇』, 講談社, 1962, 165쪽.

16) 保高德藏, 위의 책, 201-212쪽.

17) 다카야나기 도시오, 「한국인 작가를 기른 그늘의 문학자 야스타카 도쿠조 保高德藏」(다테노 아키라 편저, 오정환 옮김, 『그때 그 일본인들』, 한길사, 2006), 282쪽.

의 평이 유명한데, "작가가 조선인이기 때문에 추천하고 싶은 인정이 매우 강하게 작용"했지만, "재능과 재미가 부족한 면도 있기 때문"에 선외로 한다는 것이었다.[18] 즉 조선인에 의한 일본어 창작은 시의(時宜) 상 주목을 받고 있었지만, 그 실질에 있어서는 일본문단으로부터 배제되고 있었던 것을 보여주고 있는 것이다. 제도화된 일본문학의 외연에 식민지문학을 위치시키고자 하는 제국 일본의 자기 방어 기제가 작동한 것으로 파악된다.

그렇다고 한다면 장혁주나 김사량 등이 식민 종주국의 언어를 가지고 제국의 문단에 적극적으로 진출한 것은 과연 유효했을까? 일제의 식민지배 논리는 조선을 문명개화해 식민 상태에서 벗어나게 하려고 한다는 조선 지식인의 논리 속에서 오히려 정당화되는 측면이 있다.[19] 즉 식민지배의 논리라고 하는 것은 기본적으로 식민주체에 의해 정책적으로 입안되고 이데올로기화되는 개념이지만, 한편으로는 피식민 주체의 내면에서 구축되고 정당화되어가는 구조에 문제의 심각성이 있다는 것이다.

제국의 식민지배 논리 하에 의도된 '조선 붐'의 절정에서 식민지 조선의 문학자 김사량은 시대적 풍조와 교통(交通)하고 있는 자신의 내면과 마주하게 된다. 그리고 김사량이 느낀 식민지 지식인의 자기상실감은 조선과 같은 처지에 놓여있는 대만 문학자와의 연대로 표출된다. 다음에서 이를 살펴보겠다.

---

18) 『芥川賞全集』 2권, 『文藝春秋』 1982, 397쪽.
19) 앙드레 슈미드 저, 정여울 역, 『제국 그 사이의 한국-1895~1919』 휴머니스트, 2007. 8, 73쪽. 앙드레 슈미드는 이와 같이 민족주의자와 식민주의 둘 다를 뒷받침하는 개념으로 '문명개화'를 파악하고 이를 "문명개화가 지니는 양면성"으로 표현하고 있다(285쪽).

2. 조선과 대만 문학자의 식민지적 연대

『빛 속으로』가 아쿠타가와상 후보에 오르는 등 일본문단에서 화제가
되고 있는 상황과는 대조적으로, 김사량은 석연치 않은 심경을 이듬해
의 『문예수도』를 통해 털어놓고 있다.

> 뭔가 커다란 북적거림 속에서 스프링이 붙은 듯 밖으로 튕겨 나온
> 것 같은 가슴 답답함을 느꼈습니다. 적어도 그 순간에는 그런 걱정
> 이 들었습니다. 본래 자신의 작품이지만 「빛 속으로」에는 아무래도
> 시원치 않은 것이 있었습니다. 거짓(噓)이다, 아직 자신은 거짓을 이
> 야기하고 있는 거라고 작품을 쓰고 있을 때조차도 자신에게 물었습
> 니다. (중략) 저는 현해탄을 건너는 삼등 선실에서 마침내 열이 났고
> 시모노세키(下關)에서 기차를 타고 가는 중에는 거의 쓰러질 지경이
> 었습니다. 그렇지만 저는 '그렇다, 이제부터는 더욱 참된 것(ほんと
> うのこと)을 써야지' 하고 자신에게 몇 번이고 말했습니다.[20]

위의 인용 외에, 『빛 속으로』가 단행본으로 출간되었을 때 발문(跋文)
에서도 김사량은 "멈출 수 없는 기분에 쫓기듯 쓴 것"이라고 적고 있
다.[21] 즉 '내선문학(內鮮文學)'이라는 슬로건 하에 식민지인의 일본어문
학에 대한 흥미가 고조되고 있는 시대적 풍조와 교통하며 써낸 작품이
라는 김사량의 자기비평이 드러나 있는 것이다. 김사량은 같은 시기에
일본어로 작품 활동을 하고 있던 또 다른 식민지 대만의 룽잉쫑(龍瑛宗)
에게 서신을 보내 이와 같은 자신의 심경을 고백한다.

김사량과 룽잉쫑이 『문예수도』를 통해 문학적 교류를 하고 있었다는

---

20) 金史良, 「母への手紙」, 『文藝首都』, 1940. 4.
21) 『金史良全集Ⅳ』, 河出書房新社, 1973, 67쪽.

사실은 매우 흥미롭다. 룽잉쭝은 1937년 4월호의 『개조』에 『파파야 마을(パパイヤのある街)』로 입선하여 일본 문단에 데뷔, 김사량보다 이른 1937년 8월호의 『문예수도』에 『도쿄 까마귀(東京の鴉)』를 발표한 후, 몇 차례에 걸쳐 『문예수도』에 작품을 싣는다. 1940년 7월호의 『문예수도』에 룽잉쭝이 발표한 『초저녁달(宵月)』은 김사량의 『빛 속으로』를 의식하며 쓴 소설이라고 평가될 정도로, 두 사람의 문학적 교류는 서로에게 영향력 있는 것이었다. 김사량은 룽잉쭝에게 보낸 편지 속에서 다음과 같이 이야기하고 있다.

> 귀형의 『초저녁달(宵月)』을 읽고, 저는 매우 강한 친밀함을 느꼈습니다. 역시 귀형이 있는 곳도, 제가 있는 곳도 현실적으로는 똑같은 것만 같아서 전율하였습니다. 물론 그 작품은 현실폭로적인 것이 아니라, 매우 있을 법한 일을 쓰려고 하신 작품이었습니다. 그러나 저는 그 속에서 귀형의 흔들리고 있는 손을 본 듯 했습니다. (중략) 저도 언젠가는 그 작품을 개정할 수 있는 때가 오기를 진심으로 기다리고 있는 중입니다. 좋아하는 작품은 아닙니다. 역시 내지인을 향한 작품입니다. 저도 잘 알고 있습니다. 그것을 너무도 잘 알고 있는 까닭에 두려운 것입니다.[22]

김사량의 위의 편지에 대해 룽잉쭝이 어떠한 답신을 보냈는지 자료가 남아있지 않기 때문에 확인할 수 없지만, 일본인을 대상으로 하는 『문예수도』를 통해 이야기한 앞의 인용과, 같은 식민지의 문학자 룽잉쭝에

---

22) 下村作次郎, 『文學で讀む臺灣 支配者・言語・作家たち』, 田畑書店, 1994. 212쪽. 김사량이 룽잉쭝에게 보낸 서간의 전문(全文)이 황호덕, 「제국 일본과 번역(없는) 정치」(『전쟁하는 신민, 식민지의 국민문화』, 소명, 2010, 165-166쪽)에 소개되어 있다. 본문 인용은 황호덕의 논문에 의했다.

게 보내는 개인적인 서간문에서 말하고 있는 위의 인용은 그 어조가
사뭇 다름을 알 수 있다. 즉 전자를 통해서는 "가슴 답답함"을 느꼈다
고 하면서 "거짓"이 아니라 "참된 것"을 써야겠다는 은유적인 표현에
머물러 있는 반면, 후자에서는 『빛 속으로』가 "내지인을 향한 작품"이
며 그래서 "두려운" 거라고 자신의 속내를 명확히 드러내고 있는 것이
다. 공히 제국의 언어를 가지고 식민 종주국의 문단에 뛰어든 식민지
문학자로서 느끼는 혼란과 자기상실감을 토로하면서 김사량은 룽잉쭝
에게 연대감을 느끼고 있었던 것이다.

　또한 김사량은 위의 서신 속에서 대만 출신의 시인 우셴후황(吳伸煌)
이나 소설가 장원환(張文環)의 문학 활동을 묻고는, 중국의 문학자 루쉰
(魯迅)에 대해서도 다음과 같이 언급하고 있다.

　　　루쉰은 제가 좋아하는 분입니다. 그는 위대하였습니다. 귀형이야
　　말로 대만의 루쉰으로서 자신을 쌓아 올려 주십시오. 아니, 이렇게
　　말해서는 실례일지도 모르겠습니다. 다만, 루쉰과 같은 범문학적인
　　일을 해 달라는 정도의 의미인 것입니다. 저도 되도록 좋은 작품을
　　쓰려고 합니다. 초조해하지 않으며 건실히 해 나갈 작정입니다.[23]

　루쉰은 김사량뿐만 아니라 룽잉쭝도 좋아하는 문학자였다. 룽잉쭝의
소설 『파파야 마을』에는 『아큐정전』을 읽고 싶어 하는 지식인 청년이
등장해 다른 작중인물들과는 다른 상징성을 표현해내고 있는데, 상세
한 내용은 후술하겠다. 여기서 지적하고 싶은 것은 김사량이 자성(自省)
을 통해 근대적인 주체정신을 확립해간 중국의 비판적 지식인 루쉰을

---

23) 황호덕, 앞의 논문.

매개해 룽잉쭝과 연대하고 있었다는 사실이다. 제국의 문단에서 식민
지인이 느끼는 자기 상실감과 여기에서 오는 '두려움'을 식민지 지식인
의 비판적 연대를 통해 극복해가려는 김사량의 의지를 읽어낼 수 있다.

　다음에서 김사량 자신이 "내지인을 향한 작품"이라고 비판한 『빛 속
으로』를 구체적으로 살펴, 그가 느낀 '두려움'에 대해 생각해보도록 하
겠다.

IV. '경계'의 사유

1. 식민지 지식인의 내면 - 김사량 『빛 속으로』

『빛 속으로』의 작품 공간은 '내지' 일본의 수도 동경이다. '나'는 S
대학협회의 기숙인(寄宿人)으로 시민교육부에서 밤에 두 시간 정도 영어
를 가르치면 되었다. 그런데 이곳으로 배우러 오는 사람들은 공장 근로
자들이 많아 모두들 피곤해있는 가운데, 아이들만이 기운차게 소리를
지르며 놀고 있다. '나'는 이들로부터 '남 선생(南先生)'이 아닌 '미나미
센세(南先生)'라는 일본식 발음으로 불리고 있다. 이에 대해 '나'는 다음
과 같이 생각한다.

　　처음에 나는 그렇게 부르는 것이 몹시 마음에 걸렸다. 그러나 후
　에 나는 이런 천진난만한 아이들과 놀기 위해서는 오히려 그 편이
　나은지도 모른다고 생각하였다. 그러므로 나는 위선을 보일 까닭도
　없고 비굴해질 이유도 없다고 몇 번이나 자신을 납득시켰다. 그리고
　두말할 것 없이 이 아동부에 조선아이가 있다면 나는 억지로라도 남

(南)가라는 성으로 부르도록 요구했을 것이라고 스스로 변명도 하고
있었다.(208-209쪽)[24]

'나'는 자신의 이름이 일본식으로 불리는 것에 대해 주저하는 심리
를 가지고 있으면서도 애써 이를 정당화시키려고 자기변명을 늘어놓고
있는 것을 알 수 있다. 그러던 어느 날, '이(李)'라는 조선 젊은이가 찾
아와 조선어와 일본어 어느 쪽 언어로 이야기를 해야 좋을지 모르겠다
고 '나'를 추궁했고, 이에 "물론 나는 조선사람입니다"라고 떨리는 목
소리로 대답한다. "나는 자기가 조선 사람이라는 것을 숨기려고는 하
지 않"았지만, "자기 자신 속에 비굴한 것을 가지고 있었다"는 생각을
하게 된다. 즉 식민지 본국에 자신을 동일화시키고자 하는 욕망이 잠재
해 있었다는 사실이 타자의 시선을 통해 '나'에게 비춰졌을 때, '나'는
자신에게 "비굴"함을 느낀 것이다. 이와 같이 화자 '나'에는, 조선 아이
들이나 '이(李)'를 보고 있는 '나'가 있고, 그들에게 비춰진 '나'를 또 다
른 층위에서 바라보는 '나'가 있다고 할 수 있다. 이와 같이 '나'의 서
사구조는 복합적인 층위를 구성하면서 자신의 내면을 계속 반추해가는
전개를 보인다.

　그런데 평소 '나'를 '미나미 센세'라고 부르면서 한편으로는 조선인

---

24) 김사량은 1931년 말에 도일(渡日)해서 1942년 2월에 평양(당시 평양부)으로 귀향
했다가 한국전쟁의 와중에 죽었다. 김사량은 유복한 기독교 집안에서 자랐고 그
의 형은 고등문관시험에 합격해 총독부 고관이 되었다. 이와 같은 출신성분과 당
시 북한의 정치 암투에 연루되면서, 김사량의 명예는 1987년이 되어야 비로소
회복된다. 1987년에 북한의 문예출판사에서 『김사량 작품집』이 출간된 것이 이
를 방증하고 있다(안우식, 『김사량 평전』, 문학과 지성사, 2000, 12쪽 참고). 본문
에서 인용하고 있는 『빛 속으로』의 내용은 북한 문예출판사의 1987년판에 의한
것이고, 구두점이나 맞춤법은 적절히 조정하였다. 이후 본문 인용은 인용 페이지
만을 명시하기로 한다.

이지 않을까 의심하고 있던 야마다 하루오(山田春雄)라는 아이가 이 대화
를 듣고, "선생님은 조선 사람이다!"고 사람들을 향해서 외치게 된다.
이후 '나'와 소년과의 긴장관계는 현실화된다. 야마다 하루오의 일가는
조선에서 이주생활을 해왔기 때문에, 하루오도 "외지에 건너간 다른
아이들처럼 심보가 비뚤어진 우월감"을 가지고 있을 거라고 '나'는 생
각한다. 조선 이주 체험을 가지고 있는 일본인은 식민 모국에 대해서는
열등감을, 피식민자에 대해서는 우월감을 느끼는 이중성을 가지는 경
향이 있다. 더욱이 하루오의 아버지는 일본인 아버지와 조선인 어머니
사이에서 태어났는데, 이러한 아버지와 조선인 어머니 사이에서 태어
난 하루오는 자신의 정체성에 혼란을 느끼는 "이질적인 아이"로, '나'
와 하루오 사이의 심리적 갈등은 고조되어간다.

하루오는 자신의 어머니가 조선인이 아니라고 부정하면서 '나'를 경
계한다. 이것을 지켜본 '나'는 "혹시 이 애가 조선 아이가 아닐까?" 하
고 의문을 품는다. 하루오가 '나'에게 가졌던 의문을 '나' 또한 하루오
에게 던지고 있는 것이다.

그러던 중에 하루오의 어머니가 남편으로부터 폭행을 당해 병원에
입원하게 되고, 울면서 "난 조선사람 아니에요"라고 외치는 하루오를
'내'가 안아주고 위로하면서 둘 사이의 갈등은 해소국면으로 접어든다.
아버지=일본에 대한 무조건적인 헌신과 어머니=조선에 대한 맹목적
인 배척 사이에서 조화되지 못하고 있던 하루오의 어머니에 대한 강한
부정은, 오히려 하루오의 어머니에 대한 그리움을 말해주고 있는 것이
라고 '나'는 생각한다. 이러한 일련의 과정을 통해 '나'는 다음과 같은
생각에 이른다.

"나는 조선 사람이다. 조선 사람이다." 하고 외쳐대는 꼬치안주집
의 사나이와 너는 도대체 무엇이 다르단 말인가. 그것은 또 자신은
조선 사람이 아니라고 외쳐대는 야마다 하루오의 경우와 본질적으
로 아무런 차이도 없지 않은가. (중략) 그런데 어째서 조선 사람의
피를 받은 하루오만은 그럴 수 없는가? 나는 그 까닭을 너무도 잘
알고 있다. 그러므로 나는 이 땅에서 조선 사람이란 것을 의식할 때
는 언제나 다른 사람들을 경계하지 않으면 안 되었다.(224-225쪽)

자신이 '조선인'이라고 드러내놓고 외치는 것과 '조선인'이 아니라고
강하게 부정하는 것은 본질적으로 차이가 없다고 '나'는 생각한 것이
다. 그러나 자신이 '조선인'이라는 것을 의식하면 할수록 사람들과 거
리를 두려는 심리가 강해지는 이유에 대해, "이 땅"에서 살고 있기 때
문이라고 '나'는 이야기한다. 여기에서 말하는 "이 땅"은 소설의 공간
적 배경인 일본의 동경을 가리키는 말일 수도 있고, 또 한편으로는 일
본의 식민지 상태에서 살아가고 있는 조선인 내면의 심상지도(mental
map)로 유추해서 해석해볼 수도 있을 것이다. 즉, '조선인'임을 부정하
는 하루오도, 그리고 '조선인'이라고 자처하지도 않거니와 부인도 하지
않는 '나'도, 결국 "이 땅"에 노출되어 있는 사람들인 것이다. '미나미'
혹은 '남'이라고 경계 지으려는 '욕망'이 아니라, 이미 경계적인 토포스
에 있는 '나'의 실존의 문제를 '나'와 하루오의 서사구조가 환기시키고
있다고 할 수 있다.

아버지의 폭력으로 하루오는 어머니에 대한 애정을 확인하게 되고,
이를 계기로 '나'에게 마음을 열기 시작하면서 둘 사이의 갈등관계도
점차 해소되어간다. 다음은 소설의 말미이다.

　　"선생님, 난 선생님 이름 알고 있어요."

　　"그래?"

　　나는 가볍게 웃어보였다.

　　"말해보려무나."

　　"남 선생님이시지요?"하고 말하고 나서 그는 겨드랑이에 끼웠던 윗옷을 나의 손에 쥐어주며 기쁜 마음으로 돌계단을 뛰어 내려가는 것이었다.

　　나는 그제야 안도의 숨을 내쉬며 가벼운 걸음으로 그의 뒤를 쫓아 계단을 내려갔다.(242쪽)

　　하루오가 '나'를 '조선인'인지 아닌지로 규정하는 대신에 '이름'을 가지고 인식하는 모습은 주의할 필요가 있다. 자신의 몸속에 흐르는 '조선인'의 피가 '나'에게도 흐르고 있다는 사실을 확인한 데서 오는 "기쁜 마음"이라기보다는, '남 선생'이라고 호명함으로써 자신 안에서 길항하고 있던 정체성 갈등이 '피'의 문제에서 '언어'=인식의 문제로 새롭게 방향 전환되어 나온 것이다. '내'가 느낀 안도감은 이러한 하루오의 전환에서 오는 것이라고 할 수 있다.

　　작중인물 야마다 하루오의 설정이 '피'의 개념에 의한 것이라면, '나'는 '언어'의 문제로 소환된다. 작가 김사량이 "내지인을 향한 작품"이라고 비평하고 있듯이, 조선인과 일본인 사이에서 태어난 하루오와, '미나미 센세'와 '남 선생'으로 분열되는 '나'의 설정은 당시의 화두였던 '내선결혼(內鮮結婚)'이나 '창씨개명'같은 일제의 통합 이데올로기를 대변하고 있음은 부인될 수 없다. 그러나 병원에 입원해 있는 하루오의 어머니를 찾아가 "내 성은 남가입니다"라고 말하고 있는 '나'와, "하루오는 일본 사람입니다"고 말하는 하루오 어머니의 진술은 서로 대조를 이루며, '피'의 문제가 아닌 '언어'의 문제로써 식민지를 살아가는 조선인의 정체성 문제를 풀려고 하는 '나'의 의지가 표명되어 있음을 알 수 있다.

소설의 전반부에서는 '이(李)'에게 조선인임을 추궁당했을 때 '나'는 "조선사람입니다"고 대답했는데, 하루오와의 관계를 통해 "조선사람"으로서가 아니라 "남가"로서 자신의 정체성을 드러내고 있는 것이다. 즉 하루오와의 갈등과 해소의 과정을 겪으면서 '나'의 내면에도 변화가 일어난 것으로, '나'는 이에 대해 작중 세계에서 구체적으로 이야기하고 있지는 않지만, 말미의 표현은 매우 상징적인 결말이라 하지 않을 수 없다. '피'라는 민족담론으로 경계 지으려는 제국과 식민지의 욕망에 의문을 제기하면서, '언어'라는 인식의 기제로 식민지인의 실존 문제를 묻고 있는 작자 김사량의 문제의식이 잘 드러나 있다고 할 수 있다. 『빛 속으로』는 "내지인을 향한 작품"이라고 작자 스스로 비판한 문제의 소지를 내포하고 있는 것은 틀림없지만, '나'와 하루오의 서사구조는 당국의 식민 정책을 전도시키는 효과를 가져 오고 있는 것이다. 이후 김사량 텍스트에서 '언어'의 문제는 시대를 표현해내는 의미기제로써 작용해간다.

2. 제국과 식민지의 혼종 공간-룽잉쭝 『파파야 마을』

식민지인이 느끼는 자기정체성 문제는 같은 식민지의 처지에 놓여있던 대만의 룽잉쭝에게도 보인다. 룽잉쭝도 김사량과 마찬가지로 일본문단에서 높이 평가받고 있던 만큼 그 혼란은 적지 않았을 것으로 생각된다. 룽잉쭝은 김사량보다 먼저 일본문단에 데뷔했다. 일본어로 글을 써서 일본문단에 인정받은 대만의 문학자는, 1934년 10월호의 『문학평론(文學評論)』에 『신문배달부(新聞配達夫)』를 게재한 양쿠이(楊逵, 1905~1985)부터 시작되었다고 할 수 있다. 『신문배달부』는 1932년에 『대만민보(臺灣民報)』에 발표된 적이 있는데, 이때는 소설의 전반부만 발표되고 후반부는 간행금지 처분을 받았었다. 그 후 양쿠이는 동 작품으로 일본의 『문학평론』에 응모하여 2등으로 당선(1등 없음), 작품의 전문(全文)이 게재되기에 이른 것이다.

『문학평론』(1934·3~1936·8)은 일본 프롤레타리아작가동맹 해체 성명이 나온 것과 시기를 같이 하여 창간되었는데, 프롤레타리아문학운동의 정치주의적 편향을 지양하고 전진적인 문학운동의 재조직이라는 방침을 내세워 좌익계 출판사 나우카 사(ナウカ社)에서 발행한 잡지이다.

장혁주의 『아귀도』가 그랬던 것처럼, 1930년대 전반에 시작된 식민지 문학자의 일본문단 진출은 조선과 대만 공히 프롤레타리아문학 계열의 작품으로 시작된 것을 알 수 있다. 1930년대 중반 이후가 되면 일본문단에서는 전향 선언이 이어지고 국책문학이 성행하면서 프롤레타리아문학은 괴멸 상태에 이르지만, 1920년대 후반부터 1930년대 전반까지는 프롤레타리아문학이 일본문단을 석권하고 있었다고 해도 과언이 아닐 정도였다. 식민지에서는 엄격히 적용되던 검열제도도 동 시기 일본에서는 허용의 폭이 넓었던 만큼, 식민지의 문학자는 일본의 프롤레타리아문학 계열의 잡지와 연대하며 작품을 발표하는 경향이 많았던 것이다.

양쿠이의 작품을 계기로 대만 작가의 작품이 일본의 잡지 미디어에 계속해서 게재된다. 그 대표작으로 뤼허뤄(呂赫若, 1914~1951)의 『소달구지(牛車)』(『문학평론』 1935·1), 룽잉쭝의 『파파야 마을』(『개조』 1937·4) 등이 있다. 『파파야 마을』은 장혁주의 『아귀도』와 마찬가지로 잡지 『개조』의 현상공모에 응모해 입선한 작품이다. 식민지문학을 포섭해 대중적인 상업성을 의도한 『개조』의 출판 전략과 호응하며, 조선뿐만 아니라 대만의 식민지 문학도 일본문단의 외연을 확장시키고 있었던 것이다.

룽잉쭝의 『파파야 마을』은 천여우산(陳有三)이 읍사무소에 근무하기 위해 "이곳 마을"에 도착하는 장면에서 소설이 시작되고 있다. 구체적인 지명은 소거된 채 "이곳 마을"이라고만 칭하고 있지만, 화자는 <지리안내>라는 책자를 펼쳐놓고 "이곳"의 역사와 지역적 특성을 상세히 서술하고 있다. 즉 "이곳"의 지명은 밝히고 있지 않은 것이 아니라, 오히려 '소거'되었다고 보는 것이 타당할 것이다. 이것이 주는 효과는 무엇일까? 이야기의 무대가 특정한 어느 한 장소를 배경으로 하지 않는 허구(虛構)의 공간이며, 따라서 식민지의 어느 곳으로도 대표될 수 있는 추상성을 지닌다고 볼 수 있다.

주로 천여우산에 초점화된 화자는 주변의 중등학교를 졸업한 인텔리겐차 청년들을 차례차례 묘사해간다. 같은 읍사무소에 근무하는 따이츄후(戴秋湖)는 주변에 있는 대만인에 대해 "일본말도 제대로 못하는 공학교 졸업생 주제에 중등학교 출신들을 부하 직원으로 거느리고 있으니 얼마나 자신이 대단해 보이겠어요"라고 천여우산에게 이야기한다. 즉 중등학교를 나온 것과 일본어를 구사할 수 있는 능력이 자신을 주변의 다른 본도인(本島人)과 구분 짓는 척도로서 여겨지고 있는 것이다. 천여우산에게 숙소를 소개해준 홍티엔숭(洪天送)은 "내지인 풍으로 품이 넓은 유카타를 질질 끌리게 걸치고 앉아 부채를 파닥파닥 부치"는 사람으로, "그의 이 세상에서의 유일한 소망은 몇 년을 참고 기다렸다가 일정한 위치에 오르게 되면 내지인 풍의 집에 살면서 내지인 풍의 생활을 하는 것이었다".

이와 같이 주변의 본도인으로부터 우월적인 거리에서 '내지인'에 동일화하려는 인물에 천여우산도 예외는 아니었다.

　　인색하고 교양 없고 저속하고 불결한 집단이 바로 그의 동족이 아닌가? 단돈 1원 때문에 입정 사납게 서로 욕하며 싸우고, 서로 으르렁대지 않으면 상대에게 눈을 부라리는 전족한 할망구들. 평생을 터럭 하나 뽑지 않을 듯 인색하기 짝이 없다가도 혼례나 장례 같은 애경사 때에는 남의 빚까지 내어다가 마구 야단법석을 떨어대고, 또 걸핏하면 남을 속이는 게 다반사고 소송하기 좋아하는 사람들이나 교활한 상인들. 이런 사람들은 중등학교를 졸업한 소위 신지식인이라 일컬어지는 천여우산의 눈에는 향상과 발전이란 모른 채 어두운 삶에 만연되어 있는 비굴한 잡초들처럼 보였다. 천여우산은 자신이 그들과 동렬의 사람으로 취급되는 것이 너무나 싫었다. (중략) 그래서 그도 늘 와후쿠(和服)를 입고 일본어를 사용하며 남보다 더 높은 자리에 오르기 위해 무진 애를 썼다. 자신은 동족과는 다른 존재임을 인정받고 싶었고 거기에서 위안을 느끼고자 했다.(128쪽)[25]

천여우산은 중등학교를 졸업한 "신지식인"을 자처하며 자신이 동족과는 다른 존재임을 내세워 주변의 속물적인 본도인을 경멸하고 그들로부터 자신을 차별화시켜간다. 그 차별화 방법이라는 것은 바로 '내지인'의 옷차림을 하고 '일본어'를 사용하는 것이었다. 즉 주변의 속물적인 동족으로부터 우월적인 존재로 인정받기 위해 자신을 '내지인', 즉

---

25) 송승석 편역, 『식민주의, 저항에서 협력으로─일제말 타이완 일본어 소설선』, 역락, 2006. 이후 『파파야 마을』의 본문 인용은 페이지 수만을 명기하겠다. 밑줄은 인용자에 의한 것임.

일본인에 동화시켜가는 것이었다. 그런데 곧바로 이어지는 서술에서
화자는 이러한 천여우산의 태도를 냉소적으로 비판하고 있다.

> 그러나 월세 3원짜리의 곳간 같은 토간(土間)에서 대나무로 된 타
> 이완식 침대에 와후쿠를 입고 누워있는 천여우산의 모습을 보노라
> 면 정말 우습기 짝이 없는 장면을 보는 것과 같았다. 더구나 그는 그
> 렇게 누워서 거의 실현 불가능한 꿈을 꾸곤 했다. 운이 좋으면 내지
> 인 처녀와 연애해서 결혼할 수도 있으리라. 그 때문에 '내대공혼법
> (內臺共婚法)'이 공포된 것이 아니겠는가? 아니, 결혼하는 것보다는
> 상대방의 양자가 되는 게 더 낫겠다. 그렇게 되면 내지인으로 호적
> 도 바꿀 수 있을 것이고(하략, 128-129쪽)

철저히 내면화된 식민근성의 소유자 천여우산에 대한 부정적인 서술
은, 그러나 "정말 우습기 짝이 없는 장면을 보는 것과 같았다"와 같이
조롱하는 화법으로 이어지면서 희화화(戲畵化)되고 만다. 이들은 본도인
을 경멸하며 자신이 그들과는 다르다고 생각하면서 '내지인'의 흉내를
내지만, 이것은 어디까지나 흉내를 내고 있을 뿐 결국 그들은 식민자가
되지 못하고 조롱되고 마는 것이다. 이렇게 속된 작중인물들이 모두 희
화화된 곳에, 파파야 나무가 한결같이 우뚝 솟아 이들을 내려다보고 있는
구도는, 식민지인들의 속된 인물군상을 조감하는 내레이터의 풍자 효과
를 더하고 있다.

그런데 작중인물 중에 유일하게 속된 인물로 설정되지 않은 사람이
한 명 있다. 바로 "린싱난(林杏南)의 큰아들"이 바로 그러한데, 그는 일
을 하면서 면학에 힘쓴 나머지 몸이 약해져 병이 나 있는 상태이다. 그
러나 지식을 넓히는 일을 게을리 하지 않는 이상적인 식민지 지식인으

로 설정되어 있다. 그는 사회주의 사상서를 읽고 감동하고 루쉰의 『아큐정전』이나 고리끼의 작품을 읽고 싶어하지만, 결국 병사하고 만다. 죽을 때 "린싱난의 큰아들"은 천여우산에게 "지금은 비록 끝없는 어둠과 슬픔뿐이지만 머지않아 아름다운 사회가 도래할 것이다"는 암시적인 메시지를 남긴다. 결국 출세도 연애도 성취하지 못한 천여우산이 고인(故人)의 유언을 떠올리는 장면에서 소설은 끝이 난다.

한 가지 흥미로운 점은 소설의 마지막까지 "린싱난의 큰아들"은 그 이름이 밝혀지지 않는다는 점이다. 린싱난의 다른 자식들의 이름은 모두 명시되지만 이 이상적인 식민지 지식인에게만 고유명이 부여되어 있는 않은 것이다. 왜 화자는 "린싱난의 큰아들"이라고만 부르고 있는 것일까? 한 가지 분명한 점은, 그를 제외한 대부분의 인물은 속된 식민 근성의 소유자로 조롱되고 있는데 반해, "린싱난의 큰아들"은 진정한 식민지 지식인으로 묘사되고 있다는 점이다. 이는 이 소설의 공간적 배경을 "이곳"이라고만 하고 있는 것과 같은 문맥에서 이해해볼 수 있을 것이다. 즉 고유성을 소거해 추상화시킴으로써 개인의 문제를 넘어 식민지 지식인이라는 상징성을 표현하기 위한 장치로 기능하고 있다고 볼 수 있다.

이상에서 살펴본 바와 같이, 이상적인 식민지 지식인은 결국 죽고, 작중 세계에는 희화화된 식민지인들만이 남아있을 뿐이다. 이러한 공허한 작중세계에 제국과 식민지의 경계를 허무는 공간이 펼쳐진다. 이곳은 바로 홍등가이다.

　　마을에 들어서자마자 보이는 역 앞길은 읍내에서 가장 그럴싸한 곳이다. 그 한쪽에는 붉은 벽돌로 지은 이층 건물이 덩그러니 하나

있는데 이곳이 바로 홍등가이다. / 북부에서 온 듯 보이는 나이 어린
매춘부들이 아주 화려하고 야한 상하이 옷차림으로 지나는 행인들
에게 노골적인 추파를 던지거나 누런 이를 드러내며 웃음을 흘리고
있었다. 맞은편에는 잉팅(鶯亭)이라고 하는 조선루(朝鮮樓)가 있었고,
또 내지인 기방(妓院)이 있었다.(140-141쪽)

위의 인용에서 알 수 있듯이, 이곳 홍등가는 대만인뿐만 아니라 조
선인, 일본인이 모두 모여 있는 혼종적인 공간이다. 즉 사회의 최하층
으로 침륜하는 군상이 제국과 식민지의 구별 없이 식민지 공간에서 서
식하고 있는 것이다. 이곳에서는 '제국'과 '식민지'를 경계 짓는 것 자
체가 무의미하다. 김사량의 경우처럼 '언어'의 갈등이 존재하지도 않는
다. 단지 육체적인 '욕망'이 난무할 뿐이다. 민족과 언어의 고유성보다
'욕망'이 전제되는 식민지의 공간. 이곳이야말로 제국과 식민지가 혼종
되어 있는 공간의 강력한 은유가 아니고 무엇이겠는가.

V. 근대 일본문단과 식민지의 문학자

이상에서 근대 일본에서 일었던 조선문학 붐을 살펴보고, 식민지 조
선의 문학자가 일본문단과 어떻게 관련되고 있었는지, 그리고 같은 식
민지 경험을 가지고 동 시기에 일본문단에서 활동하고 있던 대만의 문
학자와 어떤 연대를 형성해갔는지를 살펴보았다. 이를 통해 식민지 조
선과 대만의 문학이 제국의 문단에 어떠한 문제를 묻고 있는지 생각해
보았다.

일본문단에 식민지 조선의 문학자가 본격적으로 진출하는 것은 1930년대 이후로, 그 중심에 장혁주와 김사량이 있었다. 장혁주는 상업적인 출판 전략을 가지고 식민지 문학을 적극 포섭하려 했던 종합잡지 『개조』를 통해서, 김사량은 신흥문학의 거점으로 자리 잡고자 한 동인지 『문예수도』를 통해서 제국의 문단으로 치고 나간 것이다. 두 사람의 문학이 일본에서 인지도를 얻게 되면서 가위 '붐'이라고 할 수 있을 정도로 조선 문학에 대한 관심이 높아졌다. 식민지 문학을 포섭해 제국의 이데올로기를 구현하려 한 시대풍조에 이들의 문학이 가세한 것이다.

문학 언어는 어떠한 형태로든 정치사회적 문제로부터 자유로울 수 없다. 하지만 그럼에도 불구하고 문학자는 결코 시대상황으로부터 수동적인 위치에 머물러 있지만은 않는다. 김사량은 『빛 속으로』를 통해 제국의 문단에 식민지 조선인이 일본어로 글을 쓴다는 것의 의미를 되묻고 있다. 이러한 그의 문제의식은 대만의 문학자 룽잉쭝과의 식민지적 연대로 이어진다. 김사량 자신은 '내지인을 향한 작품'이라고 비판하고 있지만, 『빛 속으로』의 서사구조는 식민지 지식인의 '경계'적 사유를 환기시키고 있다. 그리고 김사량과 식민지 지식인의 내면에 대한 문제의식을 공유하고 있던 룽잉쭝은 소설 『파파야 마을』을 통해, '제국'과 '식민지'를 경계 짓는 것 자체가 무의미한 혼종적인 공간을 표현해내고 있다.

참고문헌

金史良, 「母への手紙」, 『文藝首都』, 1940. 4.

_____, 「朝鮮文學風月錄」, 『文藝首都』, 1939. 6.

張赫宙, 「我が抱負」, 『文藝』, 1934. 4.

김계자, 「1930년대 조선 문학자의 일본어 글쓰기와 잡지 『문예수도』」, 『일본문화
　　　　연구』, 2011. 4.

김윤식, 『한・일 근대문학의 관련양상 신론』, 서울대학교출판부, 2001.

김태옥, 「정연규의 삶과 문학－1920년대 중반부터 1930년대 중반까지」, 『일본어문
　　　　학』, 2008. 3.

나카네 다카유키(中根隆行), 「1930년대에 있어서 일본문학계의 동요와 식민지문
　　　　학의 장르적 생성」, 『일본문화연구』, 2001. 4.

다테노 아키라 편저, 오정환 옮김, 『그때 그 일본인들』, 한길사, 2006.

송승석 편역, 『식민주의, 저항에서 협력으로－일제말 타이완 일본어 소설선』, 역락,
　　　　2006.

안우식, 『김사량 평전』, 문학과 지성사, 2000.

앙드레 슈미드 저, 정여울 역, 『제국 그 사이의 한국－1895~1919』, 휴머니스트,
　　　　2007.

이명원, 「김윤식 비평에 나타난 ‘현해탄 콤플렉스’ 비판」, 『전농어문연구』, 1999. 2.

황호덕, 「제국 일본과 번역(없는) 정치」, 『전쟁하는 신민, 식민지의 국민문화』, 소명,
　　　　2010.

高榮蘭, 「出版帝國の「戰爭」――一九三〇年前後の改造社と山本實彦『滿・鮮』から―」, 『文
　　　　學』, 2010. 3-4.

下村作次郎, 『文學で讀む臺灣支配者・言語・作家たち』, 田畑書店, 1994.

朴春日, 『增補 近代日本文學における朝鮮像』, 未來社, 1985. 8. 『芥川賞全集』 2권, 『文
　　　　藝春秋』 1982. 『金史良全集Ⅳ』, 河出書房新社, 1973.

保高德藏, 『作家と文壇』, 講談社, 1962.

林和, 「東京文壇과 朝鮮文學」, 『人文評論』 1940. 6.

발견되는 '조선미'와 문화주체의 이동

'조선미'와 이동하는 문화

-도자기를 통한 미의 형상화와 창출되는 문화코드-

양 지 영

I. '조선미'-한국과 일본의 문화 교차점

이조도자기의 아름다움을 가장 극명하게 나타내는 선의 미, 백색의 미는 오늘날 한국의 고유한 미를 상징하는 미적 개념으로 인식된다. 이러한 고유성은 자국과 타국의 차이를 가시화하여 때로는 자국의 우월성을 주장하는 근거로 이용되기도 한다. 즉 고유성 또는 전통은 만들어지고 시대와 결착하는 담론 속에서 변화하는 유기체라 할 수 있다. '조선미' 또한 기나긴 역사 속에서 유동적으로 변화하면서 오늘날까지 이른다.

오늘날 우리가 우리 고유의 미라 규정짓는 이조도자기의 선의 미, 백색의 미의 미적인 가치와 발견이 야나기 무네요시(柳宗悅)에 의해 이루어졌다는 것은 여러 반론을 거치면서도 이제는 부정할 수 없는 사실로 수용되고 있다. 따라서 한일간 문화적인 교류의 역사를 되짚을 때 야나기 무네요시는 반드시 언급되고, 조선 문화와 관련한 그의 행보 또한 다시 이야기된다. 즉 식민지기 야나기 무네요시가 양국에서 행한 문화적인 활동은 단지 '조선미'의 발견만이 아닌 양국 문화 교류에 어떠한 형태로든 영향을 미치고 있었다는 것을 알 수 있다. 그렇다면, 이러한 과정 속에서 '조선미'란 어떻게 발견되고 형상화된 것이며 이러한 미적 개념이 가지고 온 문화적인 파장은 무엇이었을까?

이 글에서는 다이쇼(大正)기 일본에서 나타나는 동양미술에 대한 관심의 변화 속에서 야나기 무네요시가 행한 '조선미' 담론의 형성을 다각적인 시각으로 접근하려고 한다.

이를 위해 먼저 일본 미술개념의 성립과정을 살펴보자. 일본에서 '미술'이라는 개념이 예술로 확립된 것은 예술제반에 걸친 제도를 확립한 후 부터였다. '미술' 개념은 서양의 번역어를 통해 형성된 것이라고 하지만 "국수파의 주도로 행해진 예술 제반에 걸친 정비"와 함께 이루어졌다. 1873년 빈에서 열린 만국박람회에서 일본 전통공예품이 높은 평가를 받은 것을 계기로 일본에서는 미술품 품평, 감상을 목적으로 한 류치카이(龍池會)가 결성된다. 이러한 움직임 속에서 '미술' 개념은 국수주의파 활동으로 단순한 번역개념이 아닌 일본문화를 만드는 제도 속에 편입된다.[1]

메이지(明治)기에 서양 지식의 유입을 통해 형식적으로 제도화된 근대적 지식 개념 중 하나였던 '미술'이 러일전쟁 이후에는 서양지식의 보편성 자체가 의문시되면서 기존의 '미술'을 재고하려는 움직임이 나타난다. 그 결과 관심 대상을 동양으로 옮기면서 서양을 중심으로 한 보편 속에서가 아닌 서양과 분리시킨 동양만의 독자성을 주장하게 된

---

1) 北澤憲昭, 『眼の神殿―「美術」受容史ノート』, 美術出版社, 1989.

다. 이러한 움직임은 다양한 분야에서 나타나는데 특히 미술계에서는 '서양화'에서 '동양화'로 미적 관심의 대상이 이동하면서 더욱 현저한 변화 양상을 보인다.

1919년경 일본미술을 재고하자는 움직임이 활발해지는 가운데 동양 미술에 대한 관심 또한 높아진다. 교양주의·인격주의가 배경이 된 이러한 다이쇼기의 동양 미술 붐은 와쓰지 데쓰로(和辻哲郎)의 저서로 대중들에게 큰 인기를 끈 『고사순례(古寺巡礼)』가 미친 영향도 컸다.2) 그렇지만 이러한 움직임 속에서도 서양 지식의 틀 안에서 동양미의 근거와 기준을 그리스에서 찾으려는 일원적(一元的)인 사고의 틀에서 완전히 벗어나지는 못했다. 이런 일원적인 사고를 극복하려고 한 미술연구가 중한 사람이 야나기 무네요시(柳宗悅)였다. 그는 서양적 사고인 '이원론(二元論)'에 동양사상인 불교와 선(禪)의 사상을 개입시켜 그의 독자적인 '불이(不二)론'을 만들어 전개하는데, 특히 조선미술과 '조선민족미술관'을 둘러싼 활동을 통해 사상과 종교의 틀이 아닌 예술의 영역을 통해 구현하려고 한다.

이 글에서는 '불이론'의 전개 과정 중에 '조선미'라는 미의 개념을 발견하고 구현한 야나기 무네요시의 활동에 중점을 두어 이조도자기를 통해 '조선미'를 발견하고 동양미술을 재편하면서 '일본미'의 새로운 해석을 시도한 야나기 무네요시의 독자적인 활동의 전개양상을 밝힐 것이다. 종래 야나기 무네요시 연구에서도 독자적인 '불이' 사상을 통

---

2) 苅部直는 『古寺巡礼』가 현재 일본과는 다른 인격주의·교양주의를 내포하고 있는 이상향으로 고대 일본을 표현하고 있는 경향이 있었다. 따라서 『古寺巡礼』가 많은 사람들에게 인격주의·교양주의의 기본도서로 읽혔다고 한다. (苅部直, 日本近代文學會 (編), 「和辻哲郎の「古代」－『古寺巡礼』を中心に－」, 『日本近代文學』, 72号, 三省堂, 2007, 184쪽)

해 조선 예술을 해석하고 이것이 동양미 발견의 과정과 이어지고 있다는 부분에 대해서는 언급하고 있다.[3] 그러나 이러한 '불이' 사상이 구체적으로 도자기를 통한 '조선미'의 구현과 어떤 상관관계가 있는지에 대해서는 구체적으로 언급되고 있지 않다. 이러한 '불이'사상의 전개와 '조선미'와의 관계는 1920년대 지배자와 피지배자라는 이분법적인 시선에서 벗어나 '조선미'가 내포하고 있는 다양한 해석의 가능성을 제시해 줄 것이다.

이를 위해 이 글에서는 우선 야나기 무네요시의 시발점이기도 한 시라카바(白樺)의 후기에 나타나는 동양으로의 전환 문제를 야나기 무네요시의 '불이' 사상을 통해 보면서 동시대 타언설과의 차이점을 도출해 낼 것이다. 또한 '불이'사상의 전개를 통해 조선도자기의 미적인 가치 평가를 구현해 가는 과정을 살펴볼 것이다. 그리고 마지막으로 미적 개념으로 구체화 된 '조선미'의 이동이 자국의 문화인식과 형성에 어떠한 기제로 작용하고 있었는지를 조선과 일본의 문화 상호텍스트를 통해 고찰할 것이다.

---

3) 그(야나기 무네요시)가 추구하는 가치는 문명사적 전환기에 서구화라는 외길을 갔던 '근대화 이전'의 동양적 삶의 구경성(究竟性)이며 '데카르트 이전'의 서구이다. 따라서 '미추불이(美醜不二)에 바탕한 민예 개념은 미추가 분리된 근대화 이후의 미술 개념, 즉 '데카르트 이후'의 미술 개념에 대한 비판이자 대안적 문제제기이다. (중략) 조선예술에 대한 야나기의 최종적인 이론적 귀결이 궁극적으로는 '민예미' 이며 이를 불교사상에 기초해 해명하고자 할 때, 민예미로서 조선예술의 미적 특질인 '불이미(不二美)이다. (중략) '불이미'개념은 서구 근대의 '예술' 개념을 예술학적으로 해명하기 위한 시도들과는 근본적으로 다른 층위와 패러다임에 속하는 것이다. (이인범, 『조선예술과 야나기 무네요시』, 시공사, 1999, 174쪽)

Ⅱ. 다이쇼기 '미술' 개념의 재고

1. 고대 그리스의 미적 시선을 계승한 '일본미'

　메이지(明治)기를 상징하는 단어가 '문명개화'인 것처럼 다이쇼(大正)기는 '문화'로 상징될 만큼 '문화'라는 단어가 폭넓게 쓰이고 있었다. 이렇게 메이지기에 이루어진 부국강병·식산흥업의 내용은 '문명개화' 또는 '문명'이라는 단어로 상징되는데 반해 '문화'에는 개인주의·교양주의·소비생활적인 양상이 드러난다.[4] 『시라카바(白樺)』는 이런 다이쇼기를 대표하는 문예·예술종합잡지였다. 시라카바파는 다양한 분야(문예, 미술, 음악, 연극, 사상, 종교 등)에 걸쳐 폭넓은 활동을 했다. 특히 그들의 활동 중 잡지에 실은 서양회화복제판의 삽화와 전람회는 서양화와 대중을 더욱 가깝게 하며 대중이 원하는 문화생활을 체험할 수 있는 계기를 만든다. 그리고 이러한 활동 중에 세잔느, 고흐, 고갱 등 후기인상파와 로뎅의 작품 등을 통해 화가의 스토리를 소개하며 유럽 근대미술을 대중과 좀 더 근접한 위치에서 전한다. 또한 미술을 문학적으로 이해하는 새로운 감상법을 제시하여 미술을 제도의 틀이 아닌 자유로운 시각으로 볼 수 있는 계기를 마련하였다.[5] 이와같이 미술에 대한 그들의 폭넓은 견지는 일본의 오래된 절과 불상, 이조도자기와 같은 동양미술에까지 이르러 서양을 넘어 다양한 장르에 걸친 비평 활동으로까지 이어진다. 혼다 슈고(本多秋五)는 시라카바의 활동을 "서양미술 나아가 전반적인 미술에 대한 관심을 지식인들 사이에 높이고 미술에

---

4) 生松敬三, 『大正期の思想と文化』, 靑木書店, 1971 참조.
5) 井關正昭, 『日本の近代美術·入門 1800-1900』, 明星大學出版, 1995 참조.

대한 이해를 다이쇼 이후 '교양'에 불가결한 요소로 삼게 하며 (중략) 청년들 사이에 복제를 통한 서양미술의 감상이라는 유행을 남겼다."고 평가한다.[6] 혼다 슈고가 지적하는 바와 같이 시라카바파의 활동은 종래와는 다른 관점으로 동양의 미술론을 제시하기도 했다. 즉 서양미술만이 아니라 동양미술을 '교양'이라는 틀 속에서 볼 수 있게 하였다.[7]

러일전쟁 이전 일본의 미술계에서조차도 서양과 동등한 위치를 지향하면서 문명개화의 일환으로 공부미술학원(工部美術學校, 1876)을 설치하는 등 서양적인 보편성을 추구하고 있었다. 그런데 러일전쟁 이후인 1910년부터 1920년 후반이 되면서 러일전쟁이전 서양이 중심이 되는 보편성에 대한 인식의 변화가 나타나기 시작하고 서양과 동등한 위치에서 평가할 수 있는 동양의 독자적인 보편성에 대한 인식이 강해진다. 즉 서양과의 차이에서 나타나는 일본 독자성이 중요해진 것이다. 다이쇼기에 들어서면서 이러한 변화는 문학·예술 등 다양한 활동에서 현저하게 나타난다. 1919년 『고사순례』에서 보이는 와쓰지 데쓰로(和辻哲郎)의 다음과 같은 발언에서는 이러한 시대적 양상이 잘 보인다.

---

6) 苅部直, 日本近代文學會(編), 「和辻哲郎の「古代」 - 『古寺巡礼』を中心に－」, 『日本近代文學』, 72号, 三省堂, 2005, 184쪽.

7) 선행연구에서는 시라카바의 활동을 세 가지 시기로 구분하고 있다. 여기서는 혼다 슈고의 저서를 참조한다.
   전기(러일전쟁 후) 메이지(明治)43년(1910) - 다이쇼(大正)2년(1913)
   인상파, 후기인상파 소개, 강력한 자기주장과 개인의 자아 존중
   중기(제1차 세계대전) 다이쇼3년(1914) - 다이쇼7년 (1918)
   미술관계보다 문학잡지로 활동한 글이 많다. 인류애, 인간존중, 선의 등에서 문학적 특징이 보인다.
   후기(세계적으로 민족의식이 고양되고 조선의 독립운동)
   다이쇼 8년(1919) - 다이쇼12년(1923)
   조선의 미술품과 공예, 동양미술품의 소개가 많아진다. 동양으로의 전환이 보인다.
   (本多秋五, 『『白樺』派の文學』, 講談社, 1955, 24쪽)

그러나 우리에게 가장 매력적인 것은 미적으로 불가사의 한 제작
과정이었다. 정면에서 보는 형상에는 그다지 기품이 없지만, 옆에서
보면 그리스 초기의 미술과 같은 기품을 느낄 수 있다. 어깨에서 양
쪽 다리로 흐르듯이 떨어지는 긴 옷의 선은 직선에 가까우면서 조용
한 한 줄의 곡선으로 이 형상에 위대한 기품과 위엄을 부여한다. 가
슴은 눌러져 있고 배는 살짝 나오고 보석 또는 약병을 받치고 있는
양 손에는 탄탄하게 살이 붙어있다. 그러나 가장 아름다운 모습은
옆에서 본 두상이다. 한(漢)나라 사람 같은 날카로운 코, 성실하고 밝
은 얼굴, 조금 큰-흑인과 비슷한-입술 게다가 조용하고 신비로운
미소를 띠고 있다. 어딘가 다빈치 작품 모나리자의 미소와 닮은 것
도 같다. (중략) 우리들은 일견하고 그 모습이 조선 작품 중 최상의
걸작이며 추고시대(推古時代)의 예술가, 특히 쇼토쿠태자(聖德太子)에
게 강력한 모델이 되었음에 틀림없음을 알았다.[8]

이 문장은 와쓰지 데쓰로가 쓴 『고사순례』 중 "유메도노(夢殿)-유메
도노신불(夢殿秘仏)-페넬로자(Ernest Francisco Fenollsa, 1853~1908)의 관점
(フェノロサの見方)-덴보도(伝法堂)-추구지(中空寺)-추구지관음(中宮寺觀音)
-일본적 특질-추구지 이후"라는 장으로 페넬로자가 처음 유메도노
관음을 본 감동에 대해 적은 부분이다. 페넬로자는 유메도노 관음의 미
소 속에서 모나리자의 미소를 발견하고 있다. 그러나 와쓰지 데쓰로는
이 문장 뒷부분에 "이러한 페놀로자의 발견에 대해 우리 일본인들은
감사해야 한다. 그러나 그의 견해에 전적으로 동의 할 수는 없다"고 쓰
고 있다. 그의 이러한 주장은 "미소"를 해석한 의미의 차이를 통해 이
끌어내고 있다.[9]

---

8) 唐木順三(編), 「古寺巡礼」, 『現代日本思想大系28 和辻哲郎』, 筑摩書房, 1963, 369쪽에서
   재인용.

이 형상은 본래 관음상인지 아미타상인지 모르겠지만, 그 풍기는 인상에서 성녀라고 부르는 것이 어울린다. 그러나 성모는 아니다. 어머니이면서도 처녀인 마리아 상의 아름다움에는 어머니의 자애와 처녀의 성스러움이 결합하여 나온 결실로 '여자(女)'를 정화하고 투명하게 하는 정취가 있다. 그러나 고딕 조각처럼 특별히 어머니의 모습으로 만들어진 것도 있지만, 문예부흥기의 회화처럼 여자로서의 아름다움을 강조한 경우도 있다. 따라서 성모상은 구원하는 어머니의 위엄을 나타내기도 하지만, 정화된 비너스의 미를 나타내기도 한다. 그러나 이 성녀는 대부분 인간의 또는 신의 '어머니'는 아니다. 이 풋풋함은 어디까지나 '처녀'의 것이다. 그러나 복잡한 표정은 인간을 모르는 '처녀'의 것으로 보이지는 않는다. 그렇다고 '여자'는 더더욱 아니다. 비너스는 아무리 정화되어도 이러한 성녀는 될 수 없다. 그러나 거기에 더욱 여성스러움이 있다. 여성스러움의 형태가 아니면 나타낼 수 없는 상냥함이 있다. 그렇다면 무엇일까―자비의 권화(權化)이다. 즉 인간 마음 속 깊은 곳에서 추구하는 자비의 절실함이 인체의 형태로 만들어진 것이다.[10]

와쓰지 데쓰로와 페넬로자는 불상을 신앙의 대상이 아닌 '미술'의 틀 안에서 조망하고 있던 점에서는 같은 위치에 있었다. 이렇게 불상에서 종교적인 틀을 걷어내고 미술품으로 해석한 메이지기 페넬로자의 '발견'은 다이쇼기의 와쓰지 데쓰로까지 이어진다.[11] 이러한 관점은 와쓰지 데쓰로만이 아닌 불상을 평가하고 논하는 동시대의 공통적인 담

---

9) 모나리자의 미소에는 인류의 광명과 암흑이 잠자고 있다. 이 관음의 미소는 명상을 한 후에 얻은 자유의 경지를 통해 나타난 표현이다. (唐木順三(編), 앞의 책, 370쪽)
10) 唐木順三(編), 앞의 책, 373쪽.
11) 예를 들면 불상을 여성으로 보는 관점, 미소를 미적 포인트로 강조하고 있는 점, 선의 미를 발견하고 있는 점을 들 수 있다.

론이기도 했다. 그리고 와쓰지 데쓰로는 이러한 일반적인 담론을 전제로 하면서도 한편으로는 유메도노관음의 미소를 모나리자와 같은 '성모'스러운 모습이 아니라고 부정한다. 와쓰지 데쓰로는 추구지관음을 "'성모'와는 다른 자비의 권화"라고 논하면서 이러한 관음상에서 보이는 "슬프고 귀한 표정"이 일본문화의 출발점이라고 언급한다.

와쓰지 데쓰로는 페넬로자가 발견한 '일본미'는 그리스 미술의 전통을 이은 서양미술의 시선이며, 그 시선의 수용을 통해 모래 밑바닥에 묻혀있는 일본 고미술이 드디어 세계적 조류의 소산으로 거듭나며 밝은 태양을 보게 되었다고 한다.[12] 시라카바 후기에 해당하는 이 시기에는 일본문화에 대한 자각이라는 점에서 와쓰지 데쓰로가 말하는 "일본문화에 하나의 양식을 부여하는 일"[13]이 중요하게 인식되고 있었다. 오오타 데쓰오(大田哲夫)는 "일본미술사를 고유한 일본 문제로 생각하는 것이 아닌 보편적인 틀 속에서 논하려고 한 점이 이 책의 획기적인 면이다"고 『고사순례』를 평가하고 있다.[14] 이렇게 당시에는 서양과 동등하게 평가할 수 있는 일본 또는 동양미술의 독자성을 추구하려는 경향이 폭 넓어진다. 그리고 야나기 무네요시가 속해 있는 시라카바파도 동시대와 비슷한 양상을 나타낸다.[15]

12) 和辻哲郎, 『偶像再興』, 岩波書店, 1918 참조.
13) 和辻哲郎, 앞의 책, 464쪽.
14) 太田哲男, 『大正デモクラシーの思想水脈』, 同時代社, 1987, 235쪽.
15) 井上承子, 論樹の會(編), 「『白樺』の理想とする芸術家像－その由來と変遷－」, 『論樹』 第15号, 論樹の會, 2001, 8-9쪽 참조.

2. '조선미'를 통한 새로운 미의 제시

시라카바파는 창간호부터 서양미술 소개를 중심으로 한 활동을 했는데 1919년부터는 동양미술에 주목하기 시작한다. 그리고 잡지 『시라카바』에서도 일본의 고미술이나 조선의 불상 등을 소개하기 한다. 이렇게 '서양'에서 '동양'으로의 전환이라고 일컬어지는 이 시기에 특히 야나기 무네요시의 활동은 두드러졌다.

야나기 무네요시는 시라카바파의 멤버이면서 종교철학자, 사상가이고 후에 민예운동가로 널리 알려진 인물이다. 그의 동양 미술품에 대한 관심은 1908년에 골동품점에서 처음으로 이조도자기를 구입한 때부터 시작된다. 그리고 6년 후인 1914년에 당시 조선에서 거주하고 있던 아사카와 노리다카(淺川伯敎)가 선물로 들고 온 이조도자기 청화백자초화문각항아리를 계기로 한층 더 조선 도자기에 관심을 가지게 된다. 이러한 관심을 계기로 1916년에는 조선과 중국 여행을 실현시키는데, 이 여행은 야나기 무네요시가 본격적으로 동양미술에 관심을 갖는 큰 전환점이 되었다. 그리고 이를 통해 시라카바 후기에서 나타나는 동양으로의 전환기를 가져온다. 여행에서 돌아 온 야나기 무네요시는 앞으로 시라카바가 나아가야 할 방향성을 다음과 같이 제시한다.

> 지금 우리들은 서양미술만을 소개해 왔다. 그러나 앞으로는 동양의 작품을 새로운 관점으로 소개하려고 한다. 그 정신과 표현에 있어 경이로움을 금할 수 없는 우리 고유의 예술을 우리들의 시선과 새로운 마음으로 돌아보는 일에는 굉장한 의미가 있다고 믿는다. 나는 아직 다른 동인들과 상담하지 않았지만 모두 찬성할 거라고 생각한다. 어쨌든 우리는 주변을 기록하여 우리들의 고향으로 돌아와야

만 한다. 이것은 자연스러운 일이다. 우리들은 이미 다른 나라를 통해 길어올 수 있는 물은 길어왔다. 지금부터는 우리 자신의 국토에서 샘을 파야만 한다. 이번 여행 중에는 한 가지 그런 자극을 받았다.[16]

　지금 우리들은 아무도 보지 않았던 동서의 미와 진실을 새로운 눈으로 보는 즐거움을 맛보기 시작했다. 우리들은 서양을 봐 온 것과 같이 지금까지 와는 전혀 다른 새로운 요구로 동양을 보기 시작했다. 잠자고 있던 과거가 다시 현재로 소생해 오는 시기가 도래했다. 이렇게 우리들은 새롭게 동양에 대한 이해를 하기 시작했다. 그러나 이는 원래 사람들이 내포한 고정되고 관습적인 시선을 통한 이해는 아니다. 즉 보편적인 의미를 통한 동양의 이해, 다시 말하면 동양이면서 보편적인 가치에 있어서는 동서의 차별조차 초월하는 진리의 이해이다. 우리들은 동서를 배척하면서 동양의 미를 지키려 하지 않는다. 우선 어디에 동서의 구별이 있는가. 둘(二)이지만 불이(不二)다. (중략) 나는 동양의 작품이 결코 서양에 모순되지 않고 오히려 내면적으로 밀접하게 연결되어 있다는 사실을 보여주려고 한다. 「시라카바」에서 소개하는 것을 통해 새로운 의미를 불러일으킬 수 있다고 믿는다.[17]

　야나기 무네요시는 "새로운 요구", "새로운 시선", "새로운 마음"으로 『시라카바』에 "새로운 동양"을 소개하고 이를 통해 "새로운 의미"를 가져올 수 있다고 한다. 즉 야나기 무네요시는 '예술' '미'의 개념을 전제로 두면서도 동서의 차이와 구별을 초월한 새로운 보편성의 논리를 동양의 작품에서 발견하려고 했다. 그리고 이러한 보편성의 기반을 "둘(二)이지만 (둘이 아닌) 불이(不二)"의 사상에 둔다. 야나기 무네요시

---

16) 柳宗悅, 『白樺』, 1916. 1, 239쪽.
17) 柳宗悅, 『白樺』, 1919. 7, 109쪽.

는 이러한 '불이' 사상을 기반으로 하여, 동시대에 동양과 서양의 차이를 강조하면서 일본의 독자성을 강조하는 다른 담론들과는 거리를 두고 있었다. 즉 '서양'을 대신하는 보편성을 '동양'에서 추구하면서 순위적인 가치를 부여하는 것보다는 개개의 차이를 초월한 보편성을 찾아내려고 했다. 앞에서도 언급한 바와 같이 동시대에는 '서양'을 모체로 하는 유사성 속에서 차이점을 강조하는 담론이 대부분이었다. 그러나 동시대 담론을 부정하지 않으면서도 '서양'과 '동양'이라는 다른 모체를 가진 서로 다른 문화로 인정하고 있는 점에서 야나기 무네요시의 독자성이 나타난다. 그리고 "새로운 동양"의 원점을 일본도 중국도 아닌 조선에서 찾는 것을 통해 '서양'과 다른 '동양'의 미술을 구체적으로 제시할 수 있었던 것이다.

예를 들면 와쓰지 데쓰로는 고대 그리스를 비교대상으로 하여 고대 일본을 찾는 과정 중에 일본 미술을 '서양'이라는 보편적인 틀 속에서 사고한다. 이에 반해 야나기 무네요시는 조선 미술을 통해 동양과 서양의 다른 미술 영역에서 보편적인 틀을 만들려고 한 것이다. 이는 동양과 서양이라는 각자의 독자성을 지키면서 조화를 지향하는 사고이기도 했다.

즉 야나기 무네요시는 "둘(二)이지만" 둘이 아닌 '불이'론 발상에 근거하여 '서양'을 중심축으로 하는 '일원론(一元論)'적 언설이나 '이원론'에 따라 형성된 '서양'과 '동양'을 이분화하는 종래의 서양 중심의 보편성을 극복하려 했던 것이다.

III. 동서양을 초월한 '조선미'의 구현

1. 내적이해를 통한 미의 해석

앞서 언급한 바와 같이 시라카바 후기에 나타난 동양미술로의 전환에는 야나기 무네요시의 역할이 컸다. 이 시기에 『시라카바』에서 오래된 일본 절의 불상이나 조선 이조도자기 등의 삽화가 보이기 시작하는데 이러한 삽화는 주로 야나기 무네요시가 선별한 것이다. 야나기 무네요시가 동양미술에 관심을 가지는 계기가 1916년 조선과 중국 여행이라는 점에 대해서는 앞서 이미 설명했다. 그렇다면 이 여행은 어떤 목적 하에 진행되었을까? 여기에서는 조선 여행에 관한 내용을 살펴보면서 야나기 무네요시의 동양미 혹은 조선미에 대한 이해 과정을 고찰하려고 한다.

1916년부터 시작된 조선 여행은 이 후 약 20회까지 달하는데, 첫 여행은 야나기 무네요시 혼자였지만 이후부터는 가네코(兼子) 부인과 함께한다. 게다가 정부 측의 도움 없이 행한 개인 여행이었다. 야나기 무네요시는 "가능한 회화, 건축, 조각, 도기 등을 보고 싶다"는 생각과 "예술을 통해 동양 정신을 이해하려"[18]는 오래전부터 지닌 꿈을 실현하기 위해 조선 여행을 떠난다. 그리고 약 한 달간 조선에 체재하면서 경주, 부산, 진주 등과 골동품점을 돌아다니며 조선 미술품과 접촉하고 조선을 체험한다. 이러한 조선 여행의 체험은 동양 미술, 특히 조선 미술에 대한 관심을 더욱 고조시킨다.

20회에 달하는 조선여행은 조선의 오래된 미술품을 수집하여 이러한

---

18) 柳宗悅, 『白樺』, 1916. 7, 164쪽.

미술품들을 '보호'하는 장소인 조선민족미술관을 조선에 설립하기 위해서였다. 이를 위해 조선의 잡지 『폐허(廢墟)』의 동인과 『동아일보』의 도움을 받아 음악회, 전람회, 강연회를 개최하며 모금활동을 한다. 이 모금활동은 조선민족 미술관 설립을 위한 것으로 결국 1924년에는 조선민족미술관 개관이라는 결실을 맺는다. 이러한 미술관에 대한 관심은 시라카바파가 공통적으로 가지고 있었는데, 그들 대부분은 서양미술에 대한 폭넓은 취미를 가지며 이를 소개하는 데에 목적을 두고 있었다.

> 우리들은 서양에서 진정으로 위대한 예술 작품을 일본에서 볼 수 없는 상황을 안타깝게 생각한다. 우리들은 어떻게 해서라도 세잔느, 고흐, 샤반, 밀레, 블레이크, 고야, 렘브란트, 엘 그레코, 틴도레토 외 다른 사람들의 작품을 일본에서 볼 수 없다는 사실이 안타깝다.[19]

인용문은 시라카바파가 1917년에 시라카바미술관을 구상할 때 발표한 취지문인데 여기에서 확인할 수 있는 것처럼 시라카바미술관의 목적은 첫째, 특색 있는 "위대한 예술작품"을 구입하여 "진품"을 보여주기 위함이고 둘째, 서양 미술품을 수집하여 감상하는 새로운 장소를 통해 좀 더 많은 대중에게 미술 분야에 관련된 교양을 제공하는 데에 있었다. 이들의 활동은 당시 청년들에게 많은 관심의 대상이 되었고, 시라카바파가 전하는 로댕이나 후기 인상파 작가에 대한 지식은 다이쇼기 교양적 요소의 한 부분이 되기도 했다.

그렇다면 야나기 무네요시가 구상하고 개관까지 힘을 쏟은 조선민족

---

19) 柳宗悦, 「美術館をつくる計畵に就て」, 『白樺』, 1917. 10, 146쪽.

미술관은 어떤 장소였을까? 야나기 무네요시는 1921년 『시라카바』에 "조선민족미술관 설립에 대해서"라는 제목으로 짧은 글을 쓰고 있는데 여기에서 다음과 같이 기술한다.

> 나는 우선 여기에 민족예술(Folk Art)로 조선의 맛이 느껴지는 작품을 수집하려 한다. 어떠한 의미에서도 이 미술관을 통해 조선의 미를 사람들에게 전하고 싶다. 그리고 거기에서 나타나는 민족의 인정을 눈 앞에서 보여주고 싶다. 뿐만 아니라 지금부터 사라지려는 민족예술을 지키는 새로운 활동의 동인이 될 것을 바란다. (중략) 나는 오랫동안 생각한 끝에 미술관을 동경이 아닌 경성에 세우려고 한다. 특히 그 민족과 자연과 밀접한 관계가 있는 조선의 작품은 영원히 조선 사람들 사이에 두어야 한다. (중략) 그러나 나는 단지 작품의 수집에만 목적을 두지 않는다. 나는 이를 연구 자료로 준비함도 잊지 않을 것이다. (중략) 또한 나는 이 미술관이 차갑고 아무런 맛도 없는 진열관처럼 되는 것을 바라지 않는다. 충분히 고민하여 방이나 배치와 빛과 위치에도 조선의 미가 손실되지 않도록 할 것이다. 사람들이 그곳에 생각하기 위해서가 아니라 친숙해지기 위해 가도록 하고 싶다.[20]

이를 간단히 정리해 보면 조선민족미술관은 첫째, 수집한 조선 작품의 전시를 통해 '조선의 미'를 알리기 위함이고 둘째, 연구 자료로서도 제공하며 셋째, 감상하는 장소이기보다는 친숙해지기 위한 장소로 만들기 위한 목적으로 세워졌다. 이러한 목적은 대중에게 서양미술을 소개하고 이를 통해 교양을 키우려는 목적으로 구상된 시라카바미술관의 설립 취지와는 사뭇 다른 것이었다. 즉 조선민족미술관은 단지 교양에

---

20) 柳宗悅, 「「朝鮮民族美術館」の設立に就て」, 『白樺』, 1921. 1, 180-183쪽.

필요한 지식의 제공과 이해가 아닌 직접 만나서 접하며 친숙함을 가지
고 정서적인 공감대를 형성할 수 있는 그런 공간을 지향했다고 볼 수
있다. 그리고 여기서 주목해야 할 점은 이러한 미술관을 구상하고 실천
해 가는 과정 속에는 야나기 무네요시가 선별한 조선의 작품(혹은 물
건)들이 수집되고 보호되었다는 사실이다. 이러한 선별과정에는 기존의
미적인 대상을 결정하는 시선이나 지식과는 다른 야나기 무네요시의
독자적인 관점, 즉 '직관'이 작용하고 있었다.

> 나는 조선에 대한 충분한 예비지식을 가지고 있지 않다. 작은 근
> 거가 있다면 약 한 달간 조선 각지를 순례한 일과 여행 전에 두 세
> 권의 조선사 책을 훑어본 것, 그리고 예전부터 그 나라의 예술에 대
> 해 깊은 흠모를 하고 있었다는 이 세 가지 사실이다. 그러나 작은 근
> 거일지 모르지만 두터운 애정으로 이 글을 쓰게 되었다. 나는 이전
> 부터 조선에 대한 내 심정을 피력하고 싶었는데 이번에 불행한 사건
> 이 일어나면서 드디어 그 때를 맞이하여 붓을 들게 되었다.[21]

> 그러나 나는 이 글을 통해 지식을 세상에 자랑하려함이 아니라 답
> 답한 심정에서 적은 것이다. 어떤 때는 분노로 슬프고 고통스러워지
> 고, 또 어떤 때는 기쁘고 아름다운 미에 취해 붓을 들기도 했다. 그
> 러나 이러한 사정이 이 글이 써진 이유를 순수하게는 해도 가치를
> 떨어뜨리지는 않을 것이다.[22]

이 두 인용문 중 앞의 문장은 야나기 무네요시가 조선 관련으로 가
장 처음에 쓴 「조선인을 생각한다(朝鮮人を想ふ)」이다. 이 글은 1919년 3

---

21) 柳宗悅, 「朝鮮人を想ふ」(1919), 『柳宗悅全集』, 第6卷, 1981, 23쪽.
22) 柳宗悅, 「我孫子から 通信一」(1922), 『柳宗悅全集』, 第1卷, 1981, 333-334쪽.

월 1일 독립운동 후 『요미우리 신문(讀賣新聞)』과 『동아일보』에 게재한 기사이다. 당시 조선은 정치적 상황이라는 지식의 체계 안에서 인식되어지고 조선을 내적인 정(情)이나 애(愛)로 이해하려는 지식인은 거의 없었다. 따라서 야나기 무네요시가 보이는 조선에 대한 자세와 이해는, 당시 다른 지식인들의 관점에서 볼 때에 희한한 것이기도 했다. 야나기 무네요시는 문장 서두에서 조선 지식의 희박함을 언급하면서 조선에 품고 있는 흠모의 감정을 밝히고 있다. 또 뒤 문장은 1919년부터 3년 간 조선에 대해 쓴 글을 모아 집필한 『조선과 그 예술(朝鮮とその芸術)』(1922)의 서장이다. 야나기 무네요시는 이 책을 통해 조선 예술에 대한 자신의 관점이 기존의 역사와 과학적 연구 대상과는 다른 점을 강조하면서 지식을 제공하기 위함이 아닌 "순수한 조선의 미"적인 가치를 알리기 위함이라고 기술하고 있다. 앞서 언급한 것처럼 야나기 무네요시가 조선에 관심을 가진 계기는 1908년 조선 도자기를 통해서였는데, 이러한 미적인 관심은 1914년 윌리엄 블레이크(William Blake, 1757~1827)연구를 통해 구체적으로 나타난다.

2. 윌리엄 블레이크 연구에서 이끌어낸 'Line의 미'

일본에서 처음으로 윌리엄 블레이크를 소개한 사람은 와쓰지 데쓰로였다. 와쓰지 데쓰로가 1911년에 쓴 『상징주의 선구자 윌리엄 블레이크(象徵主義の先驅者ウリアム・ブレイク)』는 시라카바파의 동인을 비롯한 아쿠타가와 류노스케(芥川龍之介) 등 동시대 많은 지식인들의 관심을 끌었다. 그러나 야나기 무네요시는 단순한 관심에 머물지 않고 본격적인 블레이크 연구를 시작한다.[23)]

　　블레이크를 접한 나에게는 하나의 광범위한 영역이 전개되었다.
(중략) 다양한 세계, 미의 세계, 진실한 세계가 그를 통해 나타났다.
(중략) 이는 나에게 새로운 환희를 안겨주었다. 자연은 나의 섬세한
애(愛)의 관찰을 기다린다. 자연에 나타나는 선(Line)과 형(Form)에는
끝없는 애의 감정이 있다. (중략) 왜 철학자는 자연에서 나타나는
Line의 미, Form의 우아함을 사고하여 글로 표현하지 않는 것일까.[24]

　야나기 무네요시는 블레이크 세계의 연구를 통해 '기물(器物)'의 선과
형의 미를 '발견'하는데, 여기에서 주목하고자 하는 점은 "Line의 미"
나 "Form의 우아함"을 철학적인 언어로는 표현할 수 없음을 지적하고
있는 부분이다. 즉 선이나 형이라는 미의 개념은 철학적 사고를 통한
객관적인 판단에 의해 정의 할 수 있는 것이 아니라, 내면적인 이해로
가능하다는 것이다. 앞서 언급한 야나기 무네요시의 독자적인 미적 판
단기준을 형성하게 한 '불이' 사상은 블레이크의 영향을 받은 것이라고
보이는데, 야나기 무네요시는 1906년에 블레이크의 작품과 접한 후
1911년에 『천국과 지옥의 결혼(天國と地獄の結婚)』을 읽고 큰 감동을 받
는다.

　　존재의 긍정은 그의 중심적인 도덕관이었다. (중략) 원래 종교에서
는 이 세계를 천국과 지옥으로 나누고 인생은 정신과 육체로 나누고
행동은 선과 악으로 나눈다. 그러나 모든 사물에서 영원한 생명을
느낀 그에게 이런 이원적인 사상은 사실에 모순되는 것이었다. (중
략) 모든 사물은 각자 그 존재의 의미와 가치를 가진다. 지옥도 천국

---

23) 中島國彦, 「ブレイク移入の意味するもの−柳宗悦の感受性」, 『早稲田文學』, 176号,
　　1991, 96쪽.
24) 柳宗悦, 「我孫子から 通信一」(1911), 『柳宗悦全集』, 第1卷, 1981, 333-334쪽.

과 같고, 육체도 정신과 같으며 이는 인간의 생존에 필요하다. 이와
같은 사상은 그를 오랜 역사의 질곡에서 이탈시켰다. 그리고 그에게
는 사상의 무한한 가능성을 부여했다.25)

이렇게 야나기 무네요시는 천국과 지옥 모두를 긍정하고 이원론을
부정하는 블레이크의 발상에 이끌려 블레이크의 연구에 몰입하여 1914
년 연구 성과물인 논문 『윌리엄 블레이크』를 탈고한다.26) 야나기 무네
요시는 블레이크의 연구를 통해 선이나 형의 미적 가치에 대해 새롭게
인식하고, 이후 조선도자기를 비롯한 조선 미술품에서 선과 형의 미를
발견하여 언어를 통해 '조선미'를 구체적으로 표현한다.

　　나는 조선의 예술―특히 그 요소라고 할 수 있는 선(Line)의 미는
　　애에 굶주린 그들의 상징이라고 생각한다. 아름답고 긴 조선의 선은
　　실은 하소연하는 마음이다. 그들의 한도 기도도 바램도 눈물도 이
　　선을 통해 흐르는 것 같다. 하나의 불상을 떠올릴 때도 도자기를 고
　　를 때도 우리들은 이러한 조선의 선과 접하게 된다.27)

이 글에서 보는 바와 같이 야나기 무네요시는 '불이'를 통해 반복적
으로 강조한 보편적인 미의 개념인 '선의 미'를 조선 도자기에서 발견
하고 있다. 이미 1919년에 불국사의 미적가치에 대해 평한 「불국사의
조각에 대해서」28)를 통해 "線 Line의 미는 조선만이 소유"하고 있다고

---

25) 柳宗悦, 「ヰリアム・ブレーク」(1914), 『柳宗悦全集』 第4巻, 筑摩書房, 1981, 600-
　　601쪽.
26) 中島國彦, 「ブレイク移入の意味するもの―柳宗悦の感受性」, 『早稲田文學』, 176号,
　　1991, 96쪽.
27) 柳宗悦, 「朝鮮人を想ふ」, 앞의 책, 27쪽.
28) 「石仏寺の彫刻について」, 『芸術』, 1919. 6.

언급하며 가치의 차별을 두지 않는 새로운 미적 가치 기준을 제시했었는데,[29] 이러한 '선의 미'가 도자기만이 아닌 조선의 모든 예술에 걸쳐 나타난다고 한다. 다케우치 히도시(竹內均)는 이러한 야나기 무네요시의 미적 발견에 대해 "단순히 지금까지 알려지지 않은 새로운 대상의 발견만이 아닌 동시대의 유력한 다른 미적 이데올로기에 대한 반발이기도 했다"고 분석한다.[30] 즉 야나기 무네요시는 문명/미개라는 구조에서 식민지 조선을 열등한 존재로 간주하는 제국이 만들어낸 '지(知)'의 틀을 극복하기 위해 '지식'이 아닌 '직관'을 통해 '조선미'의 가치를 발견하려 한 것이다. 뿐만 아니라 이러한 '조선미'는 조선 도자기 전시와 보존을 목적으로 하며 1924년에 설립한 조선민족미술관을 통해 구현된다.

V. 다양한 문화를 창출하는 '조선미'와 '조선 붐'

'미술'이 대중에게 Fine Art의 개념으로 인식되기까지는 서양 중심적인 '지(知)'의 유입, 그리고 국가 권력의 향상과 함께 보편으로 인식되고 있던 세계적인 '지'의 중심축이 이동 혹은 다원화되는 과정이 있었다. 러일전쟁 이후 일본에서는 서양을 기준으로 하는 보편성을 재고하려는 움직임이 다양한 분야에서 활발하게 나타난다. 그 중에 특히 미술

---

29) 양지영, 가천대학교 아시아문화연구소 편 「'조선미'를 서사하는 <조선민족미술관>」, 『동아시아의 기억과 방법으로의 서사』, 역락, 2012 참조
30) 竹中均, 『柳宗悦・民芸・社會理論―カルチュラル・スタディーズの試み』, 明石書店, 1999, 205쪽.

분야에서는 미술품이라는 구체적인 사물을 통해 보다 쉬운 방법으로 동양미 혹은 일본미의 개념을 대중에게 설명하고 이해시킬 수 있었다. 이러한 새로운 대상을 통한 미의 개념은 기존의 서양미술에서 그랬던 것처럼 지식의 체계를 기억하기 위한 것이기 보다는 자국에 대한 친근함과 경외로움을 자연스러운 형태로 품게 하는 과정이기도 했다.

메이지기에 페놀로자와 오카구라 텐신(岡倉天心, 1863~1913)의 '일본미' 발견과 체계화는 이후 일본문화의 중요한 바탕이 되었고, 야나기 무네요시의 '조선미' 발견도 여러 비판의 명맥이 이어져 오며 지금까지 한국문화를 논할 때 빼 놓을 수 없는 중요한 부분이 되고 있다. 이 글을 통해 논한 바와 같이 이러한 '조선미'의 발견과 구현화는 윌리엄 블레이크 연구에서 정립한 독자적인 '불이' 사상을 통해 서양과 동양의 조화라는 '이원론'을 초월하는 새로운 관점을 만들어가면서 이루어진 것이다. 야스다 요시호(八田善穗)는 '불이' 사상을 통해 이끌어낸 '불이미(不二美)에 대해 "기교는 불필요하고 기량과 기술 또한 도가 넘치지 않을 정도로만 유용하다. 야나기는 이러한 보기드문 예를 이조의 물건에서 찾아낸 것이다"[31] 고 평가하고 있는데, 이러한 새로운 미적가치에 대한 논리가 일본에서는 '민예'라는 종래와는 다른 미적관점의 틀을 마련하여 새로운 '일본미'를 만들어 낸다.

그러나 야나기 무네요시가 본격적으로 논하는 1920년대 '조선미'에 관한 미적 개념은 조선도자기라는 하나의 예술적 가치를 부여하는 어떤 대상에 대한 평가로 끝나지 않고, 1930년대 조선에서 전통회귀론을 통해 '조선적인 것'을 만들어 가려는 이론적인 체계화와 '조선미'를 논

---

31) 八田善穗, 「柳宗悦の民芸論 (Ⅷ) ―李朝と「不二美」―」, 『德山大學論叢』 51, 1999. 6. 139쪽.

하는 담론의 장에서 명맥을 이어간다. 이와 관련되는 1930년대 도자기 관련한 기사를 보면, 1937년 3월 잡지 『朝光』에는 "世界的國寶가 朝鮮에도 있다는 것을 자랑하고자하는바" 「珍品蒐集家의 秘藏室歷訪記」라는 주제로 도자기 등 조선의 고 미술품을 수집하는 사람을 방문하여 인터뷰한 기사를 싣는다. "그래 그처름 世界的이라는 朝鮮陶磁器에 對하여 그 價値가 어데있음니까?" 하고 기자가 물으니 "그 價値는 型으로나 色으로나 線으로나 또는 칠한 약으로나 都底히 外國사람이 딸을수가 없다고 함니다(후략)" 이 기사는 몇 십년이나 도자기를 수집하여 연구하고 있는 장택상을 방문하여 나눈 대화의 내용이다. 도자기 특집호로 구성된 이 잡지에는 다른 수집가의 기사도 실려 있는데, 도자기 수집에 심취해있는 수집가들이 평하는 조선도자기의 특징과 가치를 '형' '색' '선'에서 찾고 있는 것을 알 수 있다.[32] 1930년대부터 시작된 전통회귀론은 30년대 말부터 영화나 문학에서 '조선 붐'이라는 현상을 일으키는데, 이러한 '조선 붐' 현상에서도 '조선적인 것'을 규정지을 수 있는 '조선미'라는 미적 개념이 유용하게 쓰이게 된다. 이러한 미적 개념은 '조선적인 것'을 조선만의 독자적이고 아름다운 것으로 형상화하며 조선을 논하는 다양한 문화담론 속에 녹아드는 것이다.

비슷한 시기에 일본에서는 '日本浪漫派(일본로망파)'를 대표하는 야스다 요주로(保田與重郎, 1910~1981) 등이 전통의 재인식을 통해 '일본미학'을 수립하려는 움직임이 나타나는데,[33] 이러한 활동 속에서도 야나기 무네요시가 논한 미의 개념들이 중요한 기제로 작용한다.

---

32) 「珍品蒐集家의 秘藏室歷訪記」, 『朝光』, 1937. 3.
33) 坂元昌樹, 「柳宗悦と保田與重郎―〈民族〉・〈民衆〉・〈沖縄〉」, 『近代文學研究』 16, 1998. 12.

　　서양에서 동양, 동양에서 서양, 일본에서 조선, 조선에서 일본으로
문화는 늘 유동성 있게 다양한 파이프를 통해 움직이고 이동한다. 그리
고 이러한 문화의 이동은 또 다른 새로운 문화를 만들고 다양한 개념
들을 창출한다. 야나기 무네요시가 발견한 '조선미'는 시대적 배경을
등에 업고 무거운 형태로 우리 앞에 서 있지만, '조선미'가 지금까지
이어져온 발자취를 보면 '조선미'가 다양한 형태의 문화를 창출해내는
기제가 되고 있다는 점도 부정할 수는 없을 것이다. 이는 한류라 하는
새로운 문화코드 속에서도 볼 수 있는데, 조선의 도자기에서 명맥을 이
어오는 '한국의 미'가 한국의 문화를 채색하는 고유한 가치개념으로
유용하게 이용되고, 또한 '조선의 것'은 한국문화 속에서 전통문화로
거듭나며 이를 통해 '조선 붐'은 과거만이 아닌 현재까지도 이어지고
있다.

🕮 참고문헌

가토리에・권석영・이병진 외, 『야나기 무네요시와 한국』, 소명출판, 2012.

양지영, 가천대학교 아시아문화연구소 (編), 「'조선미'를 서사하는 <조선민족미술관>」, 『동아시아의 기억과 방법으로의 서사』, 역락, 2012.

이인범, 『조선예술과 야나기 무네요시』, 시공사, 1991.

「珍品蒐集家의 秘藏室歷訪記」, 『朝光』, 1937. 3.

生松敬三, 『大正期の思想と文化』, 靑木書店, 1971.

井上承子, 論樹の會 (編), 「「白樺」の理想とする芸術家像─その由來と変遷─」, 『論樹』, 第15号, 論樹の會, 2001.

太田哲男, 『大正デモクラシーの思想水脈』, 同時代社, 1987.

尾久彰三 (編), 『柳宗悦の民芸と巨匠たち展』, 便利堂, 2005. 1.

唐木順三 (編), 「古寺巡礼」, 『現代日本思想大系28 和辻哲郎』, 筑摩書房, 1963.

苅部直, 日本近代文學會 (編), 「和辻哲郎の「古代」─『古寺巡礼』を中心に─」, 『日本近代文學』 72号, 三省堂, 2005.

北澤憲昭, 『眼の神殿─「美術」受容史ノート』, 美術出版社, 1989.

坂元昌樹, 「柳宗悦と保田與重郎─<民族>・<民衆>・<沖縄>」, 『近代文學研究』 16, 1998. 12.

佐藤道信, 『<日本美術>誕生』, 講談社選書メチエ, 1996.

竹中均, 『柳宗悦・民芸・社會理論─カルチュラル・スタディーズの試み』, 明石書店, 1999.

中島國彦, 「ブレイク移入の意味するもの─柳宗悦の感受性」, 『早稲田文學』 176号, 1991.

本多秋五, 『『白樺』派の文學』, 講談社, 1955.

八田善穂, 「柳宗悦の民芸論 (Ⅷ)─李朝と「不二美」─」, 『德山大學論叢』 51, 1999. 6.

柳宗悦, 「我孫子から 通信一」(1911), 『柳宗悦全集』 第1卷, 筑摩書房, 1981.

_____, 「ヰリアム・ブレーク」(1914), 『柳宗悦全集』 第4卷, 筑摩書房, 1981.

_____, 『白樺』, 1916. 7.

_____, 『白樺』, 1916. 11.

_____, 「美術館をつくる計畫に就て」, 『白樺』, 1917. 10.

_____, 「「朝鮮民族美術館」の設立に就て」, 『白樺』, 1921. 1.

제국 일본과 식민지 조선의 수학여행
-그 혼종의 공간과 교차되는 식민지의 시선-

권 희 주

Ⅰ. 근대 교육여행의 시작

근대의 여행은 교통의 발달로 인한 시민계급의 탄생, 제국주의의 성장과 맞물려있다고 할 수 있다. 최초의 근대관광은 1841년 7월 5일 금주운동가이자 목사인 토마스 쿡(Thomas Cook)이 570명을 모집하여 금주운동의 일환으로 조직했던 철도여행에서 비롯되었다. 이러한 철도여행은 해외식민지를 직접 보고자했던 영국인의 열망이 반영된 결과라 할 수 있다.[1] 후발 제국주의 국가인 일본 또한 제국의 세력을 드러내기 위해 식민지로의 관광을 권장하였는데 그 의도가 가장 잘 드러나는 것이 국민교육 프로그램으로 조직된 수학여행이다.

수학여행은 인솔자를 따라 정해진 순서와 장소를 방문하는 기획된 교육여행이다. 즉 수학여행에 참가하는 학생들은 그들의 입장에서 주

---

1) 조성운, 『식민지 근대관광과 일본시찰』, 경인문화사, 2011, 43-44쪽 참조.

체적으로 경험을 향유하기보다 교육당국과 인솔자의 지시에 따라 수동
적인 수용자의 입장에 설 가능성이 높다. 그러나 이러한 국가주의적 통
제가 학생들의 수학여행에 그대로 실현되었는가는 다시금 고려해 볼
필요가 있다. 임성모의 지적처럼 수학여행은 "위로부터의 주입과 아래
로부터의 일상적 욕망의 분출이 서로 어긋나고 때로 충돌하는 장"일
수 있으므로 "제국의식 주입의 일방적인 장"이었다고 판단하기는 어렵
기 때문이다.[2]

　일본에서는 다양한 층위에서 수학여행에 관한 연구가 진행되고 있
다. 수학여행이 어떻게 보급되고 제도권으로 흡수되어 갔는지를 밝힌
사토 히데오(佐藤秀夫)[3]나 가이고 도키오미(海後宗臣)[4]의 연구를 비롯하여
천황제 이데올로기와의 연관성을 밝힌 야마모토 노부요시(山本信良)[5]의
연구가 대표적이라고 할 수 있다. 또한 이러한 연구를 기반으로 조선의
수학여행에 관한 연구가 이루어졌는데 만한수학여행의 전개과정을 면
밀히 살핀 스즈키 겐이치(鈴木健一)[6]의 연구나 나라(奈良)여자고등사범학
교의 사례를 중심으로 조선인식을 살펴본 이토 겐사쿠(伊藤建策)[7]의 연
구가 주목할 만하다.

　수학여행에 관한 국내 연구 중 가장 대표적인 연구로는 임성모와 조

---

2) 임성모, 「1930년대 일본인의 만주 수학여행－네트워크와 제국의식」, 『동북아역사
　　논총』 31호, 동북아역사재단, 2011, 184쪽.
3) 佐藤秀夫, 『學校ことはじめ事典』, 小學館, 1987.
4) 海後宗臣(編), 『日本近代敎育史事典』, 平凡社, 1971.
5) 山本信良・今野敏彦, 『明治期學校行事の考察 近代敎育の天皇制イデオロギー』, 新泉社,
　　1973.
6) 鈴木健一, 「いわゆる滿韓修學旅行の展開」, 『修學旅行』, 日本修學旅行協會, 1980.
7) 伊藤建策, 「戰時期日本學生の修學旅行と'朝鮮'認識」, 『國史談話會雜誌』 46, 東北大學,
　　2006.

성운의 연구를 들 수 있다. 임성모는 "여행의 실질적 주체가 타율적으로 동원된다는 의미에서, 수학여행이라는 여행의 패턴은 한 사회가 국가주의적으로 편성되어 있을 때 더 쉽게 나타날 수 있다"고 언급하며 생도들이 제국의식을 획득해가는 메커니즘을 규명하였다.[8] 조성운은 수학여행의 도입과정과 1920~1930년대 수학여행의 실태를 연구하였는데 기존의 연구가 주로 1930년대와 일본, 만주에 집중된 것에 반해 수학여행의 도입부터 역사적인 실태를 파악하는데 주안을 둔 연구로 주목할 만하다.[9]

또한 우미영은 만주수학여행기 연구를 통해 학생들의 여가활동을 통제하는 작동원리를 살펴보았고, 정재정은 나라여자고등사범학교의 『각과4학년 만선수학여행보고서(各科四學年滿鮮修學旅行報告書)』를 중심으로 '제국 일본의 시선'[10]을 연구하였다.[11]

---

8) 구체적인 사항은 임성모, 「팽창하는 경계와 제국의 시선」, 『日本歷史硏究』 제23집, 일본사학회, 2006 ; 임성모, 앞의 논문, 2011 참조.

9) 조성운, 「대한제국기 근대 학교의 소풍·수학여행의 도입과 확산」, 『한국민족운동사연구』 70, 한국민족운동사학회, 2012 ; 조성운, 「1920년대 수학여행의 실태와 인식」, 『한국독립운동사연구』 42, 독립기념관 한국독립운동사연구소, 2012 ; 조성운, 「1930年代 植民地 朝鮮의 修學旅行」, 『韓日民族問題硏究』 23, 한일민족문제학회, 2012. 그는 이러한 일련의 논문을 통해 수학여행의 도입, 1920년대 수학여행의 확산 현황, 1930년대 중일전쟁을 기준으로 수학여행을 1기와 2기로 나누어 사적(史的) 자료를 통해 그 실태를 면밀히 보고하였다.

10) 관광사회학자 존 어리(john Urry)는 미셸 푸코(Michel Foucault)의 '권력의 시선(eye of power)'에 영향을 받아 '시각효과'의 개념을 관광객의 시선(gaze)에 최초로 적용하여, 대상을 구축하고 타자화하는 권력관계를 '관광의 시선'이라고 밝힌바 있다.(*The Tourist Gaze : Leisure and Travel in Contemporary Societies*, SAGE Publications, 1990) 어리의 이러한 연구는 현지인의 시선을 포함한 상호시선을 염두에 두지 않아 비판을 받기도 하였으나 관광자의 시선을 현지인에게 행사하는 권력의 의미로 파악한다는 점에서 제국 일본의 의도된 시선과 궤를 같이 한다고 할 수 있다. 또한 임성모(2006)는 그의 논문에서 '제국의 시선'이 M.프랫(Mary Louise Pratt)의 저서(Imperial Eyes : Travel Writing and Transculturation. London :

이제까지 조선의 여행에 관한 연구는 문명화된 제국 일본의 일방적 지배 속에 일본과는 판이하게 다른 야만적인 조선의 지방색을 대조시킴으로써 일본의 선진화를 선전하고자 하는 의도 속에서 파악하는 연구가 주류를 이루었다. 그러나 지배와 피지배의 이분법적 구도로 파악하는 이러한 연구는 제국 일본의 발신자적 측면을 강조한 시각으로 피지배자인 식민지조선이 제국으로 발신한 내적 에너지를 경시한 연구로 좀 더 다각적인 시선의 연구가 요구된다.

이 글에서는 조선과 일본에서 이루어진 수학여행의 기원을 살펴보고 수학여행 관련기록을 통해 그들이 일본과 조선에 갖고 있던 혼종적 시선을 고찰하여 수학여행이라는 경험을 통해 균열되는 제국의 시선을 검토하고자 한다.

II. 수학여행의 탄생

일본 최초의 수학여행은 동경사범학교(東京師範學校)에서 지바현(千葉縣)으로 '장도원족(長途遠足)'을 간 것이 그 시조로 알려져 있다.[12] 당시 수학여행은 행군의 변형된 형태로 견학, 견문보다는 신체 단련을 위한 도보여행에서 출발한 것으로 부국강병이라는 국가의 목표와 연동된 것은

Routledge. 1992)를 염두 해 둔 것이라 밝힌 바 있다.

11) 우미영, 「전시되는 제국과 피식민 주체의 여행 – 1930년대 만주수학여행기를 중심으로」, 『동아시아 문화연구』 제48집, 한양대학교 동아시아문화연구소, 2010 ; 정재정, 「植民都市와 帝國日本의 視線 – 奈良女子高等師範學校 生徒의 朝鮮·滿洲 修學旅行(1939)」, 『일본연구』 제45호, 한국외국어대학교 일본연구소, 2010 참조.

12) 日本修學旅行協會, 『日本修學旅行協會五十年史』, 2002 참조.

두말할 나위가 없다.13) 일본 법률에서 '수학여행'이라는 용어를 사용한 것은 1888년 문부성훈령 '심상사범학교설비준칙(尋常師範學校設備準則)' 중 "수학여행은 정기수업 중 1년 60일 이내로 하고 생도들의 평상시 식비 이외의 비용을 요하는 방법으로 이를 시행해야한다"14)라 명기한 것이 최초이다. 이것이 바로 심상사범학교에서 일상적인 행사로 상정된 법적인 근거라 할 수 있다. 수학여행을 실시한 단체가 대부분 사범학교였다는 것은 교사가 될 학생들에게 국가의식을 우선적으로 함양했다는 사실을 방증한다.

특히 1890년 교육칙어의 공표로 천황을 중심으로 한 국가체제의 결속이 최고의 가치로 인정받는 교육지침이 각 학교로 하달되고 청일전쟁과 러일전쟁 후 만한(滿韓)을 경영할 인재양성을 목표로 수학여행은 활성화되기 시작하였다. 그 대표적인 예로 1906년부터 실시된 전국합동수학여행을 들 수 있는데15) 육군성의 전폭적인 지지가 있음을 알 수 있다. 육군성이 문부성과 협의한 수학여행에 관한 사항을 보면 선박과 기차에 대한 무상지원, 통행료 무상지원. 침구류 지원, 육군성 병원이

---

13) 白幡洋三郎, 『旅行ノススメ』, 中央公論社, 1996, 114쪽 참조.

14) "修學旅行ハ定期ノ作業中ニ於テ一ヶ年六十日以內トシ可成生徒常食費以外ノ費用ヲ要セサルノ方法ニ依リテ之ヲ施行スヘシ"
    文部省編纂會編, 『明治以降教育制度發達史第三卷』, 教育資料調查會刊, 1938, 585쪽(鈴木普慈夫, 「滿韓修學旅行の教育思想的考察-教育目標の時代的変化の一例としてー」, 『社會文化史學』 第48号, 社會文化史學會, 2006. 3, 125쪽 재인용)

15) 1906년 문부성이 주최하고 육군성의 후원을 받아 러일전쟁의 전적지를 방문하는 '중등학교합동만주여행'은 '만한수학여행'의 중요한 계기가 되었다고 할 수 있다.(日本修學旅行協會, 『修學旅行のすべて』, 日本修學旅行協會, 1993, 198쪽 참조). 스즈키 후지오(鈴木普慈夫)는 동경부립 제1중학교, 동경부립 제3중학교의 기록 등 다양한 자료를 통해 '만한수학여행'이라는 용어의 정착을 분석하였다. (鈴木普慈夫, 위의 논문 참조)

용 등 다방면에 걸친 지원이 있었다.[16) 육군성은 당시 전쟁과 연계하여 수학여행의 중요성을 강조하였는데 이러한 담론은 쉽게 찾아 볼 수 있다.

　　소년자제는 가까운 장래에 일본 국민의 근간이 되어야하는 것을 생각한다면 이 새로운 전쟁지를 이용하고 그들의 행동 하나하나는 전후 국운을 유지하기 위해 결코 가볍게 간과할 수 없다는 것을 알 것이다. (중략) 전승제국의 근간이 되는 소년자제에게 충군애국이 어떠한 것인지를 알리기 위함[17)

위의 인용문에서 알 수 있는 바와 같이 당시 전쟁 분위기 속에서 학생들에게 전쟁지를 시찰하게 하고 애국의 마음을 고취시키는데 수학여행의 목적이 설정되고 이러한 국가적 목표 아래 육군성과 많은 학교들이 협력했던 것이다.[18) 이러한 수학여행은 1931년 만주사변이 발생하

---

16) 1906년 6월 30일, 『요미우리(讀賣)신문』에 실린 그 구체적 사항을 살펴보면 다음과 같다.
　一.　陸軍所轄の船舶及鐵道は旅行者(生徒及監督者が團を云ふ以下同じ)に對し無賃輸送とす
　一. 旅行者に對しては大連棧橋の通過料を免除す
　一. 滿韓に於ける給養は旅行者の自辨とす但し其の調辨に關しては陸軍に於て成るべく便宜を與ふ
　또한 한일병탄이 되기 이전인 1909년도 『황성신문(皇城新聞)』 7월 27일자의 기사를 살펴보면 법관양성소의 대한제국 학생이 일본으로 수학여행을 갈 경우 통감부와 교섭하여 기차운임을 할인받았다는 내용을 찾아볼 수 있어 수학여행을 장려하기 위해 다양한 경제적 지원이 실시된 것을 알 수 있다.
17) "少年子弟は近き將來に於て日本國民の基幹たるべきものたるを思へば此新戰場を利用して彼等の一事は戰後の國運を維持する爲めに決して輕々看過すべきものに非ざるを知るなり。(中略) 戰勝帝國の基幹たらんとする少年子弟をして忠君愛國の何たるを知らしむる所以のもの"(八木奘三郎, 『學生必携修學旅行案內』, 博文館, 1905, 674-675쪽)

자 줄어들기 시작했고 중일전쟁 이후 1940년이 되면 완전금지에 이르게 된다. 또한 1941년에는 철도운임의 할인제도가 폐지되기도 하였지만 실제 그 이후에도 수학여행의 기록은 찾아볼 수 있어 단속적으로 진행되었다는 것을 알 수 있다.

대한제국의 수학여행은 언제 시작되었는지 명확하지는 않으나 1899년 경인선의 개통과 뒤이은 경부선, 경의선의 개통에 따라 확대되었으며 1906년 이후 원족과 수학여행으로 완전히 분화된 것으로 짐작된다.[19] 법률에서 처음 사용된 사례[20]는 1906년(광무10년) 9월 1일에 공

---

18) 1927년 2월 27일 『요미우리신문(讀賣新聞)』의 만철선만안내소의 광고에 "작년 전 국에서 만선시찰을 한 학생단은 만명을 넘어섰습니다(昨年全國より滿鮮視察の學生團は一萬人を超えました)"라는 문구로 미루어보아 1920년대 중반에 이르러서는 만주와 조선으로 학생여행이 성행했음을 알 수 있다. 또한 선만안내소의 설립 취지를 "만철회사가 조선총독부와 연합하여 광범위하게 선만의 실정을 소개하기 위해 특설한 것입니다(滿鐵會社が朝鮮總督府と聯合して、廣く朝鮮の實情を御紹介せんが爲に特設してをるものであります)"라고 설명한 바와 같이 조선총독부가 적극적으로 협조한 사실이 드러난다.

19) 자세한 사항은 조성운(「대한제국기 근대 학교의 소풍·수학여행의 도입과 확산」, 『한국민족운동사연구』 70, 2012)의 연구를 참조할 것. 그는 대한제국기 수학여행이 근대문물의 수용과 충군애국적 정신의 함양을 위해 실시되었으며 전통놀이인 화류에 기반하고 그 형식과 내용은 기독교 계통의 학교와 일본의 학교 교육에서 수용한 것으로 파악한다.

20) 한국최초의 '수학여행'이라는 용어의 기록은 『황성신문』 1901년 7월 26일자의 「俄國東洋語學校生의 修學旅行」 기사로 러시아의 만주수학여행을 보도한 자료이다. 이 자료로 미루어보아 이미 이 시기에 수학여행이 대한제국에 도입되어 있음을 짐작할 수 있다.
"海蔘威東洋語學校의 漢語研究生四十餘名이 此頃 修學旅行으로 滿洲地方에 出發ᄒᆞ얏다ᄂᆞᆫ디 其內三十名은 官費오 其餘 十餘名은 自費로 夏期 四箇月을 滿洲旅行에 費ᄒᆞᆯ 터인디 官費支出旅費額이 一名에 對ᄒᆞ야 一個月 百元이라 ᄒᆞᆫ 則 四個月에 四百元이오 三十名에ᄂᆞᆫ 一萬二千元을 要ᄒᆞᆯ지니 俄國이 如何히 支那問題를 歸重ᄒᆞᆷ을 足知라 然而 此學生이 皆同一ᄒᆞᆫ 地方에 赴ᄒᆞᆷ이 아니오 一二名式滿洲各要地에 分派ᄒᆞᄂᆞᆫ 것인 則 其目的이 但히 漢語實地研究에만 不止ᄒᆞᆷ이 明白ᄒᆞ더라"

포된 대한제국 학부령 제20호 '사범학교령 시행규칙'이다. "第十一條 教授日數는 每學年二百日 以上으로홈이라 試驗과 修學旅行ᄒᆞ는 日數는 前項日 數에 筭入치아니홈이라"[21]고 명시한 것에서 알 수 있는 바와 같이 이미 1900년대 초부터 수학여행이 정규과정에 포함되어 있음을 알 수 있다. 또한 1909년 7월 27일 『황성신문』에 「我韓學生에게 淸國의 夏期旅行을 勸홈」이라는 논설을 찾아볼 수 있다.

韓國과 淸國이 歷史上 地理上으로 脣亡齒寒의 關係가 有ᄒᆞ지라 故로 今日 我韓識者中에 韓國의 將來를 論ᄒᆞ는 者ㅣ는 動必稱淸國問題라 (중략) 我韓人이 如斯히 淸國問題가 我韓의 前途와 密接ᄒᆞᆫ 因果가 有홈을 自覺ᄒᆞᆫ 以上에는 今后로 淸國方面에 向ᄒᆞ야 國民的交際를 行치 아니치 못홀 것이라 (중략) 我韓人은 東洋에 惟一日本國이 有홈을 知ᄒᆞ고 五千餘年文明歷史를 有ᄒᆞᆫ 淸國을 一老大國으로 認定ᄒᆞ야 別로 注意硏究ᄒᆞ는 顯跡이 無ᄒᆞ니 良可慨歎이로다

我韓第二國民되는 學生諸君의게 一告ᄒᆞᄂᆞ니 每年夏期休學을 利用ᄒᆞ야 大團結을 作ᄒᆞ야 淸國에 修學旅行을 期圖홀지어다 (중략) 淸國이 雖曰 老衰나 于今에 至ᄒᆞ야는 自覺心을 發ᄒᆞᆫ 國家ㅣ라 諸君이 彼國에 旅遊ᄒᆞ야 一面으로 彼國의 國情과 人心과 慣習을 硏究ᄒᆞ야 國際上 智識을 涵養ᄒᆞ며 一面으로 彼國의 靑年과 遊技를 協同ᄒᆞ며 學識을 交換ᄒᆞ야 友誼를 敦結ᄒᆞ얏다가 他日 國民的活動을 試홀 時에 同情을 相表케 홈이 엇지 深謀遠慮가 아니리오

위의 인용문을 살펴보면 대한제국과 긴밀한 관계에 있는 청나라에 대한 관심을 호소하며 청국과의 국민적 교제를 위한 방안으로 수학여행을 제안한다. 그 목표는 두 가지로 국제적인 지식의 함양과 청국과의

---

21) 『官報 第三千五百四十七號』, 學部令第二十號, 1906. 9. 1.

우의를 돈독히 하여 국민적 활동을 도모할 때 힘을 얻는 데 있다. 즉 수학여행을 통하여 대한제국의 미래가 될 학생들과 청국 학생들의 국가적 연대를 주문하는 것으로 수학여행의 의의를 국제정세 속에서 찾고 있는 것이다.

이와 같이 국가발전을 위해 지식을 함양하고 선진국의 문물을 습득하기 위한 수학여행은 1920년대에 본격화되었으며[22] 1930년대에는 만주와 일본으로 확장되었다. 특히 1930년대 초반에는 경제공황으로 인해 학부모의 부담을 줄이는 쪽으로 유지되었고 1937년 중일전쟁 이후에는 억제되어 신사참배 이외의 목적으로 가는 것을 금지하였다. 그러나 여행제한이 되었다하더라고 여행 사례는 손쉽게 찾아볼 수 있어 그 부분에 대한 면밀한 검토는 더 필요하다.

Ⅲ. 수학여행기와 제국 일본의 시선

1910년 일본에 있어 조선은 새로운 영토의 견학이라는 관점에서 주요 수학여행지가 되었다. 당시 조선은 제국의 경계 안으로 편입되면서 일본이 서구열강과 어깨를 나란히 하는 제국으로 부상한다는 의식을 갖게 하는데 결정적인 역할을 했던 것이다.

일본의 생도가 대한제국에 처음으로 온 수학여행은 1896년 효고현립 도요오카중학교(兵庫縣立豊岡中學校)의 수학여행으로 알려져 있다.[23]

---

22) 이에 관한 자세한 조사는 조성운, 「1920년대 수학여행의 실태와 사회적 인식」, 『한국독립운동사연구』, 제42집, 독립기념관 한국독립운동사연구소, 2012 참조.

23) 日本修學旅行協會(編), 『修學旅行のすべて』, 日本修學旅行協會, 1993, 162쪽.

그러나 수학여행이 활발해진 것은 1920년대에 들어서라고 할 수 있다. 당시 조선을 방문하는 제국 일본의 학생은 교육당국의 정해진 순서에 따라 이동하고 안내를 받으므로 조선을 편견 없이 직접 체험한다는 것은 처음부터 불가능한 이야기라고 할 수 있다. 당시 식민지 조선의 문화, 산업시설을 견학하고 일본의 국력신장에 대해 제고하며 제국의식을 고양하는 것이 목표였던 수학여행은 학교에서 교육받은 식민지 조선에 대한 인식이 분명히 지배적이었을 것이다.

임성모는 제국 일본의 수학여행을 3가지의 흐름으로 정리하고 있는데 식민지 상공단체 취업을 전망하는 '실업형' 수학여행에서 제국순례의 체험에 주안점을 둔 '정치형' 수학여행으로 그리고 제국의 판도가 비약적으로 확대되면서 제국신민의 자질을 함양하기 위한 '문화형' 수학여행으로 바뀌어간다고 분석했다.[24] 그러나 이렇듯 바뀌어가는 수학여행의 흐름에서 당시 빠지지 않았던 주요 과제가 바로 수학여행을 기록하는 일이었다. 견문기는 학교의 성적에 반영되었던 중요한 여행결과물로 학생들의 인식을 제국 일본이 의도한대로 이끌어가고 제어, 통제하는 주요 수단으로 자리매김을 해나갔던 것이다.[25] 현재에도 다수의 수학여행기가 신문, 학교의 교지 등에 남아있어 조선과 만주를 여행했던 학생들의 생생한 경험을 찾아볼 수 있다. 일본에서도 수학여행을 상당히 앞서 실시했던 동경고등사범학교(현재의 쓰쿠바대학)의 교지를 살펴보면 당시 조선에 대한 수학여행기록이 남아있는데 조선에 입성하기

---

24) 임성모, 2011, 164-165쪽 참조.

25) 대표적인 예로 야마구치(山口)고등상업학교의 경우 여행 보고서 제출은 의무과제였으며 이것을 채점하여 성적에 반영하였고 1913년부터는 하나의 독립된 과목으로 분리시켜 학년평점을 부가했다.(日本修學旅行協會(編), 앞의 책, 1993, 165쪽 참조)

전 기차에서 우연히 만난 수학여행팀과의 일화를 살펴보면 다음과 같다.

> "조선에 들어와 제일 처음 느낀 것은 경성역에 내려 남대문을 빠져나가던 때였지요. 역시 일본의 국민도 태평하게 있어서는 안 되겠다고 가슴 깊이 느꼈습니다"라고 교장선생님 같은 사람이 강당에서 훈화말씀 하는 듯한 어조로 입을 열었습니다. 장려하고 웅대한 북경성을 본 저로서는 남대문이 뭐라고 하는 생각이 들었지만 나라를 걱정하고 사랑하는 교장선생님의 인격을 존중하여 아무 말도 하지 않았습니다.26)

중국의 북경성을 견학하고 온 일본의 학생이 조선의 남대문을 무시하는 태도가 노골적으로 드러나 있다. 또한 교장선생님의 발언을 나라를 사랑하는 인격으로 받아들임으로서 조선을 제국 일본의 영토 안으로 편입시키면서도 차별적인 시각을 견지하고 있다. 이러한 태도는 제국 일본의 입지를 지배자라는 안정적인 위치로 확정시키는 것이며 피식민지인 조선에 대한 우월을 정당화하는 것이라고 할 수 있다. 이는 조선에서의 직접적인 경험이 조선을 무시하는 태도로 이끌었다기보다 이미 식민 지배를 정당화하는 제국 일본의 의도된 시선이라고 할 수 있을 것이다.

또한 나라여자대학의 학생들이 만주를 여행하고 조선으로 들어서면

---

26) 「朝鮮に入つて、一番感じたのは、京城驛に降りて南大門をくぐつた時代であつた。嗚呼日本の國民も安閑として居てはならぬわいと深く感じました。」と校長さんらしい人が講堂で訓話でもやる様な口調で語り出されました。壯麗雄大なろ北京城を見た私には南大門が何だいといふきがしたけれども、校長さんの憂國愛國的の人格を尊重して何とも口に出さなかつた。(東京高等師範學校、「支那滿鮮修學旅行記(續)」、『東京高等師範學校交友會誌』第63号、1918、92쪽).

서 술회한 감회를 살펴보면 다음과 같다.

　　국경선에 서있는 비에 젖은 토치카를 지난 것으로 우리들의 외유
　는 끝을 알린 것이다. 이제부터는 제국의 여행이다. 그러고 보니 모
　든 것이 변해 버린 듯한 느낌이 든다.27)

　위의 인용문 또한 조선이 제국 일본의 지배 하에 있음을 명확히 인
식하며 제국으로서의 일본의 위상을 다시금 생각하게 하는 언급이다.
그러나 제국의 영토라 할지라도 그들이 바라보는 조선인은 일본인과는
사뭇 다른 모습으로 그 원인을 조선의 폭정에서 찾고 있다.

　　또 조선인의 예각적인 얼굴선이 눈에 띄었다. 오래된 전통이 거기
　에 있었다. 이조의 폭정 하에 인내와 복종과 예전의 거친 조선 산하
　의 모습이 거기에 보였다. 풍토와 인간의 관계를 생각하지 않을 수
　없다.28)

　이러한 시각은 풍토에 따른 조선인을 묘사한 부분이다. 조선인 또한
제국의 신민이지만 일본과는 다른 풍토를 내세우며 조선왕조의 폭정을

---

27)　國境線に立つ雨にぬれたトーチカをすぎただけで私達の外遊は終りを告げたので
　　ある。これからは帝國の旅だ。さういへば何もかもが変つてしまつたやうな氣がす
　　る。(「1939년 滿鮮修學旅行記 文科四年」http://www.nara-wu.ac.jp/nensi/96.htm). 나라여
　　자대학 홈페이지에는 1913년 이후의 수학여행기와 교무일지 등 다양한 교사(校
　　史)관계사료가 공개되어 있다. http://www.lib.nara-wu.ac.jp/kousi/mokuroku.html 참
　　조.
28)　又朝鮮の人の銳角的な顔の線に氣がついたのである。長い伝統がそこにあつた。
　　李朝の暴政の下の忍從と曾ての荒れた朝鮮の山河の姿がそこに見えていた。風土と
　　人間との關係を思はずにはをられない。(위의 자료)

기정사실로 하여 지배의 정당성을 부여하는 폭력적인 시선을 발견할 수 있다. 이러한 시선에는 식민지배에 어떠한 반성도 없는, 장차 교사가 될 학생들의 정신무장을 살펴볼 수 있다. 이는 바로 제국의 시선으로 취사선택하여 발견하는 조선과 은폐되는 조선이 그 안에 내재되어 있다고 할 수 있다. 애초에 동등한 관계 속에 드러나는 시선일 수는 없다하더라도 제국의 지배에 의해 가해진 폭력적인 공간은 철저히 은폐되어 가는 것이다. 즉 제국 일본 안의 조선, 그러나 내지에서 배제되는 조선이라는 의미를 부여해가는 작업이 수학여행을 통해 이루어졌다고 할 수 있다. 수학여행을 통한 이러한 식민지배의 리얼리티는 다음 인용문에서도 잘 드러난다.

> 신의주에 도착했을 때에는 새하얀 삼베 옷은 보였지만 손에 든 긴 담뱃대나 머리에 올려져 있는 말의 꼬리털로 만든 조선인 특유의 그 관 같은 모자 등은 볼 수 없을 정도로 꽤 저녁의 어둠은 짙어지고 있었다.29)

위의 인용문에는 당시 풍속화보나 관광엽서에서 흔히 등장하는 긴 담뱃대와 갓, 흰 옷 등 조선을 상징했던 표상물들이 나열되어 있다. 신의주에 들어서서 비로소 조선을 보았다기보다 기존에 이미 선택되어 이미지화된 조선표상으로 조선을 바라보았다고 할 수 있을 것이다.

이는 제국 일본으로 수학여행을 갔던 조선의 학생들에게도 적용되는 것이었다. 발전된 제국 일본의 도시를 보고 조선의 학생들도 감탄을 금

---

29) 新義州に着いた時には、眞白な麻の着物は認められても、手にせろ長い煙管や頭に載いてある馬の尻尾の毛でこしらへた朝鮮人特有のあの冠見た様な帽子などは見られない位、かなり夕暮の闇は濃くなって居た。(東京高等師範學校, 1918, 96쪽)

치 못한다. 당시 수학여행은 조선의 교원들이 사전허가를 받아 진행되었는데 견학순서는 대부분 내지를 시찰했던 '교원일본시찰단'의 순서와 유사했다. 교원시찰은 조선총독부가 관심을 갖고 시행한 사업으로 여자교원시찰단을 따로 조직하여 파견할 정도로 교원들이 내지를 시찰하는 데 대단히 힘을 기울였다.[30] 이러한 내지시찰은 수학여행의 여정을 짜는데 큰 영향을 끼칠 수밖에 없었을 것이다. 조선인 학생의 수학여행기는 대부분 교사의 검열 과정이 함께 이루어져 다양한 논조를 이루고 있지는 않다. 제국 일본의 발전상에 대한 감탄과 이를 본받아 조선을 발전시키자는 내용이 대부분이라 할 수 있다. 발전된 일본을 전시하여 일본에 대한 긍지를 함양시키며 점차 발전해야할, 즉 일본을 따라가야 할 조선의 입지를 각인시켜 철저히 우월한 일본을 인식시켜가는 장이 바로 수학여행이었던 것이다.

IV. 제국의 균열과 결락된 시선

수학여행은 제국의 의도와 욕망을 드러내는 장이었던 반면 제국의 의도와는 또 다른 욕망을 발생시키는 동기를 부여하기도 하였다. 이제까지 식민지 연구는 일방적인 시스템 속에서 억제되고 통제되어 왔던 조선의 양상과 그 영향관계를 밝힌 연구가 대부분이었으나 본 장에서는 이러한 연구에서 전부 수렴되지 못했던 시선을 살펴보기로 한다.

1935년 6월 6일 『부산일보』에 실린 「동래고등보통학교 수학여행기」

---

30) 박찬승, 「식민지기 조선인들의 일본시찰」, 『지방사와 지방문화』 Vol.9 No.1, 역사문화학회, 2006 참조.

에 다음과 같은 서술이 있다.

> 도쿄는 거대하고 교토는 아름답고 오사카는 발전하고 잇다. (중략)
> 무참하게 짓밟힌 새로운 반도의 태양이어야 할 우리들은 새로운 인
> 식을 하지 않으면 안된다. (중략) 발전하는 세계 속에 존재하는 우리
> 의 미래는 건설(建設)이고 또 건설이다.[31]

　제국을 호령하는 근대화된 일본의 모습에 압도되면서도 조선의 발전
을 염원하는 학생의 언급이다. 물론 이러한 언급은 일본의 우월을 인정
하지 않고서는 나올 수 없는 반응이기는 하다. 그러나 단지 우월을 인
정한 데에서 끝나는 것이 아니라 일본 너머에 있는 발전한 조선의 모
습을 상정해가는 시선이라고 할 수 있다.

　수학여행은 조선 학생들에게 발전된 제국을 관람하는 박람회와도 일
맥상통하는 여행이었으나 이러한 경험을 계기로 오히려 민족에 대한
자각과 차별을 깨닫게 되는, 제국의 의도와는 다른 욕망이 분출되기도
했다. 그 대표적인 것이 바로 상록회 사건이라고 할 수 있다. 조선에서
생활하던 학생들에게 수학여행은 새로운 경험을 부여함으로서 차단되
었던 정보를 얻을 수 있는 길이기도 했다. 독서회를 통해 민족의식을
고취하려다 발각되어 조선을 떠들썩하게 했던 상록회사건의 재판기록
을 살펴보면 수학여행을 다녀온 뒤 감상회를 빌미로 모임을 열고 수학
여행을 통해 서적을 구입했다는 사실을 알 수 있다.

---

31) 방지선, 「1920~30년대 조선인중등학교의 일본·만주수학여행」, 동아대 석사학
　　위논문, 2007, 32쪽 재인용.

문 : 피의자는 사상에 관한 서적을 읽었습니까?

답 : 쇼와 13년 5월 수학여행으로 내지를 여행했을 때 도쿄에서

(1) 「사선을 넘어서」(상·중·하 세권) 가가와 도요히코 저작의 책을 구입하여 읽고

(2) 독서회 소유의 「제2의 운명」 이태준 작

(3) 「재생」 이광수 작을 내지 수학여행에서 돌아오는 길에 경성에서 구입했습니다. 이상이 제가 사상에 관한 책을 읽은 것입니다.[32]

위의 인용문에서 알 수 있는 바와 같이 당시 학생들은 수학여행을 통해 제국의 의도와는 달리 개인의 욕망과 맞닿는 정보를 접촉하게 되고 민족정신을 고취시킬 수 있었던 것이다. 또한 일본인들의 생활상을 직접 보고 조선의 발전을 위한 구체적인 실천안을 고려하여 농촌을 계몽하려는 움직임 또한 찾아볼 수 있다.

재작년 수학여행에서 본 것인데 일본의 어느 농가는 가족이 모두 모여 한 해의 지출과 수입을 정해 분담하고, 조부, 부, 자, 처 등 모두가 부업을 위하여 한 가족 모두가 노동하는데, 저들은 강 밑바닥까지 부업에 이용했다고 말하였다. 우리들도 구래의 악습을 제거하고 부인, 아이들에 이르기까지 일해야만 한다. (중략) 우리들은 토지를 개량하여 농기구를 개선하고 민풍을 진흥시켜 생활을 향상하여

---

32) 被疑者ハ思想ニ關スル書籍ヲ讀ミタルカ.

答 昭和十三年五月修學旅行ノ爲メ內地ニ旅行シタ時東京ニ於テ

(1) 死線ヲ越ヘテ(上中下三卷) 賀川豊彦作ヲ購讀シ

(2) 讀書會所有 第二ノ運命 李泰俊作

(3) 再生 李光洙作ヲ內地修學旅行歸校途中京城ニ於テ購入シマシタ.

以上カ私カ思想ニ關スル書籍ヲ讀ミマシタノテス. (국사편찬위원회, 「常綠會事件裁判記錄 Ⅱ」, 『韓民族獨立運動史資料集 59』, 2004.)

세상에 보여주어야 한다.[33]

    위의 인용문은 일본 내지로 수학여행을 다녀온 뒤 감상회를 열어 조선의 농촌운동에 대해 의견을 제시한 것이다. 이러한 사례는 수학여행이 민중의 실질적인 삶에 영향을 줄 수 있는 생활 개혁운동에 주요한 계기를 마련하는 것으로 단순히 지배 측의 사상주입의 장에 머무르지 않았다는 것을 방증한다. 물론 1930년대 일본의 농촌진흥운동과 완전히 분리하여 생각하기는 어려우나 수학여행을 통한 농촌경험에서 기인된 차이에 대한 인식이 오히려 원동력이 되어 지배자의 시선에 균열을 가할 수 있는 것이기도 했다. 또한 내지로의 수학여행뿐만이 아니라 조선 내의 수학여행은 우리 선조의 문화유산을 견학할 수 있는 기회로 조선인의 민족정신 부흥과 연동되기도 하였는데 상록회 회장을 지낸 신기철[34]은 수학여행에서 첨성대를 본 감회를 경찰서에서 다음과 같이 진술하고 있다.

    "우리의 조상은 천문학 연구시 이 첨성대에 올라 연구를 했다고

---

33) 一昨年修學旅行テ見聞シタノテアルカ日本ノ或ル農家ハ家族一同集リ, 一ケ年ノ支出及收入ノ分擔ヲ定メ, 祖父, 父, 子, 妻等總テ副業ヲ爲シ, 一家擧ッテ働キ彼等ハ川ノ底マテ副業ニ利用シタトノ話テアル. 吾等モ舊來ノ惡習慣ヲ除キ婦人小供ニ至ル迄働カネハナラン. (中略)吾等ハ土地ヲ改良シ, 農具ヲ改善シ, 民風ヲ作興シ, 生活ヲ向上シテ世ニ示メサナケレハナラナイ.(국사편찬위원회, 「常綠會事件 裁判記錄 Ⅲ 南宮珆 신문조서」, 『韓民族獨立運動史資料集 60』, 2004.)

34) 1937년 춘천고등보통학교 학생들이 조직한 항일 학생 비밀결사인 상록회(常綠會)의 회장을 역임. 1938년 가을에 상록회 조직이 일본 경찰에 발각되면서 체포되어 1939년 12월 치안유지법 위반 혐의로 2년 6월의 징역형을 선고받고 옥고를 치렀다. 광복 후 성균관대학교 국어국문학과 교수를 지내다가 교단에서 물러난 이래 평생을 국어사전과 한국문화사전 편찬에 전념.

하니 선조 두뇌의 위대함을 찬미하고 나아가 이 첨성대가 세계 천문학 사상 최초라는 이야기를 듣고 실로 통쾌하였습니다. (중략) 우리 조선인으로서 부끄러움 없이 분기하여 일어나라"며 격려했습니다.[35]

수학여행은 지배자인 제국 일본의 시각 하에 놓인 여행임은 분명하나 오히려 조선의 우수한 문화문물을 견학할 수 있는 양가적 가치상황을 부여하기도 한다. 조선의 훌륭한 문물을 발굴하고 보존하는 것은 결국 제국 일본으로 조선인은 이러한 문화유산을 지킬 수 없다는 것이 당시 일본의 시선이었으나 제국의 의도 밖으로 분출되는 위와 같은 시선은 결국 제국의 시선 안으로 수렴될 수 없는 면을 보여주는 것이라 할 수 있다.

또한 1920년대에 들어서면서 동맹휴교사건이 다수 발생하는데 당시 내지로 수학여행을 다녀온 뒤 불공정과 차별을 인지한 조선학생들의 분규로 촉발된 경우도 다수 있었다. 수학여행이 제국의 우수성을 전시하는 공간이면서도 피식민자가 제국을 전복할 가능성을 전시하는 곳이기도 했던 것이다.

다음은 평안북도의 영산공립보통학교 학생들의 동맹휴학을 보도한 기사이다.

平北 義州郡 古寧朔面의 永山公立普通學校 6學年 學生들이 다음과 같은 是正 要求條件을 學校 郡 道當局에 제출하고 同盟 休學을 단행

---

35) 「我等ノ祖先ハ天文學研究ノ際ハ此臺ニ登リ研究シタト言フカ祖先ノ頭腦ノ偉大サヲ賞讚シ, 更ニ此膽星臺カ世界天文學最初タト聞キ實ニ壯快テアッタ. (中略)其技術ノ優秀ナルヲ賞讚シテ吾々鮮人トシテ恥入ル所ナク奮起セヨ」ト結ヒ激勵シマシタ. (국사편찬위원회,『韓民族獨立運動史資料集 58』, 2002.)

하다.

　一. 교수시간에 잡담으로 공연히 시간을 허비하는 것

　二. 거짓말로 늘 학생을 속이는 것

　三. 조선인은 야만인이라고 민족적 차별로 학생을 모욕하는 것

　四. 료리집 출입과 음주를 다반사로 아는 것

　五. 수학여행시 학생을 이용하여 사탕을 수입한 것, 또 입수한 사
　　　탕이 유실되었다고 학생 모욕한 것

　六. 자기(교장) 부상시(父喪時)에 부조하지 않은 학생은 나쁜 놈이
　　　라고 갖인 욕설을 한 것36)

　위의 인용문을 살펴보면 수학여행을 다녀오면서 학생을 통해 사탕을 수입하고 또 분실에 대한 모욕으로 동맹휴학을 단행한 사실을 보도하고 있다. 당시 수학여행이 단순한 교육여행으로만 행해지지 않았을 가능성을 엿볼 수 있는 대목으로 수학여행이라는 장에 다양한 일상의 욕망들이 혼재되어 있었음을 추측할 수 있다. 이 외에 동맹휴교와 수학여행이 관련된 사건을 살펴보면 1927년『동아일보』에 광주고보 2, 3학년생들이 수학여행 후 한국과 일본의 교육제도의 차이와 시설의 차이를 지적하고 물리·화학교실의 확충 등을 요구하며 동맹휴교 단행하기도 하였다.37) 또한 경성농업학교 2학년 학생 14명이 개성으로 수학여행을 갔다 일본 학생과 충돌한 사건이 발생하였는데 조선인 학생만 처벌받는데 분개하여 동맹퇴학을 단행하기도 하였다.38) 이처럼 지배의 의도

---

36)『朝鮮日報』, 1930. 6. 2.

37) 국사편찬위원회,『한민족독립운동사 8』, 1990, 315쪽.

38) 京城農業學校 2學年의 韓人學生 14名은 지난 8日 開城 修學旅行中에 韓·日學生間의
　　衝突사건이 있었는데 學校當局이 韓人學生만을 處罰하는데 분개하여 同盟退學을
　　단행하다.(『東亞日報』, 1930. 10. 20.)

와는 달리 발생하는 개인의 욕망은 당시의 기록물에서 다수 발견할 수 있다.

이러한 시선은 일본의 경우도 마찬가지였다. 조선에 대해 사전교육을 받고 온 일본의 학생일지라도 조선을 직접 방문하면서 느낀 불합리함을 지적하는 언급도 발견된다. 나라여자대학의 수학여행기를 살펴보면 다음과 같은 서술이 눈에 띈다.

> 물론 일본인은 훌륭하다. 그러나 그들은 너무 거들먹거리는 것은 아닐까. 길에서도 여관에서도 어렴풋이는 느끼고 있었지만 일본인은 너무 으스대고 있다. 역시 조선인이든 만주인이든 우리정도는 아닐지도 모른다. 그러나 예의를 잃은 태도, 경멸하는 태도를 취해도 되는 것일까. 조선인들은 예의를 지키지 않은 태도로 대해도 겉으로는 화를 드러내지 않았다. 마음 속에 얼마나 화가 날까 생각하니 나까지 혈기가 거꾸로 솟는 듯 했다.[39]

위의 인용문은 외지 조선에 살고 있는 일본인들의 불손한 태도를 보고 불쾌감을 느끼는 일본 학생의 기록이다. 비록 식민지배에 대한 통절한 자기반성은 수반되지 않고 있지만 조선을 식민지배하고 있다는 우월의식과 함께 지배자 일본인의 태도에 대한 반성이 이루어지고 있다. 조선으로 수학여행을 와 식민 지배를 잠시나마 체험함으로서 식민지배

---

39) 勿論日本人は偉い。而し彼等は威張り過ぎてはゐないだらうか。道路上に於いても、旅館に於いても、薄々は感じてゐた事ではあるが、日本人は非常に威張つてゐる。成程鮮人にしろ滿人にしろ吾々程では無いかも知れぬ。然し礼を失した態度、輕蔑した態度を取つていいだらうか。鮮人等は失礼な態度で取扱はれても表面には怒を出さなかつた。心中どんなにムツとしてゐるかと思ふと、自分まで血潮が逆流しさうだつた。

의 리얼리티를 경험할 수 있는 것이다. 또한 히로미샤(廣島)고등사범학
교의 『만한수학여행기』를 살펴보아도 기존의 조선 표상과는 다른 조선
의 모습을 발견하기도 한다.

> 그러나 만주인도 미치지 못하는, 아니 일본인도 부끄럽게 할 그들
> 이 입은 하얀 옷은 청결하였다[40]

 조선으로 수학여행을 온 일본 생도들은 조선을 통해 내지 일본과의
차이를 인식했을 것이다. 그러나 막상 조선에서 느낀 감정은 반드시 그
것에만 한정되지는 않았다. 바로 교육과 실제 체험과의 사이에 생긴 간
극이라고 할 수 있을 것이다. 조선에서 느낀 이런 감정들은 물론 세계
에서 으뜸가는 제국 일본을 만들기 위해 지배자의 역할을 다시금 깨닫
게 하는 요소로 파악하는 것은 변함없는 사실이다. 그러나 지배와 피지
배의 이분법적 구도로 파악되지 않는 양가적인 시선은 분명히 존재하
였다. 즉, 지배자의 시선만으로 식민지 공간을 이해하기에는 부족한 면
이 많다고 할 수 있다. 이렇듯 교차되는 혼종적인 시선에 관한 연구는
역사의 결락된 부분을 보완하고 우리의 역사를 풍요롭게 하는데 중요
한 일익을 담당할 것으로 앞으로 많은 연구가 이루어져야 할 것이라고
생각한다.

---

40) 「されども滿洲人の及ばざる、否日本人も恥づべきは、彼等の着けたる白衣服の淸
　　潔なることなり」, 三谷憲正, 「日本近代の朝鮮觀－明治期の滿韓修學旅行をめぐって」,
　　『GYROS』⑪, 勉誠出版, 2005, 74쪽 재인용.

참고문헌

국사편찬위원회, 『韓民族獨立運動史資料集 58』, 2002.

우미영, 「전시되는 제국과 피식민 주체의 여행－1930년대 만주수학여행기를 중심으로」, 『동아시아 문화연구』 제48집, 한양대학교 동아시아문화연구소, 2010.

임성모, 「팽창하는 경계와 제국의 시선」, 『日本歷史研究』 제23집, 일본사학회, 2006.

_____, 「1930년대 일본인의 만주 수학여행－네트워크와제국의식」, 『동북아역사논총』 31호, 동북아역사재단, 2011.

정재정, 「植民都市와 帝國日本의 視線－奈良女子高等師範學校 生徒의 朝鮮・滿洲 修學旅行(1939년)」, 『일본연구』 제45호, 한국외국어대학교 일본연구소, 2010.

조성운, 『식민지 근대관광과 일본시찰』, 경인문화사, 2011.

_____, 「대한제국기 근대 학교의 소풍・수학여행의 도입과 확산」, 『한국민족운동사연구』 70, 한국민족운동사학회, 2012.

_____, 「1920년대 수학여행의 실태와 인식」, 『한국독립운동사연구』 42, 독립기념관 한국독립운동사연구소, 2012.

_____, 「1930年代 植民地 朝鮮의 修學旅行」, 『韓日民族問題研究』 23, 한일민족문제학회, 2012.

伊藤建策, 「戰時期日本學生の修學旅行と'朝鮮'認識」, 『國史談話會雜誌』46, 東北大學, 2006.

海後宗臣(編), 『日本近代教育史事典』, 平凡社, 1971.

佐藤秀夫, 『學校ことはじめ事典』, 小學館, 1987.

白幡洋三郎, 『旅行ノススメ』, 中央公論社, 1996.

鈴木普慈夫, 「滿韓修學旅行の教育思想的考察-教育目標の時代的変化の一例として一」, 『社會文化史學』 第48号, 社會文化史學會, 2006. 3.

東京高等師範學校, 「支那滿鮮修學旅行記(續)」, 『東京高等師範學校交友會誌』 第63号, 1918.

日本修學旅行協會(編), 『修學旅行のすべて』, 日本修學旅行協會, 1993.

日本修學旅行協會(編), 『日本修學旅行協會五十年史』, 日本修學旅行協會, 2002.

三谷憲正, 「日本近代の朝鮮觀-明治期の滿韓修學旅行をめぐって」, 『GYROS』⑪, 勉誠出版, 2005.

文部省編纂會(編), 『明治以降教育制度發達史第三卷』, 教育資料調査會刊, 1938.

八木奘三郎, 『學生必携修學旅行案內』, 博文館, 1905.

山本信良·今野敏彦, 『明治期學校行事の考察　近代敎育の天皇制イデオロギー』, 新泉社, 1973.

근대 일본에서의 조선문화 유행과
문화주체 분열의 양가성
- 최승희 춤 연구의 문화론적 접근을 위하여 -

최 성 실

I. 제국의 문화적 아이콘과 흉내내기 사이

춘원 이광수는 아침에 일어나서 제일 먼저 하는 일이 최승희 무용을 흉내 내서 체조를 하는 것이라고 했다.[1] 가와바타 야스나리는 일본 일좌담회(日本─座談會)[2]에서 여류 신진 무용가 중에서 "일본 제일은 누구냐"라고 물었을 때 "서양 무용에서는 최승희"가 될 것이라고 대답했으

---

1) 이광수, 「나의 하로」, 『동광』 제39호, 1932, 35쪽.
2) 崔承喜, 「그리운 故土를 차저서」, 『삼천리』, 1935. 10. 1. "川端康成 「…崔承喜는 日本에서 제일가는 훌륭한 체구를 가젓다, 그 여자의 춤은 크다, 그러고 힘이 잇다… 아마 그 여자 한 사람에게서는 훌륭한 민족의 냄새를 엿볼 수 잇다」고까지 찬사를 보내고 잇스며, 左翼演극 평론가의 제일인자 무라야마도모요시 村山知義는말하되 「…그는 육체적 천분과 오랜 동안의 근대 무용의 기본적 훈련우에, 옛날 조선의 무용을 살닌 가장 훌륭한 예술가이다…」라고. 그 외의 수만흔 팬들은 「오늘날 일본 여성이 가진 최고의 육체를 가진, 그는 확실히 현대 일본의 녀성을 대표할 만한 무히임은 결정적 사실이라」이라고 한다.

며, 이유를 훌륭한 체구와 무용의 거대성에 있다고 하였다. 그는 그녀의 조선무용 <에헤야 노아라>가 인상적이었는데, 이 작품은 무용이 빈약한 조선에서 조선무용을 부흥하려 노력한 흔적을 보여주었고, 이것이 크나큰 즐거움이자 슬픔일 것이라고도 했다.[3] "최승희의 조선무용은 일본의 서양 무용가에게 민족의 전통에 뿌리박은 강력함을 가르치는 것"이며, 그녀의 춤은 조선무용 그대로가 아니라 옛 것을 새롭게 해석하고 재생하는 행위라고도 덧붙였다. 또한 미시마 유키오(三島由紀夫)는 반쯤 벗은 최승희 인물 사진을 책상 앞에 붙여놓고, 불상의 모습으로 춤을 추고 있는 그녀의 에로틱한 모습을 찬탄했다. 그에게 최승희는 이광수와 같이 일상에 내면화된 조선 무희도, 가와바타 야스나리에게처럼 조선의 설움과 비애를 담고 고통을 인내하면서 활동하는 예술가도 아니었다.[4] 그녀의 브로마이드가 미시마 유키오에게는 정신적인 향락과 위안이었던 것이다.

　최승희가 내밀한 일상을 움직이는 동력으로 작용하였든, 세계적 차원에서 최고의 경지에 오른 예술가로 평가 받았든, 혹은 남성들의 관음증 대상이었든, 정치적인 차원에서 식민 여성을 바라보는 제국 시선 그 자체였든, 중요한 것은 그녀가 단순히 춤을 추는 예술인이 아니라, 식

---

3) 가와바타 야스나리, 『문예』, 「모던 일본과 조선 1939」, 모던 일본사, 2009 재인용.
4) 가와바타 야스나리에게 최승희는 민족의 전통을 깊게 느끼게 해주는 진정한 무희였다. 그의 소설 『무희』의 주인공 무용수 중에는 최승희도 있다. "お母様はおどろいたのよ。朝鮮民族の反逆や憤怒7が、無言の踊りに感じられてね。どもるやうな、あがくやうな、荒けづりで、激しい踊りでね。(368)その滅びかかつた伝統から、新しい踊りをあれほどつくりだしたのね。ものめづらしさだけで、よろこばれたのぢやなかつたでせう。民族といふことを崔承喜は深く感じてゐたのよ。きつと…。(370)". 정향재, 「가와바타 야스나리(川端康成)의 『무희(舞姬)』론－무용과 무희에 투영된」, 『일어일문학연구』, 일어일문학회, 2007, 184쪽 재인용.

민지 조선과 일본 제국의 '문화적 아이콘'이었다는 사실에 있다.[5]

한국 무용사에서 최승희는 신무용가로 분류된다. 그녀에 대한 역사적인 평가는 각양각색이며 천차만별이다. 그러나 신무용가로서 최승희가 선구적인 역할을 했다는 사실에 대해서 동일한 평가를 내리고 있다. 이를테면 식민지 현실에서 그녀는 한국인으로서는 처음으로 세계를 돌아다니면서 순회공연을 했지만 일본과는 다른 차원에서 근대 콤플렉스를 극복하게 해주었던 상징[6]이라는 것 등이 그것이다.

이시이 바쿠에게 최승희는 민족적인, 토속적인 춤사위와 근대화된 서양 춤을 소화할 수 있는, 다시 말해 모던댄스와 오리엔탈적인 것을 동시에 보여줄 수 있는 조건을 갖춘 적임자였다. 그녀는 식민지 한 시대를 구획한 상징으로, 소위 '최승희의 시대'라고 지칭될 만큼의 영향력을 갖는 것이었다. 그녀는 내지에서 뿐만 아니라 일본에서도 여성교육에 대한 호기심을 일깨운 자극제가 되었다. 일본에서 최승희는 한국무용의 전통을 보여주는 무희로서가 아니라 '대중적인 엔터테이너'로서의 사랑을 한 몸에 받는 신여성이었다. 당시 일본의 무용계에서 최승희를 따라갈 만한 인재가 없었다는 것은 그녀를 일본 대중들이 신화화할 수 있는 조건을 형성했고, 일본 대중은 식민지 국가의 무용가를 신여성의 표상으로 인식할 수밖에 없었다. 이는 조선의 지식인들이 일본지배를 원망하고 피해자로서 원한과 증오, 해방의 갈망을 갖고 있으면서 동시에 흉내 내기를 통해 대타자(제국)를 교란시키고 모순을 드러내

---

5) Park, Sang Mi. *The Making of a cultural icon for the Japanese Empire: Choe Seung-hui's U.S. Dance Tours and "New Asian Culture" in the 1930s and 1940s*. East asia cultures critique, Volume 14, Number 3, Winter, 2006, Published by Duke University Press.
6) 김채현, 「식민지 근대화와 신여성 - 최초의 근대무용가 최승희」, 『역사비평』 제5권, 역사비평사, 1992.

는 동력으로 작용했던 실례를 보여주는 것이기도 하다. 최승희는 일본 제국의 신민으로서, 일본에서 명성을 날리고 있는 식민지 지식인으로, 식민주체의 정치적인 맥락만으로는 설명이 불가능한 모호하고 혼종적인 경계선 상의 인물이었다. 그녀의 춤과 삶을 제도와 사상의 근대로서 접근하고 있는 기존연구의 문제의식은 주로 이로부터 비롯된 것이다. 그녀는 한 개인의 무용가이자 동시에 수많은 관객, 평론가, 시대정신이 만들어낸 복잡한 아이콘이었던 것이다.[7]

최승희는 화장품, 약품, 과자류 등과 같은 광고, 영화에까지 출현 하였으며, 당시 일본 대중의 반응에 비추어볼 때 실로 '움직이는 이미지', 오히려 유럽의 흥행사들까지 넘보는 '문화상품'이었다. 또한 그녀의 예술은 일본 내에서는 신문화와 전통사상, 전통문화의 갈등, 근대화의 열망과 동시에 과거 복고적인 취향과 대중의 요구, 나가서 일본 제국의 거대한 문화 제국주의 프로젝트 안에서 길항하고 있었다. 뿐만 아니라 식민지 조선 안에서는 전통적인 춤을 현대화 했다는 찬사와 함께 일본의 신민이 되어버렸다는 비판을 동시에 받았다.

이러한 비판을 감수해야 했던 이유는 그녀가 이시이 바쿠라는 일본 무용계를 대표하는 인물 아래에서 무용 수업을 받았다는 것과 조선보다는 일본이나 다른 나라에서 활동을 했다는 이적성에 있었다. 그런 맥락에서 한설야는 『사해공론』(1938)에서 "조선인의 특성을 찾아볼 수 없으며, 조선인의 핏줄은 더욱 찾을 길이 없다. 조선옷을 입고 조선 고유의 긴 담뱃대를 든 외국인의 모습처럼 최승희 조선춤이 주는 형상은 꼭 그것과 같은 것이다"라고 냉정한 비판을 쏟아 놓았다.

---

7) 김영훈, 「경계의 미학－최승희 삶과 근대체험」, 『비교문화연구』 제11집 제2호, 서울대학교 사회과학연구원 비교문화연구소, 2006, 174-183쪽.

또한 다른 면에서 그녀에게 이시이 바쿠 무용단에서의 무용교육을 비롯하여 일본제국이 베풀어준 문화 활동 기회(당시 느꼈을 법한 은혜)란 푸코가 언급하고 있는 것처럼 새로운 형태의 감시로 작용하였다. 푸코에 의하면 은혜란 단순히 베풀어줌, 고마운 것이 아니라 이중체계를 가진 제재의 한 요소다. 이것은 지배하는 자와 지배 받는 자의 이분법적 구별에 의해서 소유되거나 양도되는 실체적인 권력이 아니다. 다양하고 자립적이며 익명의 권력으로 편성되어 있는 조작적인 관계 개념이다.[8] 그리고 억압 이전에 창출된 어떤 것이며, 제도도, 구조도 아니면서 "특정한 사회의 뒤얽힌 전략적 상황에서 부여된 명칭"인 것이다.

한편 최승희가 무용을 통해 창출한 지식은 미적 자의식과는 다른 차원에서 권력관계에 의존해야 했던 피식민지인의 인정투쟁과도 무관하지 않았다. 엄밀한 의미에서 최승희와 일본 제국과의 관계는 식민 지배와 피지배 관계라는 큰 틀에서 벗어나 논의하기 어려운 부분이 분명 존재하며, 또한 이 '관계성'은 지배자의 지배하려는 (병리적) 충동과 피지배자의 의존 콤플렉스, 내셔널리즘, 제국주의, 저항과 유희의 본능[9] 등 복잡한 균열의 자장 속에 놓여있다는 사실 또한 직시해야 한다.

가라타니 고진은 내셔널리즘이 분명 상상의 산물이지만, 이보다 더 중요한 사실은 내셔널리즘이 종교를 환상이라고 간주하는 계몽주의 다음에 출현했다는 사실에 있다고 했다.[10] 이는 내셔널리즘이 계몽주의에서 종교를 제거하지 않은 것, 제거했다고 해도 종교가 다른 형태로

---

8) 푸코, 오생근 역, 『감시와 처벌』, 나남, 2003 ; 강상중, 『오리엔탈리즘을 넘어서』, 「규율과 지배하는 지식－푸코, 사이드」, 이산, 1999 참조.
9) 고부응, 『탈식민주의－이론과 쟁점』, 문학과 지성사, 2003, 69쪽.
10) 가라타니 고진, 송태욱 역, 『일본 정신의 기원』, 이매진, 2003, 49쪽.

나타났다는 것을 의미한다. 결국 내셔널리즘이 환상이나 상상의 산물이라고 할지라도 간단히 부정할 수 있는 것이 아니라는 것이다. 이는 오리엔탈리즘이란 거대담론을 통해 일본 제국이 만들고자 했던 순수한 문화적 동질성에도 그대로 적용될 수 있다. 문화적 동질성은 상상된, 초월적인 가상이라고 해도 쉽사리 제거될 수 있는 것이 아니며, 분명 현실적인 필연성을 갖고 있는 것이다. 그렇기 때문에 식민지 투쟁의 역사와 관련하여 억압받은 자의 내면에 새겨지는 자아의 타자성, 다시 말해 정체성 속의 타자성[11]은 이런 초월적인 가상이 어떻게 만들어지는지 보다 다층적인 방식으로 논의되어야 한다. 억압의 대상인 일본, 일본적인 것과 동일시하고 싶지 않지만, 한편으로는 지배자를 닮아야할 수밖에 없기에 식민 주체는 불안정한 동일성과 끊임없이 싸워야한다.

사실 지금까지 최승희에 관한 연구는 그녀의 업적과 행적을 중심으로 진행이 되어왔다. 그러나 앞으로의 연구에서 보다 관심을 두어야할 지점은 최승희를 둘러싸고 있었던 식민지 외부적인 상황과 식민지 조선의 지식인이 어떠한 과정과 목적으로 일본제국의 '문화적 아이콘'으로 자리하게 되었으며, 그 의미가 무엇인가에 관한 것이다. 또한 제국의 문화 전략 대상이었음에도 불구하고 이러한 정치적 차원과는 다른 균열의 지점에서 대중들의 '심리적 장치'에 의해 구성된 비제도적(범주적)인 담론, '붐'이 담지하고 있는 문화적 반향에 대한 논의도 중요하다. 다층적으로 작용하고 있는 식민 주체와 피식민 주체간의 '전략적 장치', 다시 말해 식민 권력에 불가피하게 발생할 수밖에 없는 '균열'에 대한 정치한 분석으로 근대 일본에서의 최승희 붐의 의미를 새롭게 구

---

11) 고부응, 앞의 책, 77-87쪽.

상할 필요가 있다.

II. 식민지 지식인의 이질적인 주체-효과(subject-effect)

근대 일본에서의 '조선 붐'이란 무엇인가. 이는 제도적인 차원에서 구성된 식민 문화뿐만 아니라 비제도적인 것, 즉 풍습이나 관습에 대하여 일정 기간 상당수의 사람들이 어떤 행동양식을 자유로이 선택·채용·폐기함으로써 생기는 광범위한 사회적 동조 행동까지를 포괄하는 것이다. 따라서 근대 일본에서의 조선 붐이란 시각에서 최승희라는 문화적 아이콘을 연구하는 것은 식민지 근대성, 식민-피식민의 이분법적 경계를 넘어서, 식민 상황에 대한 유희적 저항의 가능성까지를 포괄하는 의미를 함축하는 것이기도 하다.

이는 최승희에게 '일본의 인정'이란 양면적인 것일 수밖에 없다는 것을 의미하기도 한다. 그녀에게 일본은 동일시하고 싶은 욕망인 동시에 완전히 일치될 수 없는 분열증적 타자였다. 그것이 전복적인 의도를 갖는 전략이었는지, 제국주의의 실체였는지에 대해서는 구체적인 논의가 필요하며, 일본에서의 최승희 붐의 문제는 식민 권력과 저항적 흉내내기만으로 쉽게 환원할 수 없는 복잡한 되받아 쓰기 전략, 식민지 문화생산물의 수용과정, 대항담론으로서의 혼종성, 이질적인 주체-효과(subject-effect) 등 다층적인 차원에서 논의되어야 하는 문제다.

최승희가 일본으로 건너가 춤을 배우고자 했을 때, 그녀는 예술적인 혹은 미학적인 지식을 갖고 있지 않았다. 그녀가 일본으로 건너가서 춤을 배우고자했던 동기는 지극히 단순했다. 가난한 가정에 조금이나마

보탬이 되고 싶었고, 오빠가 적극적으로 권했기 때문이다. 이시이 바쿠 무용단의 공연을 보고 난 후 육체적인 미학에 대한 감흥을 받고, 이를 미적 주체로서 승화시키고자했던 그녀의 욕망은 이를 받아들였던 '타자들'에 따라서 저마다 다른 의미로 규결되었다.

최승희에게 초창기 예술 활동의 근거지인 일본이란 '가상적인 지식' 이었고, 이것이 구체적인 현실로 다가왔던 것은 그녀를 둘러싼 피지배국의 상황이었다. 식민지 지식인에게 지배국인 일본은 가정된 지식일 뿐이었던 것이다.

> 『오냐 나의 적은 힘으로도 능히 집안을 구할 수가 잇다. 녀자는 사람이 아닌가? 나는 래년이나 후년이면 녀교원이 되여서 한달에 40원 이상 수입이 잇다. 그러면 나는 불상하신 우리 어머님-가여운 언니(언니는 그때 불행한 경우에 잇섯다)를 구하여 가면서 옵바들과 가티<106> 집안을 구하기에 힘쓰겟다옵바는 동경 잇을 때부터 석정씨의 예술을 잘 안다는 것과 또 그가 독일 갓다가 일본내지에 도라와서는 엇더한 정신으로 일본내지에 잇서서의 신무용운동을 한다는 것도 잘안다는 말이며 따라서 옵바는 석정막씨를 경모하고 잇섯든 차에 오늘 경성일보를 보고 나를 보고 배우라고 말하엿다는 것과 또 옵바가 나를 엇더케 본다는 것이며 또 조선에 신무용운동이란 전혀 처녀지라는 말을 하면서 될 수 잇으면 사전(寺田氏)이 잘 주선하여 가서 배우도록 하여 달나는 부탁을 하고[12]

1926년 3월 이시이 바쿠(石井漠)[13]가 공연했던 테마가 주로 <갇힌 사

---

12) 최승희, 「나의 舞踊 十年記」, 『삼천리』, 193. 1. 1.
13) 이시이 바쿠는 일본의 대표적인 무용연구가로 장혁주, 이광수, 이인선 등과도 깊은 친분관계를 맺고 있었으며, 그는 자신의 글을 통해 최승희가 조선무용을 배우

람>, <산에 오른다>, <솔베이지의 노래> 등이었는데, 그것이 식민지 조선인 최승희의 정서에 맞았다고 한다. 그녀의 오빠 최승일은 일본에서 대학을 졸업하고 박영희 등과 신극계열의 일을 했으며, 그와의 관계에서 짐작할 수 있듯이 좌파적인 성향을 갖고 있었다. 최승희의 진로에 결정적인 영향을 미친 것으로 알려져 있는 그는 사실 동생을 매개로 예술운동을 하고자 했던 것이다.[14) 그녀가 당면한 정신적인 갈등은 이러한 다양한 관계 속에서 형성된 것이라고 할 수 있다.

이시이 바쿠가 순수 무용을 지향하는 예술인이라고 평가되던 당시 사실 일본에서는 민속춤이나 사교춤 등의 붐이 일면서 대중적인 무용에 대한 수요가 폭발적으로 증가하고 있었다. 순수 신흥무용에 대한 의식이 없었던 대중들에게 인기가 있었던 최승희의 무용은『오리엔탈댄스』,『바그다드의 도적』등 극동풍의 토속적인 것들이었다. 1929년 이후 최승희는 이시바쿠의 개인적인 사안과 예술적 견해에 실망감을 느껴 귀국을 한다.

특히 이시이 바쿠와 예술적인 견해의 차이를 보였다는 것은 최승희 스스로 동화될 수 없는 이질감을 표출한 것으로 보인다. 이러한 최승희의 정신적인 갈등은 이시이 바쿠로 대변되는 일본의 문화적 권위가 단순히 일방적인 식민문화기제로써 작용하지만은 않았다는 사실을 보여주는 것이기도 하다. 당시 식민지 상황을 염두에 둔다면 최승희의 이러한 결정은 정신적 갈등에 식민 내부의 내적 갈등과 부조화를 명확하

는 것을 그다지 좋아하지 않았으며, 자신의 권유에 의해서 조선무용을 배웠고, 그 결과가 좋았다고 적고 있다. "본인이 내키지 않았다"는 표현을 직접 사용하고 있으며, 자신이 조선무용을 배우게 했기 때문에 외국 공연도 가게 되었다고 했다. 이시이 바쿠,「나의 조선 교우록」,『모던 일본 1939』, 완역판 재인용, 354쪽.
14) 김채현, 앞의 논문, 241쪽.

게 함으로써 식민 주체와 식민화하는 주체의 정체성이 안정된 형태로
형성되는 것만은 아니라는 것을 보여준다.[15]

　귀국한 이후 최승희가 무대에 올린 것은 <괴로운 소녀>, <해방을
구하는 사람>, <인도인의 비애>다. 특히 <인도인의 비애>는 쫓겨나
는 사람의 '비애'를 심각하게 표현하여 일반 관중 스스로를 애연하게
했고, 최승희 본인도 이 작품에 대한 남다른 애정을 보였다.

> 「방아타령」, 「印度人의 悲哀」, 「길군악」의 세가지랍니다. 그중에
> 제일 자신이 잇는 것은 인도인의 비애야요. 이것은 우리네들 사이에-
> 가령어린 아가씨나 도련넘이나 늙으신 할머니 할아버지에 이르기까
> 지 그 마음 속에 언제든에 흐르고 잇는 그 슬픔 비록 자긔 가슴에는
> 업는 듯하다가도 언제 한번은 솟고야 마는 그 공통한 슬픔! 일관한
> 비애 그것을 모든 조선사람의 가슴 속에서 끄집어 내어 표현하려고
> 한 것이랍니다. 엇재 하필 「인도인」의 비애라 하섯는가고요? 무얼
> 그야 아시면서…」[16]

　그녀가 조선적인 것이라고 지칭했던 것은 자신이 식민지 조선인이라
는 의식적인 자각을 표출하는 방식이었다. 1930년대 초반만 하더라도
최승희에게 무용이란 단순한 예술 활동이 아닌 조선적인 것에 대한 집
착이었고, 식민지 지식인으로서의 저항적인 의미를 담고자하는 의도적
산물이었다.[17] 그 시절 그녀가 무대에 올린 작품이 유독 '조선의 산물'
이나 '학대 받는 사람'에 대한 연민과 애정을 담고 있는 것도 이러한

---

15) 로버트 영, 김용규 역, 「호미 바바의 양의성」, 『오늘의 문예비평』, 2006, 209-210쪽.
16) 「藝術家의 處女作」, 『삼천리』, 1930. 7. 1.
17) 바로 이 부분이 이시이 바쿠가 언급한 "내키지 않아했던 조선무용"이란 어쩌면 본
　　인의 치적을 위한 허구적 발언이었는지도 모른다는 의심을 갖게 되는 지점이다.

이유에서 비롯된 것이라 할 수 있을 것이다.

1) 그래서 나는 압흐로 朝鮮의 정서가 만히 흐르는 비교적 알어 보기 쉬운 무용을 힘 써 습작해 보려합니다. 될 수만 잇스면 歐米 선진국에 건너가서 직접 선배들의 敎導를 바더서 부족한 기예를 더욱 수련하고 보충하고 십지만 어듸 사정이 잘 허락해야지요.18)

2) 다 같은 인류로서 느끼는 공통되는 불평(不平)이면 불평! 감흥(感興)이면 감흥을 표현하는 무용－그것은 세계의 공유물일 것입니다. 가령 내가 안무한 제일회의 작품 <인도인의 비애>같은 것은 그 비애가 인도인에게만 있는 것이 아니라 그러한 비애를 갖고 있는 민족이면 다 같은 그러한 느낌을 가질 것이 아닙니까? 그리고 제2회 신작 중 <그들은 태양을 찾는다>같은 것은 학대받으면서 캄캄함 속에서 광명을 찾고 있는 사람들의 심정을 표현한 것이니, 그것은 그러한 감정을 가진 사람이면 누구나 다 느낄 수 있는 것이며, 그 외에도 <인도인의 연가>, <달밤에>, <방랑인의 설움>, <이병정 못났다>가 그러한 종류19)

다 같은 인류로서 느끼는 불평등에 대한 비애란 무엇일까. 인도의 비애를 통해서 최승희가 말하고 싶었던 것은 억압을 받는 국민으로서의 공감대와 설움이었을 것이다. 억압자에 대한 분노가 녹아 있는 이 글은 직접적이지는 않지만 간접적으로 당시 식민지 현실에 대한 비판적 응시일 수 있는 것이다. 이 무렵 조선적인 것에 관한 관심이 높았던 그녀는 프롤레타리아 문학의 선두주자인 안막과 결혼을 하게 되고 다

---

18) 崔承喜(舞踊家), 「一家一言」, 『별건곤』, 1930. 9. 1.
19) 『조선일보』, 1930. 10. 21.

시 일본의 이시바쿠의 후원으로 순회공연을 하게 된다.[20]

최승희가 조선 신무용을 개척하고 세계적 무용가로 성장하게 된 배경에는 카프의 문예운동을 주도한 최승일과 안막이 있었다. 안막은 최승희의 후원회를 조직했다. 이 후원회는 일본의 인텔리, 특히 유럽에서 유학을 했던 지식인들을 흡수했다. 그는 최승희가 친일이냐 반일이냐의 논리에서 벗어날 수 있는 논리적 근거를 만들어주었다. 사실 일본의 후원회 회원들 중에는 당시 미일전쟁에 반대를 하던 사람도 있었으며, 조선의 경우에는 당대 우익 정계의 송진우나 좌파 정치인 여운형 등도 속해있었다.[21]

안막에게 최승희는 침체된 볼세비키 예술운동을 살리고 대중화하는 데 중요한 타개책이기도 했다.[22] 카프 출신인 좌파성향의 남편 안막의 적극적인 도움을 받았지만, 최승희는 카프 이념을 무비판적으로 수용하거나 민족주의 진영의 이념에 편승하지 않고 독자적인 예술세계를 개척하려고 의식적으로 노력했고 여기에 당시 문단의 '조선심'에 대한 관심도 중요한 예술적 변수로 작용했다.

---

20) "결혼을 한다니 스테지를 아조 영영 떠나리라고요? 아니요. 그는 비록 결혼은 할지라도 夫君의 지도와 협력으로 현재보다도 훨신 비약하야 압흐로는 순전히 夫君의 사상과 주의에 공명하야 순프로레타리아 예술가의 임무를 다하는 새로운 무용수립에 적극적 노력을 하기로 결심하엿답니다. 그의 일레로는 금번 제3회 공연 프로그람 중에『겁내지 마라』와 기외 몃몃 가지 춤은 종래의 것과는 그 성질이 전연히 달는 좀더 프로의식을 너은 새로운 경향을 보여준 점으로 보아 압흐로의 긔대와 촉망이 여간 크지 안타." 「崔承喜孃 프로 藝術家와 結婚 將來론 프로 舞踊에 精進」, 『별건곤』, 1931. 5. 1.

21) 정병호, 『춤추는 최승희』, 현대미학사, 2004, 429쪽.

22) 라기주, 「해방과 분단의 공간에 나타난 예술가들의 이념적 행보-안막의 문학과 삶을 중심으로」, 『한국문예비평연구』, 한국 현대문예비평학회, 2011, 411쪽.

뒷짐을 지고 빗틀거리는 姿態이라던지 고개를 간들간들거리는 動作은 朝鮮 古典的 民風의 特異한 姿態의 一場을 諷刺한 감을 충분히 표현하엿으며 원만한 『텍닉』에서 움직이는 『억개』의 回圓의 動作은 세계 어느 나라에서나 보지 못할 朝鮮 獨特한 舞踊의 形態를 踏襲하는 一方 古典舞踊의 『리틈』 속에서 新鮮한 一鏡地를 開拓한 點이 뵈여준다. 이 같이 특수한 地帶에 처한 오늘 朝鮮 舞踊界(?)에 舞踊을 위해 생명을 밧치고 朝鮮의 生活感情에서 一片의 反映의 줄기를 잡아 朝鮮舞踊을 再建設하고 舞踊의 歷史的 遺産物을 계승하여 나갈 유일한 舞踊家 崔承喜씨의 存在는 今后 朝鮮 舞踊界에 한 큰 刺戟이 될 것이며 衝動이 될 줄 믿는 同時 씨는 舞踊家로써 가출 現身이나 技術的 成熟이나 藝術的 思想과 매혹적인 藝風은 舞踊家로써 다 갓추운 有福한 者라고 생각하게 된다. 23)

당시 조선주의에 대한 관심은 민족주의 문학 진영에서 프로문학에 대한 대타적 성격을 정립하는 과정에서 부각되었고, 1935년 카프의 퇴조 이후에는 문단과 정세의 변화에 따라 논의가 전 문단적으로 이루어졌다. 바로 그 움직임의 한 가운데 최승희가 있었다. 그녀는 과거의 조선 춤은 양반들의 여흥을 돋우던 기생 춤에 불과했으나 그것을 무대예술로 승화시키고 민족예술로 정착시켰다는 평가를 받았다. 민족문학 진영이 한국적 특수성을 시조에서 찾고 과거 사대부 문화를 복원시키려고 할 때, 최승희는 향토적이고 서민적인 생활문화에서 그것을 발견하고자 했던 것이다.24)

---

23) 구왕삼, 「최승희 무용을 보고」, 『삼천리』, 1935. 1. 1.
24) 이주미, 최승희의 조선적인 것과 동양적인 것」, 『한민족문화연구』 제23집, 제11
호, 2007, 335-359쪽.

1) 조선의 괴로움을 춤추는 우리 최승희양. 조선사람의 설움을 춤 추는 우리 최승희양. 그가 한 번 무대에 올나서서 보드라운 각광(脚光)을 밟을 때에 그의 연한 팔에는 조선의 괴로움이 아련히 백혀 보이고 그의 고흔 다리에서는 조선사람의 설움이 매듸매듸 숨여난다. 그는 조선의 괴로움을 알며 그는 조선사람의 설움을 말업는 예술로 써 우리에게 보여준다. 만일 거기에 조곰 미흡한 점이 잇다 하면 그 것은 차라리 그가 압흐로 대성할 남어지가 잇다는 것을 말함이요 속 단을 허하지 안이하는 것이다.

그의 정성은 붉다. 그는 붉은 정성으로 조선의 괴로움, 조선사람의 설움을 춤추는 조선의 애인이요 우리들의 애인이다. 최승희양은 우 리가 가진 다만 하나의 애인이다.[25]

2) 나는 제삼회 작품 중에서 『그들의 행진』이나 『흙을 그리워하는 무리』 같은 것은 조선의 현실이 그러한 것을 낳게 만들었다고 생각 합니다. 다시 말하면 내가 만든 것이 아니라 조선의 현실이 만들어 내었다고 나는 생각하는 것입니다. 더구나 『흙을 그리워하는 무리』 같은 것은 조선 사람이 아니고는 그 감정-그 느낌을 받지 못할 것이 라고 봅니다.[26]

<승무>, <영산춤>과 같은 조선적인 정서에 기초를 둔 공연이 일본 에서 대대적인 호응을 얻게 되었을 때, 근대 일본에서 '최승희 붐'은 절정에 이르게 된다. 일본 대중은 최승희의 춤을 통해 복원이 불가능했 던 과거의 흔적을, 일본 제국은 오리엔탈리즘을 통한 순수한 문화 공동 체에 대한 열망을 동시에 충족시킬 수 있었던 것이다.

엄밀한 의미에서 일본에서의 최승희 붐과 세계 투어는 일본 대중의

---

25) 「최승희양이 결혼했다고 한다」, 『별건곤』, 1931. 4. 1.
26) 『조선일보』, 1931. 8. 26.

열망과 문화 제국주의의 전략에 의해서 만들어진 희대의 기념물이
다.27) 세계 순회공연은 일본의 총독부와 각 나라의 영사관의 합작품으
로 전략적인 차원에서 이루어졌으나 최승희는 자신을 코리안 댄서로
소개하면서 식민지 조선인이라는 사실을 숨기지 않고 드러내려고 하였
다. 이 시기 일본에서 최승희는 "유일한 조선무용가 최승희의 눈물 정
신", "향토 예술의 재건을 위한 피나는 시련", "묻힌 것을 발굴해내는
조선무용의 최승희", "무용계에 싹튼 조선의 꽃 한 송이"28) 등으로 호
명되며 아낌없는 찬사를 받았다. 일본에서는 최승희 무용뿐만 아니라
일상생활까지도 중요한 관심의 대상이었다. "묻힌 것을 발굴해내는 조
선무용의 최승희"(『니로쿠 신문』, 1934. 10. 30)는 무용계의 이채로운 인물
(『도큐쇼 讀書신문』, 1935. 3. 30)이었다.

이처럼 일본 대중들에게 최승희는 '식민지 조선'의 무희로서 역량을
갖춘 예술가였으며, 정치적인 사안과는 또 다른 차원에서 예술성 그 자
체를 높이 평가할 수밖에 없는 실력 있는 무희였던 것이다. 그녀의 무
용이 조선의 전통무용을 계승하고 있다는 사실이 토속적이고 향토적인
무용을 통해 위안을 얻고자 했던 일본 대중들에게는 상당한 자극제가
되었던 것이다. 다시 말해 이 무렵 근대 무용이나 음악적 취향들이 고

---

27) "그의 예술은 종종 미묘하게 어필하는데 접근방법이 세심하고 정교하고, 사랑스
러운 의상도 한 몫을 한다."『뉴욕헤럴드, 1939. 12. 29』 "최승희는 우다이상카와
메이 란팡이 가고 난 뒤로 동양에서 온 무용가 중에 가장 숙련된 사람이다."(『로
스엔젤레스 이브닝 해럴드』, 1940. 4. 1.), "이 시슨 가장 볼만한 공연은 최승희
공연이다. 그 여자야말로 설명할 스 없는 미모와 소박함이 있다. 춤을 한번이라
도 본 이는 일생동안 잊을 수가 없다. 하루 나절 공연을 해도 모든 관객들을 긴
장과 흥분의 도가니로 몰아 넣었다."『헐리우드 뉴스』, 1940. 4. 1.
28) 『야마모토 신문』, 1926. 7. 30 ; 『시사통신』, 1929. 6 ; 『니로쿠 신문』, 1934. 10.
30 ; 『니치니치 신문』, 1926. 6. 15.

급한 성향을 갖게 되면서 이에 대한 이해가 부족했던 일반 대중들에게는 최승희의 무용, 가면극 등은 친근하고 소박한 안정미를 주는 매력을 담지하고 있었던 것이다.

Ⅲ. 문화주체의 분열과 조선문화 유행의 양가성

1933년에서 1937년에 사이 일본에서의 최승희 붐은 새로운 전환기를 맞게 된다.[29] 1937년 이후 일본은 자신들과 공통적인 문화적 뿌리를 만들기 위해 정치적인 차원에서 한국학 부흥운동을 시작한다. 뿐만 아니라 한국보다 우수한 문화로 자신들의 문화적 정체성을 만들기 위한 다층적인 노력을 개진하게 된다.

이러한 한국학 붐이란 자장 안에서 최승희의 무용은 일본 무용과의 차별성을 부각시키면서 새로운 문화통합의 아이디어를 창안하는 대상으로 구체화되기 시작했다. 아사히 신문은 연일 최승희 공연 관련 내용을 보도하면서 "세계의 대극장에 등장한 최승희"[30]를 통해 일본 제국의 문화적 우월감을 고취시키고 있었다. 무라야마 도모요시(村山知義)는 최승희 무용을 통해 일본적인 것의 어머니를 느낄 수 있었으며 일본 예술과의 부드러운 연결은 찬탄할 만하다고 한 바 있다. 지금 일본의 예술이 일본적인 유동성, 일본적인 형식과 동떨어져 있는데, 최승희의

---

29)「人氣의 崔承喜女史 新作舞踊發表, 昨日晝夜로 東京 日比谷」, 『동아일보』, 1935. 10. 23. 『동경지국전보』 "최승희 무용 관람을 위해 많은 관객들이 모였으며, 초만원, 입장을 못한 사람들도 있음", "조선의 예술전통을 선양" 『조선중앙일보』, 1934. 9. 22.
30)『아시히 신문』, 1937. 9. 17.

무용은 근대무용의 훈련으로 고전적인 것을 살려낸 점에서 훌륭하다는 것이다.[31]

특히 <이태리의 정원>과 <향수의 무희>라는 노래는 서양 대중음악의 영향을 받아서 생성된 재즈 풍으로 식민지 조선과 일본 대중문화에 새로운 충격으로 주었다. 일본인들에게 그녀의 노래는 이국적인 취향을 불러일으키면서 동시에 식상한 일본 대중문화와는 다른 차별적인 신선함을 느끼게 해주었다.

사실 <이태리의 정원>이 향락적인 도시의 정서를 반영한다면 최승희 본인이 작곡한 <향수의 무희>는 고향을 그리워하는 무용가의 심정을 슬픈 정서에 실은 곡이다. 물론 이러한 음반 작업은 당시 대중문화의 상업화와 음반시장을 중심으로 형성된 자본시장을 기반으로 식민지 조선과 일본의 문화적 동질성을 형성하고자 했던 식민주의의 또 다른 전략이 내포되어 있는 것이기도 했다.

　　예술이라 하면 물론 그 엿던 종류의 것을 불문하고 그 것이 보통화하고 대중화하는 데에 그의 완전한 생명이 잇고 그의 건전한 성장이 잇는 것임니다. 그러나 오늘에 잇서는 모든 것이 상품화 하여가는 까닭에 예술 그 물건도 저들 부르주아 계급들에게 독점되여 잇는 感이 不無함니다. 예술 중에도 특히 지금 내가 專攻하고 잇는 무용예술 갓흔 것이 尤甚한 것 갓슴니다. 그래서 나는 일즉이 石井漠씨의 문하에 잇슬 때부터도 늘 이 점에 대한 불평과 불만을 가젓섯슴니다. 조선과 달니 일본 갓흔데만 하야도 아조 완전한 左翼劇場－例하자면 동경의 築地新劇場 갓흔 것이 잇서서 늘 푸로적 경향을 주제를 삼아 공연을 하게 되는 것이며 그를 보는 관중들도 조선과 갓지 안

---

31) 최승희, 『불꽃』, 村山知義, 「최승희 찬」, 자음과 모음, 2006 재인용.

케 아조 계급적 분야가 선명해가지고 거의 근로계급의 대량관객들
로만 만원을 일우는 성황임니다. 그런 까닭에 스테지 우에 낫 하나
는 배우들의 태도와 기분이라는 것도 더 한 층 긴장하여지고 열혈이
充溢하게 됩니다. 그러나 우리 조선에서는 다른 불리한 객관적 정세
와 한 가지로 예술에 대한 그것도 너무도 한심스러울만 합니다.[32]

<이태리의 정원>과 <향수의 무희>는 최승희가 부른 대중적인 노
래 이상의 의미를 담고 있다. 당시 최승희는 조선적인 것이란 혹은 일
본적인 것이란 문화적 정체성에 중요한 의미를 두지 않았던 것 같다.
그녀의 아포리아였던 서양, 서구는 조선이나 일본이 아닌 다른 대안적
인 공간이었다. 물론 그것은 일본이 이루고자 했던 범아시아주의와 일
맥상통하는 것이기도 하다. 이러한 급변하는 현실 속에서 일본문화가
빠르게 서구지향으로 치달으면서 향수를 달랠 수 없었던 일본인들에게
최승희 무용이나 노래가 불러일으킨 향토적인 것, 아시아적인 것은 식
민주의 문화 내부에 위안과 동시에 문화주체의 분열을 가져다주었다.
이 양면성은 근대 일본에서의 한국학 붐, 범아시아주의 등 보다 복잡한
문맥에서 형성된 것이다.

그러치만 「조선무용」 그냥 그대로 한다면 차라리 조선긔생(妓生)
편이 오히려 더나흘 것임니다. 그럼으로 나는 늘 조선무용은 그 기
본적(基本的)인 것만 따듸리고는 다음엔 「아이데아」에 이르기까지도
서양(西洋) 것을 받어 드릴 것이라고 생각하고 잇지요.--- 최승희라는
일홈이 부텃슴으로 부탁을 가도 이상한 얼골을 하면서 거절을 하겟
지요. 또 경찰에서 허가를 얻는데도 여간 썻그럽지가 않엇어요… 그

---

32) 「新女性의 新生活論 No.1」, 『만국부인』, 1932. 10. 1.

야 간혹 사람이 다르다고 이상하게 귀여워하는 사람들도 많지마는
그 중에는 그러한 「핸듸캡」을 씨우는 사람들도 있드군요… 나는 어
데를 가든지 한 번도 다른 일홈이라고는 써 본 일이 없담니다. 나 같
은 사람이 조선무용의 人氣자로 되여잇지마는 그 人氣라는 것이 어
느 정도의 것인지를 모르겟서요. 신문이나 잡지에서 갑작이 취세우
는 人氣가 어느 날에 가서는 또 갑작이 떠러질가 하는 것을 생각하
면 늘 근심이 된담니다. 그래서 심지어 말 한마듸라도 건방지다는
소리를 안들을야고 퍽 조심한담니다. 그러타고 팔방미인이 되고는
십지 안어요. 무리하게 「자긔」를 죽일 필요는 없으니간요- 다시금
돌아본다면 내가 홀용해서 예까지 왓는지를 퍽으나 의심하고 잇담
니다. 사람들은 몸에 균세가 잘 잡힌 것을 자주 말하지만 그것은 내
가 날적부터 타고난 것 뿐이지요--「半島의 舞姬」를 촬령하려 나왓슬
때는 여러사람한데서 많은 찬사를 받엇겟지요? 참 그때에 나는 「로
케이슌」을 하여도 조선의 더러운 장명을 박지않두록 하엿지요, 그
때 서울의 일부에서는 「최승희」는 제땅을 XX먹는다고 욕하는 사람
도 다- 잇-엇으니까…33)

  일본이 동아시아의 멋이라는 슬로건으로 일본 대중 사이에서 일었
던 최승희의 붐은 아시아 부흥을 부추기는 일본의 제도적, 제국주의적
문화정책 안으로 빠르게 흡수되기 시작한다. 최승희는 타이완에서도
조선 붐을 일으키는 중요한 인물로 부각된다.

  그녀는 1936년 타이완 문예계의 초청을 받아 순회공연을 했는데, 이
는 조선-타이완의 문화교류사에서 주목할 만하다는 평가를 받는다. 타
이완 문예계가 최승희를 초대한 것은 당시 식민지였던 타이완과 조선
의 처지가 비슷하다는 것으로부터 비롯된 연민과 서양식과 조선식 무

---

33) 「世界的 舞姬 崔承喜女史의 對答은 이러합니다.」, 『삼천리』, 1936. 4. 1.

용을 접목한 그녀의 예술 활동이 식민통치라는 정치적 억압상태에 대
한 저항 등 복잡한 내적 상황에서 비롯된 것이다. 즉 식민통치 아래서
근대적이고 민족적인 예술을 창출한 최승희의 예술 활동은 타이완 지
식인에게 본보기가 되었던 것이다.[34)

　최승희의 서구 공연은 일본과 미국의 우호를 증진시키는데도 중요한
역할을 했다. 일본에서의 최승희 붐의 이면에는 그녀를 통해 제국의 욕
망을 실현하고자 했던 식민주의자의 내밀한 응시가 내재되어 있었다.
일본은 미국 총영사관뿐만 아니라 미국 내에서의 매스컴의 지속적인
홍보를 통해 최고의 대중들을 끌어들이는데 성공했다. 이것이 1937년
최승희라는 문화적 상징을 통해 얻어낸 제국의 결과물이다. 그녀의 예
술은 미국에서 대중적인 호응을 얻었던 것과 동시에 오리엔탈리즘과
제국의 문화적 코드를 선전하는 식민지 조선인, 혹은 일본인, 혹은 동
양인 등 다양한 방식으로 호명되었으며, 이러한 현상 뒤에는 일본과 우
호관계를 갖고자 했던 국가들과의 전략적인 협의가 있었다.

　예컨대 미국에서 최승희가 공연을 할 때는 일본 관광청과 미국의 소
위 문화관광부가 긴밀하게 협조하여 공연 홍보 및 광고를 했다. 미국에
서의 최승희는 문화정치의 표상이며, 일본의 문화 제국주의의 또 다른
표상이었던 것이다.[35) 미국에서 표면화된 오리엔탈리즘에 대한 열광은
일본 내에서 그녀를 중심으로 표방하고자 했던 셀프 오리엔탈리즘과는
다른 층위의 것이었다. 사실 오리엔탈리즘의 중심에 단 하나의 동질적
인 시각이 존재하는 것은 아니다. 정반대의 대립적인 시각이 존재하기

---

34) 장원쉰(張文薰), 윤여일(尹汝一) 역, 「최승희와 타이완」, 『플랫폼』 통권 제4호, 인
　　천문화재단, 86-91쪽.

35) Park, Sang Mi. Ibid, pp.597-632

도 하고 한다. 다시 말해 배움과 발견, 실천의 토픽이 있다면 다른 한편에서는 꿈, 이미지, 환상, 신화, 강박, 요구의 장, 바로 대타자의 환상36)이기도 한 것이다.

미국 공연 이후 최승희 무용은 현대적인 감각으로 변했다. 그리고 이러한 변화는 그녀를 통해 식민지 지식인이 자신의 미학적, 예술적 감각에 의해서 순수하게 예술 활동을 한다는 것이 어느 정도 가능한 것인지를 되묻는 의미가 있다. 최승희의 세계투어는 예술가의 이벤트라기보다는 특정한 시대적 상황을 반영하는 식민지 문화 붐의 대표적인 표상이라고도 할 수 있을 것이다.37) 식민지 문화 붐의 배경에는 제국과 피식민지인 간의 상호기회주의에 기반으로 둔 포괄적인 의미의 모호한 정체성이 형성된다. 그 애매성의 실체가 무엇인가에 대한 질문은 상당히 의미가 있는 것이다. 이를 한국의 엘리트 집단과 공모한 제국의 문화 아이콘 만들기라는 것으로 단순화 시킬 수 없는 부분도 분명히 존재한다.

최승희는 이 시기 중국에까지 진출을 한다. 그녀의 중국 진출 또한 일본 문화성이 전략적으로 추진한 문화통합과 부응하는 것이다. 이를 통해 최승희 붐은 일본의 아시아 통합 일환으로 구체화되었다.

중국 민중을 상대로 한 문화영화, 종래 중국 민중을 위한 문화영화로서는 일본 문화영화의 華語 아나운스 版이 사용되어 있었지만 이것으로서는 목적 수행상 完璧을 기하기 어려워 내각 정보부에서는 처음부터 支那 민중을 대상으로 하는 新企畫의 華語版, 문화영화의

---

36) 바바, 앞의 책, 참조.
37) 박상미, 앞의 논문, 참조.

제작에 뛰어나와 中華榮華 배급과장 黃隨初씨를 招聘하여 동씨 監修하에 「日本的 工業」「日本的 漁業」「日本的 醫學」「日本的 體育」「翼的日本」의 5 작품을 동맹 영화부에 위촉하여 제작 중, 오래지 않어 中南支 一帶에 배급 상영하게 되었다. 공개하기 전에 上海 中華大劇院에서 試寫會를 열고 僻地에는 巡廻映寫班을 출동시켜 支那 민중의 啓發을 當하게 되었다. 半島 민중도 훌륭한 日本人이라는 것을 생활을 통해서 나타내고 있는 部面을, 아직 朝鮮을 인식치 못한 內地 동포에게 알리려함에 있습니다. 지금 국가는 未曾有의 난국에 처하여 국민의 총력발휘로 고도 국방국가 건설에 當해야 할 것을 요구하는 차제에 반도인의 愛國熱과 皇民化 운동 등 조선의 실정을 전함으로써 內地 일반 대중의 조선에 대한 인식을 市政 향상시키고 따라서 半島청년층에 군인정신을 더욱 앙양하여써 국가 추진력의 확충을 꾀하려함에 있습니다. 이렇게 함에는 무엇보다 국민과 가장 접촉면이 많고, 및 명랑한 오락성으로 소화시킬 수 있는 영화예술을 통해서 示唆시킴이 捷徑이라 생각합니다.[38)

중국에서 최승희 무용에 대한 폭발적인 반응은 동아시아의 문화를 확대시켜 공산권에까지 영향력을 미친 것으로 평가되었다. 『요미우리』신문을 비롯한 일본 언론에서는 최승희의 성공이 결국은 일본 예술의 확장이라고 평가했다. 그녀의 공연은 태평양 전쟁 시기와 맞물려 있었는데 일본에서는 제국의 이데올로기를 더욱 확산 시켜야한다는 주장이 확대되면서, 황색인의 자랑, 동양 예술의 부흥이란 차원에서 더욱 가속화되었다. 그녀는 외국에서의 공연을 통해 오히려 동양적인 것과 조선적인 것에 관해 많은 상념을 갖게 된 것 같다.

---

38) 「君と僕」를 말하는 座談會 (板垣將軍도 登場 日夏英太郎 監督)」, 『삼천리』, 1941. 9. 1.

춤으로 評別이 좋은 것은 東洋的인 것들이었습니다. 웬일인지 批評家들 中엔 純西洋춤 추는 것을 좋와하지 않고 東洋의 文化, 東洋의 色彩, 냄새를 딴 東洋춤을 췄으면 좋겠다고 注意시켜 주는 분도 있었습니다. --그러므로 레파-트리- 30個中 대개는 東洋的인 것이었습니다. 特히 朝鮮의 古典을 紹介하려고 애를 쓴 것들이었습니다. 그런 까닭에 本國 있을 때에 알지 못했던, 깨닫지 못했던 東洋情緒를 많이 發見한 것 같습니다. 대개 舞踊家들이 歐米公演을 하고 돌라오면 西洋춤을 輸入해 오는 것이 普通이인데 저는 아마 그 叉對가 되었나 봅니다. 東洋的 춤을 輸入해 왔으니까요. 어쨌던 이번 公演이 여러 가지로 제게 배워준 것이 많습니다.[39]

사실상 이 시기 서구의 오리엔탈리즘 담론은 다분히 다양한 권력과 불균형적인 교환관계 과정에서 존재하는 것이며, 정치권력과 지식권력과 문화 권력이 복잡하게 얽혀 있는 가운데 만들어진 것이다. 그런데 이러한 보편적 권력 관계형성보다 중요한 것이 있다. 침투성 있는 오리엔탈리즘, 말 그대로 오리엔탈리즘의 문화적 헤게모니가 생산적인 관계 속에서 창출되기도 한다는 것이다.

제국주의가 역사적, 이론적, 구성적 차이에 따라서 다르게 형성되는 다면적인 혼성성을 지니듯이 오리엔탈리즘도, 혹은 지식과 지식이 지시하는 '대상' 사이에도 필연적인 연관관계 따위는 존재하지 않을 수 있으며, 오히려 둘 사이는 자의적으로 결합되어 있는 혹은 구성되어 있는 것에 불과할 수 있다는 것이다.[40]

---

39) 「無事히 도라왔습니다, 東京帝國호텔에서 崔承喜 최승희」, 『삼천리』, 1941. 1. 1.
40) 로버트 J.C.영, 김택현 역, 『포스트식민주의 또는 트리컨티넨탈리즘』, 박종철 출판사, 2010, 59쪽.

1) 최근의 일본 예술계에 잇서서 소위 문예 부흥이니 무어니하는 소리가 요란이 들리고 잇스나 그 중에서도 무엇보다 무용 예술의 급격한 사회적 진출이 눈에 떼이게 된다.石井漠에 대하야서는 조선에는 널니 소개되여 잘 알니여진 바와 갓치 일본에 잇서서의 서양무용의 건설자이고 실로 그의 切績은 거대하다고 할 수 잇슬 것이다. 그의 『囚人』『食慾をそそる』『山を登る』『失念』『カムマ』『다눕江의 물결』 등은 조선에서도 2, 3차 상연되엿든 것임으로 石井漠의 무용 그것에 대하야서는 논하지 안키로 한다. 현재 石井漠 무용 연구소로서는 건물만 하드래도 그야말로 일본─이고 高弟子로써 崔承喜 石井榮子 石井미도리 石井美笑子를 갓고 잇다는 것은 石井王國의 일본에 잇서서 최고의 무용 연구소로써의 지위를 확보하게 하는 것이다. 그가 日比谷公會堂이며 其他에서 發表한 『에하라, 노아라』『희망을 안고서』인도인의 비애』『荒野에 서서』 등의 작품만 가지고 그는 일약 일본의 서양 무용계의 제일인자로써의 지위를 어든 것이다. 川端康成갓흔 사람은 崔承喜를 『日本─』이라고 평가하고 각 짜나리슴은 그를 무용계의 왕좌에까지 올여놋코 잇는 거이다. 崔承喜는 무용가로써 동양인으로는 희유의 육체의 소지자이고 리스미칼할선과 예술적 향기라는 점 뿐만 아이라 선의 대륙적 힘찬 점에 잇서서 일본의 어느 무용가보다도 탁월하다고 하다.[41]

2) 「서양이나 동양이나 인심이란 마찬가지여서 일본이나 별 다를 껀 없어요. 그렇지만 그들은 표현성이 강하구 또 어디까지 행동적이므로, 나타나는 점은 퍽 열광적입니다. 호텔루 찾어온다, 꽃다발을 보내준다, 극장 앞에서 나오기를 기다려 싸인을 청한다, 물 밀들 듯 가꾸야로 몰려 들어온다, 야단들 이드군요. 어떤 사람은 아니 동양 사람두 저렇게 체격 좋은 사람이 있느냐고 키를 다 대보구 그러드라나요.」[42]

---

41) 白海南, 「東京舞踊界의 展望, (─崔承喜女史의 地位等)」, 『삼천리』, 1934. 6. 1.

최승희 무용이란 방대한 텍스트는 필연적이고 객관적인 근거가 있는 오리엔탈리즘이란 지시체가 아니라 지식과 권력관계 속에 복잡하게 놓여 있는 교묘한 '지적 아이콘'인이란 차원의 문제에서 논의되어 하는 이유도 바로 여기에 있다.43) 이 미묘한 관계는 단순한 저항의 문제가 아니라 지배자와 저항하는 자, 모두에게 해당하는 머뭇거림과 망설임을 보여주는 것이면서 동시에 흉내 내기와 혼종화의 징후를 보여주는 중요한 의미를 갖는 것이기도 하다. 저널리즘이 그녀를 일본인이라고 평가하며 최고의 무용수 왕좌에 올려놓을 때, 혹은 서양인이 동양사람 중에서도 저렇게 키가 큰 사람이 있느냐며 놀라는 표정을 할 때 오히려 최승희는 식민 지배자를 부분적으로 재현하면서 자신의 욕망을 실현할 수 있었던 것이다.

1) 世界 各國을 巡演하면서 각 처의 日本大使館 혹은 日本公使館에서 대단한 好意로「레세푸숀」을 해서 즉 紹介 兼 歡迎會를 開催해 주었는데 그때마다 그곳 有名人士와 官界의 高官, 또는 藝術 家들까지 청하여서 소개해 주므로 歡談할 기회를 얻을 수 있었습니다.44)

2) 崔承喜女史 崔女史의 오늘날 舞踊은, 完全히 全日本舞踊界를 風靡하고 잇슴이 사실이다. 이 崔女史의 舞踊은 日本舞踊界에 빛나고

42)「東京서 活躍하는 우리 三花形, 崔承喜·朴外仙·金敏子 東京에서 崔貞順」,『삼천리』, 1941. 3. 1.
43) "金剛山과 崔承喜女史 好一對의 世界進出 반도의 무회 최승희의 춤을 널리 알리면서. 조선 총독부 외사과와 조선관광협회를 통해 구체화"「금강산을 세계에 알린다. 조선의 정서를 통하여 의미 있는 일이라고」,『매일신보』, 1937. 2. 18. 外事課와 觀光協會新計劃 靈峰을 舞踊化하야 崔承喜舞踊에 伴奏할 "金剛山의 曲"도 完成 外事課의 觀光客誘致策으로 世界에 宣揚될 靈峰,『매일신보』, 1937. 4. 9.
44) 崔承喜,「歸鄕感想錄」,『삼천리』, 1941. 4. 1.

잇슬뿐만 않이라 世界的으로 그 이름이 떨칠 날도 머지 않엇다. 最近에 들여오는 電波에서는 女史의 世界的 進出의 快報를 接하게<153>되엿스니, 이분의 오늘날 存在는 日本의 자랑일뿐만 않이라 世界的인 赫赫한 存在로 이루워질 날도 갓가웟다. 「崔承喜의 舞踊」이라면 오늘날 東京社會에서는 너무나 有名하여젓다.

東京市 九段會舘에다 舞踊硏究所를 두고 많은 新進舞踊家들을 養成하는 한편, 꾸준한 努力과 活動으로 第2回創作舞踊도 不遠間 發表하며, 또 한편 銀幕우에서 자긔의 藝術을 再現하는 등, 實로 女史의 存在는 壯觀이다! 얼마전 東京某大會社에서는 崔女史와 自己會社의 宣傳을 위한 全國巡廻公演이 만餘圓의 契約으로 매젓다는 말이 잇드니, 요사히에는 外務省觀光局의 後援과 指導로 世界一週舞踊行脚의 壯途에 오른다고 하니, 女史의 存在는 實로 빛나는 바이다.[45]

일본의 오리엔탈리즘은 서구의 그것과는 다르다. 그것은 다른 아시아 국가에 대해 오리엔탈리즘의 주도적인 힘을 행사하기 위해서는 어떻게 하면 좋을까 하는 동기에 의해서 지탱 되어 왔다.[46] 이 과정에서 아시아의 지정학적인 지식은 경제학적, 사회학적, 역사학적, 민족학적, 학문적 텍스트에 이르기 까지 정교하게 배분되었고, 그런 면에서 식민지 조선은 아시아와 관련된 다양한 표상들을 이데올로기의 양태를 지닌 담론으로 수렴이 가능한 지정학적 위치를 담지하고 있었던 것이다. 식민지 조선의 문화는, 다시 말해 최승희가 일본에서 보여주었던 '무용'(붐의 형태로써)이란 조선의 식민지 생활양식에 의해서 지탱되면서 동시에 생산적인 지식을 만들어갈 수 있는 가장 적합한 텍스트였던 것이다.[47]

---

45) 北漢學人, 「東京에서 活躍하는 人物들」, 『삼천리』, 1935. 12. 1.
46) 강상중, 『오리엔탈리즘을 넘어서』, 이산, 1999, 85쪽.

그리고 흥미로운 것은 그녀를 일본의 자랑이라고 하면서 식민지 조선의 무희임을 인정하지 않을 수 없었던 일본의 제국주의 문화주체 내부의 균열 현상이다. 이것이 앞에서도 언급한 바 있는 일본이란 문화주체의 분열을 가속화 시키는 중요한 내적 요인으로 작용한다. 제국 일본에게 있어서 최승희의 흉내 내기는 식민 지배자를 부분적으로 재현하는 것이면서 감시하는 자의 눈이 타자성이 되어 되돌아오는 응시이기도 한 것이다. 이 순간 식민지배자가 권력을 유지하기 위해 특별한 전략을 구사하지만 피식민지인을 지식의 대상으로 고착화하려는 시도에 불가피하게 수반되는 양가성(양의성)이 문제가 되는 것이다.48)

 1) 최승히 여사가 아담한 조선의 소복 단장에 판란 갓신을 신고 하와이(布哇)을 거처 상후란 시스꼬(桑港)에 내리자 그 곳 예술단체에서는 많은 사람들이 나와서, 혹은 화려한 화완(花環)을 전하고 혹은 지휘봉(指揮棒)을 둘너 환영하는 음악을 하여 주는 듯 태평양안 상륙 제일보(太平洋岸 上陸 第一步)로부터 온 것 미국 상하 사회의 인기를 끄을었고 그가 자동차를 모라 호텔에 들자 또한 쌍우란스, 타임쓰(桑港日報),를 위시하여 다수한 신문 잡지 기자가 달려와서 그의 일언척구와 그의 일거수일투족을 보도하기에 분주하여 진실로 그 날의 신문에는 빙그레 웃는 이 반도의 아름다운 자태와 소식으로 장식하였으며 재류 조선동포들도 항구의 파지장(波止場)에 또는 역두(驛頭)에 나와 수건을 들어 소리치며 마지한 것은 물론이다. 「조선과 같이 먼 지방에서 온 손님을 대할 때 관중은 자연 동정적 관용의 태도를 취할 것으론 상상되는 터이나 崔承喜여사에 대하여는 그럴 필요가 전

---

47) 노영희, 「일본 문학 속의 조선 여인, 최승희」, 『일본학』 제22집, 2003, 161-182쪽 ; 노영희, 「일본의 문학과 언론의 반향을 통해본 '최승희'―일본에 심은 조선의 혼」, 『일어일문학연구』, 제30집 제6호, 1997, 261-283쪽.
48) 호미 바바, 앞의 글, 213쪽.

여 없다. 여사는 특이한 예술가다. 본토의 전통에 전념하면서도 능히
인종적 제한을 초월하는 精妙의 기민의 기술을 발휘하는 예술가이
다. 무대 우에 선 여사의 날신하고 아릿다운 자태와 표정이 풍부한
어여쁜 얼굴은 관중을 취하게 한다.

　2) 여사의 아름다운 동정과 천태만상으로 변하는 자태를 「조선 무
회 중」에 볼 수 있었는데 대체로 말하면, 동양예술에 특유한 우아섬
세의 情味가 그 특색이였다. 崔여사의 미국 방문 제 1聲 그리고 최승
히여사를 방문한 헐리웃드 선의 지상에 실닌 신문기사는 이러하다.
최승히여사는 아메카에 체류하고 있는 중 지금은 하리욘, 루스벨트,
호텔에 머믈너 있다. 그는 조선 고전무용을 소개 한편 현대색을 가
진 자기 창작도 보여주고 있다.[49]

　위 인용문에서 알 수 있는 것처럼 최승희 무용의 세계화는 조선 언
론에서 자국 중심의 예술로 다루고 있는 반면에 일본에서는 반도 무희
의 승리이면서 동시에 동양예술의 보편성으로 맥락화 되었다.[50] 이를
테면 최승희가 세계 무용대회의 심사위원으로 위촉된 것에 대해 다루
고 있는 방식과 같은 것이 이에 해당한다. 여기에는 일본제국의 문화적
동질성을 전방위적으로 확대하면서 동시에 생산적인 식민지 지식의 형
태로 환원할 수 있는 내적 동인이 충분히 내재되어 있었다. 일본의 식
민 정책과 아시아 인식은 식민지 조선의 무용을 토대로 하여 외재적인
성향의 객관적인 대상으로 최승희 무용을 전이시키면서 조선과 일본,
중국을 비롯하여 서양적인 텍스트를 상호 참조하는 가운데 거대한 아

---

49) 「太平洋서 絶讚밧는 崔承喜－米國 건너가서 最高 人氣 속에 싸히다 太平洋서 絶讚
　　밧는 崔承喜－米國 건너가서 最高 人氣 속에 싸히다」, 『삼천리』, 1938. 8. 1.
50) 『아사히 신문』, 1938. 8. 16.

시아, 동양적 전제주의가 가능한 오리엔탈리즘의 담론을 형성해갔다.

최승희는 내재적으로는 식민지적 유형이었지만 외재적으로는 일본도 아닌 아시아적인 인간 유형이었던 것이다. [51]이러한 일본의 문화정책은 사실 1940년대까지로 지속적으로 이루어졌다. 이러한 지식과 권력의 재배치는 미국, 유럽을 비롯한 서구의 심상지리와 결합하면서 아시아적인 기질, 풍토, 관습과 같은 고정관념을 새롭게 재배치하였으며, 신비한 아시아주의라는 명백히 비역사적인 본질로 최승희의 예술을 흡수해갔던 것이다. 이는 식민지 조선과 일본제국의 위계질서의 관계, 또는 그것들이 포섭하거나 배제하는 것들, 중심과 주변을 만들어내는 것들, 동화하거나 차별화하는 것, 진리의 생산을 통해 자기와 타자를 어떻게 통제하는가의 문제 등 많은 사안들과 얽혀있다.

사실 권력은 전체의 다양한 영역에 걸쳐서 산재하고 다양한 모습으로 변형되며 다층적인 차원으로 확산되며, 그것을 통해 그 자체의 전체적인 전략을 정리해간다. 그래서 권력은 다양한 배치, 조작, 전술, 기술 등 식민의 형식적인 조건이 아니라 이에 부착된 '실질적인 특수성'이다. 동양이란 범주 자체가 사실은 '상상의 시공간'일 수 있다는 것이다. 최승희를 통해 일본은 동양적 신비주의와 식민지 조선의 문화적 동질성을 확인하면서 이를 통해 지식적(예술지식)=규율적인 메커니즘으로 순수한 문화적 공동체라는 '상상'을 실현하고자 했다. 따라서 근대 일본에서의 최승희 붐은 순수한 문화 공동체, 다시 말해 개인이나 사회적 조건의 차이를 초월하여 정체성의 기원을 공유하는, 또는 문화적 관심을 공유하는 가상이며, 허구적인 순수한 문화 공동체라는 의식과도 관

---

51) 강상중, 앞의 책, 85쪽.

계가 있는 것이다.

일본 제국은 식민지인에게 완결된 지식으로 존재할 수 없다. 소위 '가정된 지식'에 대한 식민지인의 의심은 시니피앙의 연쇄고리를 형성하며, 전체가 아닌 지식에 대한 불안 심리를 지속적으로 유지하게 할 뿐만 아니라 완전히 동질화될 수 없는 이질적인 정체성을 형성하기도 한다.52) 이러한 이질적인 정체성은 최승희가 일본의 문화 제국주의 안에서 예술 활동을 하는 동안에도 자신의 심리적인 안정을 갖지 못하고 끊임없이 피식민지 주체로서의 자의식, 혹은 동화될 수 없는 불편한 상태를 언론을 통해서 계속 이야기 할 수밖에 없도록 했다.

최승희에게는 전면적으로 반제국주의를 내세우지 않고 편승하면서 한편으로는 조선의 무용을 알리려 했던 것 자체가 반식민적 저항이며, 이것이 고통스러운 일상을 견지하게 하는 불안의 실체였을지도 모른다. 그리고 이 불안의식은 자신이 배우로서 무대 위에서 연기하고 연출하는 행위를 통해 타자의 욕망과 '거리'를 유지할 수 있는 동인으로 작용한다.53) 일본이 범아시아주의를 표방하며 그녀를 무대에 세웠을 때도, 조선적인 것을 아시아적인 것으로 치환하면서 문화통합을 획책했을 때도 최승희에게 불안의식은 여전히 내재되어 있었다. 이 불안의식이 결국은 일본 제국과 식민지 조선을 떠다니는 혼종적인 주체의식을 형성한다. 라깡이 말하는 대문자 타자, 즉 담론의 중심을 형성하고 통괄하는 상징적 타자와는 동일화될 수 없음에도 불구하고 동일화를 지향해야하는 복잡한 내면이 구성된 것이다.54)

---

52) 맹정현, 『리비돌로지─라깡 정신분석의 쟁점들』, 문학과 지성사, 2009, 48-49쪽.
53) 맹정현, 앞의 책, 70쪽.
54) 고모리 요이치는 제국주의적 타자의 감시와 응시의 시선에 피식민주체는 구석구

1) 고생을 하면서도 뜻을 이루어보겠다는 마음이 너무 굳세었던 탓인지 한번 두번 무용공연을 거듭하는 사이에 여러분이 저의 춤을 인정해주시게 되었습니다. 서울서 어린애를 부둥켜안고 떠날적의 결심은 어떻게 해서든지 동경서 진출해보리라고는 했지만 돈도 없는 몸이 뜻대로 되리라고는 엇지미더겠습니까. 제운이 낫버서 세상 정세가 달라진다든지 일본사람들을 배격하는 일 같은 것이 생기면 어쩔까하고 마음을 조리는 중입니다. 중략 조선에도 예술이 있다는 것을 알리려고 합니다. 크게 말하면 동양의 예술을 똑바로 그들에게 인식시키는데 心을 다하려고 합니다.[55)]

2) 張-나의 작품이 거러온 자최로 거지반 그와 가태요. 나의 작품에는 초기의 「餓鬼道」「쪼기는者」 등은 몹시 좋와해서 일종의 영웅과 가치 떠 받들어 주더구만, 그러나 생각해보면 이러한 초기의 작품을 즐겨하는 것은 유치하다고 생각해요. 가령 당신의 「에야라·노아라」라거나 나의 「權哥라는 작자」라든지는 기뻐하지 않어요. 마츰 大邱에서 당신 공연이 있었을 때에 나의 옆에 師範學校 諭가 섯다가 「에야라·노아라」를 좋지 못하다. 조선 민족의 결점을 폭로해주는 것이라고 이렇게 말하더군요. 결국 그 춤 속에 있는 「유-모아」가 알려지지 않는 모양이여요. 어쩐지 자기네들의 약점이 폭로 되어지는 듯 한 생각이 들어 그런 게지요. 나의 「갈보」도 폭노적의 것이기에 장혁주를 죽여 버려라하는 소리까지 있었어요. (중략)
　張-당신이 「조선사람」이란 것을 붓그러워 한다는 소문이 있는데 정말인가요.
　崔-아녀요, 아녀요, 그것은 오해입니다. 결단코 붓그러워하지 않어

석 노출되고 꿰뚫리지만 결코 동화될 수 없으며, 이 사이에 거울관계는 전략적으로 양가적일 수밖에 없다고 지적한 바 있다. 고모리 요이치, 『포스트콜로니얼』, 삼인, 2002, 14쪽.
55) 최승희, 「조선을 떠나면서」, 『여성』, 1937. 4.

요. 조선 사람이니까 조선의 춤을 하는 것이여요, 그러나 崔承喜는 조선의 춤을 「팔닐감」으로 하여 인기를 얻는다고 하는데는 정말 화가 나요. 그래서 서양무용도 하지요, 예술적으로 인정하려 들지않고 「조선 것이 되여 히귀하니까」하는 한디캡을 부처가지고 말하는 것이 제일 싫혀요.56)

3) 排日 受難記

딴 이야기가 됩니다만 東京있는 내 연구소로부터 온 편지에 의하면 내가 아메리카에서 排日 운동을 한다는 소문이 떠돌고 또 여러 잡지에도 꼬싶이 났다는 것을 듯고 사실무근인 그런 소문에 놀나고 있읍니다. 가령 그 소문이 허튼 거짓말이라 치드래도 그 소문의 성질이 나에게는 중대한 것이고 또 소문만이라도 그렇게 났다면 나를 길너준 東京 여러분께 미안하여 그냥 가만 있을 수가 없어서 여기 대사관과 로산젤쓰의 영사관으로부터 사실무근인 것을 외무성에 보고하였읍니다.

(중략) 공연일에 그들이 입구 부근에서 排日마크를 파렀다는 것을 그 이튿날 알고 퍽 놀랬읍니다. 당일은 외국사람이 한 천명, 內地사람이 한 2백명, 조선사람이 한 1백명 쯤 왔다고 합니다만 나로서는 그런 이야기를 듯고 퍽 부끄러웠읍니다.

排日이라 하여 그것은 일반 대중이 아니라 코뮤니스트와 독일에 반감을 갖고 있는 유태인의 단체입니다. 하여튼 일본 것은 언제든지 만원이니 우수운 일입니다.57)

1945년 일본이 패망하면서 식민지 문화 아이콘으로 작용했던 최승희의 무용에 대한 관심도 종결점에 다다른다. 그녀는 1947년 북한으로

---

56) 「藝術家의 雙曲奏, 文士 張赫宙氏와 舞踊家 崔承喜女史, 場所 東京에서」, 『삼천리』, 1936. 12. 1.
57) 「米國通信 紐育에서 崔承喜 뉴욕에서 최승희」, 『삼천리』, 1938. 10. 1.

월북해서도 죽기 전까지 <조선의 어머니>와 같은 창작무용으로 베를린 청년학생축전에서 1등을 하는 등 활발한 활동을 했다.

IV. 경계, 혼종적 주체의 정치적 무의식

순수한 문화 공동체란 과연 존재하는가. 여기에서 근대 서구문명, 문화의 보편주의, 제국주의, 식민주의 문제가 걸려있다. 왜냐하면 이것이 바로 일본 제국이 식민 조선을 통해 동화시키고자 했던 순수한 문화 공동체의 '상상'과 왜곡된 상실들의 실체를 분명하게 드러내주기 때문이다.

최승희가 예술을 통해 강화하고자 했던 것은 일본 제국의 보편적인 문화에 쉽게 동화될 수 없는 '차이', 인위적으로 배재하고자 했던 상실된 것들에 대한 복원이었다. 제국의 문화 속에 쉽게 용해될 수 없었던 갈등과 분열 의식은 제국주의 담론을 무화시키는 이질적인 문화배치를 끌어안는 방식으로 작용했다. 소위 말하는 문화적 전이, 헤테로토피아에 대한 열망은 말 그대로 '거울처럼 반사되는 경계상의 주체'(specular border subject), 즉 고유한 지배방식에 흠집을 내는 '되비추기'라는 반작용을 낳았던 것이다.

그녀의 욕망은 조선무용을 서양무용이라는 거울에 되비추어 안정된 가치를 만들고 이를 일본이라는 문화적 타자보다 우위에 놓음으로써 환원불가능한 문화적 패러다임을 형성하고자 함에 있었다. 그리고 이 욕망은 종교나 언어가 복수로 존재하듯이 민족의 복수성도 존재한다는, 다시 말해서 경험이나 규범, 가치, 관습과 마찬가지로 문화적 원시성(본

래)도 보편적인 질서와는 다른 균열과 차이로 뒤엉켜있다는 것을 드러
내는 방식으로 표면화 된다.

　식민지 시기 최승희의 혼종적인 실체는 일본 대중에게는 열망의 담
지체로, 조선인에게는 신념의 대상이자 동시에 배일감정을 갖게 하는
동인으로, 서구 대중에게는 오리엔탈리즘의 허상을 구체화 시키는 불
온한 상상력으로 다양하게 구체화 되었다. 일본 제국의 문화적 보편주
의(문화적 식민주의)는 근대 일본에서의 최승희 붐을 일으키는 동인으로
작동했으며 한편으로는 제도화된 이데올로기로부터 일탈을 꿈꾸던 식
민지 지식인의 불안에 의해서 흔들리는 양면성을 노정하고 있었다.

　이러한 식민지 체제 하의 비제도적이고 비규범적인 문화적 유동성
속에서 최승희는 일본인들 자신이 서열화해놓았던 식민지 문화 경험을
통해 오히려 본래적인 것을 발견하고, 정체성에 위안을 삼는 '새로운
장소'같은 존재였다. 또한 지금 이곳(일본)에는 없었던 과거이자 새로운
미래로써 최승희의 예술은 수용되었던 것이다.

　최승희는 경계라는 거울에 자신의 고향을 비추고 있지만, 다른 한편
그것을 핑계 삼아 세계를 떠돌아다니면서 자신의 혼종적인 정체성을
구성해갔다. 이 혼종성이 일본 제국의 국민들에게 왜 인접성으로, 친밀
함으로 다가왔는가는 근대 일본에서의 최승희 붐 현상에 있어서 핵심
적인 문제다.

　그녀에게 일본은 '완결된 지식'으로 접근할 수 있는 대상이 아니었
다. 식민지인에게 제국은 일관적이지 않은 의심과 온전한 판단을 불가
능하게 하는 '불안'의 상징이었다. 그녀에게 일본은 '가정된 지식'으로
써 의구심을 갖게 하는 시니피앙의 다양한 연쇄 고리 안에서 결합과
일탈을 반복해야하는 불완전한 대상이었다. 역설적이게도 이 연쇄적인

시니피앙은 그녀가 숨을 쉴 수 있는 여백의 공간을 만들고, 그 공간의 틈사이로 끊임없이 불안으로부터 벗어나고자 하는 '정치성'의 새로운 의미가 생성되는 것이다.

　제국 일본은 그녀에게 불안을 가중시키는 여백의 공간이면서, 동시에 이를 메우고자하는 욕망의 출구였으며, 동화될 수 없는 이질성, 부정성으로 남아 있는 변화 가능성이기도 했다. 또한 그녀 자신은 일본에게 있어서 세속화, 변별적인 특성을 확산시키기 위한 문화 상품의 대상이자 이질성이었다. 뿐만 아니라 그녀는 일본 내에서 저항하는 신민이 아닌 국제적인 상황까지도 감당해줄 수 있는 전략적인 '식민지 타자'였던 것이다. 그렇기 때문에 최승희의 예술과 일본의 문화제국주의는 문화적 동질화를 사이에 두고 '공모'하기도 하고 이질성을 확인하며 '폐기'되어도 상관없는 구조적 관계 속에 놓여 있었다. 이러한 복잡한 식민지 문화담론의 자장 속에 일본에서 최승희 붐의 의미가 혼재되어 있는 것이다.

참고문헌

가라타니 고진, 송태욱 역, 『일본 정신의 기원』, 이매진, 2003.

강상중, 『오리엔탈리즘을 넘어서』, 이산, 1999.

고모리 요이치, 『포스트콜로니얼』, 삼인, 2002.

고부응, 『탈식민주의-이론과 쟁점』, 문학과 지성사, 2003.

김영희, 「최승희 모던댄스 시론」, 『공연과 리뷰』, 현대미학사, 2009.

김영훈, 「경계의 미학 : 최승희 삶과 근대체험」, 『비교문화연구』 제11집 제2호, 서울
　　　대학교 사회과학연구원, 비교문화연구소., 2006.

김채현, 「식민지 근대화와 신여성-최초의 근대무용가 최승희」, 『역사비평』, 제19호,
　　　역사비평사, 1992.

노영희, 2003, 「일본 문학 속의 조선 여인, 최승희」, 『일본학』 제22집 제12호.

＿＿＿, 1997, 「일본의 문학과 언론의 반향을 통해본 '최승희' : 일본에 심은 조선의
　　　혼」, 『일어일문학연구』 제30집, 6, 1997.

장원쉰(張文薰), 윤여일(尹汝一) 역, 「최승희와 타이완」, 『플랫폼』, 인천문화재단, 통
　　　권 4호.

정병호, 『춤추는 최승희』, 현대미학사, 2004.

정향재, 「가와바타 야스나리(川端康成)의 『무희(舞姬)론』-무용과 무희에 투영된」, 『일
　　　어일문학연구』, 일어일문학회, 2007.

로버트 영, 김택현 역, 『포스트식민주의 또는 트리컨티넨탈리즘』, 박종철 출판사,
　　　2006.

＿＿＿, 김용규 역, 「호미 바바의 양의성」, 『오늘의 문예비평』 제63호, 2005.

라기주, 「해방과 분단의 공간에 나타난 예술가들의 이념적 행보-안막의 문학과 삶
　　　을 중심으로」, 『한국문예비평연구』, 한국 현대문예비평학회, 2011.

최승희, 『불꽃』, 자음과 모음, 2006.

푸코, 오생근 역, 『감시와 처벌』, 나남, 2003.

이주미, 「최승희의 조선적인 것과 동양적인 것」, 『한민족문화연구』 제23집, 2007.

맹정현, 『리비톨로지-라깡 정신분석의 쟁점들』, 문학과 지성사, 2009.

Park Sangmi. 2006, *The Making of a cultural icon for the Japanese Empire : Choe
　　　Seung-hui's U.S. Dance Tours and "New Asian Culture" in the 1930s and
　　　1940s*. East. asia cultures critique, Volume 14, Number 3, Winter, Duke
　　　University Press.

제3부

미디어 공간에서의 조선표상

동아시아 대중음악과 근대 일본의 '조선 붐'
- 현해탄을 건넌 〈조선악극단〉과 식민지의 대중가요 -

박 진 수

I. 동아시아 근대와 대중음악

　동아시아의 중국대륙과 한반도, 일본열도 지역은 한자문화권 혹은 유교문화권이라 불리는 독특한 동일문화권을 형성해 왔다. 그런데 최근 150년간의 역사를 볼 때 이 지역은 세계에서 가장 변화가 빠른 지역 중의 하나이다. 19세기 후반 이후 서양 세력과 접촉하면서 이들 지역은 자신들의 고유한 문화적 전통과의 단절 속에서 매우 급격한 사회적·문화적 변화를 경험하게 되었다. 동아시아의 근대화 과정은 서세동점에 대한 대응방식이었고 그 내용은 서구적 삶의 양식과 제도를 받아들이는 것 즉 서구화였다. 그러나 그 변화 중에는 전통과 서구가 접맥되어 매우 독특한 새로운 문화적 양식을 창출하게 된 경우도 있다. 동아시아의 대중음악은 바로 그러한 것들 중의 대표적인 장르라 할 수 있다.

　이 글은 20세기 전반의 동아시아 대중음악, 특히 한국과 일본의 대중음악 형성 과정과 함께 이와 관련하여 근대 일본이 식민지 조선에

대해 가졌던 문화적 관심의 양상과 정도를 대중음악 장르를 중심으로
살펴보려는 시도이다.

식민지 시기 일본에서의 '조선 붐'은 음악 부문에서도 매우 뚜렷하
게 나타난다. 오늘날처럼 클래식과 대중가요의 구분이 명확하지는 않
지만, 당시 조선에서는 정식으로 서양근대식 음악교육을 받은 전문가
부터 기생에 이르기까지 다양한 계층의 사람들이 대중가요로 유입되었
다. 음악 분야에서의 인적 이동 및 교류는 1920년대부터 활발히 이루
어졌는데 조선에 거점을 두고 일본에서 활약하면서 조선에 대한 관심
과 흥미를 불러일으킨 예는 수도 없이 많다. 홍난파, 안익태, 김영길 등
의 천재 음악가가 배출되어 일세를 풍미했고 윤심덕, 채규엽 등이 일본
에서 레코드를 취입하기도 했다. 여기서는 서민들의 정서를 담은 대중
가요, 특히 1930년대 후반에 일본 전국을 순회하며 공연을 함으로써
큰 반향을 불러일으킨 오케 레코드사의 <조선악극단>에 초점을 맞추
어, 동아시아 대중음악의 탄생과 이에 따른 '한일 정서공동체'의 맥락에
서 근대 일본의 음악에 있어서의 '조선 붐'의 양상을 살펴보고자 한다.

II. '한일 대중음악'의 탄생

1. 용어의 문제

100년 전 일본이나 한국에서 사람들이 주로 읊조리던 노래는 멜로디
의 면에서나 가사의 면에서 오늘날의 그것과는 완전히 다른 것이었다.
물론 100년 전의 노래와 오늘날의 노래가 많이 다르다는 것은 영어권

을 비롯한 세계 어디나 비슷하지만 그 변화의 폭과 정도가 동아시아의 한국과 일본만큼은 아닐 것으로 생각한다. 한국이나 일본의 경우 '음악' 혹은 '소리'에 대한 감각 자체가 매우 이질적인 방향으로 변했다. 서구의 음악을 받아들이면서 그 변화 과정에서 전통적인 음악과 절묘하게 접합한 케이스가 바로 일본에서 '엔카(演歌)'라고 부르고 한국에서는 '트로트(trot)'라고 부르는 대중가요의 한 장르이다. 비슷한 시기에 나타나 20세기 전반기를 풍미한 대중가요의 대표적인 장르로서의 양자는 매우 유사한 것으로서 상호 영향을 주고받은 결과물이다. 우선 이 '엔카'와 '트로트'라는 장르를 중심으로 20세기 전반기에 한국과 일본의 대중음악이 어떠한 과정을 통해 성립되었는지를 간략하게 살펴보자.

한국과 일본의 대중가요 형성과정에서 매우 핵심적인 요소는 레코드 대량생산 시스템의 출현과 라디오 방송의 개시라 할 수 있다. 일본과 한국에서 1920년대와 30년대는 레코드와 라디오 방송의 보급이라는 일찍이 없었던 강력한 미디어 산업의 발달을 배경으로 소위 히트곡이라는 것이 생겨나고 이렇게 인기를 얻어 유행되는 노래가 많은 사람들(대중)의 마음을 사로잡은 시기였다. 노래라는 것은 인류 역사상 어느 시대에나 어느 지역에나 있었겠지만 가사에 선율을 붙인 특정한 노래가 광범위하게 그리고 동시적으로 사람들의 귀에 들려지고 입으로 불러진 것은 세계적으로도 이 시기부터였다. 먼저 일본의 경우부터 알아보겠다.

여기서 흔히 혼용되는 '유행가(流行歌, 류코카)'라는 것과 '엔카', '가요곡(歌謠曲, 가요쿄쿠)' 등의 용어에 대한 교통정리가 필요하다.' 이들은 비슷한 것을 지칭하면서도 의미의 영역이 조금씩 다른데, 그 성립 배경과 의미의 미묘한 차이에 주목하게 된다. 유행가란 일단 말 그대로 특정한

지역에서 혹은 특정한 집단에게 인기를 얻어 많은 사람들이 애창하는
노래를 말한다. 따라서 '유행가'는 고대건 중세건 현대건 어느 시대에
나 어디에서나 존재할 수 있는 개념으로서 많은 사람들에게 불려져서
'유행'되는 노래가 있다면 모두 '유행가'라고 할 수 있을 것이다.

그러나 일본어의 '류코카'라고 하면 일상적으로 특정한 시대의 산물,
즉 1920년대 이후 가요곡의 이미지를 떠올리게 된다. 메이지 시대
(1868~1912)에도 민간에서 불려지는 유행가가 있었는데 이를 이 시대에
는 '流行歌'라고 쓰고 '하야리우타'라고 읽었다. 또 하야리우타는 '流行
り唄'로 표기하기도 했다. 1920년대 이후 '流行歌'를 '류코카'로 읽기
시작한 것은 당시에 라디오 방송을 통해 유행하던 노래를 이전의 '하
야리우타'와 구별하기 위한 의도가 다소 작용한 것이 아닐까? 오늘날
'메이지엔카(明治演歌)'라고 부르는 것이 하야리우타에 속한다고 볼 수
있는데, 이는 자유민권운동(自由民權運動)의 산물이며 주로 가두에서 정치
적 견해를 피력하려는 목적으로 불려졌다.

이 메이지엔카의 '엔카(演歌)'는 '엔제쓰카(演說歌)'의 줄임말이다. 처음
에는 소시부시(壯士節)라 하여 정치의식의 고취와 운동의 고무를 위해
불려졌으나 일본제국의회 설립 이후 정치적 목표가 사라지자 점차 정
치적 색채를 잃고 개인적 심정과 세태를 담은 노래로 변하게 되었는데
이를 쇼세이부시(書生節)라 한다. 이 당시의 '엔카(艶歌)'라는 표현은 바로
이러한 사적인 감정과 개인적인 정서를 담은 용어이다. 그것이 지금
'엔카(演歌)'라고 불리어지는 장르의 기원이 되었다고 할 수 있다. 오늘
날에는 대략 1930년대 이후 50년대까지의 일본적 정서를 담은 애조를
띤 독특한 리듬의 유행가(대중가요)를 가리키는 말이 되었다.

그런데 '가요곡'의 경우는 라디오 방송에서 편의적으로 만들어 쓰던

용어이다. 이미 1910년대에 '노랫말이 들어간 창작곡'이라는 정도의 뜻으로 쓰였던 예도 있다. 그런데 라디오 방송이 시작되자 '하야리우타'와 '류코카'는 표기상 같기 때문에 그 이전 시대의 거리에서 불러지던 노래라는 기존의 이미지가 있었다. 게다가 이는 초창기에 클래식을 위주로 들려주던 라디오 방송의 입장에서는 '양악(洋樂, 요가쿠로 읽음. 서양음악)'도 아니고 '방악(邦樂, 호가쿠로 읽음. 일본 전통음악)'도 아닌 정체불명 상태의 노래라는 문제가 발생했다. 그래서 '세련된 창작곡'이라는 뉘앙스를 지닌 '가요곡'이라는 용어가 당시의 유행가를 의미하는 말이 되었다. 미디어의 제작자로서는 이를 통해 애매함과 저속함을 불식시키려는 의도가 있었던 것으로 보인다. 실제로 당시 일부의 클래식 독창회에 '가요곡'이라는 명칭을 '창작가곡'의 의미로 사용하기도 했다.[1] 오늘날에는 이와 같은 '유행가(류코카)' '엔카' '가요곡(가요쿄쿠)'의 개념이 엄밀하게 구분되고 있다기보다는 대개는 비슷한 것을 가리키면서도 문맥에 따라 혹은 필자의 습관에 따라 다른 표현이 쓰이고 있다고 볼 수 있다.

한편 한국에서도 1920년대와 30년대에 레코드와 라디오의 보급과 함께 일본과 거의 동시적으로 '유행가'라는 명칭을 써오다가 '가요', '대중가요'로 부르는 것이 일반화되었다. '트로트'(trot)'는 한국에서 1960년대 이후 미국 문화의 영향을 받은 새로운 분위기의 대중가요가 나타나자 그 이전의 유행가를 일컫는 말로 쓰이기 시작했다. 최근에는 해방 전의 가요는 물론 1970, 80년대의 노래조차 한꺼번에 카테고리화 하여 '트로트' 혹은 '뽕짝'이라는 식으로 부르는 경우가 종종 있다. 처음에 트

---

1) 菊地淸麿, 『日本流行歌変遷史』, 論創社, 2008, 21-22쪽 참조.

로트는 곡의 템포를 나타내는 영어인 '폭스트로트(foxtrot)'에서 온 말이
변형되어 3박자 혹은 4박자를 기본으로 하는 리듬을 가진 노래를 일컬
었다. 또 반주 소리에서 따온 의성어 '뽕짝'은 2박자를 기본으로 하는
노래를 지칭했다. 그러나 오늘날 트로트는 '한국에서 오랫동안 존재해
온 대중가요', 또는 '한국의 대표적인 서민 음악' 장르의 명칭으로 굳
어져 일반화되고 있다.[2]

이렇게 볼 때 일본의 '엔카'와 한국의 '트로트'는 19세기 말부터의
서양 음악 수용 과정을 거쳐 1920년대 말과 30년대 초에 레코드와 라
디오의 미디어 혁명과 함께 일본과 한국에서 확립된 동아시아의 대중
음악 장르라고 할 수 있다. '엔카'와 '트로트'는 각각 일본과 한국에서
초기 대중음악 장르를 가리키는 말이지만 동아시아적 관점에서 볼 때
동일한 하나의 장르를 지칭한다고 보아도 무방하지 않을까 하는 것이
필자의 생각이다. 그렇다고 할 때 이를 공통으로 지칭할 수 있는 말이
현재는 존재하지 않으며 다만 '동아시아 (근대) 대중음악'이라는 정도
로 다소 설명적인 표현을 사용할 따름이다. 본 논문의 연구대상은 바로
'동아시아 근대 대중음악 장르'의 발생과 전개라는 역사적 현상이며 이
를 일본의 '조선 붐'이라는 관점에서 다루고자 하는 것이다.

2. 일본 최초의 유행가와 대중가요의 상품화

1914년 문학자 시마무라 호게쓰(島村抱月, 1871~1918)의 제자인 청년
작곡가 나카야마 신페이(中山晋平, 1887~1952)가 서양 음악의 기법으로

---

2) 손민정, 『트로트의 정치학』 음악세계, 2009, 20-22쪽 참조.

일본 대중의 심정을 멜로디화한 획기적 사건이 있었다. 도쿄음악학교 (東京音樂學校)[3]를 막 졸업한 나카야마는 예술좌(Geijutsuza)의 제3회 공연 톨스토이 원작 『부활』에서 극중에 마쓰이 스마코(松井須摩子, 1886~1919)가 부르는 <카추샤의 노래(カチューシャの唄)>를 작곡한 것이다. 이것이 소위 일본에서의 레코드 유행가 제1호이다. 이 노래는 예기치 않게 대중의 호응을 얻어 레코드 발매 2만 장을 기록했다. 당시의 레코드 보급률로 볼 때 축음기를 보유한 거의 모든 사람이 구입했다고 볼 수 있다. 이러한 성공의 비결은 요나누키음계(ヨナ抜き音階)[4]라는 독특한 작곡법에 기반한 멜로디 체계 때문이다.

　그런데 다른 무엇보다도 이 노래가 일본 전역에 확산되어 유행한 것은 새로 등장한 '레코드'라는 소리의 재생방식에 힘입은 바가 크다. 즉 당시의 미디어적 조건이 대중으로 하여금 새로운 노래에 대한 접근이 용이하도록 작용했기 때문이다. 사람의 육성이 기계 속에서 나는 소리로 대체되고 사이즈도 3분 이내(SP판)로 규격화된 이러한 상황은 노래를 하나의 '상품'으로 만들어내는 조건을 성립시켰다.

　1920년대 후반이 되자 레코드 회사는 기획·제작·광고를 통해 대

---

3) 당시 일본 최고의 음악교육기관으로 현재 도쿄예술대학(東京芸術大學) 음악학부의 전신. 일본 근대 음악교육의 아버지로 불리는 이사와 슈지(伊澤修二, 1851~1917) 의 제청으로 건립되었으며, 다키 렌타로(瀧廉太郎, 1879~1903), 야마다 고사쿠(山田耕筰, 1886~1965) 등 불세출의 작곡가를 배출했다. 뿐만 아니라 홍난파(1898~1941), 윤심덕(1897~1926) 등 한국의 초기 음악가들도 이곳에서 수학했다.

4) 서양의 음계는 도레미파솔라시의 7음계인데, 동아시아 지역의 전통적 음계는 이 중 파와 시를 제외한 도레미솔라의 5음계와 같이 되어 있는 경우가 많았다. 네 번째인 파와 7번째인 시를 제외했다고 해서 일본에서는 '요(4)나(7)누키(제외)' 음계라 불린다. 이는 서양 음악을 수용하는 과정에서 발생된 일종의 '음악의 번역 현상'으로 볼 수 있다. 민경찬, 「한국 근대 양악사 개론」, 『동아시아와 서양음악의 수용』, 음악세계, 2008, 85쪽.

중에 접근하고, 작사·작곡·연주의 분업이 이루어져 음악 산업의 시
스템이 확립된다. 이와 같은 노래의 대량생산 체제로 구조가 전환된 것
은 레코드의 전기(電氣) 취입 방식 등 새로운 녹음 시스템을 완비한 외
국계 레코드 회사의 일본진출이 있었기 때문이다. 미국의 빅터(Victor)사
와 영미계 콜롬비아(Colombia)사의 일본진출이 대표적인 예이다. 이러한
시스템의 전환은 쇼와 시대 초기의 미국식 소비문화의 수입과 함께 모
던 스타일의 대중문화가 맞물려 노래를 '구매'하고 '소비'하는 대중을
출현시키게 되었다.

　한편 1925년에는 도쿄방송국(東京放送局, 호출부호는 JOAK)[5]이 개국됨
으로써 일본 최초의 라디오 방송이 시작되었다. 이는 당시 일본축음기
상회(日本蓄音機商會) 등 일본 국내의 레코드 회사에게는 커다란 위협이었
다. 그러나 예상과 달리 방송은 노래의 고객을 빼앗아가는 것이 아니라
소비자 대중에게 레코드를 광고하는 방향으로 전개되어 고객층을 비약
적으로 확산시키는 정반대의 결과가 되었다. 이러한 상황의 변화 속에
서 레코드 회사는 각각 새로운 활로를 모색하여 일본의 기업과 외국계
기업이 합병하고 나아가 방송국과 제휴함으로써 오히려 대자본에 의한
노래의 '대량생산'이 가능해졌다.

　또한 이 시기에 미디어 간의 협업체제가 성공적으로 이루어지는 것
도 주목을 끈다. 1929년 일본 빅터사에서 모던 도시의 풍경을 그린 사
이조 야소(西條八十, 1892~1970) 작사, 나카야마 신페이 작곡으로 사토 치
요코(佐藤千夜子, 1897~1968)가 부른 <도쿄행진곡(東京行進曲)>이 그 대표
적인 예이며 25만 매의 판매를 기록한 것은 그 이전에는 상상할 수 없

---

5) 1926년에 오사카방송국(JOBK)과 나고야방송국(JOCK), 1927년에 경성방송국(JODK)
　가 개국되었다.

는 일이었다. 이는 같은 해 닛카쓰(日活)6)에서 제작한 동명의 영화 <도쿄행진곡>의 삽입곡으로 등장했다. 다시 말해 음반산업이 영화산업과 제휴하여 기획한 영화주제가 제1호이기도 했다.7) 이렇게 이제는 <카추샤의 노래>와 같이 예상하지 못했던 히트곡이 아닌 미리 잘 기획된 대히트곡이 나오게 된 것이다.

일본빅터와 경쟁사인 일본콜롬비아사 역시 작곡가 고가 마사오(古賀政男, 1904~1978)와 성악가 후지야마 이치로(藤山一郎, 1911~1993) 콤비를 기용해 상황을 역전했다. 이른바 '고가 멜로디'8)의 출현이다. 1931년 센티멘탈리즘에 기반한 기타곡 <술은 눈물인가 한숨인가(酒は淚か溜息か)>는 단숨에 28만 매를 기록했다. 쇼와 공황, 취직난, 인신매매, 전쟁의 불안을 반영한 이 노래에는 모더니즘의 도시 뒷골목에 존재하는 슬픔이 묻어난다. 애조(哀調)를 띤 멜로디와 함께 눈물과 한숨 등의 소재는 이후에 전개되는 동아시아 대중가요의 원형이 되었다.

3. 한국 최초의 유행가와 번역 대중가요

일본의 식민지가 된 한국은 1910년대부터 일본의 정치·경제·군사

---

6) 닛카쓰활동사진주식회사(日活活動寫眞株式會社)라는 명칭으로 1912년에 창업하여 현재까지 일본의 영화 산업을 이끈 대표적 영화제작사이다.
7) 菊地淸麿, 앞의 책, 29쪽.
8) 고가 마사오는 일본 유행가(가요곡)의 아버지로 불리는 사람으로서 20세기 대중음악의 대표적 작곡가이자 기타리스트로 알려져 있다. 국민영예훈장을 수여 받은 그는 말하자면 일본의 '국민작곡가'인 셈이다. 도쿄음악학교를 수석으로 졸업한 후지야마 이치로를 비롯하여 엔카의 여왕 미소라 히바리(美空ひばり, 1937~89)의 노래에 이르기까지 그는 평생을 통해 약 5000여곡의 작품을 작곡했다. 그의 멜로디는 일본뿐만 아니라 한국과 대만 등에도 널리 공감을 불러 동아시아의 대중음악에 많은 영향을 주었다.

적 지배 하에서 문화 역시 많은 영향을 받게 된다. 1916년 극단 예성
좌에서 공연한 『부활』의 주제곡으로 <카추샤의 노래>가 한국어로도
번역되어 대대적으로 유행했다.9) 레코드 발매 수의 면에서 한국 최초
의 유행가라 할 수 있는 것은 루마니아의 작곡가 요지프 이바노비치
(Iosif Ivanovici, 1845~1902)의 왈츠곡 <다뉴브강의 물결> Valurile Dunǎrii
(1880)에 한국어로 가사를 붙인 윤심덕(1897~1926)의 <사(死)의 찬미(讚
美)>이다.

　한국 최초의 소프라노 가수 윤심덕은 유부남인 연극 작가 김우진
(1897~1926)과의 이루어질 수 없는 사랑을 비관하여 일본에서 레코드
취입을 마치고 돌아오던 배에서 그와 함께 현해탄에 몸을 던져 자살한
것으로 큰 화제가 되었다. 그 사건 직전에 예정에 없던 곡을 녹음했는
데 그것이 바로 <사의 찬미>라는 비관적 가사의 노래이다. 또 <술은
눈물인가 한숨인가> 역시 1932년에 번역되어 성악 전공자 채규엽
(1906?~1949?)에 의해 불러져서 세간에 널리 유행되었다. 그런데 번역이
나 번안곡이 아닌 한국인 작곡의 노래가 히트를 한 것은 <황성(荒城)의
적(跡)>10)이 대표적이다. 1926년 바이올리니스트 전수린(1907~1984)이
작곡한 이 노래는 항간에 널리 불러지다가 1932년 이애리수(1910~?)라
는 여자 가수의 목소리로 취입되어 순식간에 5만 장의 판매고를 기록
했다.

　한국에서 라디오 방송이 시작된 시기는 1927년 경성방송국(JODK)이
개국하면서부터이다. 또 일본에 진출한 빅터사와 콜롬비아사가 본격적
으로 한국 시장에도 눈을 돌린 것은 1928년부터이다. 방송과 레코드가

---

9) 이영미·이준희, 『사의 찬미(외)』, 범우, 2006, 21-22쪽 참조.
10) 후에 가사의 모두 부분을 따서 <황성 옛터>로 통용된다.

맞물려 1930년대에 한국은 대중에 대한 노래의 보급이 더욱 활기를 띠었다. 대표적인 곡으로 고복수(1911~1972)의 <타향살이>(1934), 이난영(1916~1963)의 <목포의 눈물>(1935), 장세정(1921~2003)의 <연락선은 떠난다>(1937), 김정구(1916~98)의 <눈물 젖은 두만강>(1938), 남인수(1918~1962)의 <애수의 소야곡>(1938) 등을 꼽을 수 있다. 더욱이 이와 같은 기량이 뛰어난 가수들의 활약으로 인해 한국의 대중가요는 비약적인 발전을 이루게 된다.

Ⅲ. 한일 대중가요와 정서공동체

1. 일본 최초의 기획 히트곡 〈도쿄행진곡〉

한국과 일본의 대중가요인 '엔카'와 '트로트'는 각각 어떠한 특징을 지니고 있는지를 내용적으로 살펴볼 필요가 있다. 우선 가장 대표적인 성격을 지닌 곡을 선정하여 부분적으로 비교해 보고자 한다. 먼저 1925년 라디오 방송이 시작된 직후 1929년에 대히트곡이 된 <도쿄행진곡>의 가사부터 살펴보겠다.

옛날이 그리운 긴자(銀座)의 버드나무
나이 든 이 여자를 누가 알아주려나
재즈에 춤추고 리큐르로 밤새며
날이 밝으면 댄서의 눈물 같은 비

사랑의 마루비루 그 창가에서

울면서 글을 쓰는 사람도 있네
러시아워에 주운 장미를
굳이 그녀와의 추억으로 (삼을까)

넓은 도쿄가 사랑 때문에 비좁다
멋진 아사쿠사(淺草)에서 몰래 만나고
당신은 지하철로 나는 버스로
사랑의 정류장 맘대로 안돼

시네마를 볼까요 차 마실까요
차라리 오다큐(小田急)로 도망갈까요
변해가는 신주쿠(新宿) 그 무사시노(武藏野)의
달님도 데파트(백화점)의 지붕에 뜬다 11)
　　[번역은 필자. (　　)는 의미의 원활한 전달을 위한 보충설명.]

　관동대지진(關東大震災, 1923) 이후 긴자에는 은행나무를 심어 새롭게 거리 풍경을 조성했기 때문에 '긴자의 버드나무'에 대해 '옛날이 그립다'고 하는 것이다. 이제는 추억 속에만 존재하는 이러한 '옛날의 긴자'를 '나이든 여인'의 이미지와 오버랩하여 처리하고 있는 점이 흥미롭다. 가사에는 줄곧 재즈, 리큐르, 댄서, 러시아워, 시네마, 데파드 등 외래어와 함께 마루비루, 버스, 지하철, 오다큐, 신주쿠 등 모더니즘의 풍경을 기호화하여 이른바 '모던 보이'와 '모던 걸'이 활보하는 도시의 모습을 연출하고 있다. 멜로디가 경쾌하고 가사 내용도 가벼운 듯 하지만 전체적으로는 모던 도시의 풍경을 절묘하게 풍자하고 희화화한 매우 완성도가 높은 작품이다.

---

11) スタジオ・ジャンプ, 『日本の映畵 こころの歌』, 東宝音樂出版, 1992, 31쪽.

‘시네마를 볼까요 차 마실까요 / 차라리 오다큐(小田急)로 도망갈까요’
하는 대목은 원래는 ‘머리를 길게 기른 마르크스 보이 / 오늘도 안고
가는 『붉은 사랑』[12]’이었으나 좌익사상에 대한 당국의 단속을 우려한
당시 빅터사 문예부장의 수정 권고에 따라 고쳐진 것[13]이라고 한다.
사실상 1929년은 고바야시 다키지(小林多喜二, 1903~1933)의 소설 『게공
선(蟹工船)』이 발표되고 화제가 되었듯이 프롤레타리아 예술 운동의 전
성기이기도 했다. <도쿄행진곡>은 제목이나 멜로디나 가사의 표면적
인 내용에 비해 사실은 매우 우울한 의미를 담고 있는 노래이다.

2. ‘엔카’의 출현과 고가 멜로디의 등장

그런데 이에 비해 우울하다 못해 침울한 분위기의 <술은 눈물인가
한숨인가>가 2년 후 레코드 28만장의 판매고로써 기록을 갱신하는 데
에까지 이른다. 이는 물론 일본콜롬비아사의 홍보나 판매 전략 등 영업
적인 노력과 성악을 전공한 도쿄음악학교(東京音樂學校)의 학생인 바리톤
가수 후지야마 이치로[14]의 매력적인 창법을 충분히 감안 하더라도 멜

---

12) 소련의 여류 작가 알렉산드라 미하일로브나 콜론타이(Алекса́ндра Миха́й лов
    на Коллонта́й, 1872~1952)의 소설.
13) 菊地淸麿, 앞의 책, 28-29쪽 참조.
14) 본명은 마스나가 다케오(增永丈夫)인데 도쿄음악학교 성악과에 재학 중이던 그는
    쇼와공황(昭和恐慌)의 영향으로 가업이 기울자 학칙으로 금지된 아르바이트를 하
    기 위해 ‘후지야마 이치로’라는 가명으로 유행가 가수 활동을 한다. 그런데 뜻하
    지 않게 <언덕을 넘어(丘を越えて)>와 <술은 눈물인가 한숨인가>가 대히트곡
    이 됨으로써 학교의 징계 처분을 받게 되는데, 정상을 참작하여 방학 중에 1개월
    정학 처분으로 끝난다. 이후 활동을 자숙하고 있다가 졸업(수석 졸업) 후 활동을
    재개한다. 이러한 이유로 바리톤 가수로서는 ‘마스나가 다케오’라는 이름으로 유
    행가 가수로는 ‘후지야마 이치로’라는 이름을 사용했다.

로디와 가사 등 노래 자체에 대중을 끌어들이는 어떤 요소가 있지 않
았을까를 생각하게 된다. 다음은 이 노래의 가사이다.

> 술은 눈물인가 한숨인가
> 마음의 울적함을 버리는 곳
>
> 인연이라고는 없는 그 사람을
> 매일 밤 꿈에 보는 애절함이여
>
> 술은 눈물인가 한숨인가
> 슬픈 사랑을 버리는 곳
>
> 당연히 잊어버렸을 그 사람인데
> 마음이 남는 것을 어찌 하리오15)

[번역은 필자.]

　지극히 평범하고 쉬운 가사이다. 어떻게 보면 시적 화자의 답답함과
한심함마저 느껴진다. 그런데 이 노래가 애조를 띤 기타 선율에 실려서
들릴 때 무언가 말로 다할 수 없는 설득력을 갖고 사람들의 마음에 다
가온다는 것이다. 세계대공황의 영향으로 인한 쇼와공황(昭和恐慌)으로
실업자가 속출하고 만주사변의 발발로 군사적 긴장이 고조되는 사회적
분위기 속에서 경제적 어려움과 전쟁에 대한 불안이 사람들의 마음에
어두운 그림자를 드리우고 있었다. 이 노래는 단지 개인적 감상(感傷)과
탄식만을 표현한 것이 아니라 시대의 울적함을 토로하는 측면이 있다.

---

15) スタジオ・ジャンプ, 앞의 책, 31쪽.

시대의 어려움을 지극히 개인화시켜서 그 개인의 관점에서 자신의 무력함을 꾸미거나 감추지 않고 솔직하게 표현한 점 때문에 많은 사람들의 공감을 얻을 수 있었던 것으로 보인다.

이 노래는 비단 일본 내에서 뿐만 아니라 당시 식민지였던 한국에서도 번역되어 널리 불려진 것을 보면 그 공감력이 매우 강했음을 알 수가 있다. 가사의 번역자는 누구인지 정확히 밝혀지지 않았으나 가수는 채규엽이었고 1932년에 콜롬비아사에서 레코드가 발매되었다.16) 식민지 조선에 이른바 고가멜로디가 알려지게 된 것은 바로 이 곡이 계기가 되었다.

재미있는 것은 고가 마사오가 소년 시절을 식민지 조선에서 지냈으며 그 때의 음악적 체험이 그의 작품에 있어서 중요한 요소를 이루고 있다는 점이다. 1904년에 후쿠오카(福岡)에서 태어난 그는 한일강제병합 직후인 1911년 아버지의 사망을 계기로 가족을 따라 한국으로 와서 인천과 서울(당시의 경성)에 거주하며 자란다. 이후 경성의 선린상업학교(京城善隣商業學校)를 마치고 1923년 메이지대학(明治大學)에 입학할 때까지 감수성이 예민한 청소년기의 약 12년간을 조선에서 보냈다는 것이다.

그런데 고가 마사오의 곡이 한국에서 많은 사람들의 공감을 얻을 수 있었던 것은 그의 초기 작품들이 한국의 민요와 닮은 점이 많아서 친화력을 갖고 있었다는 점이다.17) 실제로 많은 사람들이 고가 멜로디에

---

16) 이 때 번역된 가사를 보면 다음과 같다.'술은 눈물일까 한숨이런가 / 이 마음의 답답을 버릴 곳장이 / 오래인 그 옛적에 그 사람으로 / 밤이면은 꿈에서 간절했어라 / 이 술은 눈물이냐 긴 한숨이냐 / 구슬프다 사랑의 버릴 곳이여 / 기억도 사라진 듯 그 이로 하여 / 못 잊겠단 마음을 어쩌면 좋을까'. 이영미 · 이준희, 『사의 찬미(외)』, 범우, 2006, 59쪽.
17) 岡野弁, 『演歌源流 · 考』, 學藝書林, 1988, 27-29쪽 참조.

대한 한국적 영향을 거론하며 고가 자신도 그 점을 인정하고 있다.[18] 고가는 조선에서의 소년시기부터 다이쇼고토(大正琴)와 만돌린 등의 악기에 흥미를 가졌다. 그러한 가운데 고가는 한국에서의 빈한한 생활을 통해 많은 조선인 노동자와 가깝게 지낼 기회가 많았고 그들이 일을 마치고 돌아갈 무렵 흥얼거리는 노래에 묘한 애수와 매력을 느꼈을 것이며 이것이 고가 멜로디의 출발점[19]이라는 것이다. 특히 <술은 눈물인가 한숨인가>의 경우는 한국의 <각설이 타령>과 의 음악적 유사함을 지니고 있다는 점이 자주 지적된다.[20]

이렇게 소년시기 조선에서의 음악적 체험을 살려 한국과 일본의 많은 서민 대중이 공감할 수 있는 멜로디를 창출해낸 그의 노력과 천재성 그리고 동아시아 대중음악에 끼친 영향은 높이 평가할 만하다. 앞으로 일본뿐만 아니라 동아시아적 차원에서 다각적인 연구가 필요하다 하겠다. 그러면 한국의 '트로트'는 어떠한 특징을 지니고 있는가?

3. 한국 '트로트'의 특징

사실 한국 '트로트'의 주제는 기본적으로 사랑과 이별, 고향에 대한 그리움과 나그네의 서러움을 기조로 하고 있다. 일본의 '엔카'와 마찬가지로 권위적인 사회에서 절실한 욕구를 가진 한 개인이 현실의 어려움을 넘지 못하고 무력감과 자학에 사로잡혀 탄식하는 어조의 비애미를 담고 있기도 하다. 다음 <황성의 적>의 예를 통해 확인해 보자.

---

18) 加太こうじ, 『流行歌論』, 東京書籍, 1981, 25쪽.
19) 加太こうじ, 위의 책, 47쪽.
20) 岡野弁, 앞의 책, 28쪽.

황성 옛 터에 밤이 되니 월색만 고요해
폐허의 스른 회포를 말하여 주노라
아 외로운 저 나그네 홀로 잠 못 이뤄
구슬픈 벌레 소리에 말없이 눈물져요

성은 허물어져 빈터인데 방초만 푸르러
세상의 허무한 것을 말하여 주노나
아 가엾다 이내 몸은 그 무엇 찾으려
덧 없는 꿈의 거리를 헤매어 있노라

나는 가리라 끝이 없이 이 발길 닫는 곳
산을 넘고 물을 건너 정처가 없이도
아 한없는 이 심사를 가슴 속 깊이 품고
이 몸은 흘러서 가노니 옛 터야 잘 있거라 21)

이 곡에는 제1절과 제2절, 제3절의 흐름을 통해 하나의 스토리를 연
상시키는 서사적 구조가 있다. 제1절의 가사는 도입 부분으로서 공간
적 설정과 함께 그 공간의 풍경 묘사와 그것이 갖는 의미를 서술하고
있다. 그런데 제1절의 경우 '홀로 잠 못 이루'고 '벌레 소리에 눈물 짓'
는 '외로운 저 나그네'에 초점을 두고 있던 것이, 제 2절에 와서는 '덧
없는 꿈의 거리를 헤매'는 가여운 '이 내 몸'으로 전환된다. 또 제3절
에서는 '나는 가리라'하는 의지를 표명하고 '옛 터'에 대해 '잘 있거라'
하며 작별을 고한다. 그럼으로써 이 짤막한 서사의 주인공은 '저 나그
네'가 아니라 '이 내 몸' 즉 '나'라는 것을 알 수가 있다. 아니면 사실
은 '저 나그네'와 '나'는 동일인물인 바, 다만 바라보는 지점 즉 시점의

---

21) 이영미·이준희, 『사의 찬미(외)』, 범우, 2006, 54쪽.

전환이 이루어진 것으로 볼 수도 있겠다.

　중요한 것은 시적 화자가 '황성 옛 터'에 와서 서러움에 잠겨 있는 '나그네'의 고독과 스스로를 가여워하는 자신의 심경을 같은 선상에서 다루고 있는 가운데, 구체적인 내용에 대한 언급이 없는 '한없는 심사'를 '가슴 속 깊이 품고'정처 없이 흘러간다는 것이다. <술은 눈물인가 한숨인가>의 가사 내용과 비교해 볼 때 '탄식'이라는 점에서 공통점을 찾을 수 있지만 그 '탄식'의 원인에 대한 설명 방법에 있어서 표현상의 뚜렷한 차이가 느껴진다. <술은 눈물인가 한숨인가>가 근원적인 이유야 어찌 되었건 지극히 개인의 차원에서 흘러나오는 '탄식'이라면 '황성의 적'은 '폐허'를 통해 '스른 회포'를 '말하'게 하는 시대적 사회적 원인에 대한 개인적 반응으로서의 '탄식'인 것이다.

　이는 범박하게 말하면 일종의 문화적 차이일 수도 있다. 구체적이고 개인적인 표현을 통해 시대나 사회를 간접적으로 표현하는 방식과 시대나 사회를 전경화(前景化)하면서 개인의 심경을 토로하는 방식의 차이라고나 할까? 이를 좀 더 확대해서 유추하자면 <술은 눈물인가 한숨인가>가 동일한 가사 내용이라 하더라도 일본에서 받아들여진 방식과 한국에서 받아들여진 방식이 다른 것일 수도 있다. 노래의 소비 대중 입장에서 개인적 심경에 무게를 두고 이해하느냐 아니면 시대의 상황을 짊어진 개인의 처지에 비중을 두느냐에 따라 약간의 차이가 있을 수 있다는 것이다. 그러나 실제 효과는 크게 다르지 않았다. 커다란 범주에서는 애조를 띤 멜로디와 함께 탄식의 비애미를 담고 있는 점은 같다고 하겠다.

　일본의 경우는 메이지유신 이래 근대국민국가의 형성기에 서양음악이 차례로 도입되어 소개되었다. 군악대와 찬송가의 영향·번역 창가

· 문부성 창가 · 신민요의 시대를 거쳐, 1920년대에 서양의 음악과 전통의 멜로디가 절묘하게 접합되어 완전히 새로운 장르의 유행가가 대중의 정서에 맞는 독특한 노래로서 탄생된다. 국민교육의 수단이었던 관주도의 문부성창가 등과는 달리 '엔카'는 서민의 생활 감정을 통속적인 채로 표현하고 있어서 이들 노래를 통해 당시의 세태와 함께 민중의 심경을 엿볼 수 있다.

한국의 경우도 19세기 말부터 찬송가를 비롯한 서양음악이 이입되었다. 애국창가와 전래의 민요가 병존하는 시기를 경과하고 대체로 1920년대부터 근대적 유행의 흐름에 합류한다. 물론 레코드와 라디오의 상업적 메커니즘이 작용하고는 있지만 이러한 일본식 유행가 '엔카'는 한국 민중의 경험과 정서에도 호소하는 면이 있었고 이러한 흐름 속에서 한국의 '트로트'가 성립되어 자리를 잡았던 것이다. 정서라는 것은 공적 수준으로 규율할 수 있는 것이 아니다. 대중가요를 통해 볼 때 한일 민중에 있어서 어떤 공통의 정서적 기반을 찾을 수 있지 않을까 한다.

IV. 조선악극단의 활동과 '조선 붐'

1. 오케레코드사와 조선악극단

'엔카'와 '트로트'는 동아시아의 문맥에서 볼 때 서구 음악을 수용하되 전통 음악의 특징을 절묘하게 조화시킨 성공적인 대중음악 장르이다. '세계 각지의 비서양 민족이 서양 근대 음악과의 접촉을 통해 이를 어떻게 수용하고 어떠한 새로운 음악을 창출하여 진화해 갔는가?'[22]

하는 문제는 현재 인류가 처해있는 시점에서의 중요한 음악사적 연구 과제일 것이다. 서구 문화와 동아시아적 전통 사이에서 탄생한 '엔카' 와 '트로트'는 적어도 '문화는 일방적으로 흐르지 않는다'는 것을 말해 주고 있다. 이는 서양 음악과 동아시아 대중음악의 사이에서 뿐만 아니라 '엔카'와 '트로트' 사이의 문제에도 적용되는 테제이다. 노래의 역사는 대중의 마음의 역사이기 때문이다. 마음, 공감, 정서와 같은 것에 대해 이분법적 우열이 있을 수 없고 따지기도 어려울 것이다.

일제 식민지시기 후반에 해당하는 1930년대 일본의 일반인들이 식민지 조선에 대해 가졌던 문화적 관심은 지금까지 알려진 것에 비해 매우 광범위한 분야에 걸쳐 상당한 대중적 기반을 갖고 있었던 것으로 생각된다. 본 장에서는 이 문제를 '조선악극단'의 일본 공연과 관련하여 논해보겠다.

1930년대에 레코드와 라디오 방송 이외에 서민대중에게 직접 다가간 또 하나의 미디어로 '악극단'을 중심으로 한 무대 공연이 있었다. 콜롬비아 레코드사의 라미라(羅美羅)가극단, 빅터 레코드사의 반도가극단, 오케 레코드사의 조선악극단 등의 활동이 그것이다. 특히 오케레코드사는 1933년에 '오케연주단'을 만들어 전국 순회공연을 시작하는데, 1935년 무렵부터 가장 막강한 대중음악 예술가들을 전속시키고 있었고 1936년 2월에는 일본 전국을 순회하며 '재류 조선인 동포 위안 오케 순회 대연주회'를 연다.[23] 그 후 1939년 이후에는 '조선악극단'이라는 이름으로 일본과 만주, 중국 등지에서의 순회공연을 실시함으로써 '제국 일본' 내에서 상당한 인기를 모았다.

---

22) 佐藤良明, 「歌謡曲を學ぼう」, 『ユリイカ』, 特集 歌謡曲, 1999, 3月号, 71쪽.
23) 김지평, 『한국 가요 정신사』, 아름출판사, 2000, 370쪽.

오케레코드사의 사장 이철(?~1943)[24]은 원래 그라마폰오케축음기상회라는 이름으로 음반을 제작하다가 1933년 일본의 데이치쿠(帝蓄, 제국축음기상회(帝國蓄音器商會)의 줄임말)와 기술제휴를 한다. 그는 기획과 판매의 마케팅에만 열중함으로써 다른 레코드회사와 차별화 전략을 세우게 되었다. 그 내용은 저가 판매 전략과 대중 취향의 음반만을 제작하는 것이었다. 대형 레코드사들 간의 치열한 경쟁 속에서 오케레코드사가 성공할 수 있었던 요인은 장세정, 고복수, 이난영, 남인수, 김정구 등 당대 최고의 인기 가수들과 박시춘, 손목인, 김해송 등 역량 있는 작곡가들을 확보하고 있었던 점 이외에 이러한 탁월한 공격적 경영 전략이 유효했던 점을 우선 꼽을 수 있을 것이다.

2. 일본에서의 반향

1936년에 경영권이 데이치쿠로 넘어가고 문예부장으로 물러난 이철은 오로지 '오케연주회'에만 전념하게 되었다. 1938년에는 '오케그랜드쇼단'이라는 이름으로 본격적인 화려한 공연을 하게 되며 조직적이고 체계적으로 이를 기획하고 관리한다. 1939년부터는 '조선악극단'으로

---

24) 연희전문 중퇴. 밴드부에서 색소폰 연주자. 음반 제작에 손을 댄 이후 가수를 발굴하고 오케레코드를 가장 대중적이고 인기 있는 레코드회사로 만들었으며 타의에 의해 레코드 사업권을 넘긴 이후로는 오케그랜드쇼단을 이끌며 공연무대의 활성화에 이바지했다. 인기 가수를 발굴하고 집단적 형태의 공연을 개발하여 관객의 흥미를 유발하는 레퍼토리를 다양화 하는 등 탁원한 경영 수완을 발휘했던 인물이다. 그는 국내 공연에서 한걸음 나아가 일본의 종합 매니지먼트사인 요시모토고교(吉本興行)와 계약을 맺고 일본 공연을 추진하는 등 예술을 경영의 차원에서 접근하여 성공시켰다는 평가를 받는다. 김호연, 『한국근대악극연구』, 민속원, 2009, 127쪽 참조.

서 3월과 12월 두 차례에 걸쳐 일본 공연을 성공적으로 마친다.

이 때의 공연상황은 1939년 5월에 나온 일본 영화 <생각나는 대로 부인(思ひつき夫人)>[25]에서 일부를 확인할 수 있다. 77분짜리 영화 중 전반부에 2분 8초간 '조선악극단'의 실제 공연 장면이 나온다. 여기에 두 가지 장면이 삽입되어 있는데 하나는 조선적 문양이 그려진 세트를 배경으로 한복을 입고 복주머니를 찬 가수 김정구의 <돈타령>이고, 또 하나는 조선의 농촌을 그려놓은 세트를 배경으로 가수 고복수 등이 역시 한복 차림으로 장구를 치며 <풍년가>를 부르는 장면이다. 후자는 뒤에서 여러 가수들이 소고와 꽹과리 등을 두드리는 모습도 보인다. 이러한 '조선악극단'의 공연을 당시의 일본인들이 일상적으로 감상을 했다는 것이다.

'조선악극단'은 태평양 전쟁 시기에는 일제의 강압적 분위기 속에서 전쟁에 협력하는 행보를 보이기도 했다. 전쟁 중인 1943년에도 '조선악극단'은 일본 각지를 돌며 공연을 했다. 이때는 시국이 시국인 만큼 조선 노래도 일본어로 부르도록 강요당했고 결국 그것도 금지되어 일본 유행가나 군가만이 허용되었다. 박찬호의 『한국가요사』에 이때의 분위기를 잘 알 수 있는 일화가 실려 있다.

> (……) 규슈(九州) 지방을 순회했을 때의 일로, 무대에서 전쟁 수행을 위한 촌극이나 일본 군가를 부르고 있었는데 조선 노래를 들려달라는 주문이 쇄도했다. 판소리를 잘하는 어떤 단원이 <춘향전>의 한 부분을 불러 큰 갈채를 받았고 그것이 소문이 났다. 이에 당혹한

---

25) 도호(東宝)영화사의 작품. 오사카마이니치신문(大阪朝日新聞)에 연재된 히라이 후사토(平井房人, 1903~60)의 만화 『가정보국·생각나는 대로 부인』을 사이토 도라지로(齋藤寅次郎, 1905~82) 감독이 영화화한 희극영화.

일본 관리는 "조선 노래만은 부르지 말라."고 반강제로 요청했고, 그
이후 판소리는 허용이 되지 않았다고 한다. (……)26)

'조선악극단'에 대한 당시 일본 내에서의 이와 같은 반응은 과연 어
떻게 설명할 수 있을 것인가? 소위 '제국 일본' 내에서 '식민지 조선'
의 음악이 인기를 끌었던 사실에 대해 일종의 이그조티시즘(exoticism, 이
국취미)에 기반한 오리엔탈리즘적 경향이라는 측면도 지적될 수 있다.27)
그러나 하나의 결과에는 하나의 원인만이 존재하지는 않을 것이다.
　단순히 이그조티시즘으로만 국한하여 생각할 수도 없는 것은 당시
일본의 또 다른 식민지, 즉 '만주국'(滿洲國)의 경우만 보더라도 그러하
다. 이른바 "대륙 붐"으로 일컬어지는 만주에 대한 관심은 가히 폭발적
이라 할 만 했다. 그러나 이는 만주국 건국(1932) 이후의 경제적인 필요
와 신천지에 대한 기대로부터 작위적으로 조성된 면이 크다.28) 만주국
의 주요 이데올로기인 일만친선(日滿親善), 왕토락토(王土樂土), 오족협화(五
族協和)의 상징으로서 만주영화협회에 의해 프로파간다로 이용당한 가
수 겸 영화배우 이향란(李香蘭)29)의 등장이 이를 잘 대변해준다.

---

26) 박찬호, 안동림 역, 『한국가요사 1』, 미지북스, 2009, 598쪽.
27) 이준희, 「1945년 이전 일본 대중가요 음반에 나타난 조선인의 활동」, 한국대중음
　　악학회, 『대중음악』 통권 7호, 2011, 149-151쪽 참조.
28) 대륙 붐과 이국취미에 관한 논문으로는, エドガー・W・ポープ(Edgar W. Pope), 「戰
　　時の歌謠曲にみる中國の＜他者＞と日本の＜自我＞」, 『ユリイカ』, 特集　歌謠曲,
　　1999, 3月号가 있다.
29) 본명은 야마구치 요시코(山口淑子, 1920~)이며 1930년대말과 40년대 초에 중국
　　과 만주, 일본에서 이향란(李香蘭, 리코란 りこうらん, 리샹란 Lǐ Xiānglán)이
　　라는 이름으로 활약한 국제적인 가수이자 여배우이다. 종전을 상하이에서 맞이
　　한 그녀는 한젠(漢奸, 중국인으로서 일본인에 협력한 배신자) 의 용의로 중화민
　　국 군사재판에서 사형을 선고 받지만 일본인임이 증명되어 일본으로 추방되었
　　다. 일본으로 귀국 후에는 야마구치 요시코라는 본명으로 일본, 미국, 홍콩을 무

이와 같이 문화적 경향성과 흐름은 많은 경우에 복잡하게 얽혀서 입체적인 양상을 띤다. 만주처럼 새로 개척된 식민지도 아닌 조선의 문화예술에 대한 1930년대 일본인들의 폭발적인 관심은 어쩌면 어느 정도는 그 자체의 내용성과 기예의 훌륭함에 대한 감탄이 깃들어 있는 것이 아닐까? 이러한 점에서 좀 더 적극적인 평가를 할 필요가 있다. 또한 가지 조선의 문화와 예술에 대한 어떤 정서적 공감을 느끼는 요소가 있지 않았을까 하는 것이 필자의 생각이다. 이러한 점에서 지금까지의 문화담론은 재구성될 필요가 있다.

V. 21세기 '조선 붐' : K-POP을 넘어 A-POP으로

한국과 일본 양국을 비롯한 동아시아의 대중가요에 대한 연구는 이제 시작단계이다. 그런데 사실 세계적으로도 대중문화가 학문 연구의 대상이 된 것은 그리 오래되지 않았다. 문학과 같은 고급문화에 비해 그 학문적 중요성이 덜하다고 생각되어 온 것 같다. 그러나 과연 현대를 살아가는 인간의 삶 속에서 문학이 대중가요보다 더 중요하다는 확신을 가질 수 있을까? 필자가 생각하기에 많은 사람들의 경우 셰익스피어의 연극을 보는 일은 평생에 몇 번 안 되지만 대중가요는 일상적으로 커피숍에서 마트에서 길거리에서 거의 매일 듣고 지내는 것 같다. 셰익스피어의 연극과 대중가요 중 어느 것이 현대인의 삶과 더 깊게

대로 연예활동을 재개했다. 1958년 결혼으로 연예계를 떠났다가 1969년 일본 후지 TV에 사회자로서 복귀, 1974년부터 1992년까지의 18년간은 참의원 의원을 지냈고 2006년부터는 일본채플린협회의 명예고문으로 있다.

관련되어 있을까? 과연 어느 것이 오늘날을 사는 사람들의 의식과 정서에 더 많은 영향을 미칠까? 또 어느 것이 더 많은 감동을 줄까? 이에 대한 대답은 쉽게 내릴 수 없을 것이다.

겉모습은 쉽게 바뀔 수 있어도 입맛이나 취향은 일반적으로 쉽게 바뀌지 않는다. 그러나 노래에 대한 감각과 취향은 한국과 일본에서 100년 만에 완전히 바뀌었고 지금도 바뀌고 있다. 서양 문화가 유입되는 19세기 말부터 급격한 변화를 겪었고 그 선상에 있는 것이다. 그 이전에 동아시아에서의 '노래'란 그 내용과 형식은 물론 개념조차 달랐던 듯하다. 근대화·서구화의 진행으로 한국과 일본의 요즘 젊은 세대들은 엔카와 트로트를 좋아하지 않는다. 아니, 혐오하거나 경멸하기까지 한다.[30] 그러나 엔카와 트로트는 20세기를 통해 동아시아 민중들의 삶이 반영되고 그 정서가 묻어있는 역사적 산물인 동시에 현재의 대중문화의 원형이었다. 그리고 동양과 서양, 전통과 근대가 절묘하게 녹아 있는 독특한 인류 문화의 일부이다. 그러한 점에서 최근에는 오히려 서구인들에 의해 '엔카'나 '트로트'가 '재발견'되는 경향도 보인다.

오늘날 동아시아의 대중음악은 세계인의 주목을 받고 있다. 20세기에 들어와 미디어의 발달과 더불어 '대중음악'이라는 것이 등장한 이후 20세기 후반까지 그 주류는 서구와 흑인적 요소가 첨가된 북미의 것이었고 그 외의 지역에서 불리우는 것이라고는 남미의 라틴 계열 음악 정도였다. 동아시아, 남아시아, 중동, 아프리카 지역의 대중음악은 세계의 음악적 관심에서 소외된 지역이었다. 해당 지역에서 조차도 주류 계열의 음악만이 선호되는 경향이 있었음을 부인할 수 없다.

---

30) 이영미, 『한국 대중가요사』, 시공사, 1998, 66-67쪽 참조.

　그러나 20세기 말 이후 상황이 달라졌다. 1990년대 일본의 J-POP과 최근에는 한류 붐을 타고 한국의 K-POP이 전세계 대중음악 팬들의 가슴을 울렸다. 수 년 내에 중국의 C-POP이 놀라운 모습으로 등장하지 않을까 기대된다. 그렇다면 좀더 확장된 영역에서의 A-POP(Asian Pop)이라는 것도 가능하지 않을까? 연구의 시야도 동아시아 전체의 지평에서 이루어질 필요가 있을 것이다. 근대 이후 서구 문화가 세계 문화를 주도하던 시대는 지났다. 서구 문화를 받아들여 자신의 문화적 맥락에 맞게 해석하고 조화롭게 가공한 비서구 문화권의 다양한 콘텐츠가 각각의 장점을 발휘할 때이다. 문화의 다양성이 중요한 이유는 색다른 것들이 많을수록 인류의 자산이 풍부하다는 것을 의미하며 그것은 곧 우리의 삶을 풍요롭게 하기 때문이다.

🗐 참고문헌

김지평, 『한국 가요 정신사』, 아름출판사, 2000.

김호연, 『한국근대악극연구』, 민속원, 2009.

박찬호, 안동림 역, 『한국가요사 1』, 미지북스, 2009.

손민정, 『트로트의 정치학』, 음악세계, 2009.

宋芳松, 「1930年代 韓國洋樂史의 一局面」, 『진단학보』, 제92호, 2001.12.

이영미, 『한국 대중가요사』, 시공사, 1998.

이영미·이준희, 『사의 찬미(외)』, 범우, 2006.

이준희, 「1945년 이전 일본 대중가요 음반에 나타난 조선인의 활동」, 한국대중음악
　　　　학회, 『대중음악』 통권 7호, 2011.

민경찬, 「한국 근대 양악사 개론」, 민경찬, 장전, 야스다 히로시, 류인옥, 김성준, 『동
　　　　아시아와 서양음악의 수용』, 음악세계, 2008.

エドガー·W·ポープ(Edgar W. Pope), 「戰時の歌謠曲にみる中國の＜他者＞と日本
　　　　の＜自我＞」, 『ユリイカ』(特集 歌謠曲), 1999. 3月号.

岡野弁, 『演歌源流·考』, 學藝書林, 1988.

加太こうじ, 『流行歌論』, 東京書籍, 1981.

菊地清麿, 『日本流行歌変遷史』, 論創社, 2008.

倉田喜弘, 『日本レコード文化史』, 岩波書店, 2006.

佐藤良明, 「歌謠曲を學ぼう」, 『ユリイカ』(特集 歌謠曲), 1999. 3月号.

スタジオ·ジャンプ, 『日本の映畵 こころの歌』, 東宝音樂出版, 1992.

團伊玖磨, 『私の日本音樂史』, 日本放送出版協會, 1999.

長田曉二, 『歌でつづる20世紀』, ヤマハ, 2003.

1938년 일본어연극 〈춘향전〉의 조선 '귀환'과 제국 일본의 조선 붐

서 동 주

Ⅰ. 1938년 경성의 '춘향전 붐'

1938년 3월, 근대 일본에서 '전위적'인 프롤레타리아 예술운동을 이끌었던 무라야마 도모요시(村山知義, 1901~1977)가 극단 신쿄(新協)를 통해 일본어연극 〈춘향전〉을 도쿄의 쓰키지(築地)소극장 무대 위에 올렸다. 공연 후 열린 한 좌담회에서 연출을 맡았던 무라야마 스스로가 언급한 것처럼, "일본의 연극 팬에게 미지(未知)의 조선 고전을 소개"하는 의미를 가졌던 이 공연은 일본의 연극계에 적지 않은 반향을 불러일으켰다.[1] 예컨대 일본어연극 〈춘향전〉은 도쿄 공연이 막을 내린 후에도 오사카와 교토로 장소를 옮겨 공연을 이어갔으며, 실제 흥행에서도 흑자를 내는 등 성공을 거두었다.[2] 그리고 이렇게 일본인 연출가에 의해

---

1) 「映畵化される 春香傳 座談會－中」, 『京城日報』, 1938. 6. 9.
2) 무라야마에 따르면 도쿄 공연의 경우 "수지가 맞먹을 정도"였는데 반해, 오사카와

일본으로 건너갔던 <춘향전>은 다시 조선으로 돌아와 그해 10월 25
일의 경성부민관 공연을 시작으로 11월 8일까지 조선의 주요 도시를
돌며 상연되었다. 특히 조선에서의 순회공연은 식민지 지식인들의 비
상한 관심을 모았는데, 예컨대 이원조는 일본어연극 <춘향전>의 식민
지 문화계에 일으킨 파장을 다음과 같이 기록한 바 있다.

> 같은 춘향전이라도 성악연구회와 청춘좌에서 춘향전을 공연했을
> 때에는 단순히 하나의 관극적(觀劇的) 태도밖에 보이지 않던 일반 문
> 화인들이 일단 신협(新協)이 이것을 공연하자 깊은 관심과 물의(物議)
> 가 일어나고, 처음 신협 극단이 춘향전을 동경에서 공연한다고 하자
> 어떤 사람은 춘향전의 개가(改嫁)라는 문장을 썼고, 이번에는 신협
> 극단이 경성에서 공연을 한다는 것이 들리자 어떤 신문에서는 춘향
> 전의 근친(覲親)이라고 환영했다는 사실에 비춰보면, 이것은 하나의
> 극평의 문제가 아니라 이미 문화적 의미를 가진 것이다.[3]

이 글은 일본어연극 <춘향전>이 경성부민관 공연(10. 25~11. 27)을
마치고 지방 순회공연에 들어갔을 무렵, 이원조가 『조선일본』에 발표
한 '관극평'의 서두이다. <춘향전>의 일본공연을 '개가', 그것의 조선
으로의 역수입을 '근친'으로 표현하는 자극적인 비유는 당시 식민지 조
선의 남성 지식인들이 품었던 복잡한 감정과 함께, <춘향전>이 현해
탄을 왕복하면서 식민지 조선에 일종의 '센세이션(sensation)'을 일으켰음
을 가늠케 한다. 실제로 1938년 식민지 조선에 상륙한 일본어연극 <춘

교토에서는 두 군데를 합쳐 2~3천 엔의 흑자였다.(村山知義, 「<春香伝>余談」, 『京
城日報』, 1938. 5. 31)
3) 이원조, 「신협극단공연의 춘향전관극평(上)」, 『朝鮮日報』, 1938. 11. 3.

향전〉은 식민지 문화계의 최대 이슈였는데, 예를 들어 공연 이후 수많
은 관극평이 쏟아져 나왔고 1938년 한해에만 이 연극을 소재로 수차례
의 좌담회가 개최되었다. 특히 "내지와 조선의 사람들이 이렇게 한 자
리에 모여 앉아, 하나의 연극 테마에 의해 기쁨과 슬픔을 나눈 것을 본
적이 있는가"4)라는 아키타 우자쿠(秋田雨雀)의 감격스런 감상에서 보는
것처럼, 이 연극은 때마침 조선총독부가 내걸었던 '내선일체' 방침과
맞물리면서 '내선일체의 연극적 재연'으로 간주되기도 하였다.

　이렇게 일본어연극 〈춘향전〉은 현해탄을 횡단하며 식민지 조선에
'붐'과 같은 현상을 불러일으켰지만, 이와는 대조적으로 공연 자체에
대한 식민지 지식인의 평가는 전반적으로 인색했다. 일본의 신극으로
재탄생한 〈춘향전〉의 '시국적 의미'와는 별도로 '극평'은 대체로 비판
적이었다. 무엇보다 조선의 문학자들은 일본어와 일본인 배우에 의해
재현된 〈춘향전〉이 기존의 〈춘향전〉이 담고 있었던 '조선적인 것'을
제대로 표현하지 못했다고 한 목소리로 불만을 표출했다. 이러한 불만
에는 무라야마가 야심차게 시도한 가부키적 연출법도 한 몫을 했다. 논
란은 여기서 그치지 않았다. 〈춘향전〉의 경성 공연을 후원한 『경성일
보』의 주관으로 열린 좌담회에서는 조선문화를 일본어로 표현가능한가
를 둘러싸고 일본인 문학자와 조선 측 참석자 간의 날선 대립이 벌어
지기도 했다. 이렇게 일본어연극 〈춘향전〉은 전례 없는 관심과 함께
일본인 제작자와 조선인 수용자, 그리고 수용자로서의 일본의 문학자
와 식민지 문학자 사이의 메우기 힘든 균열을 노정했다.

　기존 연구는 [식민제국=일본/식민지=조선]이라는 경계를 따라 표출

---

4) 秋田雨雀, 「故郷へ歸る「春香伝」—融合した二つの文化の交流」, 『京城日報』, 1938. 10. 9.

된 이러한 균열을 대체로 식민지 조선을 문화적으로 '통합'하려는 식민
제국 일본의 지배전략의 실패를 보여주는 사례로 간주하는 경향을 보
이고 있다. 예를 들어 <춘향전>을 둘러싸고 표출된 균열에 대해 문경
연은 "일제 말기 제국의 문화통합 전략의 실패"5)를 보여주는 사례로
보았고, 양근애는 "동일시의 욕망"에 사로잡힌 식민제국이 "식민지의
문화를 전유하여 지배적인 문화를 공고히 할 수 있다는 믿음이 기실
식민주의적 오인(misrecognition)에 불과했음"6)을 의미한다고 지적한다.
한편 일본어창작을 요구하는 일본인 지식인들에 대해 식민지 지식인이
나타낸 비타협적 태도에 대해 서석배가 그것을 "문화민족주의"7)로 규
정하면서 그러한 반발의 배경에는 "조선의 문화와 관습이 식민자들에
게 (잘못) 표상되는 데 대한 조심스러움"과 "(일본어에 의한) 번역이 조
선 문화가 일본문화로 완전히 동화되는 과정의 임시 단계가 아닌가하
는 의심"이 놓여있다고 보았다면, 윤대석은 그것을 "조선의 의사 소통
과정에 개입하는 일본어의 강제로부터 벗어나기 위한 일종의 포스트콜
로니얼의 실천"8)으로 간주하고 있다.

　그런데 이상의 연구들은 <춘향전>을 일본어로 연극화한 무라야마
와 일본어창작을 요구하는 일본인 문학자들을 암묵적으로 조선의 민족
문화의 독자성을 위협하는 문화제국주의의 대행자로 간주하는 전제를
공유하고 있다. 문화의 표현수단으로 조선어 대신 일본어를 강조하는

---

5) 문경연, 「1930년대 말 <신협>의 『춘향전』 공연관련 좌담회 연구」, 『우리어문연
　구』 36, 2010, 498쪽.
6) 양근애, 「1930년대 전통의 재발견과 연극 <춘향전>」, 『공연문화연구』 16, 2008,
　171쪽.
7) 서석배, 「신뢰할 수 없는 번역 : 1938년 일본어 연극 춘향전」, 『아세아연구』 51권
　4호, 2008, 64쪽.
8) 윤대석, 『식민지 국민문학론』, 역락, 2006, 128쪽.

일본 문화인들의 태도는 분명 식민지 문화의 자율적 발전을 부정하는 문화제국주의처럼 보인다. 그러나 이러한 전제를 고집한다면 이 시기 식민제국 일본 안에서 〈춘향전〉이 "동양문화의 전설"9)이자 나아가 "우리의 전통"10)으로 그 의미가 재발견되었던 사정을 이해하기 어렵다. 따라서 일본 지식인의 입장, 나아가 당시 식민제국의 식민지에 대한 문화통합의 논리를 식민지 민족문화에 대한 전면적인 부정과 침략으로 수렴시키는 것은 성급하다. 또한 동시에 식민지 문학자들의 일본어창작에 대한 집요한 반발을 곧바로 '저항'으로 연결시키는 것에도 신중함이 필요하다. 왜냐하면 뒤에서 언급하겠지만, 그들은 언어침략에는 민감하게 반응하면서도 식민제국의 전쟁협력 요청을 어떤 주저함도 없이 받아들이는 '이중성'을 드러냈기 때문이다. 〈춘향전〉의 붐이 동반했던 일본과 조선 사이의 '균열'을 [침략/저항]과 같은 단순한 이분법으로 환원하는 것은 이와 같은 사태의 복잡성을 간과하게 만든다.

일본에서의 성공적 흥행을 등에 업고 식민지에 상륙한 일본어연극 〈춘향전〉은 '내선일체'의 방침이 규제력을 발휘하던 식민지의 문화공간에 전례 없는 관심과 파장을 이끌어냈다. 하지만 주의할 점은 그러한 '춘향전 붐'이라 부를만한 현상이 이를 테면 '이견 없는 열광'을 의미하지는 않았다는 것이다. 대신 '붐'의 자장 안에서는 접점을 찾지 못한

---

9) 극단 신쿄는 연극 〈춘향전〉의 도쿄 공연을 홍보하면서 원작을 "반도에 수 백 년 전부터 지금에 전해오는 이야기", "춘향이라는 미소녀의 슬픈 사랑과 운명을 그린 서정미와 낭만미의 향기가 가득한 동양전설"로 소개하고 있다. (『テアトロ』, 1938. 3)

10) 연극 〈춘향전〉의 공식 팜플렛에는 연극이 "지금이야말로, 이 시기야말로 동양이, 조선이, 우리들 동포가 세상에 자랑할 고전을 우리들의 것으로 하지 않겠는가"라고 홍보되고 있다. (「春香伝伝説」, 『演芸畵報』, 1938. 5, 61쪽).

욕망들이 부딪치는 갈등의 장면이 연쇄적으로 연출되었다. 게다가 그 러한 갈등은 예외 없이 '식민제국=일본/식민지=조선'이라는 경계선을 따라 표출되었다. 하지만 앞서 말한 것처럼 이 갈등의 양상은 식민제국 의 문화침략과 그에 대한 식민지 민족주의의 저항이라는 구도를 따르 지 않았다. 후술하는 것처럼 균열의 지점에서 대치했던 것은 <식민지 민족문화에 우호적인 제국주의>와 <제국의 팽창에 동참하는 식민지의 문 화민족주의>이라는 형용모순의 정치성을 내장한 두 개의 진영이었다. 이상과 같은 문제의식 위에서 이 글은 일본어연극 <춘향전>을 둘러싸 고 표출된 이처럼 일견 형용모순처럼 보이는 일제 말 문화지형의 정치 적 의미를 탐색하고, 그 위에서 1930년대 후반 일본어연극 <춘향전> 이 촉발시킨 이른바 제국 일본의 '조선 붐'이 당시 식민지 민족문화의 운명에 관하여 드러냈던 역설적인 정치적 효과를 서술하고자 한다.

II. 표류하는 〈춘향전〉

1938년 10월 25일, 일본어연극 <춘향전>의 경성 공연이 경성부민 관에서 막을 올렸다. 공연은 첫 날부터 상연 5분전에 만원을 이루는 등 연극은 줄곧 관객동원에 성공을 거두었다. 당초 주최 측은 일본어연극 인 탓에 일본인 관객이 많을 것으로 예상했지만, 실제로는 조선인 관객 이 7할을 차지했다.[11] 여기서 일본어연극 <춘향전>에 조선인 관객이 보냈던 열광적 호응의 일면을 확인하게 된다. 참고로 이 공연의 주최는

---

11) 「春香伝批判座談會」, 『テアトロ』, 1938. 12, 81쪽.

최승희의 오빠인 최승일의 '마네지먼트 메트로폴리탄 아트 뷰로'가 맡았고, 조선총독부의 양대 기관지인 『매일신보』와 『경성일보』가 후원으로 이름을 올렸다.

이렇게 일본어연극 〈춘향전〉은 첫 날부터 만원사례를 기록하며 성공인 출발을 보였지만, 정작 연극 자체에 대한 식민지 지식인들의 반응은 비판 일색이었다. 무엇보다 식민지 조선의 지식인들의 눈에 일본어연극 〈춘향전〉은 그들이 상정하는 '조선적인 것'의 재현에 실패한 것으로 비춰졌다. 우선 일본어 표현이 문제로 지목되었다. 예를 들어 이원조는 "이도령과 춘향이가 백년가약을 하는 장면에서 상전(桑田)이 벽해(碧海)된들 마음이 변하겠느냐하는 것을 『野原が川になって(들판이 강이 되어-필자 주)』로 한 것은 상전이 벽해 된들 하는 어감"과는 "이질적"이라 말했고, 서광제도 "방자는 조선말로 그대로 부르면서 이도령을 「와카사마 와카사마(若樣 若樣)」 하니[…]이도령을 부르는 어감이 나"지 않았다며 언어문제를 들어 불만을 토로했다.12)

"춘향전의 특수한 뉴안쓰"를 전혀 살리지 못했다는 이원조의 총평적 성격의 감상은 무라야마가 '조선적인 것'의 연극적 재현을 위한 노력을 처음부터 소홀히 했던 것은 아닌가하는 의심을 갖게 한다. 하지만 무라야마는 〈춘향전〉의 연출의도가 "가부키의 형식"에 "조선적인 전통과 색채"13)를 담는 것에 있음을 분명히 했다. 또한 경성 공연에 앞서 일본 순회공연 직후에 열린 한 좌담회에서는 "용어나 언어의 리듬에 관한 조선적인 특성을 어떻게 다룰" 것인가라는 질문에 대해, "말을 옮기는

---

12) 「新協 "春香伝" 座談會」, 『批判』, 1938. 12.

13) 村山知義, 「〈春香伝〉余談」, 『京城日報』, 1938. 5. 31(무라야마 도모요시, 이석만·정대성 역, 『일본 프롤레타리아 연극론』, 1999, 135쪽 재인용)

일에 힘껏 공부하"겠다는 뜻을 전제로 한 뒤 "내지 상연 때는 기침, 한숨, 네-, 아이고! 등은 모두 그대로 조선풍으로 하였"[14]다고 답변했다. 이처럼 무라야마는 '조선적인 전통과 색채'의 표현을 중요한 연출상의 목적으로 설정했을 뿐만 아니라, 어떤 조선어도 일본어로 번역될 수 있다는 제국의 언어에 대한 과잉된 믿음과는 무관한 인물이었다. 예컨대 무라야마는 연극 <춘향전>의 일본 순회공연이 흥행에 성공한 결과, '조선영화주식회사'의 요청으로 <춘향전>을 '조선어 영화'로 제작하는 기획에 착수하게 되는데, 이때 일본어연극을 다시 조선어영화로 다시 만들고자 하는 이유를 다음과 같이 말하고 있다. 즉, 그 이유는 "첫째로 이번 영화를 될 수 있는 한 '조선의' 영화로 하고 싶기 때문이며, 둘째로 춘향전과 같이 뼛속까지 조선적인 것을 어디까지나 조선적인 것으로 만들고 싶기 때문이며, 셋째로는 그것이 예술적으로 가장 딱 맞는 것, 틈새가 없는 것이 된다고 생각했기 때문"이라는 것이다. 이렇게 무라야마는 식민제국 안에서 일본어와 조선어가 '약분 불가능'한 관계에 있음을 자각하고 있었으며, 당시 내선일체 방침의 확산 속에서 노골화되고 있던 조선어에 대한 차별적 대우에 비판적이었다.[15]

그리고 실제로 무라야마는 조선적인 것에 관한 연극적 재현의 사실성을 높이기 위해 공연 준비 단계부터 다양한 노력을 기울였다. 그는 1938년 2월 연출보조인 안영일을 먼저 조선으로 보낸 후, 뒤이어 신쿄의 기획부원인 니키 도쿠진(仁木獨人)과 함께 조선을 방문하여 작품 고증과 자료 입수를 활동을 펼쳤다. 이때 송석하의 안내로 창극과 토키 영

---

14) 「映畵化される 春香傳 座談會-中」, 『京城日報』, 1938. 6. 9.
15) 조관자, 윤상인 엮음, 「제국의 국민문학과 '문화=번역'의 좌절 : 스스로 식민지가 되는 제국일본」, 『'일본'의 발명과 근대』, 이산, 2006, 231쪽.

화로 제작된 〈춘향전〉을 감상했고, 조선성악연구회의 고전음악을 직접 청취하기도 하였다.16) 뿐만 아니라 헌옷 가게와 골동품 가게를 몸소 돌아다니며 각종 소도구들을 사들였고, 유치지의 극예술연구회가 1937년 〈춘향전〉 공연 때 사용했던 의상도 공연을 위해 모두 사들였다. 참고로 도쿄 공연에서는 이때 입수한 '이왕직 아악레코드'가 사용되었고, 유치진과 송석하가 의상이나 무대 장치의 고증에는 도움을 주었고, 조선적인 몸동작에 관해서는 도쿄의 재일조선인 연극관계자들이 협력했다.17)

그렇다면 조선적인 것의 사실적 재현을 위한 노력에도 불구하고, 왜 무라야마는 식민지 조선의 지식인들로부터 지지를 받지 못한 것일까. 그 이유 중 하나는 실제 일본인 배우를 통해 나타난 조선(인) 표상의 내용 때문이었다. 무엇보다 식민지 지식인들에게 일본인 배우들을 통해 재현된 조선은 일본인들이 조선에 대해 산출한 기존의 부정적이고 왜곡된 조선상(像)을 답습하고 있는 것처럼 보였다. 예를 들어 〈춘향전〉과 관련한 좌담회에서 서광제는 주요 등장인물의 형상화를 거론하며 이도령은 "연애꾼", 춘향은 "색정의 화신", 춘향모(월매)는 "갈보", 사또는 "인간성이 없는 짐승같은 놈(ケダモノ)" 같다고 불만을 토로했다. 또 같은 좌담회에서 이무영은 이런 서광제의 불만을 이어받아 농부들이 코를 풀어 신발에 닦는 장면을 들어 "조선 사람의 좋지 못한 점만을 너무 과장했다"고 지적하며 조선인에 대한 부정적인 형상화를 꼬집었다. 이렇게 식민지의 지식인들은 연극 속에 등장하는 조선인이 부정적이고 과장되게 표현된 것에 "불편함"과 "불쾌감"을 숨기지 않았

---

16) 大笹吉雄, 『日本現代演劇史 昭和戰中編Ⅰ』, 白水社, 1993, 432쪽.
17) 「映畵化される 春香傳 座談會－中」, 『京城日報』, 1938. 6. 9.

다.18) 요컨대 식민지 지식인들은 일본어연극 <춘향전>을 '사실성'과 '윤리성' 모두에서 그들이 상정했던 조선표상에 대한 기대지평을 저버린 것으로 받아들였다.

　연극에 대한 식민지 지식인들의 불만은 비단 조선표상의 '진정성'에만 국한되지 않았다. 앞서 소개한 좌담회에서 미적 표현을 중시하는 가부키의 표현 방식이 배우의 연기를 과장되게 만들었다는 이서향의 발언이 암시하는 것처럼, 연극 속의 가부키 양식은 <춘향전>의 조선적인 것을 훼손시키는 주범으로 지목되어 집중적인 비난의 대상이 되었다. 가부키적으로 연기하는 이몽룡의 "걸음걸이와 태도"가 마치 "사무라이 같았다"19)는 반응처럼, 적어도 식민지 관객들의 눈에 가부키의 영향을 받은 배우들의 '과장된' 몸짓은 <춘향전>의 '일본적' 변용처럼 비춰졌다.

　그렇다면 왜 무라야마는 가부키에 대한 이해가 낮을 수밖에 없는 조선인 관객 앞에 굳이 가부키의 연출 방식으로 구성된 <춘향전>을 내놓을 필요가 있었던 것일까. 이 문제를 생각함에 있어 흥미로운 사실은 조선인 관객이 가부키적 양식에 따라 움직이는 배우들로부터 이질감을 느낀 반면, 무라야마는 다음에서 보는 바와 같이 오히려 '인물의 유형화'라는 점에서 <춘향전>과 가부키의 공통점을 발견하고 있는 점이다.

---

18) 식민지 지식인의 반응을 좀 더 소개하면, 이서향은 "가부키에서도 거지라도 아름답게 표현하는 것이 아닙니까. 그런데 사또의 경박(?)한 것을 너무 지나치게 과장해서 여간 불편하지 않습디다"고 말했고, 이원조는 연극에서 길치마를 쓴 춘향이 "마치 남양토인들 게집애 같아서 매우 불쾌"했다고 토로하고 있다. (「新協 "春香伝" 座談會」, 『批判』, 1938. 12)

19) 이원조, 「신협 극단 공연의 천향전 관극평」, 『조선일보』, 1938. 11. 3.

　　〈춘향전〉 전설의 배경이 되는 악정이라든가 연애라든가 기타 아
름다운 마음을 존중하는 기풍 등은 내지와 조금도 다르지 않습니다.
인물들의 마음의 움직임도 마찬가지입니다. 원래 희곡은 오랜 시간
을 거치면서 형성된 것으로 그 때문에 선한 사람은 더욱 선하게 아
름다운 사람은 더욱 아름다운 사람으로 구상화되었습니다. 그래서
인간은 모두 유형화되었고 사건이 커다란 서스펜스에 끌리면서 화
려한 대단원이 된 것도 내지와 비슷합니다. 어떤 사람이 가부키에
나오는 인물, 사건과 조금도 차이가 없다는 말을 했는데, 저는 그 점
에 흥미를 갖게 되었습니다.[20]

　　여기서 가부키의 도입이 〈춘향전〉을 대하는 무라야마의 태도가 조
선적인 것의 사실적 재현보다 미학적 관심에 이끌렸다는 점에서 기인
된 것임을 알 수 있는데, 이러한 의도를 실현하기 위해 그는 가부키 극
단인 전진좌(前進座)의 도움을 받아 배우들에게 가부키적인 연기술을 습
득시켰다. 그리고 그 결과로 일본공연에서는 여배우들이 남녀 주인공
을 맡는 식으로 상연되었다. 이몽룡 역은 극단 신쿄의 여배우 아카기
란코(赤木蘭子)가, 춘향 역은 영화배우였던 이치카와 하루요(市川春代)가
맡았다. 여배우가 남자 역을 연기하는 것은 가부키의 온나가타(女形) 전
통을 뒤집은 것인데, 무라야마는 그 의도를 다음과 같이 설명한다. 즉,
"온나가타가 여자가 되기 위해서는 남자의 눈으로 본 여자의 가장 여
성적인 부분을 의식적으로 연기할 수 있는 것과 마찬가지로, 여배우가
남자로 분장할 때에는 남자 속에 있는 가장 남성적인 것을 표현할 수
있다고 생각"했다는 것이다. 그리고 이를 통해 "춘향과 몽룡의 연애가
[…] 현실에서부터 어느 정도 거리를 둔 형식의 미"[21]를 거둘 수 있다

---

20) 「映畵化される 春香傳 座談會－下」, 『京城日報』, 1938. 6. 10.

고 기대했다.[22] 하지만 무라야마의 기대와는 달리 일본 공연에서 뒤집힌 온나가타 형식은 관객들의 호응을 이끌어내지 못했고, 그 결과 조선 공연 때에는 남자 배우가 몽룡을 맡는 방식으로 변화를 주었다.

그런데 <춘향전>과 가부키의 결합이 이러한 '예술적 동기'에서만 비롯된 것은 아니었다. 거기에는 조선적인 것에 대한 직접적인 표현에 가해졌던 검열 당국의 시선을 회피하기 위한 '정치적 이유'도 작용하고 있었다. 당시 일본에서는 특히 조선인들로 조직된 극단의 경우, "상연할 희곡의 내용 여하에 관계없이 조선옷을 입고 무대에 오른다"는 이유만으로 공연중지 처분[23]을 받는 상황이었다. 따라서 조선의 고전을 가부키적으로 재해석한다는 것은 경찰을 비롯한 검열당국을 설득하는 유력한 수단이 될 수 있었다.[24] 그 결과 <춘향전>은 무사히 무대에 올라갈 수 있었고, 어느 사상검사로부터 "현대극에 가부키 형식을 혼합함으로써 일본의 전통적 공연예술을 더욱 발전시키고 일본과 조선의 화합을 촉진하는 데 기여했다"[25]는 평가까지는 받는 '성과'를 거두기도 하였다.

또한 무라야마의 가부키에 대한 관심은 근대 일본의 가부키를 '민중연예'로서 재창조하려는 그의 예술상의 포부와도 관련되어 있었다. 그는 근대 가부키 자체에 대해 비판적이었다. 그는 일찍부터 가부키를 지배계급의 가부키와 조닌(町人)의 가부키로 나누어 이해했는데, 전자가

---

21)「映畫化される 春香傳 座談會－中」,『京城日報』, 1938. 6. 9.

22) 백현미,「민족적 전통과 동양적 전통 : 1930년대 후반 경성과 동경에서의 <춘향전> 공연을 중심으로」,『현대문학이론연구』23, 2004, 227쪽.

23) 村山知義,「金史良を憶う」,『新日本文學』, 1952. 12, 55-56쪽.

24) 이준식,「무라야마 도모요시의 진보적 연극운동과 조선문화 사랑」,『역사비평』 88, 2009, 291쪽.

25) 平田勳,「「春香伝」觀劇所感」,『テアトロ』, 1938. 5.

일본의 근대화 과정에서 국가에 의해 장려됨으로써 가부키의 모든 것
처럼 간주되는 것에 불만을 갖고 있었다. 따라서 민중연예의 측면에서
가부키를 살리는 것이 과제라고 생각했다. 그리고 이러한 인식을 공유
한 것이 전진좌를 이끌고 있던 가와라자키 조주로(川原崎長十郎)였다. 가
와라자키는 가부키는 계급적 시각에서 파악했고, 그런 관점을 1931년
스스로 전진좌라는 극단을 조직하여 공연을 통해 실천했다. 그리고 무
라야마가 신극에 가부키를 결합시키려 했을 때 이를 이론적·실천적으
로 뒷받침하며, 무라야마가 〈춘향전〉을 공연할 때 가부키 동작을 지
도해준 것도 다름 아닌 전진좌였다.26)

　이렇게 〈춘향전〉의 연극화에 가부키 양식의 도입은 무라야마 나름
의 〈춘향전〉에 대한 독자적인 이해와 근대 가부키의 혁신이라는 과제
에 근거하고 있었다. 달리 말하면, 그러한 시도는 임시방편적인 것이
아니라, 신극의 혁신에 있어서 결정적인 요소였다고 할 수 있다. 그러
나 이러한 연출 의도는 실제 공연에서 조선인 관객에게는 제대로 전달
되지 못했다.27) 실제로 가부키적 표현에 대한 조선인 관객의 위화감은
〈춘향전〉의 첫 경성 공연에서 연출자인 무라야마가 1막이 끝나자 무
대 위로 올라와 이례적으로 연출의 의도를 설명하면서 "춘향전과 가부

---

26) 이준식, 「무라야마 도모요시의 진보적 연극운동과 조선문화 사랑」, 291쪽.
27) 조선적인 것과 가부키의 부조화는 이미 일본 공연 때도 지적되었다. 윤영련은 도
　쿄 쓰키지 공연을 보고 난 후 『조선일보』에 게재한 관극평에는 다음과 같은 대
　목이 있다. "연출, 장치, 연구 등 무대 전체를 통해야 양식적인 것과 사실적인 것
　사이에 일어나는 모순을 지적하지 않을 수 없다. 양식화에 의하야 조선적 특성이
　무시되는 때와 특수적인 조선미를 강조하기 때문에 양식화에 파조(破調)를 일으
　키는 때가 그것이다. 때때로 대사와 동작이 대립되는 것도 일본 가부키적 대사와
　조선인으로서의 특수적인 동작이 융합되지 않은 데서 오는 것이다." 윤영련, 「新
　協극단상연의 춘향전을 보고」, 『조선일보』, 1938. 4.

키가 비슷하다"[28]는 논지의 설명을 덧붙이는 진풍경을 낳기도 했다.
이서향은 연극 <춘향전>에 관한 한 좌담회에서 막간에 무라야마가 등
장했던 당시의 상황을 다음과 같이 설명하고 있다.

> 나는 첫날 가보앗는데 제1막이 마치고 관객들이 낭하(廊下)에서
> 모두 감상담을 이야기하지안겟습니까, 나도 그런말을 햇습니다마는
> 제1막에서 이도령의 언나 동작이 부자연하고 게다가 과장이 심하
> 다는 말을 모두하게 되니까 연출자인 촌산씨는 적어도 관객들의 이
> 러한 의견을 종합해서 청취하려고, 말하자면 '手先き(부하)'를 만히
> 느러노앗슬것입니다. 그랫다가 이러한 의견을 드러다 이야기하니까
> 연출자는 다소 당황해서 막간에 나와 하기 전에 자기의 연출의도가
> 歌舞伎적 수법을 느니 뭐-니 한 것입니다. 만약 안 그러타하면 연출
> 자가 개막하기 전에 당당히 자기의 연출의도를 관중에게 공표할 일
> 이지 하필 왜 막간에 나와 그런 말을 하겠습니까.[29]

여기서 무라야마의 막간 등장이 가부키적 연출에 대한 조선인 관객
의 부정적인 반응에 따른 즉흥적인 판단에서 비롯되었다는 것을 짐작
할 수 있다. 김남천도 같은 좌담회에서 무라야마의 행동을 "첫 막을 한
뒤에 일반의 평이 죠치못하니까 갑자기 기선을 제(制)하는 의미로 막간
에 나와서 나는 간간히 가부키적 연출을 햇노라고 한 것"이라 추측하
며, 거기서 "당황"[30]한 연출자의 심리를 읽어내고 있기도 하다. 이렇게
배우들의 연기만이 아니라 연극 전반에 적용된 가부키적 연출에 대한
조선인 관객들의 반감은 상당했다.

---

28) 박향민, 「新協 "春香傳" 座談會」, 『批判』 6권 12호, 1938. 12.
29) 이서향, 「新協 "春香傳" 座談會」, 『批判』 6권 12호, 1938. 12.
30) 김남천, 「新協 "春香傳" 座談會」, 『批判』 6권 12호, 1938. 12.

그런데 가부키의 연극적 효과에 관한 흥미로운 사실은 조선인 관객만이 아니라, 일본인 관객도 조선의 고전과 결합한 가부키는 만족하지 못했다는 점이다. 예를 들어 경성 공연 직후 열린 좌담회에서 아키타 우자쿠는 여성배우가 몽룡을 연기한 일본공연보다 남성배우가 몽룡을 맡은 경성공연이 좋았다는 어느 여성 관객의 말을 인용하며, 가부키의 온나가타 전통을 전도시켜 사용했던 일본공연을 우회적으로 비판했다. 또 같은 자리에서 아베 요시시게는 가부키를 모방한 연기보다 조선의 색채를 내는 편이 좋았다31)며 <춘향전>의 주제와 가부키의 부조화를 간접적으로 지적했다. 이들만이 아니라 좌담회에 참석한 일본인들은 경성 공연에서 가부키적 형식이 제대로 표현되지 않은 것에 대해 불만을 표시했다.32)

1938년 일본어연극 <춘향전>은 "가부키의 형식"으로 "조선의 전통과 색채"를 표현하겠다는 무라야마의 구상에서 기획되었다. 달리 말하면 무라야마는 신극의 혁신을 일본과 조선의 전통문화의 접목을 통해 시도한 것이다. 특히 경성 공연에서는 최승일의 재정 지원과 식민지 조선의 연극관계자들이 <춘향전>의 연극화를 위해 협력했다. 즉, 일본어연극 <춘향전>은 식민제국과 식민지의 경계를 가로지르는 '문화횡단적 실천'33)을 통해 태어났다. 하지만 일본인 배우의 신체와 언어로 재현된 조선은 조선 관객들의 지지를 얻는 데 실패했다. 무대 위에 재현된 조선은 식민지 조선인들이 '알고 있었던' 조선과 달랐고, 무엇보다

---

31) 「<春香傳>批判 座談會」, 『テアトロ』 5권 12호, 1938. 12.
32) 양근애, 「1930년대 전통의 재발견과 연극 <춘향전>」, 166쪽.
33) 문경연, 「일제 말기 극단 신협의 <춘향전> 공연양상과 문화횡단의 정치성 연구」, 『한국연극학』 40, 2010, 31쪽.

그들이 기존의 부정적 조선상(像)의 극복이라는 기대지평도 충족시키지 못했다. 여기에 무라야마가 의식적으로 도입한 가부키 양식은 이러한 식민지 지식인들의 불만을 더욱 증폭시켰다. 그런데 역설적이게도 조선의 고전과 결합한 가부키 형식은 일본인 관객들로부터도 지지를 받지 못했다. 그들은 조선의 관객과는 정반대로 조선의 고전과 결합되면서 가부키적 표현이 어색해졌다고 생각했다. 결과적으로 가부키라는 형식은 <춘향전>을 충분히 조선적이지도 않고, 동시에 충분히 일본적이지도 않은 '무국적'의 영역으로 밀어내는 역할을 했다고 할 수 있다. 이렇게 1938년 식민지 조선에 상륙한 일본어연극 <춘향전>은 일본과 조선의 전통을 접목하여 근대 신극을 혁신하려는 기획에서 출발해, 공연을 앞두고는 내선일체의 연극적 재현으로 그 '문화적 의미'가 상찬받았지만, 최종적으로는 일본과 조선 모두에게 외면받는 가운데 어느 쪽에도 귀속되지 못하고, '정체성(identity)의 바다'를 표류하는 운명에 시달려야 했다.

III. 식민제국/식민지의 분할선과 두 개의 '모더니즘'

식민지 조선으로 '귀환'한 일본어연극 <춘향전>은 1938년 식민지 조선 문화계의 최대 이슈였다. 하지만 이 연극에 쏠린 집중적 관심에도 불구하고 그러한 '붐'의 이면에는 메우기 힘든 균열 또한 존재했다. 실제로 대중적 흥행에도 불구하고, 조선의 고전과 가부키의 결합이라는 전례 없는 시도가 낳은 신극 <춘향전>은 식민지 조선과 일본의 지식인 모두로부터 긍정적인 반응을 이끌어내지 못했다. 일본어연극으로 재탄생한 <춘향전>은 결국 귀속될 장소를 배정받지 못한 채 표류하는 운명을 떠안지 않을 수 없었다.

그런데 이런 균열은 일본인 제작자와 조선인 수용자, 그리고 일본인과 조선인 수용자 사이에서만 나타나지 않았다. 그것은 이 연극의 공동제작자인 장혁주와 무라야마 도모요시 사이에서도 존재했다. 일본어연극 <춘향전>에서 사용된 대본은 무라야마의 요청으로 장혁주가 집필한 희곡을 각색한 것이다. 하지만 원작자 장혁주와 연출가 무라야마가 <춘향전>을 통해 욕망했던 새로운 예술상의 내용은 이질적이었다. 다음에서 보는 것처럼, 일본인 연출가 무라야마와 조선인 수용자 사이에 나타났던 '식민제국/식민지'라는 분할선에 따른 균열은 공동제작자인 장혁주와 무라야마 사이에서 조금은 다른 양상으로 전개되었다.

1938년의 일본어연극 <춘향전>은 무라야마와 극단 신쿄만의 힘으로 태어난 것이 아니었다. 거기에는 또한 장혁주가 연극대본의 저본이 되는 희곡의 집필자로서 참여하고 있었다. 장혁주의 희곡 집필은 1937년 무라야마의 요청으로 이루어졌으며, 이렇게 해서 쓰인 희곡은 1938년 3월 잡지 『신조(新潮)』에 게재되었다. 이렇게 장혁주와 무라야마, 두 사람은 일본어연극 <춘향전>의 탄생에 있어서 공동제작자의 관계를 이루고 있었다.

잘 알려진 것처럼 장혁주는 1932년 소설 「아귀도(餓鬼道)」가 일본의 종합잡지 『가이조(改造)』의 현상소설에서 2등으로 입선함으로써 일본문단에 정식으로 등단했다. 식민지 조선 농민의 비참한 착취 구조를 고발하는 이 소설을 통해 장혁주는 일본인 작가가 다룰 수 없는 소설의 소재를 그려내는 작가로서 일본 문단 내에 입지를 갖게 된다. 즉, 그의 등장으로 인해 일본 문단 내에 '식민지 조선'이라는 새로운 소설적 소재가 개척된 것이다. 장혁주는 일본어창작의 동기가 식민지 조선이 놓인 현실을 일본인 독자에게 호소하려는 것에 있음을 여러 차례 밝힌 바가 있는데, 실제로 그것의 의미는 일본의 식민지주의에 대한 비판이라기보다는 '조선'을 소재로 삼은 '일본어 소설'을 통해 일본 문단에 '입회'하는 것에 있었다.[34]

희곡 <춘향전>의 집필은 1930년대 창작 활동의 중요한 전환점이기도 했다. 장혁주는 1936년 일신상의 이유로 조선에서의 생활을 접고 거주지를 도쿄로 옮겼다. 이사를 기점으로 그는 조선적인 것을 다룬 소설에서 탈리해 일본적 사소설을 시도하지만, 별다른 호응을 얻지 못하며 문학적 슬럼프에 빠져든다. 이러한 때 두 가지 사건이 심기일전의 계기가 되었는데, 하나가 『후쿠오카니치니치 신문(福岡日日新聞)』으로부터의 장편소설 연재의뢰(<치인의 정도>, 1937. 6. 16~11. 6)였고, 다른 하나가 무라야마의 의뢰로 처음 시도한 희곡 <춘향전>의 집필이었다.[35] 즉, 희곡 <춘향전>은 일본적 소설 형식으로 궤도를 수정했던 그가 다시 조선을 소재로 한 사실주의 경향으로 복귀하는 전환점에 위치한다.

연극 <춘향전>의 공연 대본이 장혁주의 희곡 <춘향전>을 저본으로 만들어 졌지만, 실상 두 텍스트 사이에는 적지 않는 차이가 존재한다. 예컨대 그것은 다음에서 보는 바와 같이 '막과 장의 구성'을 보면 확연히 드러난다.

---

34) 中根隆行, 『<朝鮮>表象の文化誌』, 新曜社, 2004, 208-228쪽.
35) 시라카와 유타카, 『장혁주 연구-일어가 더 편했던 조선작가 그리고 그의 문학』, 동국대학교출판부, 2009, 309쪽.

희곡 〈춘향전〉	막 과 장	대본 〈춘향전〉
가인풍류	제 1 막	가인풍류
(봄-광한루)	제1장	광한루 발단의 장
(수일 후의 밤-광한루)		광한루 결연의 장
(달밤-춘향의 집)		(삭제)
(막의 명칭 없음)	제 2 막	수색
(반 년 후 어느 가을날-춘향의 집)	제1장	춘향가 요원의 장
(다음 날 아침-오리정)	제2장	춘향가 이별의 장
신관 사또	제 3 막	이별 : 오리정 이별의 장
(며칠 후-관가)	제1장	
(수개월 후-관가)	제2장	
옥	제 4 막	신관사또
(제1막으로부터 수년 후-감옥)	제1장	지구점고의 장
(수일 후-감옥)	제2장	춘향 수리의 장
(2개월 후 초여름-남원군의 한 농촌)	제3장	춘향 옥중의 장
(막의 명칭 없음) (같은 날 밤	제 5 막	암행어사
	제1장	농촌 뇌사의 장
	제2장	옥중 재회의 장
대단원	제 6 막	대단원 어사출도의 장
(다음날-광한루)	제1장	
(전 장으로부터 수 분후-옥)	제2장	
(수일 후-광한루)	제3장	

　〈춘향전〉은 몽룡과 춘향의 이별과 재회가 한 축을 이루고, 거기에
신관사또의 학정과 몽룡에 의한 징벌이 이야기 전개의 또 다른 축을
이루고 있는데, 위의 표에서 보는 것처럼 희곡과 대본은 이 서로 구별
되는 두 가지 주제를 각기 다른 비중으로 다루고 있다. 우선 희곡에서
는 몽룡과 춘향의 이별이 '제2막'에 한하여 그려지고 있는 반면, 대본
에서는 그것이 '제2막 제2장'과 '제3막'으로 확대되면서 중시되고 있

다. 대본은 희곡에 비해 상대적으로 남녀 주인공의 이별을 강조함으로써 역설적으로 사랑이라는 주제를 부각시키고 있는 것이다. 이에 대해 희곡은 신관사또의 패악에 좀 더 초점을 두고 있다. 이를 테면 신관사또의 패악을 3막에서 4막에 걸쳐 다룸으로써 그 패악이 지속적으로 남원 일대의 거주자와 춘향에게 미치고 있음을 드러내고 있다. 그리고 패악이 계속되는 이 시간은 달리 말하면 춘향이 감옥에 갇혀 있는 시간이자 이몽룡이 과거에 급제하여 암행어사가 되기까지의 시간이기도 한데, 이러한 설정이 신관사또의 학정과 몽룡의 급제 과정을 병행시켜 이야기 전개의 개연성을 높이고 결말의 극적 효과를 높이기 위한 장치임은 두말할 필요도 없다.[36]

그런데 장혁주의 희곡과 무라야마의 구상과 일치하지 않았던 것은 어떤 의미에서 당연한 것이었다. 왜냐하면 애초에 장과 무라야마는 상정하고 있는 독자층이 달랐기 때문이다. 일본어창작을 통해 조선의 현실을 리얼하게 표현하는 것에 주력했던 장혁주는, 이후 스스로 '내지인본위(內地人本位)'라고 말한 것처럼 처음부터 일본의 관객에게 조선의 고전을 알리는 것을 최우선 목표로 하고 있었다. 반면 무라야마는 관객층을 "조선인과 내지인을 반반 정도로 예상하"고, "양쪽 모두에게 감동을 주는" 것을 의도했다. 그 때문에 대본은 장혁주가 힘을 기울였던 장면 ―3막에 수인(囚人)을 넣고, 어사와 역졸의 장 등―은 간략화하고, 희곡에서는 생략되었지만 조선의 관객이 통상 <춘향전>에 요구하는 장면, 예를 들면 춘향이 신임부사를 꾸짖는 장면이나 옥중에서 몽룡과 재회한 춘향이 몽룡을 자신의 남편으로서 돌봐줄 것을 모친에게 부탁하는

---

36) 백현미, 「민족적 전통과 동양적 전통 : 1930년대 후반 경성과 동경에서의 <춘향전> 공연을 중심으로」, 225-226쪽.

장면 등을 포함시켜 조선인관객의 기대에 부응하려 했다.37)

하지만 희곡과 공연의 차이를 낳은 보다 근본적인 이유는 〈춘향전〉을 대하는 장혁주와 무라야마의 관점의 상이함에 있었다. 장혁주는 〈춘향전〉의 가치를 "당시의 조선 사회를 있는 그대로 그려내어 인정 풍속의 작은 부분을 구현하며 도덕습관을 여실히 표현한 점"에서 찾았다. 즉, 〈춘향전〉은 "조선을 잘 표현한다는 점에서 리얼리즘의 극치"이자 그런 점에서 "조선 고전 중 백미"38)라는 것이다. 그래서 장혁주는 희곡을 쓰면서 "자연발생적인 민족문학으로서의 특성, 조선의 민정 풍속을 가장 리얼하게 표현하는 것"에 초점을 두고 "일본 내지인 독자들에게 이해가도록 다수의 원본에서 통일적인 내용을 추출하여 극적 요소를 가진 딴 내용을 창작해서 줄거리의 단조로움을 보정하고 현대극 형식으로 가다듬"고자 했다고 말하고 있다.39)

장혁주가 〈춘향전〉의 '리얼리즘'에 주목했다면, 무라야마에 그것은 신극의 혁신=개량이라는 문제와 관계되어 있었다. 앞서 말한 것처럼 표현에 있어서도 사실적 재현보다는 가부키 양식의 도입을 통한 형식미의 극대화가 관심의 대상이었다. 무라야마는 일본 순회공연을 마친 뒤 경성에서 열린 한 좌담회에서 〈춘향전〉에서 발견한 예술적 의미를 다음과 같이 말하고 있다.

신협(新協)이라는 것에 대한 일본 사람들의 고정관념을 타파하는 일이 아주 중요하며 지금까지는 어둡고 축축한 연극이 많았던 차에

---

37) 金牡蘭, 「帝國日本の『春香伝』―新協の春香伝と〈朝鮮的なもの〉をめぐって」, 『演劇映像學』 1, 2009, 226쪽.
38) 張赫宙, 「春香傳について」, 『テアトロ』, 1938. 3.
39) 張赫宙, 「春香傳」, 『新潮』, 1938. 3, 後記.

<춘향전>과 같은 웅대한 주제와 美, 貞節, 正義에 대한 동경이라는 그 에스프리를 표현해 본 것입니다. 게다가 내지의 연극팬에게는 전혀 미지인 조선의 고전을 소개하여 상당한 반향을 불러 일으켰다는 것에 자부심을 갖고 있습니다. 연출상의 방침으로는 춘향전이 갖는 테마를 명확하고도 웅대하게 그 표현 스타일부터 아름다운 것으로 하고자 노력했습니다.[40]

이렇게 무라야마는 새로운 양식의 창조에 관심을 두고, 구체적으로 기존 신극에 새로운 변화를 만들어내기 위한 계기로서 <춘향전>에 주목했다고 할 수 있다. 한편 예술 표현상의 혁신과 실험을 강조하는 무라야마의 입장은 그가 1920년대 이른바 '모더니스트'로 예술 활동을 시작했다는 사실과도 무관하지 않다. 그러나 다른 한편 과거 모더니스트였던 무라야마가 가부키나 <춘향전>과 같은 동양의 전(前) 근대적인 문화에 관심을 기울였다는 점은 일견 모순적으로 보이기도 한다. 그런데 흥미로운 사실은 무라야마가 가부키를 통한 신극의 혁신을 시도하던 때와 거의 동시적으로 1920년대 일본 모더니즘 문학의 주역이었던 가와바타 야스나리(川端康成)와 다니자키 준이치로(谷崎潤一郎)도 각각 『설국(雪國)』의 연재(1935~1948)와 『겐지 이야기(源氏物語)』의 번역(1939~1941)을 통해 서양식 모더니즘에서 일본의 전통으로의 전환을 감행했다는 점이다. 이러한 전환은 1930년대 중반 사회주의자의 대량 전향이 가져온 사상적 폐색상태가 초래한 문학적 '전향'으로 해석할 수도 있을 것이다. 하지만 가라타니 고진(柄谷行人)이 말하는 것처럼, 여기에는 서양의 모더니즘을 기준으로 하는 한 그것의 반복과 아류에 머물 수밖에

---

40) 「映畵化される 春香傳 座談會-中」, 『京城日報』, 1938. 6. 9.

없는 비서구 모더니즘의 예술적 불행을 극복하려는 의지가 관여하고
있다.

　도쿄미술학교의 창설에서 전통파가 승리한 것은 그것이 전통적이
었기 때문이 아니라, 그것이 서양측에 의해 평가되고 또한 산업으로
서 성립한 것에 따른 것이다. 물론 도쿄미술학교는 설립 후 십 년도
지나지 않아 오카쿠라를 몰아낸 서양파로 대체되었다. 그러나 '서양
파'는 그 이후 근본적인 배리(背理)로 고민하게 된다. 왜냐하면 일본
에서 첨단적이고 반전통적으로 보이는 일은 서양에서는 단지 모방
으로서 보이고, '전통파'로 회귀하는 편이 오히려 첨단적으로 보이기
때문이다. 이 문제는 오늘날까지 이어지고 있다. 왜냐하면 일본에서
존경받는 '서양파'는 서양에서 어떤 가치도 부여받지 못한다. 그리고
어떤 형태로든 서양에서 평가받는 아티스트는 사실상, '전통파'로 회
귀하고 있다. 왜냐하면 그쪽이 오히려 전위적으로 보이기 때문이다.
　다른 영역에서도 같은 것을 말할 수 있다. 예를 들어 문학에서도
다니자키 준이치로, 가와바타 야스나리, 미시마 유키오 등은 원래 서
양파의 모더니스트로 출발했다. 그들은 어느 시기부터 전통으로 향
했던 것은 전통에 대한 향수라기보다는 오히려 그쪽이 보다 '전위
적'으로 보인다고 생각했기 때문이라고 해야 한다.

(밑줄은 필자에 의함)[41]

　전위적 예술(모더니즘)을 위해 과거(프리모던)로 회귀한다는 역설적 논
리는 물론 장혁주에게도 적용된다. 그의 문학은 식민제국 일본과 식민
지 조선에 각각 '근대'와 '봉건'을 할당한 위에서, 제국의 언어인 일본
어를 사용해 근대의 시점에서 조선의 전(前)근대성을 비판적으로 바라

---

41) 柄谷行人, 「美術館としての歴史」, 『創造された古典』, 新曜社, 1999, 305-306쪽.

보는 작품들이 다수를 점하고 있다. 즉, 그에게 근대로서의 일본은 식민지 조선을 비추는 거울이자, 일본어를 매개로 도달해야 할 그의 문학의 도달점이었다.[42] 그리고 주지하는 바와 같이 그러한 근대(일본)를 향한 집요한 열망의 결과로 장혁주는 일본의 '중앙' 문단으로부터 1930년대를 통해 '식민지 문학'이라는 새로운 장르의 개척자라는 위상을 부여받았다. 무엇보다 그것이 식민지 출신의 작가가 표현한 식민지의 현실과 그것을 일본어로 표현했다는 점이 기존의 일본문단에 전에 없는 새로운 시도로 간주되었던 점에서 비롯되었음은 두말할 나위도 없다.

장혁주와 무라야마에게 '조선적인 것'은 각자 상정하는 중심, 즉 일본과 서양에는 존재하지 않는 것이었다. 중심부가 결여하고 있는 것이기 때문에 중심부의 시각에서 보면 그것은 '참신하고 새로운 것'처럼 보일 수 있었다. 이렇게 보면 장혁주가 그 자신과 일본의 문단 사이에 상정했던 '교환'의 내용도 분명해진다. 즉, 그는 일본 쪽에서 보면 '미지'의 대상인 조선을 일본어로 번역하여 소개하는 대신, 1930년대 일본문학의 새로운 장르로 부상했던 '식민지 문학'에 관한 독점적 지위를 요구했다고 할 수 있다. 물론 이런 다분히 식민지주의적인 교환에서 무라야마도 자유롭다고 할 수 없다. 왜냐하면 예술적 전위(아방가르드)로 출발해 프롤레타리아 예술운동과 전향의 체험을 거치면서도 예술 상의 실험을 멈추지 않았던 무라야마의 이력을 고려할 때, 그 또한 동양의 식민제국 일본의 전통(가부키)과 그 제국의 식민지에서 전래된 더욱 전근대적인 전통(춘향전)을 융합함으로써, 비록 상상적 차원이지만, 서구라는 초월적 존재로부터 '아류'가 아닌 모더니스트로 승인받기를 소망했

---

42) 장혁주의 일본어 창작과 근대를 향한 욕망의 관계에 대해서는 南富鎭, 「張赫宙論」, 木村一信外(編), 『<外地>日本語文學論』, 世界思想社, 2007 참조할 것.

음은 분명하기 때문이다.

이렇게 두 사람은 '중심부'에 결핍되어 있는 것을 '보완'하는 방식으로 중심으로부터 인정받고자 하는 욕망을 공유했지만, 각각이 지향했던 '보편세계'의 모습을 달랐다. 장혁주에게 그것이 일본을 참조항으로 하는 '근대성(modernity)의 세계'였다. 반면 무라야마가 상정한 보편은 서양의 예술적 성취를 넘어서는 '진정한 모더니즘(modernism)'의 세계였다. 결국 두 사람의 착종하는 행보가 드러내는 것은 팽창하는 제국이 그 내부를 살아가는 사람들에게 '강요'했던 보다 상위의 중심, 즉 보편을 향한 중단없는 욕망과 함께, '식민제국/식민지'라는 경계선을 따라 갈라지는 보편세계를 둘러싼 상상력의 격차라고 할 수 있다.

IV. '관대한' 제국의 역설

1938년 일본어연극 〈춘향전〉은 '식민제국/식민지'라는 분할선을 따라 드러나는 서로 구분되는 욕망들의 갈등을 표출시켰다. 하나는 민족문화 표상의 기대지평을 둘러싼 균열이었고, 다른 하나는 보편세계를 둘러싼 일본인과 조선인 제작자 사이의 상상력의 격차였다. 이 글은 여기에 번역과 식민지 민족문화의 운명에 관한 대립을 또 하나 덧붙여 두고자 한다. 일본어연극 〈춘향전〉은 조선표상의 진정성을 둘러싼 논란에 머물지 않고, 일본어로 조선을 과연 '제대로' 표현할 수 있는가라는 번역과 관련한 근본적인 문제를 촉발시켰기 때문이다.

이 문제가 표면화된 것은 연극 〈춘향전〉의 경성 공연에 앞서 「조선문화의 장래와 현재」라는 주제 하에 열린 좌담회였다. 이 좌담회는

<춘향전> 공연을 위해 무라야마 도모요시와 아키타 우자쿠 그리고 장혁주가 조선을 방문하고, 때마침 만주시찰을 위해 이동하던 중이었던 하야시 후사오(林房雄)가 경성에 머물게 된 것을 계기로 『경성일보』가 일본의 문학자와 조선 측 문학자들의 대화를 마련한다는 취지에서 열렸다.

이 좌담회의 쟁점은 일본어로 조선의 문화를 제대로 표현할 수 있는 가였다. 논의는 좌담회에서는 장혁주의 일본어희곡 <춘향전>을 통해 이루어졌는데, 조선인 작가들의 입장은 장혁주의 희곡이 <춘향전> 본래의 맛을 표현하지 못했으며, 근본적으로 일본어로 그것을 표현하는 것을 불가능하다는 것이었다. 예컨대 "그 말(조선어)이 갖고 있는 맛을 번역하는 것은 아주 힘들"며(임화), "내지 말로 번역하면 「춘향전」이 이상해"진다(김문집)과 같은 반응이었다. 반면 장혁주와 일본의 문학자들은 조선의 문화는 번역을 통해 일본에 소개될 필요가 있으며, <춘향전>의 성공을 들면서 이른바 '내선교류'를 위해서도 조선예술의 일본어 번역은 계속 이루어져야 한다고 주장했다.

<춘향전>의 번역을 둘러싸고 벌어진 양 측의 공방은 조선작가의 일본어창작의 문제로 이어졌다. 일본의 문학자들은 대체적으로 더 많은 사람들에게 읽히기 위해서라도 일본어창작 혹은 일본어로의 번역이 필요하다는 입장인 반면,[43] 조선인들은 그럴 경우 조선 문화 고유의 맛을 표현할 수 없다는 이른바 '번역불가능성'의 입장에서 일본인 참석자들의 주장에 이의를 제기했다. 예를 들어 이태준의 다음과 같은 발언은

---

43) 물론 일본인 참석자들의 입장이 일률적인 것은 아니었다. '국어창작'을 강하게 주장하는 하야시 후사오를 제외하면 다른 참석자들은 대체로 권유의 수준에서 일본어창작을 주장했으며 조선어창작의 병행을 부정하지 않았다.

조선인 참석자들의 심정을 대표한다.

　　사물을 표현하는 경우에 내지어로 적확하게 그 내용을 설명하는
　것이 불가능할 듯이 생각되기 때문이 아닐까 합니다. 우리 독자의
　문화를 표현할 경우의 맛은 조선어가 아니면 불가능한 것이 있습니
　다. 그것을 내지어로 표현하면 그 내용이 내지화해 버리는 듯한 느
　낌이 듭니다. 완전히 그렇게 되는 듯한 느낌이 듭니다. 그렇게 되면
　조선 독자의 문화가 사라진다고 생각합니다.[44]

　일본어창작을 둘러싼 일본인 문학자와 조선 측 참석자 사이의 의견
대립은 일견 식민지에 제국의 언어를 강요하는 '문화제국주의'와 민족
문화의 본질적인 것은 번역될 수 없다는 일종의 '문화본질주의'[45]의
대립처럼 보인다. 또한 일본의 문화침략에 민족문화의 위기를 느껴 반
발하는 조선인 문학자의 태도는 '문화민족주의'를 연상시킨다. 그런데
식민지 지식인들이 보여준 조선어에 대한 민족주의는 1938년 3월 조선
총독부가 발표한 '제3차 조선교육령'을 배경으로 한다. 왜냐하면 이 새
로운 교육령은 조선어를 필수과목에서 선택과목으로 변경하는 것을 골
자로 하고 있는데, 식민지 조선인들은 새 언어정책이 일본어의 상용화
라는 명분하에 조선어의 사용을 제약시켜 결국은 조선어에 의한 소통
의 세계를 위축시킬 것으로 받아들였기 때문이다. 달리 말하면 조선 문
학자들의 언어민족주의는 식민지에서의 일본어 상용화를 위한 언어정
책의 실시가 가져온 조선어를 둘러싼 위기의식의 표현이기도 했던 것
이다.[46]

---

44) 「朝鮮文化の將來と現在」, 『京城日報』, 1938. 12.
45) 윤대석, 앞의 책, 126쪽.

그런데 여기서 일본 측의 논리를 조선 문화의 독자성을 근본적으로 부정하고 그것의 '동화'를 목적으로 하는 제국주의의 문화침략으로 규정하는 것은 성급하다. 왜냐하면 정확히 말해서 일본인 문학자들은 조선 문화의 존재 자체를 부정하거나 동화의 대상으로 바라보지 않았기 때문이다. 조선인 작가들에게 "작품을 내지어로 써 주었으면 한다"고 말하며 일본어창작에 관해 가장 위압적인 태도로 '제국적 욕망'을 드러냈던 하야시 후사오 조차 조선 문학의 존재를 부정하지 않았다. 오히려 그는 '아일랜드 문학'의 사례를 거론하며 "내지의 영향"을 수용함으로써 조선 문학의 활로가 열린다고 주장한다.

> 영국이 아일랜드에 취한 정책은 어떠했습니까. 그래도 아일랜드 문학은 존재합니다. 우리가 이렇게 제군들과 좌담회를 해도 의미가 통하게 되었으며, 제군들이 우리와 똑같이 앉아 있는 오늘날, 조선어가 아니면 안 된다든지, 내지어에 저항해 간다든지 하고 말하는 것은…오늘날 내지의 영향에서 벗어난 예술은 사라지고 있지요.[…]아일랜드어를 사용한 문학이 존재하는 것처럼, 조선 문학도 결코 사라지는 것이 아닐 터이니까 그렇게 고집부리지 않아도 괜찮은 거요. 단지 많은 사람들에게 읽히기 위해 내지어가 좋다는 것입니다.[47]

---

46) 이러한 총독부의 언어정책의 전환 외에, 1938년 10월 일본군이 중국의 무한, 삼진을 점령한 사건도 식민지 지식인의 언어민족주의를 이해하는 데 간과할 수 없는 정치적 배경이다. 김재용이 지적한 것처럼, 무한, 삼진의 함락은 식민지 주민들이 품고 있던 독립에 대한 일말의 희망을 철저히 좌절시킴으로써, 예컨대 문학계는 '사실수리론에 입각한 협력'과 '비협력의 저항'으로 양분되었다(김재용, 『협력과 저항 : 일제 말 사회와 문화』, 소명출판, 2004, 11-12쪽 참조). 거듭 강조하지만, 이 시기의 언어민족주의의 '저항성'은 문학계에서 일어난 '사실수리론'(백철)으로 대표되는 독립에 대한 '상실감'의 확산 현상과 함께 이해될 필요가 있다.
47) 「朝鮮文化の將來と現在」, 『京城日報』, 1938. 12.

하야시의 주장은 아일랜드 문학이 영어를 받아들임으로써 세계적으로 알려질 수 있었던 것처럼 조선의 문학도 일본어의 세계 속에 들어옴으로써 널리 알려질 수 있으며, 그러한 과정을 통해 조선 문학은 사라지기는커녕 자신의 존재를 보다 확고히 할 수 있다는 것이다. 일본어 창작을 '강요'하는 태도가 하야시의 위치를 식민지를 동화하려는 식민 제국의 문화적 첨병처럼 보이게 하지만, 적어도 좌담회의 문면에서 파악되는 하야시의 입장은 조선의 문학, 나아가 식민지 조선 민족문화의 존재 자체를 부정하는 극단적 문화제국주의와 동일시하기는 어렵다.

다른 한편, 일본어창작의 요구에 집요하게 반발하는 조선의 문화민족주의자들의 태도를 '저항'의 맥락에서 의미화 하는 것에도 주의가 필요하다. 왜냐하면 그들은 식민제국의 언어침략에는 저항적이었을지 모르지만, 종군요청에는 기꺼이 협력하는 입장을 보였기 때문이다. 좌담회에서 이렇게 식민제국에 대해 이중적 태도를 드러낸 것은 유진오였는데, 예를 들어 그는 일본어로 써주기를 바란다는 하야시의 말에 "조선어로 쓰지 않으면 안 된다고 생각"한다며 이의를 제기했지만, 곧이어 "사변에 조선인 문사가 종군하도록 총독부에 청원해 보면 어떻습니까"라는 하야시의 요청에는 거침없이 "대찬성"이라는 응답을 내놓았다. 그리고 그런 유진오의 의견에 다른 조선 측 참석자들은 어떤 반대도 표명하지 않고 있다. 실제로 좌담회에 참석했던 정지용, 이태준, 임화는 이듬해인 1939년 '황군위문작가단'의 일원으로 참가하여 '제국 군인의 위문'을 위해 중국 전선으로 향했다.

그렇다면 여기서 왜 조선의 문학자들은 유독 일본의 언어침략에만 강하게 반발했던 것일까, 혹은 그들의 정치적 협력과 문화적 비타협성은 어떤 조건 속에서 공존할 수 있었는가, 무엇보다 일본의 문학자와 조선인 문학자 사이에 존재했던 전선의 진정한 성격은 무엇인가와 같은 질문을 우회하기란 곤란하다.[48] 더불어 '문화제국주의/문화민족주의'라는 해석틀이 대립의 성격에 대한 부분적 해명에 머물고 있는 점을 감안할 때, 새로운 접근방법은 불가결하다. 이런 문제를 해명함에 있어, 이를 테면 식민지 민족문화를 '존재'와 '표상'의 두 수준으로 나누어 보는 것은 유익한 실마리를 제공해 준다. 이것에 따른다면 '조선적인 것'은 <표상 이전에 존재하는 조선적인 것>과 <표상된 조선>으로 구분된다.

　이렇게 볼 경우, 일본 측 참석자들은 '표상 이전의 조선', 즉 조선의 민족문화의 존재 자체를 부정하지 않지만, 조선을 표상함에 있어서는 일본어의 배타적이고 독점적인 지위를 주장했다고 할 수 있다. 반면 조선인 문학자들은 식민지 민족문화의 '존재'와 '표상'의 두 수준은 민족어인 '조선어'로 매개되어야 한다고 주장함으로써 일본 측 참석자와의 차이를 드러냈다고 할 수 있다. 따라서 양 측 사이의 대립은 직접적으로 식민지 문화의 존폐에 관한 갈등이 아니라, 식민지 민족문화의 '자율성'을 어느 수준까지 인정(보장)할 것인가를 둘러싼 것이라고 할 수 있다. 달리 말해 여기에서의 쟁점은 자율성의 범위를 존재와 표상 모두에서 인정할 것인가, 아니면 존재의 수준에 한정할 것인가에 있었다.

---

48) 서석배는 조선인 문학자가 보여준 문화적 저항과 정치적 협력의 이중성을 현실의 정치적 비대칭성을 일본과 조선 사이의 문화적 대칭성으로 보상받으려는 심리로 설명하고 있다. 즉, 그는 조선인 문학자들의 문화민족주의가 "문화와 언어에 있어서 조선과 일본 간의 대칭적 관계"를 지향한 것으로 간주하고 있다.(서석배, 「신뢰할 수 없는 번역」, 64-65쪽) 하지만, 뒤에서 서술하는 것처럼 식민지 문학자의 문화민족주의는 일본문화와 조선문화의 대등한 관계를 상정한 것이 아니다. 그것은 다민족제국 안에서 조선 민족문화의 독자적인 문화적 영토를 승인받고자 했던 문화청원운동에 가까운 것이었다.

이때 조선 문화의 독자성에 대한 부정이 아닌, 어떤 의미에서 표상 공간에 한정된 일본어의 독점적 지위 문제에 대해 왜 조선의 문학자들이 일관되게 비타협적인 태도를 고수했는가의 문제가 뒤따른다. 바꿔 말하면 동화의 강요가 아닌, 식민지 민족문화의 존재를 인정하는 상대적으로 '관용적인 제국'에 대해 저항적 태도를 보였던 조선 측 참석자들의 심리에 대한 해명이 필요하다. 결론적으로 말하면, 조선적인 것의 자율성에 대한 식민지 지식인들의 비타협적 태도를 추동한 것은 총독부의 새 언어정책을 배경으로 '강요'될 일본어창작이 조선어를 통해 형성되었던 문학의 영토를 침식해 버릴 것이라는 위기감이었다.

일본 측 참석자들은 조선 문화의 고유성과 독자성을 부정하지 않는다고 말했지만, '식민제국/식민지'라는 정치적 비대칭성이 엄연히 현실성을 띠고 있는 상황에서 민족어에 의한 표현의 권리를 박탈당한 민족문화의 장래를 긍정적으로 전망하기란 어렵다. 또한 민족어에 의한 재현의 권리를 박탈당한 문화, 오직 타민족에 의한 번역=재현만이 허용되는 문화가 전통으로서 생명력을 이어가기란 결코 녹록치 않다. 따라서 이태준은 "내지어로 표현하면 […] 조선 독자의 문화가 사라진다"고 말할 수밖에 없었던 것이다. 그런 의미에서 일본 측의 주장은 식민지 민족문화의 부정 혹은 동화를 부인하는 제국의 관용성을 표현하고 있지만, 현실적으로 그것은 문화제국주의의 방식으로 기능하지 않을 수 없다.

그럼에도 불구하고 조선의 문화민족주의자들의 저항은 부분적이고 제한적이었다. 일본 측의 종군요청을 혼쾌히 수락했다는 것은 그들이 '식민제국/식미지'의 정치적 지배질서를 부정하지 않았음을 의미한다. 그런 의미에서 그들이 보여준 문화적 저항성은 정치적 저항을 포기한 위에서 식민지 민족문화의 자율성을 '최대한' 확보하려는 비정치적 문화운동의 범위 안에서만 의미를 갖는 것이었다. 더욱이 일본인 참석자들의 의견을 먼저 묻고 그에 대해 자신들의 의사를 절제된 언어로 '승인'을 요청하는 듯한 식민지 지식인들의 화법은 정치적 관계만이 아니라 문화의 영역에도 관철되고 있었던 일본과 조선의 비대칭성을 상기시킨다.

이런 관점에서 보자면 장혁주의 위치와 그의 문학 행보는 대단히 문제적이다. 그는 일본어창작을 통해 일본문단에 등단했으며, 일본어창작의 동기를 식민지 조선의 비참한 현실을 널리 알리기 위함이라고 주장했다. 그런 맥락에서 보면 일본어의 문학세계 안에서 조선을 소재로 하는 식민지 문학의 '시민권'을 주장한 그의 입장은 다민족제국 안에서 식민지 민족문화의 자율성을 추구했던 문화민족주의와 그다지 먼 곳에 있지 않다. 물론 현실에서 양자는 메우기 힘든 '적대감'을 교환하는 관계였다. 장혁주는 조선 문화의 표상에서 일본어의 독점권을 승인하는 입장을 취한 탓에 식민지의 문학자들로부터 조선어 문학의 존립을 위협하는 식민제국의 문화적 침략에 가담했다는 비판을 받아야만 했다. 그런데 문제는 조선 문화에 대한 일본어의 배타적 지위가 결국 조선 문화의 존재를 위기에 빠뜨릴 수 있다는 점에서 그의 일본어창작 지지는 역설적으로 조선 문학의 독점적 소개자라는 그의 지위를 위태롭게 만들 수 있다는 점이다. 왜냐하면 조선 문학의 소멸을 곧 그가 일본에 소개해야 할 문학적 소재의 고갈을 의미하기 때문이다. 일본어창작의 지지가 자신의 문학적 기반을 해체시키는 역설, 여기에 장혁주 자신은 자각하지 못한 그의 문학활동이 내장하고 있었던 모순을 읽어내는 것은 지나친 해석일까.

　일본어연극 〈춘향전〉이 일으킨 붐의 일부를 구성하는 일본어창작을 둘러싼 일본인 문학자와 조선인 문학자 사이의 대립은 단순히 문화제국주의와 문화민족주의로 표출된 침략/저항의 구도로 환원될 수 없는 것이었다. 〈춘향전〉에 대한 일본 측 문학자들의 관심이 단적으로 보여주는 것처럼, 식민제국은 식민지 문화의 독자성을 부정하기는커녕 그것을 '동양문화'의 일부로서 재정의하고자 했다. 또한 조선의 문학자들은 언어침략에는 민감했지만 식민제국/식민지라는 정치적 지배질서에는 일관되게 침묵했다. 오히려 식민제국의 종군요청을 기꺼이 받아들이는 타협적 모습마저 보였다. 일본과 조선의 문학자들의 공통된 관심사는 식민지 민족문화의 자율성을 어디까지 인정할 것인가의 문제에 있었다. 일본의 문학자들은 일본어창작이 조선 문학의 존립을 부정하는 것이 아니라 다만 표상의 영역에서 일본어의 독점적 지위를 확고히 하는 것이라고 주장했다. 하지만 그것은 현실적으로 불가능한 논리였다. 민족어에 의한 표현기회를 박탈당한 민족문화는 결국 고사의 위기를 맞이할 것이기 때문이다.

　잘 알려진 것처럼 1938년 일본어연극 〈춘향전〉의 탄생이 계기가 되어 1940년을 전후로 제국 일본의 출판계에는 '조선 붐'이라 불릴 만한 현상이 일어났다.[49] 우선 마해송이 편집인을 맡고 있던 일본의 대중잡지 『모던 일본(モダン日本)』이 1939년 11월과 1940년 8월 두 차례 「임시증간호 조선판」을 발간되었다. 특히 1940년은 '조선 붐'의 절정기였는데, 그 해 김사량의 일본어소설 「빛 속으로(光の中へ)」가 아쿠타가와 상 후보로 올랐고, 『조선대표소설집』(敎材社), 『조선문학선집』(赤塚

---

49) 朴春日, 『增補 近代日本文學における朝鮮像』, 未來社, 1985, 357-359쪽.

書房)과 같은 조선 문학에 관한 앤솔로지가 간행되었다. 김소운이 조선
시집 『젖빛 구름(乳色の雲)』을 일본어로 출판한 것도 1940년이다. 했
다.50) 이러한 일본어 출판의 형태로 나타난 조선 붐의 이면에는 조선
어 창작의 급속한 위축이라는 또 다른 현실이 놓여 있었다. 1941년 11
월 기존의 조선어 문예지 『문장』과 『인문평론』이 『국민문학』으로 통합
되고, 『국민문학』이 당초 계획과 달리 단 두 차례를 제외하고 폐간 때
(1945. 5)까지 일본어만으로 발행되었다는 사실이 이를 대변한다. 당연
하게도 이런 상황 속에서 식민지 민족문화의 자율성을 주장하는 목소
리도 더불어 자취를 감췄다. 결국 이태준의 예감은 적중한 것이다. 그
런 의미에서 1938년 일본어연극 <춘향전>은 식민지 민족문화의 재발
견이기보다는 그것의 식민제국 내부로의 소멸을 알리는 위기의 신호탄
이었다고 할 수 있다.

V. '조선 붐'의 행방

일본어연극 <춘향전>이 계기가 된 일제 말기의 조선 붐은 식민지
민족문화가 더 이상 열등성의 증표가 아니라, 식민제국의 관리 하에 보
존되어야 할 새로운 전통으로 간주되는, 이른바 식민지 민족문화에 관
한 의미 상의 전환을 보여준다. 이러한 조선 붐에 정당성을 부여했던
1930년대 후반의 제국 일본의 동양담론은 서양적 근대성에 대한 대결
의지(근대의 초극)이면서, 동시에 식민지 민족문화에 대한 새로운 통합의

---

50) 渡辺一民, 『<他者>としての朝鮮─文學的考察』, 岩波書店, 2003, 80-81쪽.

논리였다.

이렇게 식민제국이 내부의 문화적 이질성을 '근대 초극' 혹은 '동양'이라는 보다 확장된 시공간적 상상력을 동원해 지배의 권역 안으로 포섭한 이상, 인종적(민족적) 차이나 민족문화의 고유성에 근거한 저항의 논리는 더 이상 유효하게 기능하기 어렵다. 여기에 일제 말 일본어연극 〈춘향전〉을 계기로 나타난 조선의 문화민족주의의 정치성을 가늠할 수 있는 실마리가 놓여 있다. 반복되지만, 차이가 저항의 논리로 기능할 수 없는 상황에서, 문화민족주의가 주장하는 식민제국과 식민지 사이의 문화적 통양불가능성은 어떤 의미에서도 지배/피지배 관계에 대한 유의미한 도전이 될 수 없다. 결과적으로 문화민족주의가 내세우는 민족문화의 차이는 다민족제국의 문화공간 안에서 자신들만의 고유한 문화적 영토를 '승인'받는 데 기여할 수 있을 뿐이었다. 그런 점에서 식민지 조선의 문화민족주의가 보여준 정치적 타협성과 문화적 저항성이라는 이중성은 이러한 지배 담론의 전환이 자극한 순화된 민족주의의 예정된 선택이었다고 할 수 있다. 요컨대 식민지의 문화민족주의가 꿈꿨던 것은 식민제국으로부터의 정치적 독립이 아니라, 관대한 제국의 보호=관리 안에서 식민지 민족문화의 자율성을 최대한 보장받는 세계였다고 할 수 있다.

한편 1938년의 일본어연극 〈춘향전〉은 조선의 전통과 일본의 전통을 결합시킨 전례 없는 문화적 실험이었지만, 그 혼종성이 역설적으로 이 연극을 충분히 일본적이지도 않고, 동시에 충분히 조선적이지도 않은 무국적성의 지대로 이끌고 말았다. 그러나 보다 중요한 지점은 정치적 주권을 상실한 쪽은 번역이라는 문화의 혼종화 과정에서 언제나 자국 문화의 위기를 느끼지 않을 수 없다는 점이다. 번역의 과정에서 원천 텍스트의 손실과 왜곡은 불가피하다. 그러나 일제 말 조선의 지식인들이 보여준 일본어창작에 대한 집요한 반대는 단순히 번역에서 일어나는 이러한 손실과 왜곡에 대한 불만에서 비롯된 것이 아니었다. 오히려 그것은 주권 없는 문화는 번역에 취약할 수밖에 없다는 냉정한 현실에서 나온 자기보존을 위한 선택이었다고 봐야 할 것이다. 그리고 그런 점에서 일본어의 세계가 조선 문학을 보다 '보편화'시킬 것이라는 식민제국 지식인의 발언은 제국의 관용에 대한 근거 없는 과신, 그 이상도 그 이하도 아니다. <춘향전>의 표류는 그런 의미에서 번역에 대한 식민제국의 '무지'와 식민지의 '위기감'의 접점을 찾지 못한 갈등의 결과이기도 한 것이다.

참고문헌

김재용, 『협력과 저항: 일제 말 사회와 문화』, 소명출판, 2004.

김학동, 「장혁주의 일본어 희곡 『春香傳』과 방송극 『沈淸傳』론」, 『일어일문학연구』 66, 2008.

무라야마 도모요시, 이석만·정대성 역, 『일본 프롤레타리아 연극론』, 1999.

민병욱, 「村山知義 연출 〈춘향전〉의 공연사회학적 연구」, 『한국문학논총』 33, 2003.

_____, 「장혁주의 일어체 희곡 〈춘향전〉 연구」, 『한국문학논총』 48, 2008.

문경연, 「1930년대 말 〈신협〉의 『춘향전』 공연관련 좌담회 연구」, 『우리어문연구』 36, 2010.

_____, 「일제 말기 극단 신협의 〈춘향전〉 공연양상과 문화횡단의 정치성 연구」, 『한국연극학』 40, 2010.

백현미, 「민족적 전통과 동양적 전통 : 1930년대 후반 경성과 동경에서의 〈춘향전〉 공연을 중심으로」, 『현대문학이론연구』 23, 2004.

서석배, 「신뢰할 수 없는 번역 : 1938년 일본어 연극 춘향전」, 『아세아연구』 51권 4호, 2008.

시라카와 유타카, 『장혁주 연구ー일어가 더 편했던 조선작가 그리고 그의 문학』, 동국대학교출판부, 2009.

식민지 일본어문학, 문화연구회 편, 『제국일본의 이동과 동아시아 식민지문학』, 도서출판문, 2012.

신하경, 「일제 말기 '조선 붐'과 식민지 영화인의 욕망ー영화 〈반도의 봄〉을 통해」, 『아시아문화연구』 23, 2011.

양근애, 「1930년대 전통의 재발견과 연극 〈춘향전〉」, 『공연문화연구』 16, 2008.

양동국, 「제국 일본 속의 〈조선 시 붐〉ー유학생 시인과 김소운의 『조선시집』을 중심으로」, 『아시아문화연구』 23, 2011.

윤대석, 『식민지 국민문학론』, 역락, 2006.

윤영련, 「新協극단상연의 춘향전을 보고」, 『조선일보』, 1938. 4.

이상우, 『식민지 극장의 연기된 모더니티』, 소명출판, 2010.

이원조, 「신협 극단 공연의 천향전 관극평」, 『조선일보』, 1938. 11. 3.

이정욱, 「朝鮮と日本の挾間でー村山知義のシナリオ「春香伝」を中心に」, 『일본학보』 88, 2011.

이준식, 「무라야마 도모요시의 진보적 연극운동과 조선문화 사랑」, 『역사비평』 88,

2009

조관자, 윤상인 엮음, 「제국의 국민문학과 '문화=번역'의 좌절 : 스스로 식민지가
되는 제국일본」, 『'일본'의 발명과 근대』, 이산, 2006.

「映畫化される 春香傳 座談會」, 『京城日報』, 1938. 6 .9-11.

「朝鮮文化の將來と現在」, 『京城日報』, 1938. 12.

「新協 "春香伝" 座談會」, 『批判』1938. 12.

「春香伝批判座談會」, 『テアトロ』, 1938. 12.

秋田雨雀, 「故郷へ歸る『春香伝』-融合した二つの文化の交流」, 『京城日報』, 1938. 10. 9.

大笹吉雄, 『日本現代演劇史 昭和戰中編Ⅰ』, 白水社, 1993.

柄谷行人, 「美術館としての歷史」, 『創造された古典』, 新曜社, 1999.

金牡蘭, 「帝國日本の『春香伝』-新協の春香伝と＜朝鮮的なもの＞をめぐって」, 『演劇
映像學』 1, 2009.

張赫宙, 「春香傳」, 『新潮』, 1938. 3.

_____, 「春香傳について」, 『テアトロ』, 1938. 3.

中根隆行, 『＜朝鮮＞表象の文化誌』, 新曜社, 2004.

南富鎭, 「張赫宙論」木村一信外(編)『＜外地＞日本語文學論』, 世界思想社, 2007.

朴春日, 『增補 近代日本文學における朝鮮像』, 未來社, 1985.

平田勳, 「『春香伝』觀劇所感」, 『テアトロ』, 1938. 5.

村山知義, 「＜春香伝＞余談」, 『京城日報』, 1938. 5. 31.

_____, 「金史良を憶う」, 『新日本文學』, 1952. 12.

渡辺一民, 『＜他者＞としての朝鮮-文學的考察』, 岩波書店, 2003.

일제 말기 '조선 붐'과 식민지 영화인의 욕망

－영화 〈반도의 봄(半島の春)〉을 통해－

신 하 경

Ⅰ. '내셔널 시네마'라는 아포리아

한국영화사에 일제 시기는 어떻게 기록되어 있을까? 일제 시기와 그 후의 관계를 어떻게 파악하든, 2004년 이후 한국영상자료원이 일제 강점기 시기의 영화를 발굴하기까지 '한국영화사'는 해방 전 영화를 보유하고 있지 못했기에 구체적인 고찰을 진행할 수는 없었다.[1] 이러한 가

---

1) 1989년 일본의 토호(東宝)영화사에서 도요타 시로(豊田四郎)의 <젊은 모습(若き 姿)>(1943), 이마이 다다시(今井正)의 <망루의 결사대(望樓の決死隊)>, 최인규 감독의 <사랑과 맹세>가 공개되었으나, 이들 영화는 '조선영화주식회사'라는 일제의 어용 회사에서 제작되었다는 이유로 '한국영화사'로 편입될 수 없었다. 그러던 중 1998년 러시아의 국립영화아카이브인 고스필모폰드(GOSFILMOFOND)를 통해 안석영 감독의 <심청>(1937)과 안철영 감독의 <어화>(1938) 일부가 발견됐다. 1998년 한국영상자료원은 이후 본격적으로 해외에 산재된 한국영화 수집에 나서, 2004년 중국전영자료관을 통해 <군용열차>(1938), <지원병>(1940), <집없는 천사>(1941) 등을 발굴하였으며, 2006년에는 <미몽>(1936), <반도의 봄>(1941), <조선해협>(1943)이 추가로 입수되었다. 또한 2007년에는 <청춘의 십자로> (1934)가 발견되었다. (한국영상자료원 웹진, http://koreafilm.or.kr/main/webzine/webzine

운데 2004년 이후 발굴된 영화들은 식민지 지식인들에 대한 복잡한 감정을 불러일으켜 왔다. 이영재의 다음의 기술을 들어보자. "1945년 이전에 만들어진 극영화로는 최초의 발견일 이 영화들은 대부분의 발견에 뒤따르는 매혹과 술렁임, 찬탄의 대상이 되지 못했다. 오히려 이 발견은 일종의 당혹스러운 감정을 불러일으켰다. 왜냐하면 1930년대 후반부터 1945년 사이에 만들어진 이 영화들은 '한국영화사'의 '연속성'을 보장하기 위해 주의깊게 회피되어왔던 문제들을 한꺼번에 드러내고 있기 때문이다. 그러니까 이 영화들의 대부분은 이른바 '친일영화'들이었다."2)

조선 영화란 무엇인가? 조선인이 제작했으면, 혹은 영화자금을 제공했다면, 혹은 연출했으면, 혹은 출연했으면 조선 영화인가? 과연 조선 영화란 무엇인가? 아니 그 이전에 위의 기술에서 보이는 '친일영화/민족영화'라는 대립축 가운데서 이루어진 이러한 논의들이 과연 일제 시기 영화들을 논하는 데 있어 유효한가? 일제의 억압을 전제하고 그에 대한 반응으로만 식민지 영화를 논하는 것은 어디까지 유효한가?3) '내셔널 시네마'라는 욕망은 그 구축의 욕망이 발현되는 순간 대상이 사라지고 마는 아포리아적인 담론인 것은 아닐까?

이에 대한 대답은 문학 연구에서 보다 분명히 이루어지고 있다. 일제 말기 '국민문학'을 연구하는 윤대석은 이 시기의 문학을 '친일문학'으로 단선적으로 규정하기를 거부하며, 제국주의 일본의 논리와 조선인 문학자 담론 사이에 나타나는 차이와, 양자 모두에 나타나는 '뒤틀

_section_view.asp?Section=1&downSeq=508)

2) 이영재, 『제국 일본의 조선 영화』, 현실문화, 2008, 28쪽.

3) 김려실, 『투사하는 제국 투영하는 식민지』, 삼인, 2006, 9-16쪽.

림'에 대해 분석한다. 그 사이사이에는 다양한 모순과 균열이 나타나고 있으며, 이러한 것의 총체로서 '식민지적 국민문학'이 성립하고 기능한다. 이렇게 인식할 때만이 '탈식민'의 가능성이 열린다는 것이다.[4] 이 윤대석의 논의는 비단 문학을 말할 때뿐만이 아니라, 여타 문화 영역을 고찰할 때도 유효하게 생각된다. 특히 이 논문에서 분석할 식민지 영화인의 위치와 욕망을 분석할 때 그러하다.

이 식민지 영화인의 모습을 살펴보기 위해 이 글에서는 <반도의 봄>을 분석하고자 한다. <반도의 봄>은 여러 층위에 있어서 이러한 식민지 문화인, 영화인의 욕망을 여실히 보여주는 영화이다. <반도의 봄>은 김성민(金聖珉)의 원작소설 『반도의 예술가들(半島の芸術家たち)』을 영화화한 것이다. 이 소설은 치바 카메오(千葉龜雄) 현상 공모 당선작으로 『선데이 마이니치(サンデー毎日)』에 1936년 8월에서 9월에 8회에 걸쳐 연재되었다. 다음 절에서 상세히 논하겠지만 이 소설 자체가 일본에서 성공한 장혁주의 선례를 따르고 있다. 그리고 <반도의 봄>은 영화 속 영화라는 형식을 통해 영화 <춘향전> 제작과정을 그리고 있다. 이 것은 제국 일본과 식민지 조선의 관계 속에서 제국 일본 내부에서 식민지 주체성을 표출하려는 시도로 사고된다. 그리고 이러한 영화가 감독 이병일(李炳逸)에 의해 제작된다. 이병일은 함경남도 함흥 출생으로, 1932년 도일하여 코리아레코드사를 설립하기도 하지만, 1936년 닛카츠(日活) 연출부에 입사하여 아베 유타카(阿部豊)의 조감독으로 일하다가 1940년 귀국하여 명보영화사를 설립하고 <반도의 봄>을 연출한다.[5]

---

4) 윤대석, 『식민지 국민문학론』, 역락, 2006. 특히, 「제1장. 식민지 국민문학론Ⅰ」
5) 강옥희·이순진·이승희·이영미, 『식민지시대 대중예술인 사전』, 소도, 2006, 256-257쪽.

이러한 원작 소설가, 영화 감독 등 식민지 문화인들의 활동을 '민족/친일'이라는 사고의 틀 속에서 생각할 때 얼마나 유효한 평가가 이루어질 수 있을 것인가? 이 글에서는 영화 <반도의 봄>을 분석함으로써 이처럼 여러 층위에서 나타나는, 따라서 식민지 문화인들의 '욕망'의 구조와 기능에 대해 고찰해 보고자 한다.

II. 소설과 영화의 '차이'

앞에서 밝힌 바와 같이, 영화 <반도의 봄>은 김성민 원작소설 『반도의 예술가들』을 감독 이병일 등이 각본화한 것이다. 어찌보면 당연한 말이지만 이 소설에서 영화화의 과정에는 무시하지 못할 의미의 '차이'가 발생한다. 이 차이의 발생을 소설가와 감독의 의도, 혹은 '욕망'으로 설명할 수 있을 것이다. 김성민은 당선소감 가운데 다음과 같은 말을 한다.

> 조선 영화의 각본을 쓰고 있던 관계로 영화계 및 레코드계에 지인들이 있어서 그들의 생활을 소설로 써보자고 생각했다. (중략) 이 소설은 근래 한글 소설로 전향한 장혁주씨에 의해서도 잘 나타나는 <u>식민지소설을 쓰는 자의 고민</u>일 것입니다. 이런 종류의 소설은 장혁주씨가 순소설 영역에서 어느 정도 소개했을 뿐으로 대중소설 영역에서는 지금껏 거의 나타나지 않았습니다. 그곳을 겨냥했다면 과장이겠지만 일반대중에게도 조금 더 조선이라는 것을 확인시켜 주는 데 있어서 이런 제재를 소재로 삼는 것이 당연하게 생각되어, 미숙한 붓을 들어보았을 뿐입니다.6)

　이 글에서 드러나는 소설가 김성민의 욕망은, 장혁주가 '조선'을 제재로 하는 '일본어' 소설을 통해 일본 문단에 등단하였듯이 자신은 장혁주가 간 순문학 영역이 아니고, 대중소설 영역에서 '조선'을 제재로 하는 '일본어' 소설을 써 보겠다는 것이다. 그렇다면 그의 의도는 일본 문단에서 어떻게 받아들여졌을까? 다음의 당선 평은 그 일단을 짐작하게 해 준다.

　　(편집부) ①「반도의 예술가들」은 조선 영화회사에서 활동하는 젊은 예술가들의 순정어린 노력을 그린 작품으로, 그 제재가 흔하지 않고 화려한 데다가, ②인간을 그리는 필력은 응모작 중 단연 월등했다. 조선인이 일본어로 쓰기에 아직 소설의 격에 맞지 않는 서술이 보이지만, 그것을 의식해서 인지, 작가는 서술을 가능한 한 줄이고 회화를 많이 사용했다. ③잘 꾸민 기생이 봄바람을 맞으며 부용 의상을 휘날리며 걷는 듯한 윤기와 청신함을 독자는 분명히 느낄 수 있을 것이다. 일선의 문화교류로서 이보다 더한 것은 없을 것이다.
　　(키쿠치 칸) ①제목이 대중성이 떨어진다고 생각했지만, 내용을 읽어보니 조선의 영화회사 이야기였다. 이런 제재는 너무나 흔한 것이어서 식상할 듯 했지만 전혀 그렇지 않았던 것은, 우리에게 잘 알려지지 않은 조선을 배경으로 하고 있기 때문이리라. ②작가가 조선인

---

6) 金聖珉, 『サンデー毎日』, 1936. 8. 2, 8쪽. 원문은 다음과 같다. 「朝鮮映畵の脚本などを書いてゐた關係上、映畵界およびレコード界に知合が多く、彼等の生活を小說化して見ようといふと考へて、(中略) これは近ごろ諺文小說に轉向した張赫宙氏によつてでも、明かに示されてゐる植民地小說を書くものゝ惱みでせう。が、この種の小說は張赫宙氏が純粹小說にいくらか紹介してゐるのみで、大衆小說には今まで殆ど影を見せてゐません。そこを狙つたといへば大げさですが、まあ、一般大衆にも、もう少し朝鮮といふものを確認させる上において、これはぜひかうした素材をとりあげるのが至当だと思ひ、拙ない筆を追つ立てつゝ書き綴つて見たわけなのです。(下略)」

이기에 일본어라는 외국어로 쓰는 것이니까 아직 서술에서 부족한 점은 있으나 회화가 스마트하고 뛰어나다. 대중소설에서 중요한 것은 회화이기에 이 작품은 득을 보고 있다. 인간도 이 정도 밀도가 있도록 쓸 수 있다면 분명한 실력이라고 하겠다. ③조선인으로서 대중소설을 쓴다는 것은 일본대중의 기분을 이해하고 있지 않으면 안 된다. 순문학보다 훨씬 어려운 일임에도 작가가 그것을 성공한 데에 경의를 표한다. (번호는 필자에 의함)[7]

　이 두 가지 소설평은 1936년 당시의 제국 일본의 식민지 조선 표상을 설명해 준다. 위의 두 인용은 크게 세 가지 측면에서 정리할 수 있다. ①. ‘조선’이라는 소설의 제재가 신선하다, ②. 조선인이 쓴 ‘일본어’ 소설이기에 단점은 있으나 그나마 잘 쓰여 졌다, ③. 이것이 무엇보다도 중요한 데, 일본 독자가 생각하는 ‘조선상’(기생 등)에 맞게 소설

---

7) 『サンデー毎日』, 1936. 8. 2, 9쪽. 원문은 다음과 같다.
　(편집부) “半島の芸術家たち”は、朝鮮の映畫會社を繞る若き芸術家の群の純情な努力を描いたもので、題材が珍しく、かつ花やかな上に、人間を描くペンの確かさは、応募作品中、斷然群を拔いてゐる。朝鮮の人が日本文を書くのだから、叙述にはまだ小說の格に十分嵌ってゐない難もないではないが、それを自覺してか、作者は叙述になると出來るだけ簡朴にして、會話を多くした用意もよい。盛裝した妓生(キーサン)が綠風に芙蓉の裳を翻して散步でもしてゐるような艶と淸新さは、必ず讀者に歡ばれるに違ひない。日鮮の文化交歡として、この上に出づるものはあるまい。”,
　(菊池寬) “題が大衆性に乏しいように思ったが、內容をよんでみると朝鮮の映畫會社を題材にしたものだ。一體、こんな題材は厭になるほど讀んでゐるので、食傷しさうなものだが、ちっともその幣がないのは、題材が吾々に分ってゐない朝鮮を背景にしてあるからだろう。叙述は、作者が朝鮮人で、日本語なる外國語で書くのだから、未だ＼／と思ふところもあるが、會話がスマートで實にうまい。大衆小說に大切なのは會話だから、その点でこの作は得をしてゐる。人間も、このくらゐコクのあるように、書ければ、確かな腕といふべきだ。朝鮮人で、大衆文芸を書くことは、日本大衆の氣持をのみこまねばならぬ。純文學より遙かにむつかしいはずなのに、よくこの作者がそれに成功したのにも敬意を表する。”

이 쓰여 졌으며, 그것은 작가가 의도한 것이다. 다시 한 번 정리해 보자. '일본어'로, 일본 독자의 독서 코드 및 인식틀에 맞게, '조선'을 그리는 것, 이것이 위의 인용문에서 밑줄로 표기한 '식민지 소설을 쓰는 자의 고민', 혹은 욕망인 것이다. 따라서 표상되는 조선은 반드시 실체 조선과 일치할 필요는 없게 되며, 이것이 다음 절에서 살펴보게 될 '조선 붐'의 인식론적 특징을 형성한다.

그렇다면 이 소설을 바탕으로 제작된 <반도의 봄>은 어떠한 의도로 제작되었을까? 이병일은 영화가 공개된 후의 글에서 다음과 같이 말한다.

> 『半島의봄』이테-마는 朝鮮映畵人들의 獨特한環境과 그들이가지고 있는 良心的藝術家로써의 情熱을描寫할려는 한個의生活記錄이다. (중략) 오직 作品에 對한 眞摯한의도를 끝까지實踐하는 同時에 朝鮮映畵人으로서의 새出發 約束하고싶었다.8)

물론 감독의 말과 영상적 표현이 반드시 일치하는 것은 아니지만, 이러한 서술에서 알 수 있는 이병일의 영화적 표현은, 조선에서 활동하는 영화인들의 노력과 그 위에 부가되는 영화제작 환경과의 관계를 그리는 것이었다. 이처럼 김성민의 원작소설과 이병일 감독의 영화 사이에는 문화물이 생산되고 수용되는 문맥적 '차이'가 발생하게 되며 이것은 일제 말기 식민지 문화인들의 위치와 욕망을 읽어내는 데 있어서 중요한 단서를 제공해 줄 것이다.

그 의미적 '차이'를 설명하기 위해 먼저 영화의 플롯을 간단히 정리

---

8) 이병일, 「情熱의 描寫」, 『조광』, 1941. 5, 243쪽.

해 두고자 한다. 레코드 회사에서 일하며, 소설 및 시나리오를 쓰는 주 인공 영일은 도쿄에 유학 가 있는 친구 창수로부터 그의 여동생 정희 를 맡아달라는 부탁을 받는다. 그녀는 배우 지망생이나, 처음에는 영일 은 자신의 레코드 회사에 정희를 소개해준다. 영일은 영화 <춘향전> 의 제작에도 참여하고 있다. 영화의 자본주는 레코드 회사의 한 부장이 다. 춘향 역은 한 부장과 내연 관계에 있는 안나가 맡고 있다. 안나는 영일에게 마음이 있으나, 영일은 정희에게 점점 마음이 기운다. 한편 감독 허는 불성실한 안나가 불만스럽다. 어느 날 안나는 한 부장과 헤 어진 것을 이유로 일방적으로 영화 출연을 보이콧한다. 영화 제작 환경 은 열악하지만 한 부장은 더 이상 자금을 대려 하지 않는다. 자금 문제 를 해결하려는 영일은 레코드 회사 돈 1천원을 횡령하여 영화를 계속 찍을 수 있도록 하고, 안나 대신 정희가 춘향 역을 맡게 된다. 영일은 체포되고 평소 영일에게 마음이 있던 정희는 한 부장에게 영일을 풀어 줄 것을 요구한다. 하지만 한 부장은 정희가 자신과 결혼할 것을 요구 하고 정희는 그를 거부한다. 한편 안나는 보석금을 물고 영일을 석방시 키고 병에 걸려 신음하는 영일을 간병한다. 안나는 영일을 차지하려 했 으나 정희의 진심에 감동하여 물러나게 된다. 때마침 '반도영화주식회 사'가 설립되고 <춘향전>은 무사히 제작을 마쳐 크게 히트하게 된다. 영일과 정희는 도쿄로 조선영화의 선전을 위해 떠나게 된다.

이러한 플롯의 영화와 소설의 '차이'는 크게 네 가지 사항으로 생각 할 수 있다. 첫째, 김성민 원작 소설 속에서 제작하는 영화는 「무희와 수심가(舞姫と愁心歌)」로 설명은 되지만 그 제작 과정에 대한 묘사는 없 다. 이것이 영화에서는 영화 <춘향전>으로 바뀌며 그 제작 과정을 '영 화 속 영화' 방식으로 보여준다. 이 차이는 매우 의도적으로 여겨지며 다음 절에서 설명할 '조선 붐'에 대한 영화적 응답 방식으로 생각된다. 둘째, 이것이 무엇보다 중요한 요소이나, 언어문제가 그것이다. 당연한 말이지만 원작 소설은 일본어로 되어 있다. 주인공의 이름이 정희에 해당하는 '연숙(蓮淑)'에 한자 음읽기 방식으로 'れんしゅく'으로 표기될 정도로 일본어 표기 의식은 철저하다고 할 수 있다. 그에 비해 영화는 너무나도 다양한 방식으로 조선어-일본어가 혼용되는 '이중 언어'적 상황이 연출된다. 그 이유에 대한 설명이 필요할 것이다. 셋째로 영화 속에서는 국적이 분명하지 않은 '안나(アンナ)'가 소설 속에서는 조선인인 '영희(暎姬)'로 설정되어 있다. 주인공 남녀 사이에서 삼각관계를 형성하는 이 여성의 설정이 식민지적 주체성 및 타자성을 사고할 때 중요한 의미를 띠기 시작한다. 넷째, 소설에서는 영화 제작의 고비를 극복하는 계기가 특별하게는 언급되지 않으나, 영화에서는 '반도영화주식회사'라는 대기업의 출현으로 극복되었다고 묘사된다. 이는 당대의 시대적인 맥락이 크게 관여하고 있다. 이하에서는 이 네 가지 사항을 중심으로 살펴봄으로써 <반도의 봄>이 가지는 의미에 대해 고찰하고자 한다.

Ⅲ. '조선 붐'과 <반도의 봄>의 자기 언급성

영화 <반도의 봄>과 원작소설을 비교해 볼 때 먼저 눈에 띄는 점은, 영화는 <춘향전>을 영화 속 영화로 그리고 있는 데 비해 소설은 영화 제작 과정을 묘사하지 않는다는 사실이다. 즉 <반도의 봄>이 영화 속 영화로서 <춘향전>을 선택하고 그 제작 과정을 묘사한다는 점에 특정한 의미부여가 들어가 있는 것이다. 이 절에서는 이에 대한 설명을 통해 1940년을 전후하여 일본 제국 내에서 발생하는 '조선 붐' 현상을 살펴보고 <반도의 봄>이 그 현상에 대해 어떠한 위치를 취하고 있는지에 대해 정리해 보겠다.

먼저 소설에서는 조선 영화인들이 제작중인 영화로 <무희와 수심가>를 말하며 그 성격에 대해 "첫번째 토키 작품으로 각지에 센세이션을 불러일으키고 있는 이 각본"[9])이라거나, 영화 개봉 시의 묘사로 "이미 발매된 연숙이 부른 주제가는 압도적인 판매고를 점하며, 거리에는 그녀의 노래가 범람하였고, 상점가 쇼윈도에는 그녀의 사진이 걸렸다. 영화 팬 사이에는 벌써 신인 여배우 겸 가수로서의 연숙에 대한 소문이 화제가 되면서, 영화 개봉일을 오랫동안 기다렸다는 듯이 관중들이 몰려들었다"[10])고 말한다. 즉 영화의 제목에도 드러나 있듯이 관객에게 노래를 들려주는 조선 최초의 '발성' 영화로서 <무희와 수심가>가 화제를 모았다고 소설은 설정하고 있는 것이다.

그리고 김성민이 소설을 발표한 1936년의 전 해, 즉 1935년은 실제로 조선영화계가 본격적으로 무성영화에서 '발성영화'로 넘어가는 단계에 있었으며, 최초의 발성영화로 크게 화제를 모았던 작품이 다름아닌 <춘향전>이었다. 이 영화는 이명우가 감독하고 그의 형제인 이필우가 녹음을 담당하였는데, 그는 일본 쇼치쿠(松竹)사가 개발한 도바시(土橋)식 토키를 참조하여 조선 기술진에 의한 토키 방식을 개발하였다고 한다. 그리고 이 영화는 그 때까지의 입장료의 두 배인 1원을 받았음에도, 나운규의 <아리랑>에 버금가는 장기흥행을 기록했다고 한다.[11]) 소설은 "특히, 막간을 이용한 연숙의 인사와 노래가 인기를 모아,

_____

9) 『サンデー毎日』, 1936. 8. 16, 41쪽.
10) 『サンデー毎日』, 1936. 9. 20, 35쪽.

1원이라는 전례가 없는 높은 입장료에도 불구하고 극장 앞은 한 시간 전부터 인산인해를 이루었다"[12]는 식으로 조선영화계와 <춘향전>을 간접적으로 지시하고 있다.

사실 <춘향전>은 일제 강점기와 해방, 그리고 현재에 이르기까지 끊임없이 시대적인 맥락 가운데에서 재생산되고 있으며, 이 논문의 대상 시기인 일제 강점기에도 책 출판뿐만 아니라, 연극과 영화로도 수십 차례 만들어졌다. 1923년 일본인 하야카와 고슈(早川孤舟)가 감독한 <춘향전>이 크게 히트하여, 사극영화의 효시가 되었으며 고전영화 붐이 일어났다고 하며,[13] 유치진의 '극예술연구회'에서도 <춘향전>을 끊임없이 무대 위에 올렸다. 이렇듯 일본 제국으로서는 식민지 조선을 표상할 수 절호의 소재가 되었으며, 조선의 민족주의자들 입장에서는 일본 제국의 파시즘적 통치와 검열 속에서 지켜낼 수 있었던, 혹은 일본제국을 향해 발신할 수 있었던 몇 안 되는 '조선적인 것' 중 하나가 <춘향전>이라는 텍스트였다.

1940년을 전후하여 일본제국 내에서 발생하는 '조선 붐'은 이러한 '제국의 식민지 표상/제국을 향한 식민지 문화인의 욕망' 사이에서 발생한 것이며, 그 중심에는 장혁주 극본, 무라야마 도모요시(村山知義) 연출의 연극 <춘향전>이 있었다. 이에 대해서는 이미 상당수 실증적인 선행연구가 축적되어 있기에 여기에서는 본론의 논지에 부합하는 선행론을 중심으로 그 논의의 대강을 정리해 보고자 한다.

일본제국 내의 문화 영역에서 1940년 전후의 시기에 '조선 붐'이라

11) 이영일, 『한국영화전사』, 소도, 1969(2004), 173-177쪽.
12) 『サンデー毎日』, 1936. 9. 20, 35쪽.
13) 이영일, 앞의 책, 73-74쪽.

부를 만한 현상이 일어난다. 1940년에는 김사량의 「빛 속으로」가 아쿠타카와상 후보에 올랐으며, 앞서 언급했던 키쿠치 칸이 경영하는 또 다른 출판사 『모던 일본(モダン日本)』은 그의 두터운 신뢰를 받고 있었던 조선인 편집인 마해송의 힘에 의해 1939년 11월 「임시증간호 조선판」을 발행하여 성공하고, 그에 힘입어 1940년 8월에 다시 한 번 조선판을 내게 된다. 1940년 한 해에만 이광수의 소설 『가실』, 『유정』, 『사랑』 등이 일본어로 번역 출판되었으며, 김소운의 조선시집 『젖빛 구름(乳色の雲)』도 간행되었다. 그 밖에도 『조선대표소설집』(敎材社), 『조선문학선집』(赤塚書房)도 출판되었다고 한다. 하지만 여기서 잊지 말아야 하는 사실은 이러한 '조선 붐'이 제국의 식민지 정책과 인과관계를 가진다는 점이다. 즉 1937년에 발발한 중일전쟁에 대한 대책으로서 1938년 '국가총동원법'이 공포되고, 이듬해 '국민징용령'이 시행되어 집단적 강제동원이 실시되고 있었으며, 1938년에는 또한 '육군특별지원병령'이 통과되어 식민지 남성도 일본군의 일원이 될 수 있게 되었다. 또한 1939년에는 '창씨개명제'가 시행되어 '내선일체'를 선전하는 전시총동원체제가 강화되고 있었던 것이다.[14)]

이러한 시국과 '조선 붐'의 관계는 당시의 지식인들에 의해서도 명확히 인식되고 있었다. 그 한 예로 위의 마해송은 『모던 일본』 조선판의 편집후기에서 "『모던 일본』 10주년 기념 증간 '조선판'은 오늘날 조선반도가 군사적, 경제적, 문화적으로 대륙과 연결되는 바탕으로서 그 중요성이 외쳐지면서 조선의 인식이 절대적인 것이 되었으며, 식자는 말할 것도 없이 전 국민의 애국적 관심이 팽배한 때에 간행되었다.

---

14) 渡邊一民, 『<他者>としての朝鮮 文學的考察』, 岩波書店, 2003, 80-81쪽.

이는 시국에 걸맞는 절호의 것으로서, 조선총독부를 비롯하여 조선명사가 찬동, 전국적인 지지성원은 그야말로 국민운동의 하나로서 나타난 바이다"[15]라고 정리하듯이, 일본제국 내에서는 확대되는 전쟁에 대한 병참기지로서 '조선'의 중요성이 인식되고, 그 과정에서 '조선 붐'이 일어났던 것이다.

이러한 '조선 붐'의 도화선이 되었으며 화제의 중심에 있었던 작품이 무라야마와 장혁주의 연극 <춘향전>이었다. 장혁주는 1932년 소설 「아귀도(餓鬼道)」가 종합잡지 『개조(改造)』의 현상소설에서 당선작 없는 2등 입선작으로 선정되어 등단한다. 식민지 조선 농민의 비참한 착취 구조를 고발하는 이 소설을 통해 장혁주는 일본인 작가가 그릴 수 없는 소설의 소재를 다루는 작가로서 일본 문단 내에 받아들여졌다. 즉 일본 문단 내에서는 그의 등장으로 인해 '식민지 조선'이라는 새로운 소설적 소재가 개척된 것이다. 장혁주는 식민지 조선이 놓인 현실을 일본인 독자에게 호소하려는 강한 욕구를 가지고 있었으나, 그것은 그가 일본의 식민지주의에 대한 비판을 표현하려 했다기보다는 '조선'을 제재로 삼아 '일본어'로 소설을 쓰려고 했던 것이라고 보는 편이 올바를 것이다.[16]

일본 문단 내에서 조선이라는 '지방'을 대표하는 작가로 인식되고 있던 그는 1938년 무라야마의 의뢰로 <춘향전>을 쓰고 극단 신쿄(新協)에 의해 상연된다. 장혁주는 "일본 내지인 독자가 이해할 수 있도록, 다양한 종류의 판본에서 통일된 내용을 뽑아내어 (중략) 춘향전의 대강의 줄거리, 인물, 시대만을 빌어"[17] 1년여에 걸쳐 완성하였다고 한다.

---

15) 「編集後記」, 『モダン日本』(朝鮮版), 1939년 11월호.
16) 中根隆行, 『<朝鮮>表象の文化誌』, 新曜社, 2004, 208-228쪽.

이를 바탕으로 장혁주는 연출자 무라야마와 함께 재삼 각색을 하게 되고, 결과적으로 가부키(歌舞伎)의 형식을 빌려 그 위에 조선의 전통과 색채를 결합시킴으로서 일본인에게 이해되는 문화코드 가운데서 엑조티즘을 표현하게 된다. 이 극은 1938년 3월 도쿄, 4월 오사카, 5월 쿄토에서 상연되어, 일반적으로 일본인 관객으로부터는 조선이라는 로컬한 소재에 의한 참신함 덕분에 어느 정도의 평가를 얻게 되고, 당시 일본에 거주하고 있었던 재일조선인들에게는 조국의 향수에 호소하여 호평을 얻게 된다. 이러한 일본에서의 호평을 바탕으로 <춘향전>의 조선 상연이라는 획기적인 기획이 이루어져, 동년 10월에서 11월까지, 경성, 평양, 대전, 전주, 군산, 부산, 대구에서 상연하게 된다. 하지만 이 공연에 대한 조선 내에서의 평가는 그다지 좋지 않았다. 장혁주와 라이벌적인 관계에서 조선에서 <춘향전>을 상연하고 있었던 유치진은 이 연극이 가부키 형식을 도입한 것과 일본어에 의한 번역극인 점을 언급하며 조선인에게 감정적으로 접근하는 힘이 부족함을 지적하였으며, 경성 공연 직후 장혁주도 참가한 상태에서 진행되었던 '춘향전비판좌담회'에서도 <춘향전>이 조선인의 생활감정을 담아내지 못했고, 고증이 부족했으며, 지나치게 가부키적이어서 자연스럽지 못했다는 비판이 쏟아져 나온다.[18] 이에 대한 응답으로 장혁주의 「조선 지식인에게 호소한다(朝鮮の知識人に訴ふ)」를 발표한다. <춘향전> 비판에 대해 조선인의 '비뚤어진 마음', '뒤틀림', '자멸적인 민족성' 등으로 표현하여 매우 악명(?)높은 글의 일부분을 인용해 본다.

---

17) 시라카와 유타카(白川豊), 『장혁주 연구』, 동국대학교 출판부, 2009, 282-283쪽.
18) 시라카와 유타카, 앞의 책, 292-303쪽.

작년 봄, 나는 조선의 '겐지모노가타리'라고도 말할 수 있는 <춘향전>을 각색하여 동경에서 상연한 적이 있다. 이 <춘향전>은 조선의 옛 형식인 가요극(고고학자 송석하 씨는 이것을 창조극(倡調劇)이라고 이름붙였다)인데, 가요극 그대로 여기에 옮기는 것은 지금 거의 불가능하고, 옛 형식 그대로 여기서 상연하더라도 대중들에게는, 외국인이 '노(能)'를 보는 것보다도 어려운 것이기 때문에, 이것을 신극(新劇)의 형식으로 개작하고자 했다. (중략)나는 로맨티시즘을 강조해서 조선민족의 미적 정신을 내지어(內地語)로 옮겨보고 싶었다. 그러므로 다분히 나 자신의 창작적 요소가 가미된 것은 물론이고, 나도 원작 그대로의 맛을 냈다고는 생각하지 않았다. (중략) 상연 결과, 동경에서는 극본 자체의 문학적 가치도 상당히 인정해 주었고, 연극을 본 사람도 일제히 조선민족의 독특한 미적 정신과 문화를 느꼈다며 상당히 기뻐해주었다. 동경의 여러 조선인들도 마찬가지로 감사하다며 환영해주었다고 나는 믿고 있는데, 이것을 증명해줄 사람이 없는 것도 아니다. 그리고 이국주의(엑조티즘)로 환영받았던 것이 아님도 확실히 말할 수 있다.[19]

즉 장혁주는 조선의 전통극인 '춘향전'을 그대로 재현해서는 현대인에게는 이해가 안 될 것이기에 남녀의 사랑이야기를 신극이라는 형식에 담아내었다. 그리고 일본인이 잘 이해하도록 하기 위해 가부키 형식을 접합시켰다. 이것은 조선이라는 식민지적 엑조티즘에 영합한 것이 아니며 자신이 창작한 작품의 문학적 가치가 높았기 때문에 일본에서는 성공한 것이라는 식으로 설명하며, 이를 이해 못하는 조선 지식인은 뒤틀리고, 비뚤어진 마음을 가지고 있다는 것이다. 아전인수적 해석 그 이상도, 이하도 아닌 장혁주의 '뒤틀린' 내면이 잘 드러나 있는 글이라

---

19) 張赫宙, 「朝鮮の知識人に訴ふ」, 『文芸』, 1939년 2월호.

할 수 있는데, 여기에서는 <춘향전>이라는 '조선적인 것'이 일본과 조
선에서 발생시키는 의미의 차이를 주목해 두고자 한다. 즉 <춘향전>
이 일본에서 성공하기 위해서는 일본의 관객에게 받아들여질 수 있는
코드(일본어와 가부키)로 전환될 필요가 있으며, 그것은 그들의 시선에 맞
게 가공되었다는 의미에서 본질적으로, 발명된 식민지적 표상, 즉 '식
민지적 엑조티즘'일 수밖에 없는 것이다. 그런데 장혁주는 그러한 인식
을 받아들이지 않으며, 오히려 '피식민지인의 뒤틀림'으로 전도시켜 버
린다. 이러한 태도가 가능한 이유는 '일본제국/식민지' 사이의 문화적
위계질서 가운데에서 자신은 식민지 지식인보다는(/가운데서는) 상위에
위치하며, 제국 이데올로기인 '내선일체'를 적극적으로 수행하고 있기
때문이다. 장혁주의 이러한 내면은, 일본제국 내부의 문화적 위계질서
가 강제하는 '동화와 분리'의 자장, 혹은 모순 속에서 분열되어 있는
지식인의 내적 '뒤틀림'일 것이며, '친일/민족주의'라는 이항대립 속에
서 사고되기 보다는 식민지 지식인의 한 형태로 파악하는 것이 보다
가까울 것이다.

　앞 절에서 언급했던 김성민은 「반도의 예술가들」에서 장혁주를 모방
하여 '일본어'로, 일본 독자의 독서 코드 및 인식틀에 맞게 '조선'을 그
리고자 하였으며, <반도의 봄>의 감독 이병일은 1932년 도일하여,
1936년부터 닛카츠 연출부에서 연출을 공부한 후 1940년 귀국하여
<반도의 봄>을 연출한다. <반도의 봄>에서 조선영화인들이 <춘향
전>을 찍는다는 설정은 이상에서 설명한 바와 같이 1940년을 전후로
전개되고 있었던 '조선 붐'에 대한 영화적 표현이라고 할 수 있으며,
장혁주와 김성민, 그리고 이병일이 공유하고 있었던 '식민지 지식인의
욕망'이 표현되고 있다고 할 수 있을 것이다. 게다가 무라야마는 1938

년 연극 <춘향전>을 영화화하기 위해 내한하여 조선영화주식회사와 공동제작을 협의하지만 결국 무산되고 마는데, <반도의 봄>은 그 직후에 제작되었던 것이다. 다음 절에서는 영화 <반도의 봄>의 '이중언어'적 상황을 고찰함으로써 이 '식민지 지식인의 욕망'에 대해 보다 상세히 설명해 가겠다.

IV. 〈반도의 봄〉의 '이중언어'

<반도의 봄>은 매우 인상깊은 <춘향전> 촬영 장면부터 시작한다. 발이 드리운 방에서 혼자 가야금을 타고 있는 춘향을 몽룡과 방자가 밖에서 지켜보며 "(몽룡) 얘, 넌 먼저 집으로 돌아가거라. / (방자) 예, 오늘도 또 안 들어오시죠?" 식으로 농을 주고받다가, 몽룡이 방으로 들어가 "(몽룡) 춘향아, 퍽 기둘렀지? / (춘향) 아니요." 식으로 대화를 나눈다. 이상의 대화들은 일본어 자막으로 처리된다. 그런데 카메라가 뒤로 물러나면 영화 <춘향전>을 찍고 있는 촬영 스태프들의 모습이 영화 프레임에 잡히게 되고, 이 장면들이 영화 촬영 장면임을 말해준다. 그리고 영화의 감독은 일본어로 "おい、カット!(컷)" 신호를 보내고, 주변 스태프들과 배우들에게 '일본어'로 상담을 한다. 그리고 영화 촬영이 시작되는 신호로 감독은 "これで行こう。いいですね。よーい、はい。(이걸로 갑시다. 알겠죠? 자, 슛.)"이라는 지시를 내린다. 그러면 몽룡은 다시 "아버지가 매죽으로 승차하신단다." 식으로 대화를 시작하는 것이다. 조선의 전통극인 <춘향전>을 영화로 촬영하며, 조선인 배우-뒤에서 서술하겠지만 춘향을 연기하는 안나는 국적이 모호하다-

가 조선어로 대화하는 영화를 '일본어'적 언어 환경에서 제작한다는 것
을 어떻게 이해해야 할 것인가?

이러한 <반도의 봄>의 '이중언어'적 상황을 우리는 어떻게 이해해
야 할 것인가? 즉 이 영화는 누구를 대상으로 발화하고 있는가? 일본인
관객인가? 조선인 관객인가? 아니면 양자 모두인가? 이영재에 따르면,
"현재 과거의 대동아공영권 내에서 발견된 필름으로는 조선어 대사 부
분에 일본어 자막이 있는 것만을 확인할 수 있을 뿐이다. 다만 조선어
자막이라는 가정은 당시의 정황상 불가능한 것으로 추정될 뿐이다"[20]
라고 기술한다. 이러한 현재적 연구성과를 바탕으로 이 논문에서는
<반도의 봄>을 기본적으로 일본어를 사용하는 관객을 대상으로 하는
영화로 볼 것이다.

그렇다고 해도 <반도의 봄>의 이중언어적 상황은 동시대의 다른 영
화들과 비교해 보아도 차이가 확연하게 드러난다. 다음 인용은 그 가장
대표적인 한 장면을 옮겨 본 것이다.

> 영일 : 저, 어저께 말씀드린 김정희씨입니다. うちの部長さんで
>   す。(우리 회사의 부장님입니다.)
> 부장 : 어제 이 분을 통해서 말씀은 잘 들었습니다. 학교는 서울이
>   시라지요.
> 정희 : 네.
> 부장 : 失礼ですが、お年は？ (실례지만 나이는?)
> 정희 : 열아홉이에요.
> 부장 : 趣味は？ (취미는?)
> 정희 : 음악과 영화를 퍽 좋아해요.

---

20) 이영재, 앞의 책, 294쪽.

부장 : おお、なかなか先端的ですね。(오, 상당히 앞선 취미를 가
        지고 계시군요.)

이 장면은 영일이 정희를 자신이 근무하고 있는 레코드 회사로 데려
가 한 부장에게 소개해 주는 장면의 대사이며 괄호 안은 영화 속 일본
어 대사를 번역한 것이다. 그리고 조선어 대화 장면에는 일본어 자막이
붙어있다. 세 명 모두 조선인임에도 불구하고 영일은 한 부장에게 일본
어를 사용하고 있으며, 한 부장은 자연스럽게 일본어를 사용하기 시작
한다. 정희도 일본어를 쓰지는 않을 뿐 충분히 이해하고 있으며, 상황
에 맞는 대화를 나누고 있다. 이처럼 <반도의 봄>에서는 완전한 이중
언어 상황이 연출된다. 일본어로 방송되는 라디오를 들으며 등장인물
들이 그 뉴스에 대한 대화를 조선어로 나누는 장면 등에서, 경성의 문
화인들은 자유자재로 일본어/조선어 사이를 넘나든다. 바로 이러한 영
화의 이중언어적 상황이 원작 소설과 가장 차이가 나타나는 점일 것이
다.

동시대의 다른 영화들이 이러한 이중언어적 상황을 연출하는 것은
아니다. <지원병>(1940)에서는 주인공 청년이 조선인 남성에게도 '지
원병' 제도가 실시된다는 뉴스를 들었을 때 일본어로 "나는 이것을 기
다려왔다" 정도를 외칠 뿐, 이렇다 할 일본어적 환경은 그려지지 않는
다. <집없는 천사>(1941)에서는 주인공이 고아원인 향린원을 세우고
여러 고충을 겪은 끝에 갈등 구조가 해소된 상황에서, 등장인물들이 모
두 모여 일장기 앞에 선다. 고아들은 돌연 '황국신민의 맹세'를 일본어
로 제창하고 주인공도 일본어로 "여러분, 잘 하셨습니다" 정도의 대사
를 아이들과 나눈다. 하지만 이것도 주인공이 "지금 일남이가 말한 것

을 다들 알아들었지?" 식으로 아이들에게 말하는 방식으로 조선 관객을 배려하며 발화된 것으로 <반도의 봄>의 이중언어적 상황과는 상당히 차이를 보인다. 당시의 영화평론가 우치다 기미오(內田岐三雄)는 조선영화의 일본진출 가능성을 말하면서 "언어가 국어(일본어)가 아니란 것이 내지(일본)에 진출하는 데 큰 장애가 되지 않겠는가라고 생각하는 사람도 있지만 나는 그렇게는 생각하지 않는다. 언어를 있는 그대로 나타내는 것, 그것이 가장 좋은 게 아닐까라고 생각한다. 강제로 모든 대사를 국어로 할 필요도 없으며, 반도어로 할 필요도 없다. 이는 오히려 너무 작위적이라는 느낌이 든다. 반도에서 일상적으로 이루어지는 대사들, 예를 들면 <수업료>처럼 국어와 반도어를 자연스럽게 둘 다 넣는 것, 이런 것들이 좋지 않을까"[21]고 말하며, <수업료>를 제외하고는 이중언어적 영화는 드물다고 말하고 있다. 이 논문에서는 <수업료>의 필름이 현존하지 않기에 논외로 하기로 한다. 또한 고려영화사의 이창용도 "나는 영화에서 언어를 통일하는 것에 반대하는 것은 결코 아니다. 단지 조선의 지식층과 문맹계급(80%)의 차이를 비교해 볼 때 아직 시기상조라고 느낄 따름이다"[22]라고 말하며 당시적 상황을 증언하고 있다. 이러한 동시대적 정황을 고려할 때 <반도의 봄>이 연출하는 '이중언어'적 상황은 자연스러운 것이라고 보기는 어렵다.

그렇다면 <반도의 봄>이 이중언어적 상황을 묘사함으로써 구현하려는 내용은 무엇이었을까? 그를 밝히기 위해서는 누가, 어떠한 상황에

---

21) 內田岐三雄, 「半島映畵について」, 『映畵評論』, 映畵日本社, 1941년 7월호. (한국영상자료원 영화사연구소 엮음, 『일본어잡지로 본 조선영화 1』, 한국영상자료원, 2010, 248쪽에서 재인용)

22) 李創用, 「朝鮮映畵の將來」, 『國際映畵新聞』, 1939년 8월 하순(252호) (『일본어잡지로 본 조선영화 1』, 168쪽에서 재인용)

대해 발화하는가를 구체적으로 추적할 필요가 있다. 구체적으로 들어가기 전에 동시대 영화에서 공통적으로 묘사되는 일본어적 상황은 몇 가지 존재한다는 점을 지적해 두고자 한다. 첫째로 공적인 일본어 상황이다. 신문이나 라디오, 연설, 국가 의례, 군대 구령 등이 묘사될 때는 공식적으로 일본어가 영화 속에서 사용된다. 그리고 둘째로 기본적인 인사는 일본어로 사용될 때가 있다. 이 부분은 상당히 다양한 경우에 사용된다. 이러한 점을 제외한 상황에 대해 이하 살펴보기로 한다.

<반도의 봄>은 등장인물들의 분류에 따라 일본어 사용도 분류될 수 있으며, 크게 네 종류로 나눌 수 있다. 첫째, 반도영화주식회사의 창립식에서 사용되는 사장의 연설 및 한 부장의 일본어, 둘째, 영일과 감독이 사용하는 일본어, 셋째, 안나의 일본어, 넷째, 경찰의 일본어가 그것이다.

사장과 한 부장의 일본어는 식민지 권력 언어로서의 일본어이다. 많은 경우 한 부장의 묘사 속에서 드러나는데, 그는 식민 지배의 권력을 대리하는 자로서 상대하는 피식민지인보다 자신이 우위에 서길 바라는 경우 일본어를 사용한다. 둘째로 영일이나 영화감독이 사용하는 일본어는 식민지 지식인이 사용하는 '이중언어'적 일본어라고 할 수 있다. 그들은 식민지 권력과 일반 대중 사이에 위치하는 지식인으로서 그 둘 사이를 매개하는 경우에 일본어를 사용하는 것이며, 위의 인용 상황이 대표적이라고 할 수 있을 것이다. 이들의 위치는 원작자 김성민이나, 영화감독 이병일의 위치와 거의 같다고 할 수 있을 것이다. 유학생 친구에게 영일이 책을 부탁하는 장면 등에서 나타나듯이, 도쿄를 중심으로 발신되는 제국의 문화는 문화적 위계질서를 형성하면서 영일이나 감독에게 수신된다. 그리고 역으로 영일이 '조선영화'를 제작하여 도쿄

를 향해 떠나는 장면 등에서 나타나듯이, 그들은 '조선'이라는 소재를
이용하여 제국 내부에서 성공하려는 욕망도 가지고 있다.

셋째로 안나의 인물상 및 그녀가 사용하는 일본어는 이 영화를 해독
하는 데 있어서 매우 중요한 요소 중 하나이다. 그리고 영화와 소설의
묘사는 상당히 다른 인물로 나타난다. 먼저 소설에서 영희(영화의 안나)
는 현모양처형 여성인 연숙(영화의 정희)과 대비되는 '모던걸'형의 여성
으로서, 한 부장과 계략을 꾸며 영일을 감옥에 가게하고 빼내오는 과정
을 주도한다. 하지만 그것은 영일에 대한 사랑으로 기인한 것으로서,
"영희는 만일 자신이 영일과 함께할 수만 있다면, 자신은 진정으로 갱
생할 수 있을 것이라고 생각했다. 영일을 눈앞에서 보고 있으면, 스스
로도 이상할 정도로 그런 생각이 들었다."[23]고 묘사한다. 1920년대에
서 30년대 일본의 대중문화 영역에서, 순정한 남자를 둘러싸고 현모양
처형과 모던걸형의 두 여성이 경쟁하여, 결국 모던걸형 여성은 나쁜 마
음을 버리고 갱생하며, 현모양처형 여성은 남성의 사랑을 얻는다는 서
사는 매우 흔한 멜로드라마의 패턴이다.[24] 2절에서 언급했던 키쿠치
칸이 이러한 소설을 '가정소설'이라는 장르 속에서 양산하고 있었으며,
그가 김성민이 일본 대중소설의 코드를 잘 이해하고 있다고 평가한 대
목은 바로 이러한 멜로드라마의 기본 패턴에 대한 지적인 것이다. 그리
고 일본에서 모던걸이란 존재는 단발에 양장을 한 여성으로서 일본의
전통적인 여성상과는 대별되는 여성이며, 서구 문화를 추종하는 여성
이다. 즉 모던걸과 현모양처의 대비를 그린다는 것은, 서구/일본, 근대
문명/전통, 도시/농촌 등의 문화적 대비를 그리는 것이며, 대부분의 대

---

23) 『サンデー毎日』, 1936 9. 13, 36쪽.
24) 신하경, 『모던걸』, 논형, 2009, 70쪽.

중문화에서 모던걸은 서구문화의 맹목적 추종자로서 배척되는 존재로 그려진다. [그림 1, 2]에서 볼 수 있듯이 원작 소설은 이러한 '모던걸' 담론의 구도 속에서 영희를 그리고 있다.

이에 비해 영화 속 안나의 인 물상에는 매우 커다란 변화가 한 가지 부가되어 있다. 그 이름에서 도 알 수 있듯이 영화 속 '안나' 는 국적이 불분명하다. 그녀는 도 쿄에서 댄서를 했다거나, 한 부장 과의 내연 관계를 깨고 "더 이상 안 만나기로 했어요. 스스로의 힘 으로 강하게 살고 싶어요" 식으 로 말하는 자립형 '모던걸'로 그 려진다. 일본어 소설 「반도의 예 술가들」에서 '영희/연숙'의 관계 는 '모던걸/현모양처'의 관계로서, 소설의 배경은 조선이지만 그 속

[그림 1, 2] 소설과 영화에서 모던걸로
그려지는 '안나'

에 민족성의 대비는 이루어지지 않는다. 하지만 이것을 영화로 옮겨 일 본어와 조선어가 '이중언어'로 구성될 때는 민족성이 개입되게 된다. 즉, 일본에서 서구/일본의 대비 속에서 맹목적 서구추종을 비판하는 시 선을 모던걸 비판으로 표현했다면, 이번에는 일본/조선의 대비 속에서 근대화의 모델이 되는 위치에 일본을 두는 경우, 일본어를 사용하는 영 희는 일본의 근대 문화를 비판하는 존재가 될 수도 있는 것이다. 그렇 기 때문에 그러한 위험을 피하기 위해 '안나'라는 러시아 여성의 이름

에 동양인의 얼굴을 한, 게다가 일본어는 내이티브 수준으로 자연스러운, 무국적적인 존재를 그릴 수밖에 없게 된다. 이것은 일본 제국 내 식민지적 지식인이 가지게 되는 '뒤틀림' 중의 하나이다. 영화 속 안나는 일견 매우 단조롭게 그려진다. 감옥에 간 영일을 순수하게 빼내오고 병간호를 할 뿐, 정희와의 경쟁 상황에서 자신의 자격 미달을 한탄하며 쉽사리 서사구조에서 이탈해 버린다. 하지만 이 안나라는 인물상은 일본의 근대가 서구적 근대를 모델로 삼아 모방하는 과정에서 다양한 모순이 나타났다면, 조선의 근대는 그에 더해 식민지적 상황이라는 요소가 부가되었기 때문에 제국 비판으로 이어질 수 있는 요소를 회피하는 과정에서 생겨난 것이다.

의도적인 의미부여인지, 혹은 우연한 결과인지는 분명하지 않으나, 어쨌든 영화에서 춘향역이 안나에서 정희로 교체되는 것은 의미심장하다. 이것은 앞 절에서 논했던 동시대의 '조선 붐'에 대한 명확한 지시성을 가지고 있기 때문이다. 즉 장혁주 극본, 무라야마 연출로 전원 '일본인'이 '일본어'로 공연했던 연극 <춘향전>에 대해, 그것이 조선어로 연기되지 않기에 자연스럽지 못하고 감정적인 흡입력도 약하다는 당대의 평을 <반도의 봄>은 안나에서 정희로 춘향역을 교체하는 과정을 통해 지시적으로 묘사하고 있는 것이다. 이 구조를 호미 바바의 설명을 빌어 정리하면 다음과 같다. 즉 호미 바바는 식민 주체가 식민지를 표상하는 과정을 설명하면서, 식민 주체는 피식민지(인)을 글쓰기나 다양한 기록, 혹은 학문 영역에 끌어들여서 "개조되고, 알아볼 수 있는 타자, 거의 같지만 전혀 그렇지 않은 차이의 주체로서의 타자"[25]를 그

---

25) 호미 바바, 『문화의 위치』, 소명, 2002, 180쪽.

린다고 설명한다. 이것이 식민 담론이 타자(피식민지)를 표상하는 방식으로서의 '모방(mimicry)'인 것이다. 즉 무라야마+장혁주는 '거의 같지만 전혀 같지 않은' <춘향전>을 '일본인'이 받아들일 수 있게 '모방'하여 표상한 것이며, 이것을 바라보는 식민지 지식인들은 그러한 식민 담론을 쉽게 받아들일 수는 없었던 것이며, 영화 <반도의 봄>은 영화 속 영화의 형태를 빌어 이러한 식민지 표상의 본질적 성격을 영상화하고 있는 것이다. 그것이 식민지 지배 상황에 대한 비판까지 포함하고 있지는 않다고 해도, 식민 표상의 본질적 측면을 영화의 구조 속에서 구현하고 있는 것이다.

이러한 맥락에서 영일에게 훈계하는 경찰관의 일본어는 흥미롭다.

> 掛けた(だ)まえ。えー、お金はこの婦人が持ってきたけれど、たとえお金を返したにしても(↑)、罪は犯している。だが色々と調べた結果、君は前科もなく(나꾸)、前途有望な青年であるし、えー、また(だ)その動機も同情する余地があるから、今度だけはこのまま放免するが、ふたたびこんな間違いを犯さないように氣をつけた(だ)まえ、分かったか。(괄호 표기—인용자)

이 훈계의 의미는 영일이 전과도 없고 전도유망한 청년이니 이번만은 훈방하겠다는 정도의 내용이다. 다만 이 경관의 말에서 주의하고 싶은 부분은 괄호로 표기한 경관의 일본어 발음이다. 이 경관은 '타(た)'를 '다(だ)'로, 즉 청음과 탁음을 구별하지 못하며, 인토네이션이 어색하고, '쿠' 발음이 이상하다. 이 모두는 이 경관이 조선인이 아닌지 의심하게 만드는 요소들로서, 이러한 차이는 일본어 음운체계와 조선어 음운체계의 상이에서, 즉 조선어적 '흔적'이 일본어 발음 속에서 나타나

[그림 3] 영일을 훈계하는 경찰관

는 것이기 때문이다. 피식민지인 이 제국의 언어를 '모방(imitation)' 할 때 발생하는 '거의 같지만 전혀 같지 않은' 차이인 것이다.

이상에서 살펴본 바와 같이, <반도의 봄>은 일제 강점기의 이중언어적 사회상을 영화적으로 구조화함으로써, 일본 제국의 '내선일체' 정책이 가져온 권력의 분포와 그에 대한 식민지 지식인들의 대응 방식, 그리고 그 속에서 나타나는 제국과 식민지 간의 표상 관계를 잘 드러내고 있다.

V. 조선영화계의 '뒤틀린' 자화상

마지막으로 이 절에서는, 영화의 클라이맥스 부분을 고찰함으로써 '식민지 지식인(영화인)의 욕망구조'에 대해 부가 설명하고자 한다. 소설에서는 영화 제작의 고비를 극복하는 계기가 특별하게는 언급되지 않으나, 영화에서는 '반도영화주식회사'라는 대기업의 출현으로 극복되었다고 묘사되는 이유를 살펴보자.

영일이 레코드 회사 자금을 횡령한 혐의로 구속되어 <춘향전>의 제작이 위기에 처하게 되자, 영화 감독은 "한 개의 좋은 영화는 단지 예술적 양심과 열정만으로는 불가능합니다. 역시 확실한 자본과 조직적 기획이 있어서야만 되는 줄 압니다. 우리는 오늘날까지 이 작품을 위해서 많은 고통과 싸워왔습니다만, 불행히도 완성을 보지 못하고 중지하는 일은 뭐라고 말할 수 없이 원통한 일입니다"라고 말한다. <반도의 봄>이 조선영화계의 자기반영적 영화라는 점은 이미 언급했으나, 사실 이 감독의 말은 당시의 가장 시급한 문제점으로 누누이 영화계에서 논의되던 사항이었다. 1920년대 중반 이후 본격적으로 시작된 '조선' 영화는 이때까지 본격적인 영화회사를 가지고 있지 못했다. 영화적 소양이 부족한 자본가가 소규모 프로덕션을 세워 한 두 편의 영화를 제작하고 수지가 맞지 않으면 철수하거나, 흥행에 성공한 영화라 해도 조선인 영화제작자가 수익을 내기 보다는 일본인 위주의 극장주가 수익을 내는 구조가 유지되고 있었다. 따라서 영화제작자가 다음 영화를 찍을 수 있는 안정된 자금을 마련한다는 것은 매우 어려운 구조였으며, 그 때문에 당대 영화인들의 공통된 숙원이 이를 해결해 줄 영화회사를 설립하는 일이었다.26) 그렇기에 '조선영화주식회사'가 설립되고 사장 취임식의 다음 연설은 논리적으로 환영할 만한 내용이다.

영화제작 기업이 다른 어떤 기업보다도 곤란하다는 것은 여러분도 잘 알고 계시는 바입니다. 즉 여기에 종사하는 자는 예술적 양심을 가지고 임하며 각 부서에 일하는 사람들이 혼연일체가 되어 종합적 진가를 발휘해야 합니다. 지금까지 반도영화 제작은 오랜 가시밭길을 헤쳐 왔습니다. 오늘날 우리나라는 중대한 국면에 처해 있습니다. 이러한 때에 대중이 향하는 곳과 그 생활의 구조를 밝히고, 내선일체의 깃발 아래서 황국신민의 책임을 다하는 진정한 문화재로서 훌륭한 영화를 만들어내는 것이야말로 우리들이 잠시도 잊어서는 안 될 중대한 책임일 것입니다. 이 회사를 설립한 이유도 여기에 있습니다. 여러분들의 지원으로 일치 협력하여 국민문화의 진전에 공

---

26) 이영일, 『한국영화전사』, 소도, 1969(2004), 제2장, 제3장이 자세하다.

헌할 수 있는 영화를 만들어 그 사명을 다하고 싶습니다.

이 사장의 취임사를 듣고 있는 조선영화인들의 표정이 그다지 밝지
않으나, 그것은 조선 영화계 내적인 결실이라기보다는 외부적 요인에
기인하기 때문일 것이다. 그리고 그 외적 요인은 위 인용의 밑줄 친 부
분에서 확인할 수 있듯이 '시국'적인 이유이다. 즉 1937년에 발발한 중
일전쟁을 직접적인 계기로 하여, 1938년 '국민총동원령'이 내려지고,
1939년에는 그 일환으로 일본 국회에서 '영화법'27)이 통과된다. 그리
고 일본 영화법의 조선 버전으로 1940년 '조선영화령'이 내려진 것이
다. '조선영화주식회사'의 탄생은 이 법의 결과로 일본에서 쇼치쿠(松
竹), 도호(東宝), 다이에이(大映)로 영화사가 통폐합되고, 그에 이은 일본의
네 번째 대형 영화회사의 탄생을 의미했다.

그렇기 때문에 이 법령이 내려진 이후의 영화들은 그 '국책성'이 강
화되는 것이다. 이러한 성격에 대해 김려실은, "이 자기 반영적인 영화
에는 조선 영화계에 불어 닥친 영화 신체제에 대한 선전도 들어 있다.
마치 <집 없는 천사>의 라스트 신에서처럼 이 영화의 말미에는 일본
어로 시국에 대한 선전(반도영화사 사장의 취임사)이 이루어진다. 향린원의

---

27) 加藤厚子, 『總動員体制と映畫』(新曜社, 2003)에 따르면, '영화법'은 다음과 같은 내
    용을 주요 사항으로 한다. 즉, 1 영화기업 허가제, 2 영화제작자 등록제, 3 각본
    사전검열, 4 외국영화 제한(대장성에서 외국영화의 세관 검열을, 내무성이 국내
    상영 필름의 영화 검열을 실시), 5 내무총리대신/내무대신/문부대신에게 영화사
    업에 대한 명령권 부여, 제작영화의 종류 및 수량 제한, 배급 조정, 설비 개량 및
    부정 경쟁 방지 등. 장려, 조성의 항목으로, 6 우량 영화 선정제도, 7 문화영화,
    시사영화 및 개발 선정영화의 강제 상영 창설, 8 영화 상영에 관한 제한에 포함
    되어 있는 청소년 영화 관람의 제한 및 아동영화의 보호육성, 9 덧붙여 필름 라
    이브러리의 보호육성 제창.

성공담에 내선일체를 삽입했듯이 <반도의 봄>은 반도영화사의 성공담에 그것을 밀어 넣었다"[28]고 설명한다. 그리고 당대의 글을 읽어보면, '조선영화주식회사'의 설립 및 '조선영화령'이 발포된 것이 '시국'과 관련되어 있다는 것은 너무나 상식적인 사실이었다. 김정혁이 "朝鮮映畵가 그같은 犧牲과 努力으로 오늘의 歷史를 造成하여왔고 더군다나 國家的인 初有의 文化立法으로 映畵令이 發布되어졌으며 支那事變을 契機로 한 數多의 좋은 찬스가 苦痛하고 있은 朝鮮映畵를 爲하야 二三重의 昂仰期를 맞게 되었다"[29]고 쓰고 있다. 이 언급은 3절에서 인용했던 마해송 글의 영화계 버전이라 할 수 있을 것이다. 즉 <반도의 봄>과 같은 당대의 영화들이 영화의 라스트에서 '내선일체와 황국신민 이데올로기'를 선전하는 내용을 담은 것은 어찌보면 너무나 '자연'스런 영화 제작 '코드'였을 것이다.

<반도의 봄>에 대해 가장 심도 깊은 논의를 전개하고 있는 이영재는 그 결말부에서 이 영화에 대해 다음과 같이 평가한다.

> 조선영화는 영화 내외적인 조건하에서 조선 이외의 시장을 상정해야 했고, 외부의 시선을 염두에 두는 순간 로컬리티라는 문제에 대응하지 않으면 안 되었다. 그런데 이 지방색이란 양날의 칼이었다. 제국이라는 외부를 상정하게 된 조선영화가 타자의 시선에 대한 응답으로서 지방색을 설정했다면, 한편으로 바로 그 제국이 조선영화를 호출한 이유는 대륙병참기자라는 말로 요약되는 바 '조선반도가 군사적, 경제적, 문화적으로 대륙과 연결되는 발판'이라는 인식의 연장선 아래 있었던 것이다. 따라서 이 논리 안에서 지방색이란 결국

28) 김려실, 『투상하는 제국 투영하는 식민지』, 삼인, 275쪽.
29) 金正革, 「朝鮮映畵의 現狀과 展望」, 『조광』, 1940. 4.

'해소'를 목적으로 할 수밖에 없는 것이다. (중략) 일본 대 조선이 아닌 내지 대 반도의 관계 위에서 나온 이 이중어 영화는 식민을 삭제함으로써 비로서 내지와 반도 양쪽으로 말을 건네는 '자기 민족지'를 완성할 수 있다고 믿었다. 그러나 제국은 그때 이미 그 어떤 차별이나 차이도 용인하지 않았다.

지금까지 이 글에서 논의해 온 바와 같이, <반도의 봄>이 <춘향전>이라는 식민지적 소재를 가지고 제국 내부로 진출하려는 문화인들을 다루고 있다는 점, 1940년 당시의 '조선영화령'과 조선영화계의 현실을 영화의 소재로 사실적으로 반영하고 있다는 점, 그리고 시국과 영화 제작의 관계를 고찰하고 있다는 점 등에서 이영재의 논의는 논점을 잘 파악하고 있다고 할 것이다. 하지만 이영재는 밑줄 친 부분에서 나타나듯이 '제국'을 모순이 없는 단일체로 사고하고 있으며, '제국/조선'의 관계를 힘의 관계를 중심으로 설명하고 있다.

제국은 결코 완전무결한 단일체가 아니다. 오히려 일본 제국은 그 발전 과정에 있어서 무수한 모순을 끌어안아 왔다고 할 것이다. 제국 내부에서는 '서구적 근대화/일본 전통', '도시/지방' 사이의 사회적 모순을 줄곧 안고 있었으며, 제국-식민지 관계에 있어서도, 오구마 에이지(小熊英二)가 '단일민족신화'의 역사적 탈구축을 통해, 고마고메 다케시(駒込武)가 제국의 식민지 교육 정책 분석을 통해 잘 보여주었듯이,[30] 제국과 식민지 사이의 '동화/분리' 정책의 모순을 끝까지 극복하지 못했다. 또한 호미 바바가 '갈라진 혀'[31]라는 표현을 통해 식민지 담론과

---

30) 오구마 에이지, 조현설 역, 『단일민족신화의 기원』, 소명, 2003 ; 고마고메 다케시, 오성철·이명실·권경희 옮김, 『식민지제국 일본의 문화통합』, 역사비평사, 2008.

정책이 반드시 통일된 것은 아니라는 점을 밝혔듯이 다양한 식민지들에서 각각의 정책 과정이 모순을 일으켜왔다. 예를 들어 조선에서는 창씨개명을 통해 내선일체를 완성하려는 일본 제국의 의도가 그것을 실행하는 조선총독부 간부에 의해 창씨개명이 실행되면 일본인과 조선인의 구별이 어려워진다는 이유로 반대에 부딪혔다는 사실32)이 극명하게 증거할 것이다.

이처럼 일본제국은 제국 내부와 식민지 간의 관계에 있어서 다양한 모순 관계를 중첩해 왔으며, 이는 지배하는 자와 지배받는 자, 바라보는 자와 표상되는 자 사이의 정책과 표상 영역 모두에서 다양한 '뒤틀린' 관계를 생성하게 된다. 즉 식민지 지식인은 제국 일본의 모순을 '모방-자기 표상'을 통해 내재화함으로써 이삼중으로 '뒤틀린' 심리구조를 가지게 된다는 말이다. 예를 들어 장혁주는 내선일체라는 이데올로기 속에서는 논리적으로 부정되는 '조선'을 스스로 표상하는 과정에서 '뒤틀리게' 된다. 이것은 <반도의 봄> 속 영일이나 감독이 '내선일체와 황국신민 이데올로기'를 설파하는 '조선영화주식회사'의 제1호 영화로 <춘향전>을 들고 도쿄로 떠나는 '뒤틀림'과 마찬가지이다. [그림 4]는 도쿄로 떠나는 영일과 정희를 배웅하는 감독과 동료들을 정면 숏으로 찍은 영화의 라스트이다. "이번 군이 가는 길은 우리 조선영화인의 중차대한 사명을 띠고 가는 길"이라는 감독의 말과는 반대로 그 표정이 어두운 이유는 무엇일까? 이 글이 지금까지 설명해 온 내용을 바탕으로 말해보면, 그것은 '내선일체와 황국신민 이데올로기'라는 슬로건 밑에 가려진 일본 제국의 내적 모순과 그 모순 가운데에서 활로

---

31) 호미 바바, 앞의 책, 178쪽.
32) 미즈노 나오키, 정선태 역, 『창씨개명』, 산처럼, 2008, 특히 제4부를 참조할 것.

[그림 4] 영일을 배웅하는 감독과 동료들. 어딘지 모르게 엄숙하면서도 침울하다.

를 개척할 수밖에 없는 '식민지 지식인의 뒤틀린 자화상'인 것이다. 이러한 의미에서 <반도의 봄>은 제국 일본의 모순을 적극적으로 비판한 영화는 아니라고 할지라도, 등장인물들의 '이중언어'적 상황과 <춘향전>이라는 영화 속 영화라는 영화의 구성을 객관적으로 배치함으로써 제국과 식민지 간의 관계를 바라볼 수 있도록 유도하는 영화인 것이다.

지금까지의 논의를 간략히 정리해보자. 이 글은 <반도의 봄>을 통해서 식민지 영화인의 욕망구조를 분석하고자 하였다. 원작 소설과 영화는 영화 속 영화가 <춘향전>이라는 점, 언어 상황, 안나의 인물상, 라스트 묘사 등에서 차이를 보이게 되는데, 그것은 <반도의 봄>이 당시의 '조선 붐'이라는 일본 제국 내 유행했던 조선 표상을 의식하면서, '조선'이라는 식민지적 소재를 가지고 제국 내부로 진출하려는 문화인들의 욕망구조를 다루고 있다는 점을 밝혔다. 또한 영화는 1940년 발령된 '조선영화령'과 당시 조선영화계의 현실을 영화의 소재로 사실적으로 반영하면서 시국과 영화 제작의 관계를 고찰하고 있다는 점을 설명했다. 그 결과로서 <반도의 봄>은 '내선일체와 황국신민 이데올로기'라는 슬로건 밑에 가려진 일본 제국의 내적 모순과 그 모순 가운데에서 활로를 개척할 수밖에 없는 '식민지 지식인의 뒤틀린 자화상'을 확인할 수 있는 영화라는 점을 주장했다.

일제강점기 조선의 근대화가 일본 제국을 매개로 할 수밖에 없었다는 자명한 사실을 일단 인정한 상태에서 식민지 지배자와 피지배자라는 이항대립보다는 식민지 주체가 구성되는 경로를 냉정히 추적함으로써, 역으로 식민 지배의 모순을 밝혀내고 탈구축하는 것이 보다 생산적인 과정일 것이며, 발굴된 이 시기 영화들의 가치도 그러한 점에서 찾을 수 있을 것이다.

참고문헌

강옥희·이순진·이승희·이영미, 『식민지시대 대중예술인 사전』, 소도, 2006.

고마고메 다케시, 오성철·이명실·권경희 옮김, 『식민지제국 일본의 문화통합』, 역사비평사, 2008.

김려실, 『투사하는 제국 투영하는 식민지』, 삼인, 2006.

김정혁, 「朝鮮映畵의 現狀과 展望」, 『조광』, 1940. 4.

미즈노 나오키, 정선태 역, 『창씨개명』, 산처럼, 2008.

시라카와 유타카(白川豊), 『장혁주 연구』, 동국대학교 출판부, 2009.

신하경, 『모던걸』, 논형, 2009.

오구마 에이지, 조현설 역, 『단일민족신화의 기원』, 소명, 2003.

윤대석, 『식민지 국민문학론』, 역락, 2006.

이병일, 「情熱의 描寫」, 『조광』, 1941. 5.

이영일, 『한국영화전사』, 소도, 1969(2004).

이영재, 『제국 일본의 조선 영화』, 현실문화, 2008.

한국영상자료원 영화사연구소 엮음, 『일본어잡지로 본 조선영화 1』, 한국영상자료원, 2010.

호미 바바, 『문화의 위치』, 소명, 2002.

加藤厚子, 『總動員体制と映畵』, 新曜社, 2003.

金聖珉, 「半島の芸術家たち」, 『サンデー毎日』, 1936. 8. 2~1936. 9. 20.

張赫宙, 「朝鮮の知識人に訴ふ」, 『文芸』, 1939. 2.

中根隆行, 『<朝鮮>表象の文化誌』, 新曜社, 2004.

『モダン日本』(朝鮮版), 1939. 11.

渡邊一民, 『<他者>としての朝鮮 文學的考察』, 岩波書店, 2003.

▌저자소개 (게재순)

● 성윤아

상명대학교 교육대학원 조교수. 일본어학 전공. 도쿄대학 대학원 인문사회계연구과 졸. (문학박사), 논문 「청일전쟁에 사용된 조선어회화서—그 특징과 일본어의 양상」(『日本語學論集 4 』 2009.3), 저서 『역사로 풀어보는 일본－일본어 일본문학 일본문화』(공저, 제이엔씨, 2010), 역서 『언어와 문화를 잇는 일본어교육』(공역, 시사일본어사, 2012) 등.

● 양동국

상명대학교 일본어문학과 교수. 일본 근대시 및 한일 비교문학 전공. 도쿄대학 대학원 총합문화연구과 졸. (학술박사), 논문 「어느 역 번역(Inverse Translation)의 시문학적 파동－주요한의 「朝鮮歌曲鈔」 소고」(『일본연구』 2011.2), 「요코미쓰 리이치의 「머리 및 배」와 군중」(『일본언어문화』 2012.12), 저서 『비교문학자가 본 일본·일본인』(공저, 현대문학, 2005), 『편저 일본의 연애가』(편저, 제이앤씨, 2004) 등.

● 김계자

고려대학교 일본연구센터 HK연구교수. 일본근현대문학 및 한일문학의 관련양상 전공. 도쿄대학 대학원 인문사회계연구과 졸. (문학박사), 논문 「1930년대 조선 문학자의 일본어 글쓰기와 잡지 『문예수도』」(『일본문화연구』 2011.4), 「번역되는 '조선'」(『아시아문화연구』 2012.12), 저서 『제국 일본의 이동과 동아시아 식민지문학1』(공저, 문, 2011), 『일본 프로문학지의 식민지 조선인 자료 선집』(문, 2012) 등.

● 양지영

가천대학교 아시아문화연구소 연구교수. 야나기 무네요시를 중심으로 한 한일비교문화론 전공. 쓰쿠바대학 대학원 인문사회과학연구과 졸. (문학박사), 논문 「『시라카바』와 「민예」 사이의 「조선」의 위상－조선민족미술관」을 중심으로」(『일본학보』 2009.5), 「쇼와, <미적인 것>의 재구축」(『동아시아일본학회』 2011.4), 저서 『동아시아의 기억과 방법으로서의 서사』(공저, 역락, 2012) 등.

● 권희주

가천대학교 아시아문화연구소 책임연구원. 일본문화 전공. 고려대학교 대학원 일어일문학과 졸. (문학박사), 논문 「근대국민국가와 히나마쓰리」(『일본어문학회』 2010.3), 「아쿠타가와 류노스케(芥川龍之介)의 야스키치물(保吉物)의 의미－「문장(文章)」과 「추위(寒さ)」를 중심으로」(『한국일본언어문화학회』 2011.4), 역서 『전후 일본의 사상공간』(공역, 어문학사, 2010), 『그린 투어리즘』(아르케, 2009) 등.

● 최성실

가천대학교 글로벌 교양학부 조교수. 한국문학비평사 및 문학이론 전공. 문학 평론가. 서강대학교 대학원 국어국문학과 졸. (문학박사), 논문 「세계 속의 한국문학 : 내러티브 인지와 공감의 글쓰기」(『아시아문화연구』 2013.3), 「자기성찰과 인지 과학적 프로네시의 통섭적 글쓰기」(『한국문예창작학회』 2012.12), 저서 『근대, 다중의 나선』(소명, 2005), 『육체, 비평의 주사위』(문학과 지성사, 2003) 등.

● 박진수

가천대학교 일본어문학과 교수·아시아문화연구소 소장. 일본근대문학 및 비교문화론 전공. 도쿄대학 대학원 총합문화연구과 졸. (학술박사), 논문 「다언어 상황과 문화 공존의 방식」(『아시아문화연구』 2011.12), 「근대 일본 번역창가의 문예적 성격」(『일본연구』 2013.2), 저서 『반전으로 본 동아시아』(공저, 혜안, 2008), 『동아시아의 기억과 방법으로서의 서사』(공저, 역락, 2012), 역서 『고바야시 다키지 선집1』(공역, 이론과 실천, 2012) 등.

● 서동주

서울대학교 일본연구소 HK연구교수. 일본근현대문학 및 표상문화연구 전공. 쓰쿠바대학 대학원 인문사회과학연구과 졸. (문학박사), 논문 「새로운 전쟁과 일본 전후문학의 사상공간」(『동방학지』 2012.3), 「<근대문학파>와 일본 전후사상의 단층」(『일어일문학회』 2012.5), 「동일본대지진과 천황의 현재성」(『일어일문학회』 2013.2), 저서 『전후의 탄생』(공저, 그린비, 2013), 『전후일본의 보수와 표상』(공저, 서울대학교출판부, 2010) 등.

● 신하경

숙명여자대학교 일본학과 부교수. 일본대중문화 전공. 쓰쿠바대학 대학원 인문사회과학연구과 졸. (문학박사), 논문 「전후 모럴의 초토와 '동경재판'의 소극장－구로사와 아키라 "라쇼몽"론」(『일본문화연구』 2010.4), 「1960년대 오시마 나기사(大島渚) 영화 속의 재일조선인 표상」(『日本文化學報』 2010.5), 저서 『모던걸－일본제국과 여성의 국민화』(논형, 2009), 『전후 일본, 그리고 낯선 동아시아』(공저, 박문사, 2011), 『가미카제 특공대에서 우주전함 야마토까지』(공저, 소명, 2013) 등.

아시아학술연구총서 4

근대 일본의 '조선 붐'

초판 인쇄 2013년 7월 11일 | **초판 발행** 2013년 7월 19일

엮은이 박진수

펴낸이 이대현 | **편집** 박선주 | **디자인** 이홍주

펴낸곳 도서출판 역락 | **등록** 제303-2002-000014호(등록일 1999년 4월 19일)

주소 서울시 서초구 동광로 46길 6-6(반포동 문창빌딩 2F)

전화 02-3409-2058, 2060 | **팩시밀리** 02-3409-2059 | **전자우편** youkrack@hanmail.net

ISBN 978-89-5556-054-1 94800

　　978-89-5556-053-4(세트)

정가 20,000원

* 잘못된 책은 구입처에서 교환해 드립니다

■ 이 도서의 국립중앙도서관 출판시도서목록(CIP)은 e-CIP홈페이지(http://www.nl.go.kr/ecip)와
　국가자료공동목록시스템(http://www.ml.go.kr/kolisnet)에서 이용하실 수 있습니다.
　(CIP제어번호 : CIP2013009869)